Tango, com violino

Eduardo Alves da Costa
Tango, com violino

TORDSILHAS

Copyright © 2014 Eduardo Alves da Costa
Copyright desta edição © 2014 Tordesilhas

Todos os direitos reservados. Nenhuma parte desta edição pode ser utilizada ou reproduzida – em qualquer meio ou forma, seja mecânico ou eletrônico –, nem apropriada ou estocada em sistema de banco de dados, sem a expressa autorização da editora.

O texto deste livro foi fixado conforme o acordo ortográfico vigente no Brasil desde 1º de janeiro de 2009.

PREPARAÇÃO Fátima Couto
REVISÃO Marina Bernard e Márcia Moura
PROJETO GRÁFICO Kiko Farkas e Thiago Lacaz/Máquina Estúdio
CAPA Andrea Vilela de Almeida
FOTOS DE CAPA *(embaixo, à direita)* Antonio Brasiliano;
    (todas as demais) Andrea Vilela de Almeida
IMPRESSÃO E ACABAMENTO EGB - Editora Gráfica Bernardi Ltda.

1ª edição, 2014

CIP-Brasil. Catalogação na publicação
Sindicato Nacional dos Editores de Livros, RJ

C873t
    Costa, Eduardo Alves da
        Tango, com violino / Eduardo Alves da Costa. – 1. ed. – São Paulo: Tordesilhas, 2014.

    ISBN 978-85-64406-92-6

    1. Romance brasileiro. I. Título.

14-10594   CDD-869.93
                                      CDU: 821.134.3(81)-3

2014
Tordesilhas é um selo da Alaúde Editorial Ltda.
Rua Hildebrando Thomaz de Carvalho, 60
04012-120 – São Paulo – SP
www.tordesilhaslivros.com.br

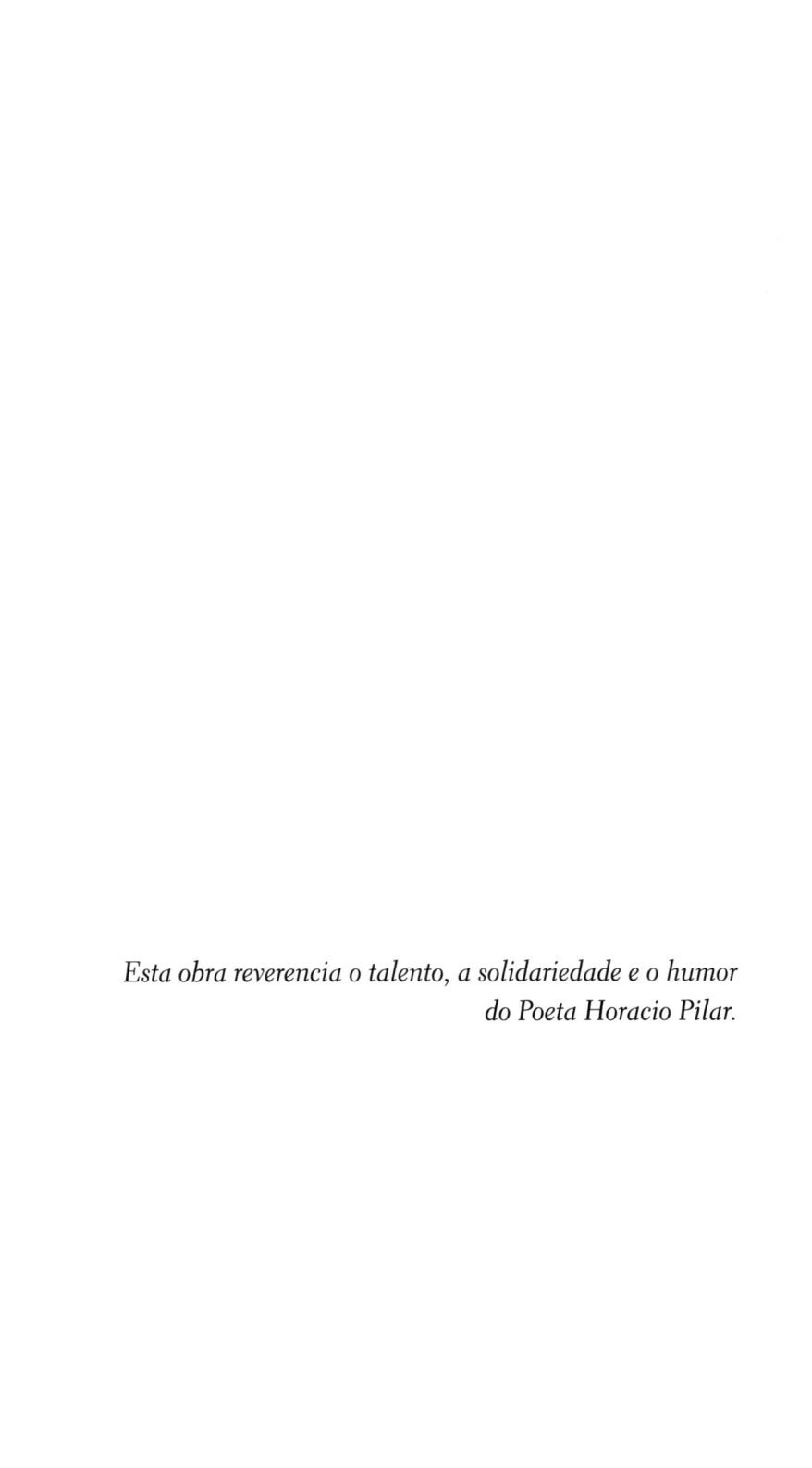

*Esta obra reverencia o talento, a solidariedade e o humor
do Poeta Horacio Pilar.*

I

O peso dos setenta anos – se é que assim se pode avaliar uma idade em que tudo se torna tão imponderável, tão incapaz de mover até mesmo as balanças mais sensíveis – não se fez sentir no dia em que Abeliano Tarquínio de Barros soprou a solitária velinha no abandono de um quarto de hotel. Ele começou a envelhecer *ex abrupto*, no momento em que se deu conta de que poderia viajar gratuitamente nos ônibus municipais, um direito garantido pelo Estado, que, antes da cova, lhe concedia a benesse apropriada às circunstâncias de ter envelhecido em condições de quase penúria. Nunca imaginara que um dia viesse a precisar desse pequeno ajutório que a sociedade concede aos estreantes da velhice, um engodo que nos transmite a sensação de que ainda estamos vivos, como se a vida fosse apenas a liberdade de ir e vir, um périplo sem destino, ainda que o ônibus nos conduza à casa de um filho, de um amigo ou parente, porque, na verdade, não se vai a parte alguma. E contudo nos movemos, conseguimos nos ludibriar, imaginando que estivemos aqui ou acolá, que nos acolheram calorosamente com um cafezinho e broas de milho, palavras amenas e tapinhas nas costas, até o momento em que nossas pernas, exaustas, nos conduzem ao ônibus e à solidão de nosso quarto. O herói desta narrativa – não no sentido estrito da palavra, que se prestaria melhor a designar um semideus, nascido de um deus (ou de uma deusa) que se houvesse relacionado com uma criatura mortal, como Aquiles, Dioniso, Hércules, ou ainda simples mortais, elevados à categoria de semideuses por seus dons, incluindo-se nesse rol guerreiros, médicos, legisladores, filósofos e esportistas, dentre os quais poderíamos citar Leônidas, Hipócrates, Licurgo, Aristóteles, Homero, Pelé e Garrincha – nosso herói, dizíamos, tornara-se com o tempo um homem pacato e aprendera a substituir a revolta e a queixa por uma ironia sutil. Acostumara-se, desde a juventude, a vicissitudes constantes, e, cansado de lutar contra a adversidade, acabara por se render à fatalidade, limitando-se a observar e a sorrir. Aos olhos de um observador objetivo e neutro, tais vicissitudes decorreriam de seu próprio temperamento, o que estaria de acordo com o parecer de Heráclito, segundo o qual "o caráter é o destino". Sejam quais forem os motivos de sua derrota – e não há dúvida quanto à sensação de ter sido vencido –, ele abençoou a chegada da velhice, pois esta lhe permitiu atingir uma relativa serenidade.

2

O quarto em que Abeliano vive, num hotel de segunda, não é de todo mau. Recebe uma boa porção de luz e tem espaço suficiente para acomodar sua pequena biblioteca e os poucos pertences que o acompanham há alguns anos. A única janela abre para as traseiras de um edifício decadente, mas isso não o incomoda, porque se houvesse ali uma praça ele talvez se limitasse a observá-la e perdesse o estímulo que o leva às ruas, como sucede a tantas figuras idosas que ele vê, imóveis, atrás de vidraças, espiando a fuga de seus derradeiros dias. Morar num hotel, por mais humilde que seja, lhe propicia algumas comodidades de que ele não poderia gozar num apartamento, especialmente nessa idade.

3

Os filhos, casados, estão longe de São Paulo. Tereza, a mais velha, mora em Nova York com o marido e dois filhos. Paulo mudou-se com a mulher para Buenos Aires, há alguns anos; e Fernanda vive com uma filha numa pequena cidade de Minas Gerais. Mas todos continuam a se preocupar com Abeliano, que poderia morar em companhia de qualquer um deles, se o desejasse. Separou-se de sua mulher aos quarenta e oito anos, quando os filhos já estavam criados; e desde então vive sozinho. Mudou-se para o hotel há cerca de três anos, por não suportar ficar em casa, inerte, olhando para as paredes. A aposentadoria lhe permite levar uma vida modesta mas digna; e de vez em quando recebe algum dinheiro de seus filhos, que, felizmente, não se sentem lesados por isso. Fez um seguro-saúde e anda com os recibos no bolso da camisa, para qualquer eventualidade. Abeliano sabe que isso não representa nenhuma garantia, pois se um caminhão o atirar para o alto e ainda restar dele algo que se aproveite, os recibos poderão se perder; ou, ainda que não se percam, a seguradora talvez se negue a pagar, alegando o não cumprimento de alguma das inúmeras cláusulas impressas em corpo diminuto. Mas não há por que se preocupar. Ele ainda consegue se concentrar ao atravessar a rua e não se esquece de abotoar o bolso da camisa, para que os recibos, protegidos por um envelope à prova de água e de sangue, não se percam. Mas se por acaso ele tiver que sofrer o martírio, paciência. Os corredores dos hospitais estão repletos de indigentes.

4

O ajutório estatal lhe permitia utilizar qualquer ônibus municipal a partir dos sessenta e cinco anos. Mas ele resistiu durante alguns anos à necessidade de lançar mão do benefício, talvez por vergonha de admitir que estava envelhecendo. Agora já não se importa. A maioria de seus amigos se foi, não sabe se desta vida, mas, seguramente, de sua vida. Para fugir à solidão, ele se pôs a andar de ônibus. Assim, ao menos sofre em movimento. Sempre foi apaixonado pelos ônibus, desde a infância, quando sua mãe, um tanto apreensiva, o confiava aos cuidados de um velho motorista que o deixava à porta da escola. Naquela época os ônibus escolares eram raros, o trânsito menos caótico, e os motoristas mais cuidadosos. E havia entre os passageiros uma comunicabilidade que não se encontra hoje nem entre os membros de uma mesma família. Abeliano ainda se lembra de que a primeira viagem de ônibus sem a tutela da mãe lhe causou um prazer intenso, um deslumbramento. Ele gozou, pela primeira vez, a sensação de liberdade e se deixou levar pelos acontecimentos. O mundo entrou-lhe pelos olhos, e ele o recebeu com avidez, desejando que a velocidade aumentasse, para lhe revelar o que acontecia mais adiante. Ainda hoje essa mobilidade o diverte, e ele tem por hábito pegar um ônibus ao acaso, na esperança de que seu itinerário lhe revele algo inusitado. Nos últimos tempos, Abeliano tem passado boa parte de seus dias nos ônibus, viajando de um lado para outro, como uma toupeira bêbada a abrir uma rede de túneis absurdos, uma espécie de terapia peripatética, em que as pernas foram substituídas por rodas e o divã do analista por um banco volante, o que lhe possibilita adiar o mergulho no isolamento irremediável e definitivo.

5

Hoje o dia amanheceu ensolarado, o que o anima a sair do hotel bem cedo. Abeliano toma o 5290 – Divisa de Diadema, cujo ponto inicial fica na Avenida da Liberdade. Uma rua inteira em homenagem à livre escolha, ao direito de ir e vir, ao poder de fazer ou deixar de fazer. Talvez você não se recorde, porque já vai longe o tempo em que Aristóteles, em sua *Ética a Nicômaco*, demonstrou que só podemos atribuir mérito ou demérito a determinados atos que temos ou não a liberdade de praticar. E já que estamos no tema, convém lembrar o texto da Declaração dos Direitos do Homem, votada na França em 1789:

> "A liberdade consiste em poder fazer tudo o que não prejudica a outrem; assim, o exercício dos direitos naturais de cada indivíduo não tem limites, a não ser os que asseguram aos demais membros da sociedade o gozo desses mesmos direitos. Esses limites apenas podem ser determinados pela lei. A lei só tem o direito de proibir

as ações nocivas à sociedade. Tudo o que não é proibido por lei não pode ser impedido, e ninguém pode ser constrangido a fazer aquilo que ela não ordena."

É bom que você se lembre disso a cada momento de sua vida, pois se essas palavras não estiverem norteando a realidade em que você vive, pode crer que sua existência vai acabar muito parecida com a dos ratos de esgoto. Abeliano senta-se no meio do ônibus, junto à janela, à esquerda.

Uma criança muito falante imita um personagem da tevê. Mais adiante uma velha metida numa blusa verde coça a orelha, provavelmente sem saber nada do verde que lhe vai na blusa. Verde-montanha, verde-mar, verde-gaio, verde-salsa, verde-negro, verde *azzurro*, verde-da-prússia, verde-da-hungria, verde-de-brunswick, verde-de-cassel, *verdigris*? Terá ela a noção de que o verde resulta da combinação do amarelo com o azul? Ou que Abeliano é um senhor ainda verde, vigoroso apesar da idade? Conhecerá o molho verde, uma combinação de maionese, salsa, pepino, cornilhão e alcaparras, tudo picado com esmero e condimentado com vinagre? Ou o vinho verde, branco ou tinto, criado com todo o mimo sobre videiras de enforcado ou em latadas, no Além-Douro, norte de Portugal? Terá ela ouvido falar no grego Dioniso, o Baco dos romanos, que aprendeu com Sileno a cultivar a vinha? A tais pensamentos se entrega Abeliano, enquanto seus olhos observam, sem ver, o cabelo da velha, muito ralo, sobre o couro cabeludo sarapintado. Ao seu lado um mulato lê um manual de práticas trabalhistas. O motorista dá a partida, e o motor começa a transmitir sua vibração ao ônibus inteiro. A menina continua a imitar o personagem da tevê, a mãe – supõe-se que o seja – ralha com ela e manda que se cale, a velha do couro cabeludo manchado tosse e um japonês de meia-idade senta-se no banco ao lado daquele em que se encontra Abeliano, segurando um envelope amarelo, amarrado com um barbante, sobre o qual há uma etiqueta em que se lê: "Diário Nippak".

O ônibus põe-se em movimento, e Abeliano fica olhando a sucessão de lojas, livraria, agência bancária, entrada do Metrô, Igreja das Almas, onde se acendem milhares de velas, na esperança de que os mortos recebam luz e os vivos, amparo. Muitos não creem na existência da alma, dado que esta se furta a qualquer abordagem mecânica ou filosófica. E, no entanto, não há quem, andando calçado, não a calque aos pés. Quem desventrar um sapato encontrará entre a sola e a palmilha um pequeno pedaço de cabedal. Pois aí está: isso é a *alma*. Nos antigos – refiro-me aos homens e não aos sapatos – ela se confundia com a coragem. Dizia-se: "Não tens alma de o castigar". Assumia também o sentido de força: "Bate com alma". Respeitaram-na sempre os comerciantes: "O segredo é a alma do negócio". E aos depressivos convém saber que se encontram nesse estado não por obra das más notícias e dos aborrecimentos constantes, mas simplesmente porque lhes caiu a alma aos pés. Os sensíveis têm alma de cântaro. E à fé da minha alma posso jurar que até os instrumentos de corda a possuem, a sustentar o cavalete e a fazer vibrar em uníssono todas as partes do instrumento. O brilho do sol incomoda Abeliano, embora ele não o receba diretamente nos olhos. Estação São Joaquim, banca de frutas, caixa dos Correios. A velha da blusa verde torna a coçar a concha auditiva. Terá boa orelha para a música? O relógio, que deveria indicar também a qualidade do ar, está com defeito. Não há necessidade de relógio para saber que o ar é irrespirável. Vivemos sob uma redoma de estupidez. Os pensamentos de Abeliano vagam sem rumo. Acaba de ver um homem com bigodes enormes, que lhe lembra o avô paterno. Quando os filhos já eram adultos, o avô reuniu a família e comunicou que viajaria para o Brasil, a fim de tentar a sorte. A avó de Abeliano ficou em Portugal, à espera, até morrer, porque o marido, pouco depois de chegar ao Brasil, conheceu os segredos culinários e sexuais de uma negra com quem se amasiou para gozar, na prática, as delícias tropicais alardeadas pelos agenciadores que buscavam, na Europa, mão de obra a baixo custo. Galpões de madeira, prédios em construção protegidos por véus azuis, uma espécie de poética da engenharia.

Um sujeito corpulento senta-se ao lado de Abeliano e, como se o conhecesse há muito tempo, começa a falar com ele. Mostra-lhe um sorriso de dentadura postiça e estabelece logo um contato íntimo, caloroso. O homem ri, gesticula descontraidamente e acaba enveredando num episódio da sua juventude. Você sabe como são essas coisas, as pessoas sempre exageram um pouco, depois o fato corre de boca em boca, e quando você menos espera acorda famoso, transformado em símbolo sexual. Uma senhora, no banco ao lado, parece interessada, mas o homem baixa a voz, temeroso de chocá-la com suas confidências. A mulher tinha um metro e setenta de altura. Foi o que eu calculei, porque não usei fita métrica. Ele ri, animado. Busto firme, quadris salientes, cabelos ruivos, todos, inclusive naquele lugar; e um sorriso que tocava os limites da debilidade mental. O senhor é escritor?, pergunta Abeliano, admirado com a fluência do interlocutor. Não! Quem me dera... Sou aposentado dos Correios, responde o outro com um riso galhofeiro, como que a sublinhar o absurdo de ter malbaratado seu talento numa repartição pública. Infelizmente pouca gente valoriza nosso trabalho, mormente agora, com o advento da internet. Mas o correio já teve seus tempos de glória. Como o senhor deve saber, a humanidade, praticamente desde seus primórdios, criou serviços de correio. Na Assíria, na Pérsia, na China, no Egito, o correio já existia na Antiguidade. Quando menino eu colecionava selos, diz Abeliano, para dar a impressão de que se interessa pelo assunto. Pois saiba que os selos foram criados em 1848. Mas voltando à sua pergunta, embora jamais tenha pretendido ser escritor, sempre li muito, desde pequeno. Estou enfrentando pela segunda vez as obras completas do Padre Vieira, que encontrei num sebo a preço ridículo. Ninguém mais se interessa pela verdadeira cultura. Agora, então, com essa merda de computador, ninguém faz outra coisa a não ser navegar e navegar, uma terra de macacos, de recicladores. Não sei se o senhor já percebeu, tudo aqui é copiado! Seu olhar vagueia. Talvez a lembrança dos macacos o tenha levado a uma selva distante.

Abeliano sente-se incomodado, pois não gosta de generalizações. Acho que me perdi, murmura o homem, enquanto seus olhos retornam às órbitas. O senhor deixou a ruiva e andava de mãos dadas com Vieira. E havia também os macacos. Fiquemos com a ruiva. Mas antes de lhe contar como me servi daquele pedaço de mulher para atingir o *status* de fodedor emérito, conhecido na época por alguns epítetos machistas – pica doce, pau envernizado, pé de mesa... Centro de Controle Operacional do Metrô. Edifício revestido com vidros espelhados. Abeliano recorda-se de que durante a ditadura militar uma explosão quebrou todos os vidros. As autoridades disseram que fora provocada por um vazamento de gás. Pertencer a uma nação é participar de sua vida, de suas mentiras. Estação Paraíso, igreja ortodoxa. Alguns anos antes, Abeliano foi a um casamento nessa igreja. As mulheres usavam colares e brincos de diamantes, esmeraldas, rubis. Cristo sorria. É grande seu entendimento. A cúpula reflete os raios do sol. Não, isso seria impossível, porque a cúpula é a superfície côncava do zimbório. É este que remata ou cobre a cúpula externamente. Abeliano acha graça em tais pensamentos. A humanidade já não se interessa por zimbórios ou cúpulas. Onde estarão aquelas mulheres cobertas de joias? Talvez as reveja, de passagem, no Dia do Juízo. Abeliano pensara em morder a orelha em que um brinco de esmeraldas lhe oferecia independência. Engoli-lo e sair calmamente da igreja, ludibriando os guarda-costas. Catorze horas e quatro minutos. O relógio está quebrado, são oito e vinte e três da manhã, o que demonstra que o tempo é uma entidade independente, que não se deixa capturar pelos relógios. Barulho de seta de conversão à esquerda. Retifiquemos: não é o ruído que indica a direção e sim o piscar da seta, sobre a qual se detém o olhar de Abeliano. Certa feita ele pensou em se converter ao budismo. Essa ideia lhe vem agora, ao ver a igreja. A dor e a existência são inseparáveis. A existência provém da ignorância, a raiz de nossos desejos e paixões, do apego ao mundo exterior, que dá origem aos seres por meio dos sentidos. *Olha, mãe, o posto de gasolina!*, grita um menino às costas de Abeliano. Para amortecer os sentidos e evitar novos nascimentos, é necessário *Olha lá um gato com um rato na boca!* acabar com a ignorância. Mas Abeliano não quer amortecer sentidos nem evitar novos nascimentos, pois não conhece nada melhor do que a existência, que, no seu caso particular, agora se aproxima a passos rápidos da meta de chegada. A ciência talvez crie a religião do futuro, uma religião que faça o homem durar.

 Eu vivia num pequeno apartamento, no centro, e atravessava uma época de seca, diz o aposentado dos Correios, baixando ainda mais a voz. Será que perdi algo de interesse?, pergunta-se Abeliano, retornando de sua divagação. Não conseguia atrair uma mulher para a cama nem se levasse um tiro e ela fosse enfermeira. Um *office boy*, em pé no corredor, não consegue conter o riso. Dizem que os tísicos têm ouvidos de violinista.

Mas aos olhos de Abeliano ele não parece violinista nem tuberculoso. O jovem esfrega a braguilha no braço desnudo de uma garota que, por sua vez, move o corpo com uma frequência suspeita. Agora imagine um sujeito saudável, de vinte e poucos anos, atormentado por uma ereção persistente e obrigado a jejuar durante meses, prossegue o aposentado. Deve ter sido olho-gordo, *Vamos dar uma chegadinha mais pra frente, pessoal!* (Há aqui uma incongruência verbal do cobrador, pois os passageiros entram pela frente e saem pela porta localizada na traseira do veículo) trabalho feito, intriga, algo que criou ao meu redor uma barreira invisível, tão poderosa que até minha mãe *As abelhas avançaram no cara e acabaram com ele, o enxame inteiro* me beijava de longe, como se temesse algum contágio. No início eu batia duas ou três punhetas por semana, mas acabei concluindo que não valiam o esforço. Joguei fora minha coleção da *Playboy*, comprei um rosário e decidi não pensar mais em sexo. Mas o Zequinha, o Careca, o Mastruço, o Trolha, esse personagem astuto que sempre encontra maneira de se impor a seu dono, permanecia em posição de alerta. Uma senhora pigarreia e o fanfarrão diminui o volume da voz, obrigando Abeliano a inclinar a cabeça para ouvi-lo. Bons tempos, murmura Abeliano, só para dizer alguma coisa. Nem me fale! Quando penso naquela época sinto uma tristeza! E olhe que aproveitei um bocado... Como lhe dizia, procurei acalmar o bicho de todas as maneiras. Lia trechos da biografia de São Francisco de Assis, que em meio a uma vida pecaminosa soube encontrar o caminho da abstinência e da realização espiritual. *Cala essa boca, menina! Parece que engoliu o rádio!* Mas o Verga, o Zarolho, o Come-Quieto, retesado como um louco em plena crise, continuava a pulsar entre minhas pernas e a gritar: Que me importam essas baboseiras se eu sinto solidão e frio. Rua Domingos de Morais.

6

Porra, quem esse cara tá pensando que é?! Estação Ana Rosa, bicicletaria. Uma bicicleta para cinco pessoas. Haverá no mundo cinco pessoas que desejem pedalar juntas na mesma direção? Um homem carrega um bujão de gás. Semáforo. Uma cidade cheia de semáforos. Todos sincronizados no vermelho. Isso reflete um jeito de ser, um modo de pensar. Abeliano recorda as palavras de um amigo de juventude: Aqui as pessoas fazem de tudo para fechar os caminhos. Só tem Tranca-Rua. É como navegar numa gosma verde. Não tenho feito outra coisa nesta vida a não ser navegar nessa gosma. Gauguin acende o cachimbo e observa Abeliano com ironia. Eles tinham um pacto, e Gauguin parece decepcionado com o desempenho do outro. O pintor sabe que não lhe resta muito tempo, sua perna já cheira mal. E ainda há tanto por fazer. Foi um pacto realizado na adolescência. Abeliano colocou sobre a cama livros, fotos e reproduções de quadros de seus artistas prediletos, acendeu algumas velas e fez um juramento solene de se dedicar à arte com todo o empenho. Gauguin procura juntar os fragmentos dos anos perdidos na gosma dos cafés para concluir sua obra. Quem se interessa? No passado a imortalidade inspirava respeito, os gênios eram olhados com reverência, mas agora os valores andam confundidos, há tantos idiotas em cena que o espetáculo perdeu o interesse. Derrame de moeda falsa. A Arte, como a vida, se tornou aguada, sem lastro. *Moço, eu dei o sinal e o senhor não parou! Quer fazer o favor?! Fica de prosa com os passageiros e esquece da vida. Para aí, moço! Que coisa... agora vou ter que andar tudo isso de volta. Não sei pra que serve essa droga de campainha. Vou reclamar na companhia. Solidariedade proletária.*

Abeliano abandona-se à correnteza, submergindo na gosma que o aposentado continua a verter, como se monologasse. Se dependesse de mim o cabeça-dura ia ficar na penúria, no agreste, porque eu estava farto de punhetas e de prostitutas, ansioso por encontrar um anjo do lar, uma deusa que me redimisse *Olha o troco, dona!* por vias platônicas e me ajudasse a atingir a serenidade. Não preciso dizer que ele venceu. O senhor era jovem, cheio de energia, pondera Abeliano. Num fim de tarde, feito sob encomenda para atirar um sujeito à lona, num desses dias que antecedem o verão e que nos impõem a felicidade como um dever... Abeliano sorri. Alguém devia tê-lo forçado a ir para o Taiti, uma espécie de serviço gratificante obrigatório. Numa dessas manhãs chuvosas de nossos dezoito anos, quando ainda não estamos certos do rumo a tomar, não por falta de perspectiva mas por excesso de possibilidades, pancadas soam na porta e três brutamontes, funcionários do Ministério da Saúde, nos agarram pelos cabelos e nos arrastam, para sermos embarcados à força. Quatro ou cinco anos de felicidade obrigatória. Milhares de tardes magníficas e noites deslumbrantes. O início do Nirvana, a ausência de objetivos. Abeliano olha para o idiota simpático e se esforça por acompanhar sua história. Mas não se aborrece. Afinal, cada um de nós é, para si mesmo, o centro do universo.

    Eu estava no meu apartamento, indeciso entre beber uma cerveja e dar um tiro nos miolos, um tiro simbólico, é claro, pois repudio a violência, quando soou a campainha. Era Oscar, um poeta que eu havia conhecido algumas semanas antes, bom sujeito, desses que em poucos minutos nos admiram ou nos detestam. Como a maré de azar não incluía o sexo masculino, ele se tomara de amores por mim. No bom sentido. Tinha pouco mais de vinte anos, um apetite obsceno pela vida e um atrevimento próprio à idade. Um afoito, acrescenta Abeliano, embevecido com o entusiasmo do outro em lhe falar de sua vida íntima, numa fluência desenvolvida a golpes de Vieira. Eu vim te convidar para uma noite de orgia, disse o poeta (agora quem o diz é o aposentado dos Correios, entenda-se a bem da clareza), procurando o melhor ângulo, para a eventualidade de eu me decidir a fotografá-lo em pose romântico-demoníaca, algo que me lembrava um Lorde Byron meio tímido, chegado recentemente de uma cidade do interior para morrer de caganeira às portas da Grécia. Esse eu conheço!, exclama o *office boy*, que, no auge do entusiasmo sensual, parece copular com o braço da jovem. Caiu no vestibular. O nome dele era Jorge Gordon, poeta inglês, autor de *Childe Harold*, poema descritivo magnificamente elaborado, e de alguns dramas, como *Dom João, Caim, Manfredo*. Era um sujeito irônico e cínico, que mancava de uma perna porque tinha um defeito no pé, o mesmo problema sofrido pelo protagonista de *Servidão humana*, romance magnífico de Somerset Maugham. Foi o ídolo dos românticos, entre os quais me incluo. Seu gênio impetuoso o levou a se oferecer como voluntário, em favor dos gregos, na guerra contra a Turquia. Mas acabou infectado pela peste em Missolonghi e morreu antes de entrar em combate, em 1824. Meus parabéns, cumprimenta Abeliano, orgulhoso com o nível de nosso ensino público. O *office boy* transpira, indício de que o orgasmo está próximo. O senhor é um exemplo para todos os jovens brasileiros, concluiu Abeliano. Meu tio é deputado, prossegue o poeta pela boca do aposentado, estive com ele numa boate, e o gerente me disse que eu posso aparecer lá quando quiser, tudo por conta da casa, inclusive as mulheres.

 A narrativa picante é interrompida por uma freada brusca, um caminhão está cruzando a frente do ônibus, duas velhinhas gritam *Nossa Senhora!* Abeliano vê o ônibus se aproximar da carroceria do caminhão, a poucos metros do fim, suspende a respiração e leva a mão ao bolso onde estão os documentos e os recibos do seguro-saúde, mas no último instante o motorista consegue evitar o acidente. *Palmas para ele!* Abeliano respira fundo, Gauguin solta uma baforada e lhe pisca o olho. Acho que atropelamos um cachorro, diz o japonês do envelope amarelo, cujo campo de visão não é suficiente para que ele possa saber o que ocorreu. ("Campo de visão" aqui é obviamente a área abrangida pelo olhar do japonês, e não uma referência preconceituosa, aliás muito frequente, ao estreitamento palpebral que se observa nos orientais.) *Atropelamos*, não!, protesta o aposentado. Eu não atropelei ninguém. Trata-se apenas de um figura de linguagem, um plural de modéstia, observa o japonês. Empreguei a primeira pessoa do plural pela correspondente do singular. O absurdo permanece... uma impossibilidade, protesta o outro. A julgar por suas palavras, se não tivesse usado o plural de modéstia, teria dito *atropelei um cachorro*. Contudo, não me consta que o senhor esteja conduzindo este veículo, a menos que o faça por telepatia. Qualquer estudante sabe, rebate o japonês, que o referido plural foi usado tendo como apóstrofo a síndrome da alteralidade, em que o verdadeiro sujeito da ação se encontra no campo recorrente do proposto e que, por modéstia, assume como seu o ato praticado por outrem, o que o torna sujeito de fato. Perdoem-me por me intrometer nessa altercação idiomática, diz uma senhora que mal enxerga através de grossas lentes emolduradas por uma armação de plástico vermelho. O senhor aqui tem razão. Gramaticalmente ou não, quem teria atropelado o cão, se o houvesse, seria o motorista propriamente dito. Os senhores aceitam uma fatia de *plum cake*?

Abeliano recorda-se da viagem que não fez a Londres, onde não comeu o popular bolo de frutas secas. Mas sabe que é feito com farinha, manteiga, ovos, açúcar e sal. Juntam-se a esses ingredientes cerejas de compota, passas, amêndoas picadas, canela, cravo, casca de laranja e noz-moscada. Pode-se acrescentar um tantinho de *kirsch* ou conhaque, mas nesse caso o conteúdo alcoólico talvez prejudique alguns dos convivas que tenham necessidade de manter a abstinência, razão pela qual devem ser alertados. Obrigado, a senhora é muito gentil, responde o aposentado, servindo-se de uma fatia. Abeliano agradece sem aceitar, e o *office boy* nada pode fazer senão se contorcer de gozo contra o braço da jovem, que deixa escapar um gemido. Eu já ia fechando a porta na cara do poeta, mas o Ganso, lá embaixo, esticou o pescoço e me deu um cutucão no ventre, ansioso por se meter na primeira greta que aparecesse. O senhor também cria gansos?!, pergunta a senhora dos óculos vermelhos e do bolo de frutas secas. Nós temos mais de vinte casais lá no sítio. Eles são melhores do que os cães para proteger a casa. Quando algum estranho se aproxima... Desculpe, minha senhora, eu não crio gansos porque não gosto de animais. Mas o senhor disse que o ganso... A senhora deve ter ouvido mal. Minha audição é perfeita, são os olhos que não funcionam muito bem. A mulher sorri, contrafeita, e olha pela janela, à procura talvez dos gansos do Capitólio. O aposentado baixa a voz e prossegue. Ela gosta de gansos, mas com essa cara, francamente! Bem, o poeta empurrou a porta e me intimou: Porra, meu, você não vai fazer isso comigo, eu tô num atraso de tartaruga paralítica! Bocejei e lhe ofereci uma cerveja. Levei a conversa para temas elevados, tentei a sociologia, o tiro com arco zen, a arquitetura da Atlântida...

7

Não foi o cachorro... parece que o ônibus quase bateu num caminhão, esclarece o japonês. Como é que esses panacas podem estar tomando conta do mundo?!, indaga o aposentado.

8

Antes que o poeta se entregasse ao orgasmo ali mesmo, na sala, e respingasse meu tapete, acabei concordando, para felicidade e delírio do Linguiça. Atenção, pessoal, nós somos estudantes e estamos aqui para oferecer a vocês este livrinho maravilhoso, pequeno no tamanho mas enorme no conteúdo. Foi escrito por nosso mestre, sua Divina Graça Swami Prabhupada, fundador da Sociedade Internacional da Consciência de Krishna. Dois jovens de cabeças raspadas (cada um com uma cabeça, entenda-se), vestidos com túnicas de algodão laranja, distribuem o livrinho. Vamos ver isso, diz o aposentado. Deve ser divertido. O apelido desses idiotas é *codornas*, e eles se parecem mesmo com umas pobres codornas gripadas. Podem pegar sem problema, sem compromisso. Quem quiser o livro dá uma pequena contribuição para ajudar o movimento. Este livro contém os ensinamentos de Prahlada Maharaja e nos oferece um processo de ioga muito agradável, que dá prazer espiritual constante a quem o pratica. Com uma contribuição simbólica você recebe a fonte da verdadeira felicidade. *Moça, olha a blusa da menina. Caiu no chão!*, grita o cobrador. *O senhor pode me dizer se este ônibus vai até a represa?* Passamos a maior parte da vida dormindo, fazendo sexo, correndo atrás de dinheiro. Só as pessoas normais, ironiza o aposentado, em voz baixa, pois felizmente não tem a vulgaridade dos provocadores. Mas a velhice chega rapidamente, podemos morrer a qualquer momento. Os jovens também podem morrer a qualquer momento, observa o aposentado, na defensiva. Por isso nossa meta deve ser aprender sobre a consciência de Krishna. Devemos abandonar a companhia daqueles que estão em busca de desfrute material. Ou seja, nos condenarmos a viver no deserto, murmura o aposentado. Espero que o senhor não tenha que descer do ônibus sem ouvir o fim de minha história, acrescenta, preocupado com a inesperada perda de tempo, que poderia resultar, no máximo, na salvação de sua alma. Não que minha história seja importante ou original, mas... não quero acabar frustrado, como num coito interrompido. Ele ri. É preciso buscar Deus, porque Deus é a pessoa mais querida. Pronto. Já transformaram Deus em pessoa. Imagine Deus acordando de manhã, bem cedo, coçando a cabeça, espreguiçando-se e indo ao banheiro. *A senhora quer que eu segure a sacola? Eu não lhe dou o meu lugar porque machuquei o pé. O senhor está me chamando de velha?! Eu tenho cabelo branco, mas graças a Deus ainda me sinto muito jovem! Com muita disposição!* E ainda tem boas pernas, avalia o aposentado. Desfrutamos a vida com nossa esposa, nossos filhos, mas esse desfrute é falso. Minha esposa, meus filhos, recorda Abeliano. Eu sempre volto à mesa de jantar. Não tenho saudade do sexo, nem das visitas dos amigos. Só restou a mesa de jantar. Se pudesse continuaria sentado ali, para sempre, com minha mulher e meus filhos, o único momento real de minha vida. O jornal podia trazer péssimas notícias, o trabalho podia andar mal, desde que houvesse aquela reunião diária em volta da mesa de jantar. A solidão é isso, não haver mais aquele momento, a troca de olhares, o riso, a revelação de pequenos segredos, os sonhos, as queixas, as reprimendas, a surpresa constante ao redor da mesa de jantar. Cada criatura tem seu desfrute, observa o futuro monge. Os porcos gostam de comer excrementos. Isso é comigo, murmura o aposentado, com um risinho cínico. Os camelos apreciam os espinhos, porque sua língua sangra e eles se deliciam com o sabor do próprio sangue. Mas nós, seres humanos, devemos buscar o desfrute mais elevado, a consciência Krishna. Sou um camelo, pensa Abeliano, e o único desfrute que me resta é ir saboreando minha solidão, minha dor.

Abeliano divaga e retorna à juventude. Ele tem vinte anos e caminha pela Avenida Nove de Julho às duas da manhã. As ruas estão desertas, e ele olha para o chão, com esperança de encontrar uma moeda perdida, pois seu dinheiro acabou e ele não tem com que pagar o ônibus. Quando menino, sonhava com moedas depositadas pela enxurrada entre os paralelepípedos. Elas brilhavam com o sol, e Abeliano as retirava com um palito de sorvete. Ele volta para casa caminhando, pensando em sua mãe. Nas noites de sábado ela fica sozinha. Quando Abeliano chegar a encontrará na cama, fingindo dormir; e ele talvez escute seu choro abafado. O pai de Abeliano tem uma amante e sai com ela aos sábados. Os domingos são reservados para a família. Abeliano esperava com ansiedade pelos domingos. O pai tinha um automóvel importado, verde. Verde-montanha? Verde-mar? Verde-gaio? Ele ajudava o pai a lavar e lustrar o carro logo de manhã. À tarde a família saía a passeio pelos bairros de classe alta, e o pai diminuía a velocidade diante das mansões, dizendo à mulher e ao filho que um dia eles viveriam numa casa como aquelas. A mãe estava sempre arrumada aos domingos, e Abeliano ainda consegue vê-la, com os cabelos ao vento, perguntando em que época havia sido construída cada mansão, quanto valeria, a quem pertenceria. O marido respondia com uma profusão de detalhes, como se fosse agente imobiliário ou diretor do Patrimônio Histórico. A mãe sorria, e Abeliano se sentia orgulhoso. À noite iam ao cinema do bairro. Ele vestia um terninho – era o único menino da rua a usar calças compridas –, e todos o olhavam com um misto de inveja e simpatia. E foi assim que ele deslizou mansamente para dentro do mundo, tornando-se uma pessoa. Depois, os domingos foram ficando mais tristes, a relação entre Abeliano e o pai se deteriorou, já não iam mais ao cinema e continuavam a morar numa pequena casa de classe média. Às vezes o pai ainda falava nas mansões, mas a magia se perdera, o sonho se transformara num desejo vago, que acabara por se tornar ridículo. A mãe já não sorria, e Abeliano descobrira que o automóvel importado pertencia à amante do pai.

9

Outro livrinho aqui, para este senhor! Também temos incenso da Índia, legítimo, é só acender o palitinho e o quarto fica livre de qualquer vibração negativa. Se eu tivesse essa cara de pau, sussurra o aposentado, seria um homem rico. Esses caras são os reis do *marketing*. Devem comer o rabo um do outro. Nesses mosteiros rola a maior putaria, pode crer. Ninguém mais? Obrigado a todos os que colaboraram e também aos que não puderam ou não quiseram contribuir. Fica a sementinha da consciência de Krishna plantada no coração de cada um de vocês. Até a próxima, e bom dia. Brahma tem uma vida tão longa, observa Abeliano, que apenas doze de suas horas equivalem a quatro bilhões trezentos e vinte milhões de nossos anos. Já imaginou?, arremata o aposentado. Brahma sai de casa bem cedo, e a mulher dele pergunta: Meu bem... posso te esperar para o jantar? Ele segura o riso, como se temesse ultrapassar algum limite e provocar a ira sagrada. *Eu trabalhei duro, não roubei ninguém!*, diz um português, exaltado, três bancos à frente. *Aquele filho da puta precisa entender que eu sou um homem honesto. Não admito que me tratem dessa maneira!* O pai de Abeliano era português e se exaltava facilmente.

Aí o idiota me comunicou que as garotas só chegariam depois das onze da noite, prossegue o aposentado. Espero que ainda se lembre do começo da história. Perfeitamente. A loira peituda... Não. Era ruiva. Com umas tetas brancas, enormes, deslumbrantes, completamente naturais, porque naquela época ninguém implantava merda nenhuma nos seios, essa coisa ridícula, idiota, que deixa as tetas parecidas com duas bolas de futebol, tara de americano, aqui nós gostamos de bundas, lá eles são vidrados em tetas. Ainda tínhamos umas cinco horas pela frente. Afrouxei o laço da gravata e tirei o paletó. Já estava quase desistindo, o negócio não ia dar certo. Comigo é assim, quando as coisas demoram muito, acabam não acontecendo. Você não leva a mal se eu tomar um banho?, perguntou o poeta. Por mim você pode tomar banho, cagar, beber uma cerveja e até comer os restos de frango que estão na geladeira. Depois a gente vai ao cinema, sessão dupla, toma um café, entra numa livraria... vou acabar sendo seu namorado. Sabe que eu fiquei com a impressão de que o puto se masturbou no banheiro? Os poetas em geral são gente reprimida, tensa, mas quando entram embaixo de um chuveiro começam logo uma cantoria, como se a água quente dissolvesse todas as barreiras. Pode reparar. Não sei se você tem algum amigo poeta. Antigamente eles eram muito raros, se esgueiravam pelos cantos, mas alguém, num laboratório clandestino, deve ter deixado cair um frasco de inspiração literária no chão, e os vírus se espalharam, houve um surto, hoje tem poeta a dar com pau, um monte de garotas escrevendo merdas que elas acham ser poesia. E ficam putas se a gente as chama de poetisas. Querem ser poetas. Se a coisa pega, vão acabar tendo um tarugo entre as pernas. Alguns médicos malucos já andam implantando pênis em mulher. Porra, tem cabimento?! Logo vai aparecer uma promoção para poetisas: Implante um pênis, deixe crescer o bigode e vire poeta. Castro Alves deve estar se remexendo na tumba. Mas, voltando ao banheiro, os poetas, quando estão debaixo de um chuveiro, cantam. Acho que eu já disse isso. Com a idade fiquei meio repetitivo. A cantoria dos poetas é conhecida como a síndrome da cotovia. E aquele sonso ficou de bico fechado o tempo todo, não fez barulho nem pra peidar ou assoar o nariz, como qualquer pessoa normal. Quando saiu, estava mais calmo, com duas olheiras de fazer inveja a qualquer *husky* siberiano. E em geral esses caras não lavam o banheiro nem nada. Ainda bem que eu não morava com minha mãe ou com uma irmã, elas podiam engravidar com a porra toda que o poeta jogou lá, dava até para ouvir os espermatozoides gritando na correnteza! Quando o idiota finalmente apareceu, metido na minha melhor camisa, eu já havia tomado mais oito cervejas e estava quase desmaiado no sofá.

Abeliano se esforça para permanecer atento, o homem ri e movimenta as mãos, como se desenhasse cada palavra no espaço. As duas vagabundas chegaram às onze em ponto, coisa de profissionais, fodem com hora marcada, regulada pelo taxímetro. Nós já estávamos tão bêbados que seríamos incapazes de reconhecer nossa própria cara no espelho. Ficamos embromando até as duas e pouco da manhã, só na água mineral, dançando bolero. As garotas não se queixavam, estavam por conta da casa, o cafetão queria agradar ao sobrinho político, um atendimento de primeira, sabe como é, uma republiqueta de merda, os poderosos sempre fizeram o que lhes deu na telha, tratam isto aqui como se fosse um grande quintal, as pessoas simples são uma espécie de gado, vão de um lado para outro, sem vaqueiro, perplexas, procurando entender do que se trata. Eu não posso negar que naquela época estava me lixando para os menos favorecidos. As pobres das prostitutas, que, no caso específico, eram gente fina, podiam ser confundidas com madames, o que, aliás, hoje é muito comum, virou tudo uma grande zona. *Olhaí, pessoal!*

Vamos fazer uma forcinha que tem mais gente entrando. Eu só pensava em meter a vara em algum buraco morninho, e o resto que se danasse. Quando comecei a ficar sóbrio, percebi que a ruiva, a tal que ia fazer o serviço comigo, era um pouco estrábica, mas não me importei, porque a maioria delas acaba ficando vesga na hora do orgasmo. Reviram os olhos como se quisessem enxergar alguma coisa lá dentro do cérebro.

"Se eu fosse você cobria a cara de merda, seu vagabundo, filho da puta!", gritava o pai de Abeliano, apoplético, enquanto o espancava. Aquela era uma visão recorrente, que o acompanharia até o fim da vida. As pancadas não doíam tanto quanto as palavras. O pai batia em Abeliano com uma correia de couro, grossa, que era utilizada para levar o cão a passear. Abeliano sentia-se abaixo do cachorro. A cena se repetia quando o boletim escolar apontava para ele o dedo acusador. Um dia o pai perdeu a razão e o esmurrou até vê-lo caído no chão. Para arrematar, deu-lhe um chute na barriga. *Será que você pode virar essa bolsa para o outro lado?!* Abeliano ficou estirado no chão, urinando nas calças do pijama, esperando que o pai o matasse. *Você já bateu duas vezes com essa bolsa na minha cabeça!* A marca do cordão do sapato apareceu pouco depois na barriga de Abeliano. Em tais ocasiões a mãe chorava e pedia, aos gritos, *O que é que a senhora quer que eu faça, com o ônibus cheio desse jeito?!* que ele parasse com aquilo, mas o pai só terminava depois de fazer a catarse contra os aborrecimentos e frustrações acumulados durante o mês. *Sei lá, compra uma bolsa menor!* Muito tempo depois Abeliano descobriu que, na rua, o pai era um homem agradável, que encantava os amigos com suas anedotas e as mulheres com seus galanteios.

A ruiva me perguntou se eu gostaria de tomar um banho com ela, uma chuveirada fria, que me despertou. Durante o banho já deu para perceber onde eu tinha amarrado meu burro. A ruiva era uma doida perdida, começou a gritar e a rir enquanto eu a ensaboava, como se estivesse tendo o maior orgasmo de sua longa carreira. O que havia de tesão ali era um despropósito. Mas eu não me deixei intimidar. Fomos para o quarto e eu fiquei nas preliminares, procurando ganhar tempo. A mulher não tinha preferências, qualquer coisa que eu fizesse produzia o maior efeito. A maluca gritava, dizia palavrões, sacudia o quarto inteiro. Estava em pleno asilo, solta em seu maravilhoso delírio. Não sei o que ela viu em mim, talvez fosse ninfomaníaca. Por volta de seis da manhã fui à cozinha buscar uma garrafa d'água, porque já estávamos praticamente desidratados. Dei uma espiada na sala... *Estação Santa Cruz*, avisa o motorista. A loira dormia no sofá, e o poeta lia uma revista... *Acorda esse cara, ele disse que ia descer na Santa Cruz! Bêbado é um saco.* Quando me viu saltou da poltrona e me perguntou, num tom de perplexidade angustiada: Quantas você deu até agora?! Sorvi um bom gole de água, procurando manter a naturalidade, e respondi: Umas quatro, cinco, sei lá, perdi a conta. Ele ficou arrasado, e a partir daquele instante minha fama de garanhão se difundiu pelo mundo. Sabe como são os poetas, meio afrescalhados, falam pelos cotovelos, adoram uma novidade. Se você quiser que o universo inteiro fique sabendo de um segredo, conte-o a um poeta. Não que eles sejam necessariamente viados, tem até alguns que... eu não sei, acho que é uma coisa compulsiva, os sujeitos são muito criativos e têm que fazer tudo nos limites daqueles versinhos, uma camisa de força verbal. Quando ficam sabendo de alguma novidade aproveitam para se expandir, *Tô levando a menina pro hospital* saem logo de megafone em punho, anunciando, inventando, recriando. *Ela passou a noite com febre, vomitando. Puta merda! Eu tinha que descer na Santa Cruz! Ô cobrador, eu não pedi pra você me avisar? Corta essa, meu! Todo mundo aqui cansou de te chamar. Tu enche a cara e depois reclama da sorte. Vê se eu tenho cara de babá de bebum!*

O aposentado se levanta e diz, junto ao ouvido de Abeliano: Aqui entre nós, eu só tinha dado duas, com muita dificuldade, o caco cheio de cerveja. O resto foi bate-bola, estratégia. Ele solta uma gargalhada, como se a voz de repente se sentisse livre, depois de tantos sussurros. O japonês do envelope amarelo sorri, meneando a cabeça afirmativamente, o câmbio do ônibus range, uma espécie de gemido quase humano, a mãe desdentada belisca o braço da menina falante, que verte um choro silencioso. *Será que no hospital tem vaga? Minha avó ficou esperando uma semana e não foi atendida. Morreu no corredor. Hospital público é uma vergonha. E particular custa os olhos da cara.* Me perdoe se eu o aborreci com minha história, diz o aposentado, após um ataque de tosse. É o maldito cigarro. O senhor sabe, quando éramos jovens tudo parecia tão importante, não é mesmo? Acho que a velhice é isso, um cansaço das coisas, um desinteresse, como se a gente já conhecesse tudo. Desculpe-me perguntar... qual a sua idade? Setenta. Não aparenta. O senhor está ótimo. Eu não sei se emplaco os setenta. Ainda faltam dois anos e já estou batendo pino. O coração anda fraco, não posso mais praticar esportes. Mas ainda jogo bocha com os amigos. Por que o senhor não aparece lá no clube? Fica na Lapa, um clube de aposentados e desempregados, Unidos no Desencanto. O nome é meio depressivo, quem deu foi um barbeiro gozador, que já morreu. Mas a turma é animada, divertida. Aqui está o cartão, com o telefone e tudo. Eu fico lá o tempo todo, sou tesoureiro. Vou aguardar seu telefonema. Foi um prazer. Meu nome é Antenor. Abeliano. O prazer foi meu. Não perca o cartão. Não se trata propriamente de um clube, apenas um galpão, com duas quadras de bocha, algumas mesinhas para carteado e dominó, uma lanchonete improvisada, dois banheiros. É um lugar simples, mas tem uma grande vantagem: a liberdade. Lá não tem mulher, filho, nora, parente pra encher o saco. Você pode falar as besteiras que quiser. Tentei frequentar um desses programas para a terceira idade, aquela coisa inventada por gênios que ainda não envelheceram, sabe como é? Ginastiquinha, brincadeiras, palestras sobre a Grécia Antiga, pintura em gesso... olha, foi um saco. Uma vez eu estava fazendo ginástica e senti que vinha chegando (baixa a voz) um peido daqueles, heroico. Fiquei segurando, porque atrás de mim estava uma senhora ainda comível, e eu vinha tentando estabelecer contato. A mulher era fina, chegava com o motorista, não devia ser rica porque o carro não tinha nada de especial, já estava meio gasto, mas a família fazia um esforço. Pra não ter a mulher em casa o dia inteiro, mandava pro limbo, com o motorista. Na verdade ela não me dava muita trela, respondia amavelmente, mas sem dar margem. Eu sentia que no fundo ela se interessava, mas devia pensar... que adianta agora eu me envolver se já estou com um pé na cova? Eu olhava as pernas dela e dizia pro Careca: Aí está um material que talvez consiga o milagre da tua ressurreição gloriosa. A situação ficou difícil. Por um lado eu queria namorar a velhota; por outro eu me dei conta de que o peido não aceitaria acordo, tinha alguma coisa de solene, poderoso, monumental. No meio daquele conflito, pensei: É o peido da minha vida. Seja o que Deus quiser. Na manhã seguinte estava na primeira página de todos os jornais: "Peido arrasa edifício da terceira idade!". Nunca mais vi a mulher nem voltei ao curso.

    Abeliano deixa escapar uma gargalhada e o aposentado sorri, feliz, por ter conseguido derrubar as últimas barreiras. O senhor me pareceu triste, preocupado. A esta altura, meu caro, não dá pra levar mais nada a sério. A menos que o senhor ou alguém de sua família esteja doente. Felizmente estamos todos bem, graças a Deus. E então? Aproveite para dar umas boas gargalhadas, soltar (baixa a voz) alguns peidos... Nosso clube é um excelente lugar para essas manifestações de cunho cultural... amplo, bem ventilado. Estamos à sua espera. Eu já lhe disse que sou aposentado dos Correios. E o senhor? Fui professor de história da arte. Não me diga! Que trabalho interessante! Ensinar aos alunos como eram (baixa a voz) os peidos na Babilônia, na Pérsia... Não me leve a mal, sou um falastrão incorrigível, mas todos me acham um bom companheiro. O senhor me parece um tanto deprimido. Cuidado, a tristeza mata. É que o senhor me pegou num mau momento. Coisas de família. Não recebo notícias de meus filhos há meses. Espero que não guarde impressão errada de mim. Normalmente sou bem mais comunicativo e gosto de me divertir. Mais uma razão para que nos encontremos no clube. Quero conhecer essa outra faceta de sua personalidade. Agora tenho que ir. Não se esqueça de me ligar. Foi um prazer mesmo... não é sempre que a gente encontra uma pessoa culta para conversar. Até a próxima. Obrigado pelo convite. Ele desce do ônibus em movimento, escorrega e quase leva um tombo. Refeito do susto, acena para Abeliano e grita: É a velhice! Tô caindo de maduro... Se o senhor se arrebenta aí no chão acaba sobrando pra mim, reclama o motorista. Não esquenta, filho. Velho só faz besteira. Vai com Deus. Abeliano pensa em Horacio, poeta argentino, seu amigo de juventude, que voltou para Buenos Aires com a família há muitos anos e cujo temperamento se parecia muito com o do aposentado. Divertiam-se um bocado com as coisas mais simples. Seus encontros eram uma espécie de *jam session*, agarravam um tema qualquer, de preferência absurdo, e o desenvolviam com a habilidade de um malabarista chinês, girando frases na ponta de quatro ou cinco varas, simultaneamente. Alguns temas acabavam no chão, mas surgiam outros, a juventude era uma força exuberante, e por mais que a realidade lhes frustrasse as expectativas, continuavam a sonhar e a rir até perder o fôlego.

Colégio Arquidiocesano, dos Irmãos Maristas. Abeliano fez o curso primário com eles, num prédio demolido há muitos anos. Uma vez por semana os alunos permaneciam em fila, num longo corredor, para a confissão de seus pecados. Terminal rodoviário da Vila Mariana. O que encantava Abeliano *Cuidado quando descer aí, pessoal, que o movimento é bravo, tem muito batedor de carteira* eram os altares no mês de maio, dedicados à Virgem Maria. Os alunos de cada sala construíam seu altar com madeira, papelão, "papel de chocolate". Cada aluno contribuía com material e mão de obra. Alguns altares, mais sofisticados, *O senhor não vê que eu tô carregando a criança?!* tinham uma iluminação complexa, com luzes que *Mas não fui eu que empurrei, minha senhora!* se acendiam e apagavam, a cada vez uma cor diferente. No centro do altar, rodeada por uma enorme quantidade de flores artificiais, a imagem da Virgem fitava os garotos com olhar sereno, *Atenção, pessoal, cuidado com os trombadinhas!* e o menino Jesus *Agora há pouco assaltaram um casal... deram tanta porrada no homem que ele ficou desmaiado no chão. O coitado não quis entregar a bolsa e se deu mal* parecia se divertir no colo da Mãe Santíssima. *Ouvi dizer que tem uma quadrilha que rouba criança pra desmanche. Tem que matar eles todos, não deixar nenhum pra semente! Raça amaldiçoada! Esses bandidos não merecem piedade, já não respeitam mais nada, nem lei, nem Deus, nem porra nenhuma. É a fome. Fome o cacete! Na Índia tem fome e não existe violência. Os índios não têm nada a ver com isso, são gente boa. Índia! Eu disse Índia, minha senhora. Pois é... índio não faz essas coisas. Deixa pra lá. Os* alunos se esforçavam ao máximo para que o altar de sua classe fosse o mais bonito. Vendiam rifas, pediam dinheiro aos vizinhos, aos transeuntes... *Mas o que é que a gente pode esperar desses coitados que foram jogados na rua desde pequenos, cheirando cola de sapateiro, fumando craque?* Tentavam convencer os pais a colaborar com uma doação, o que não era difícil, *Se um desgraçado desses cruzar comigo, que Deus me perdoe, eu dou uma facada na barriga que o bicho vai sair arrastando as tripas na calçada!* porque todos queriam agradar aos professores. *Violência não resolve. Sei... O que resolve é a Bíblia. A gente pega um por um, põe a Bíblia na mão deles e depois manda fogo nos filhos da puta!* Os professores estimulavam as crianças, a Virgem ficaria muito contente *Se fuzilassem toda essa cambada eu queria ver se acabava ou não com essa pouca vergonha!* com essa dedicação. E o olhar maternal da imagem parecia confirmar o que eles diziam.

10

O senhor pode me dizer se já passamos pelo terminal rodoviário? Eu não conheço bem esta parte da cidade, responde Abeliano, absorto em seus pensamentos. Igreja Universal do Reino de Deus. Jesus Cristo é o Senhor. Nove e dezessete. Antena parabólica, homem de camiseta branca, Marlboro. Respeitar o idoso é respeitar a si mesmo. Um adesivo filosófico. Avenida Jabaquara. Um ônibus para ao lado, as pessoas parecem tristes, desanimadas, algumas dormitam. Caminhão de cerveja, loja de calçados, esfirra, caminhão de gás. *Será que tem perigo jogar esses bujões de gás em cima da carroceria, de qualquer jeito? De repente essa porra explode...* Na adolescência, durante as férias escolares, Abeliano trabalhava numa loja de calçados que pertencia a um amigo do pai. Lembra-se disso ao ver a sapataria do outro lado da rua. Os vendedores mostravam-se ansiosos para que o garoto progredisse em sua vida sexual. Havia alguns espelhos ao lado das poltronas, para que as mulheres examinassem os calçados em seus mínimos detalhes. Os vendedores colocavam os espelhos num ângulo que permitisse a Abeliano admirar as pernas das mulheres em seus mínimos detalhes, e às vezes até algo mais íntimo. No fim do dia ele estava exausto mas radiante com a descoberta daquele universo misterioso. Abeliano adormece e sonha com Gauguin. O pintor já não consegue se manter em pé, a gangrena avança rapidamente. Em sua choupana os quadros olham para o mar. De onde viemos? Quem somos? Para onde vamos? *Terminal Metropolitano do Jabaquara!*, grita o motorista no momento em que Gauguin entrega seu cachimbo a Abeliano.

Integração ônibus-metrô. Avenida da Assembleia. Vila Élida. Ponto final. Abeliano desce do ônibus com o cachimbo nas mãos. As pernas estão dormentes, e ele decide caminhar um pouco. O lugar não é mau. Ruas asfaltadas, lojas, casas sem revestimento. Abeliano deixou de fumar há muitos anos, mas sempre leva o cachimbo e a bolsa de fumo consigo. Transmitem-lhe segurança, como se estivesse em casa com a família, junto à lareira. Pensa nos filhos. Em sua última carta, Tereza disse que talvez o visitasse na época de seu aniversário, mas isso foi há três meses, e depois não lhe escreveu mais, nem telefonou. Se ela soubesse que o pai se encontra na longínqua Vila Élida, teria um sobressalto. Papai, quando é que você vem passar algum tempo com a gente em Nova York? Ela repete essa pergunta em cada carta, e Abeliano responde com alguma evasiva, pois não quer que sua presença interfira na rotina familiar da filha, já um tanto abalada por sérios problemas conjugais.

Bilhares, cartomante, joalheiro. Há quanto tempo Abeliano não entra num salão de bilhar? Enorme quantidade de revistas eróticas numa banca de jornais. Quanto mais se vê, menos se pratica. Há um Circular nº 5 parado no ponto. Abeliano lê a placa do itinerário e entra, pois o ônibus vai até Diadema, de onde ele poderá pegar outro que o leve à represa. O ônibus está quase vazio. Crianças brincam no pátio de uma escola.

Quando Abeliano tinha sete ou oito anos, seu pai ganhou no jogo do bicho e voltou para casa com um pacote de fogos. Foi na época das festas juninas. Depois do jantar ele e os pais foram para a rua e ficaram um tempo enorme soltando rojões, busca-pés e bombinhas. Abeliano se sentiu orgulhoso porque jamais algum vizinho havia queimado tanto dinheiro numa só noite. Naquela época o pai ainda o tratava com carinho. Mas depois que ele se tornou adolescente, sua vida mudou. O senhor me dá licença?, pergunta uma mulher de aparência distinta, muito maquiada, para parecer mais jovem, a boca pintada de vermelho-vivo. Ela poderia ter se sentado em um banco vazio, pensa Abeliano, mas escolheu o lugar ao meu lado, talvez para evitar que algum bêbado se deixe cair sobre seu ombro quando o ônibus estiver lotado. Uma mulher dessa idade não deve ter muitas oportunidades de conversar, está sempre ansiosa para falar de seus problemas, temores, frustrações. O ônibus propicia esse tipo de conversa, os contatos são muito rápidos, podemos contar a um estranho o que não revelaríamos ao nosso melhor amigo, pois é bem provável que não o encontremos nunca mais. Abeliano aguarda que a mulher comece a se queixar da situação econômica do país, das dificuldades enfrentadas pelos aposentados, das súbitas variações do tempo. Mas ela permanece em silêncio, sentada com aprumo, olhando fixamente para a nuca do homem à sua frente. Este ônibus faz um bocado de curvas, diz Abeliano. Ela se limita a mexer a cabeça afirmativamente, sem olhar para ele. E parece que o motorista é meio pancada, acrescenta Abeliano. A mulher continua imóvel, segurando a alça do banco à frente, como se temesse ser catapultada a qualquer momento. Suas mãos, recobertas por uma rede de veias azuis salientes, estão um tanto envelhecidas, mas ela deve ter sido uma mulher bonita. A maquiagem, um pouco exagerada, não consegue ocultar as manchas escuras da pele. A senhora poderia me dizer que horas são, por favor? A mulher aproxima o pulso e mostra o relógio a Abeliano, tão pequeno que ele mal consegue enxergar os ponteiros. Obrigado. Ela ergue a bolsa, pega um livrinho, abre-o nas páginas separadas por um lenço de papel e começa a ler. Abeliano espera um pouco, para não parecer indelicado, e quando ele fecha os olhos, com ar pensativo, em que nota um ligeiro traço de ansiedade e sofrimento, ele deixa cair sua isca. "Na noite anterior, a escuridão me havia parecido quase toda feita de árvores; e agora, ao abrir a janela, pensei que elas se haviam ido ao amanhecer." Ela fita Abeliano com uma expressão de perplexidade, sem conter a emoção. O senhor conhece Felisberto Hernández?!, exclama, enxugando uma lágrima com um lencinho de papel. Sim... é um de meus autores preferidos. Mas isso é um milagre! Jamais encontrei no Brasil alguém que tivesse ouvido falar de Felisberto Hernández! Os autores uruguaios são pouco divulgados aqui.

Uma curva fechada os aproxima, e suas coxas se tocam. A senhora é uruguaia? Mamãe. Nasceu em Montevidéu, mas veio para o Brasil com onze anos. Eu ainda tenho alguns parentes lá. As coxas talvez ainda não estejam manchadas, pensa Abeliano. Na maioria das mulheres, são a última parte do corpo a envelhecer. Desculpe-me... posso saber sua graça? Margarida. Na verdade, Margarita, mas acabei abrasileirando porque Margarita parece nome de *pizza*. A senhora é personagem de Felisberto Hernández. Eu?! Não se lembra? Está aí... *"La señora Margarita volvió a mirar el mar, que recibia y se tragaba la lluvia con la naturalidad conque un animal se traga a otro."* Abeliano segura-lhe a mão, levado por um inocente sentimento de camaradagem. Ela está com os olhos fechados e não reage ao seu contato. *"Esta agua parece una niña equivocada"*, conclui, *"en vez de llover sobre la tierra, llueve sobre otra agua."* Abre os olhos e fita Abeliano em silêncio. Depois, contendo o choro, murmura, como se falasse consigo mesma: Que agradável surpresa encontrar alguém que não só conhece Felisberto Hernández mas também é capaz de dizer seu texto de memória. Reli A casa inundada inúmeras vezes, diz ele. O texto é de uma sensibilidade, de uma delicadeza que vai se perdendo na literatura, hoje transformada numa espécie de jornalismo com pretensões a obra de arte.

Ela retira delicadamente a mão, para assoar o nariz, não mais com o lencinho de papel, mas com um lenço bordado que tira da bolsa. O senhor deve ser professor de literatura. Quem me dera! Sou um humilde funcionário aposentado dos Correios. Ainda não me disse seu nome. Abeliano. Encantada, balbucia, estendendo-lhe a mão. Seu pai certamente se chamava Abel; e sua mãe, Ana. Juntaram os nomes e... Abeliana, minha irmã, nasceu dois anos antes. Morreu de tifo. Herdei-lhe o nome. Lamento... Ela olha para a rua, pensativa. Na calçada, um menino ameaça um cão com um pedaço de madeira. Não é estranho?, diz ela, ainda emocionada. Duas pessoas que admiram Felisberto Hernández se conhecem num ônibus, a caminho de Diadema. Até parece uma história de Felisberto Hernández. E daqui a pouco nos separamos para sempre. Não necessariamente. Se quiser podemos nos encontrar em outra ocasião, num lugar mais apropriado. Espero que não seja casada. Não. Meu marido morreu quando éramos jovens, e desde então eu tenho vivido para cuidar de mamãe. Ela está doente? Faleceu há dois anos. Sinto muito. Então, a senhora mora com algum de seus filhos... Não tive filhos. Sou absolutamente só neste mundo. Levanta-se, controlando uma visível angústia. Permita que eu a acompanhe por um instante. Não tenho nada a fazer, podemos caminhar um pouco, tomar um café ou, quem sabe, sofrer um assalto juntos? Ela sorri, e as lágrimas vencem a última resistência. Não, senhor Abeliano... o senhor é muito amável, sinto-me honrada pelo convite, mas prefiro descer sozinha. A *sociedade enlouqueceu, cara! Os ladrões atiraram no menino que estava esperando o ônibus, pra fazer a polícia parar e eles poderem fugir. O garoto morreu.* Ela aperta a mão de Abeliano, tentando controlar o choro, puxa o cordão da campainha e, antes de lhe virar as costas, murmura: Já não temos tempo. Desce e olha da calçada, forçando um sorriso. Abeliano se levanta, decidido a segui-la, mas ela move a cabeça negativamente. Ele se deixa ficar, com a mão erguida, sem saber se deve fazer soar a campainha ou lhe dar adeus. Senta-se, invadido por uma tristeza aterradora, a mesma que viu nos olhos da pobre mulher quando esta lhe disse que era absolutamente só neste mundo. Abeliano respira fundo e tenta recuperar o ânimo. A vida passou tão depressa! Faltam apenas alguns pontos até o terminal. Abeliano sorri. Margarita... nome de *pizza*.

11

O terminal é amplo, moderno, tem até escada rolante. Mas parece frio, indiferente ao destino dos homens. Seus espaços abertos não acolhem, não agasalham, são feitos para curta permanência, à prova de mendigos. O sol aquece o rosto de Abeliano e lhe fere os olhos. Ele sobe no 24D – Eldorado, ansioso por chegar à represa.

Centro Cultural Diadema, loja de carros usados. Rua Pedro Álvares Cabral, homenagem muito aquém da merecida pelo grande navegador. Como se não lhe bastasse ter morrido esquecido de todos, em Santarém, agora o abandonam numa pequena rua de um bairro distante. Aluga-se. Morar naquele pequeno quarto, sobre o açougue, totalmente incógnito, pensa Abeliano. Compro algumas telas, tintas, pincéis, pinto o quarto de amarelo, corto uma orelha e fico à espera de que os quadros se valorizem. Abeliano ri. Para ser mais incógnito, só me tornando invisível. E o que são os velhos senão ex-criaturas, que já passaram a outra dimensão e que circulam entre os jovens como fantasmas inofensivos?! Roupas nos varais, Foto Jarry. O ônibus enche-se rapidamente. Mulata com bigodinho, mulheres cobertas de bijuterias, ouro falso, rapazes com camisetas em que se leem frases em inglês cujo sentido certamente desconhecem. Adoramos ser colonizados. A maioria das lojas tem nome estrangeiro. Barbearia Lucas. Este ao menos, não é colonizado. Luca's Hair Shop. Portuguese Athletic Association of Diadema. Barraquinhas de pastéis, caos arquitetônico.

Abeliano só se dá conta de que a garota está ao seu lado quando o ônibus faz uma curva fechada e ele sente a coxa macia e quente. Ela deve ter vinte e poucos anos. Abeliano procura manter a calma, pois esses contatos nos coletivos ocorrem com frequência. Muitas pessoas gostam de se esfregar, são saudáveis, necessitam de contato humano, íntimo. E não se pense que minha idade constitua impedimento. Há moças que se sentem atraídas pela naftalina, como se lhes desse um prazer especial encoxar velhinhos, algo muito próximo a desvirginar garotinhos, dois extremos da caridade – iniciação à vida e banquete de despedida.

A cada curva ela se aproxima um pouco mais. Se eu fingir que não percebi ela é bem capaz de pisar no meu pé, uma espécie de sinal verde que me autorizará a pressionar a perna inteira contra o acolchoado morno. Algo abaixo do meu ventre começa a pulsar, tocado por esse gesto benemerente. O senhor pode me dizer as horas? Essa é boa! Só falta agora ela me revelar que seu nome é Margarita. Perdão? É necessário que eu me faça de distraído, para não criar uma situação embaraçosa, pois quando isso ocorre elas afastam a coxa, envergonhadas. As horas, por favor. Elevou a voz, deve imaginar que eu sou surdo. Abeliano mostra-lhe o relógio, que está um pouco adiantado. E retira a perna, constrangido. Ela tem um corpo magnífico, um rosto encantador. Mas nós, hindus, sabemos que o corpo é apenas uma vestimenta perecível. Abeliano sorri, imaginando qual seria a reação de um santo homem num fim de semana em Ipanema, imerso num oceano de vestimentas perecíveis.

O senhor sabe se este ônibus chega até a represa? Não. Creio que o ponto final fica um pouco distante da represa. É a primeira vez que tomo este ônibus, diz ela. Quando eu era pequena meus pais me levaram a um lugar... eu não sei bem onde fica. Tem um restaurante feito de troncos, talvez já não exista, faz muito tempo que não venho... e um clube náutico. Não... acho que o clube fica do outro lado. Só me faltava um diálogo autogeográfico! Eu também tinha pensado em andar e olhar os barcos, diz Abeliano, lembrar dos velhos tempos... ou melhor, os tempos jovens, porque velho estou eu, o tempo não muda, é uma correnteza que flui irresponsavelmente, arrastando tudo o que encontra. Mas não lhe seguimos o curso, porque está sempre às nossas costas, como se subíssemos o rio, não sei se me entende. Às vezes nos detemos, pois a viagem cansa. Lançamos um olhar à correnteza e lá se vão, de cambulhada, nossos melhores anos... um amor encerrado em seu caixão flutuante, uma empresa falida, uma penca de sonhos maduros, um arranjo familiar desfeito, promessas, expectativas, tudo arrastado pela correnteza. Abeliano não sabe o que o levou a dizer tudo isso, as palavras lhe escaparam, como se falasse consigo mesmo. A jovem parece afetada por seu pessimismo e depois de um longo silêncio decide prosseguir no diálogo, uma outra forma de filantropia. O senhor tinha um barco? Sim... um veleiro de tamanho médio, com cabina. Foi levado pela tal correnteza. Navegava em alto mar? Não... refiro-me à correnteza metafísica.

A pressão da coxa retorna, secundada por um sorriso. No passado, Abeliano necessitaria de alguns minutos apenas para encantá-la, seduzi-la. (Aqui o autor se refere à garota inteira e não apenas à coxa propriamente dita.) Mas agora, na antessala do túmulo, só lhe resta mentir a respeito do veleiro que jamais possuiu e que na verdade pertencia a um amigo, como as mansões de sua infância, uma promessa para quando ele se tornasse um vencedor. Não sabe o que fazer, emparedado entre a paisagem e a coxa, uma paisagem sem atrativos, sem coníferas nem preamares, tão somente uma sobreposição de postes e vagos pensamentos sem nexo. Eu velejei muito na represa, prossegue ela, compenetrada, como se houvesse servido na Marinha de Guerra. Meus pais tinham uma casa de campo com um ancoradouro no quintal. Olhos verdes, cabelos claros e longos, dentes perfeitos. Abeliano imagina aquela boca em atividade numa cena de filme pornô. Meu irmão se afogou, o calção ficou preso num resto de cerca submerso. Mergulhou e não conseguiu voltar. Meus pais venderam a casa. Eu era pequena, já faz algum tempo. Sinto muito. Outra cena pornô força passagem no cérebro de Abeliano. E a legenda, em amarelo: *Fuck my ass!* Sri Aurobindo dizia que os pensamentos nos chegam de fora, em ondas, que podemos aceitar ou afastar. Dizia também que nossos pensamentos criam *formações*, entidades vivas que agem por sua própria conta para realizar nossos desejos, mesmo depois de já os termos esquecido. Embora sentindo-se infame, Abeliano deseja que as referidas formações tornem o filme realidade e que ele seja o protagonista, cuja glande recebe as atenções da jovem. Foi muito triste... meus pais nunca mais se recuperaram. Nunca mais praticaram sexo oral, pensa Abeliano, surpreso com sua indiferença, ele, um homem tão sensível. O senhor não veleja mais? Não. Já estou muito velho para isso. Limito-me a andar de ônibus. A menos que considere este veículo uma espécie de veleiro a navegar no seco.

Ela agora movimenta a perna com mais atrevimento. Uma das vantagens da velhice é a inconsequência. As pessoas não discernem muito bem a velhice da debilidade mental. Vou descer no próximo ponto e caminhar até a represa, murmura ela, olhando Abeliano fixamente e pressionando-lhe o pé. O ponto final não deve estar longe, dá pra ver a água lá adiante. Não quer me acompanhar? Desculpe... nós acabamos de nos conhecer... é que hoje eu estou me sentindo muito só. Bem, responde Abeliano, eu não tenho nada a fazer até o fim da tarde, nem à noite. Para ser mais preciso, não tenho o que fazer o resto de minha vida. Abeliano fala com voz abafada, mas o rapaz que os observa, em pé, deixa escapar um risinho cúmplice. Ela retribui com outro sorriso, sem constrangimento, e abre caminho em direção à porta do fundo. Abeliano paga a passagem, pois seria um vexame exibir a carteira de identidade e descer pela porta da frente. Vai saltar aí, tio?!, pergunta o jovem com ironia, como se Abeliano não passasse de um velho babão, perseguidor de colegiais. Embora ela seja bonita, atraente, exuberante, e esteja à procura de um pai, onde acabará tudo isso?, pensa Abeliano. Num motel? Talvez ela não consiga fazer amor com o namorado, por ele ser tímido ou impotente.

Com licença... me desculpe. *Vê se olha onde pisa. Velho só serve pra encher o saco! O tio tá de olho na guria...* Ele finge não ouvir. Não dá mais pra aguentar esse tipo de desaforo. Devia me mudar pra Londres. Mas lá o inverno é insuportável. Onde foi que a franguinha se meteu? Deixa pra lá, só ia dar aporrinhação. Já pensou se ela engravida? Abeliano continua a forçar passagem, até que um idiota assume o papel de senhor de seu destino. Calma... tem gente demais aí na frente e já estamos chegando no ponto final. Quando Abeliano consegue alcançar a porta, duas paradas já se foram e ela desapareceu, quem sabe para sempre. Ele toca a campainha, o motorista freia de repente, deve ter notado o que se passa, Abeliano não consegue sustentar o peso do corpo e bate a cabeça no cano de ferro. Os jovens riem. Aí, Tarzan! Ele desce e caminha bem depressa, na esperança de encontrá-la, mas logo se cansa e respira com dificuldade. Tenho que praticar natação, *tai chi*, patinação no gelo, qualquer merda que me obrigue a movimentar o corpo, ou vou acabar entrevado. Sou um idiota, deixei escapar uma oportunidade única, o encontro sexual de dois séculos! No passo em que vou, quando chegar ao ponto em que ela desceu já será hora do jantar. Abeliano lembra-se de uma expressão argentina, dita por seu amigo Horacio, a propósito dos cavalos retardatários numa pista de corridas: *Ese, che, entra de noche!* Em algum momento, sem perceber, me transformei num pangaré.

12

Abeliano desiste de procurá-la e caminha até a represa. Não reconhece a paisagem que tanto o encantou na juventude. Entra numa confeitaria para tomar um café, e ela está junto ao balcão, olhando para ele e sorrindo. Vamos velejar, diz, beijando-lhe o rosto. O barco de papai está ali adiante. Você não parece surpresa em me ver aqui. O destino nos uniu. Eu sabia que você me encontraria. Sejamos menos formais. Ainda não nos apresentamos. Eu sou Abeliano. Muito prazer... Laura. Previno-a de que não me sinto em condições de nadar. É um barco seguro. Não acha um pouco temerário? Posso ter um mal súbito a bordo. Pare de se fazer de velho. Vários amigos de meu pai, bem mais idosos que você, jogam tênis duas ou três vezes por semana. Mas eu sou velho. E não gosto de tênis. Você me obriga a ser indelicada e a perguntar qual é sua idade. Setenta e seis. Falando sério. Agora fiquei curiosa. O corpo chegou aos setenta mas o espírito já vai bem mais adiante. Deixe-me ver um documento. Bem me pareceu que você trabalha para o serviço secreto. Ouvi dizer que aprovaram uma lei de desocupação espacial. Acima dos setenta anos só terão autorização para viver os indispensáveis ao sistema, o que não é meu caso. Aliás, por esse critério, poderiam ter me eliminado aos vinte. Se continuar a bancar o menino desobediente, serei obrigada a castigá-lo. Entregue-me o documento. Nego-me e aceito o castigo.

Ela o beija na boca, diante de todos. O jovem que lava os copos não esconde o espanto. Se continuar resistindo, os castigos serão piores. Resistirei até a morte, responde Abeliano, olhando ao seu redor e sentindo-se ridículo. Ninguém, a não ser o copeiro, parece interessado. Ela o observa com um sorriso provocante. E então? Nada a declarar. Laura agarra Abeliano pelos cabelos e o beija com violência, invadindo com a língua a privacidade de sua boca. Rendo-me, diz ele, entregando-lhe a carteira de identidade. Ela examina o documento e o devolve, acariciando-lhe o rosto. Você não é velho... está apenas precisando de um trato. Mas o que é isto?! Alguma promoção de asilo para conquistar a confiança dos velhinhos e superar a concorrência? Não gaste seu estoque de carícias comigo... é um desperdício. Parece ofendido. Eu?! Quem se sentiria ofendido ao ser beijado e acariciado por uma garota deliciosa como você? Eu só o beijei porque tive vontade. E não pense que sou uma profissional do sexo ou uma pilantra de olho na sua fortuna. Francamente, nunca entendi as mulheres, muito menos as jovens de hoje. Deve estar brincando ou realizando alguma estranha pesquisa. Disseram-lhe, na faculdade, que saboreasse uma carne *faisandé*. Não sei se conhece a iguaria. Conheço o termo. Uma carne em processo de decomposição. Na Europa os caçadores matam as aves, especialmente os faisões, e as dependuram pelo pescoço. Quando o corpo se desprende da cabeça está no momento ideal para ser comido. Vejo que teve berço. Mais do que imagina. E não lhe perdoarei esse novo atrevimento. Outro castigo? Ainda não me disse sua profissão. Faz parte da pesquisa? Fui professor de história da arte e funcionário dos Correios. Agora estou aposentado. Um homem sensível, portanto, conclui ela. Onde aprendeu a falar assim, tão... Literariamente? Creio ter o direito de saber sua idade. Vinte e seis. Deixe-me ver o documento. Pretende me castigar? Minha presença não lhe parece castigo suficiente? Francamente, você merece ser amarrado a uma cama e torturado até a morte. Pare com isso... você só pode estar brincando. E se não estiver? Não é divertido? Por que você não se deixa levar, não se permite ser um pouco menos velho e casmurro?! Vejo que andou lendo Machado. É estudante de Letras. Há milhares por aí, todos desempregados. Laura encerra o diálogo absurdo com outro beijo. Você falou seriamente! Pretende mesmo velejar comigo. E quando estiver no meio da represa, surgirá um capanga e me apunhalará pelas costas. Para roubar o quê?! Sei lá... uma vingança, uma venda de órgãos. Mas, pensando bem, quem se interessaria por peças de reposição no limite de vida útil? Conclui-se, portanto, que se trata apenas de um singelo passeio de barco num dia ensolarado, que, se o senhor tiver o bom senso de aproveitar, poderá figurar em sua biografia como um dos momentos inesquecíveis. Abandono-me aos seus cuidados. Se fizer a gentileza de me afogar, a família certamente ficará sensibilizada e agradecida. Mas antes vamos tomar um café e comprar sanduíches e refrigerantes para termos o que fazer, conclui ele, com um sorriso irônico.

13

Meia hora depois, Laura e Abeliano estão nus, na cabina de um veleiro, um MacGregor 26, segundo informação proferida às pressas enquanto ela o despe. Cabina ampla, para cinco ou seis pessoas, com banheiro fechado. Abeliano tem a impressão de estar num filme. Participa da ação e ao mesmo tempo a observa, tentando manter um certo distanciamento, uma vigilância contra o ridículo. Relaxe, diz Laura, abraçando-o. Você não precisa se defender de nada. Sinto-me envergonhado por ter mentido agora há pouco sobre minha profissão, murmura ele para ganhar tempo, tentando controlar sua insegurança. Na verdade sou um templário. Um cavaleiro da Ordem do Templo, fundada no século XII por Hugues de Payns e outros oito cavaleiros, para proteger os peregrinos que iam a Jerusalém. Naquela época já existiam assaltantes e sequestradores. E você trabalha aqui, numa espécie de filial. É. Serviço de segurança. Protegemos os que buscam a Terra Santa. Mas não aparecemos ostensivamente. Uma espécie de serviço secreto? Isso. Você agora está sob minha proteção. E esse seu trabalho como segurança... não é perigoso? Não se trata de perigo e sim de responsabilidade. Zelamos para que o mundo não seja totalmente invadido pelas trevas. Mas isso já está acontecendo. Imagine então se não existissem os templários. Você não anda armado, anda? Vigiai e orai. Isso é tudo. Ela ri e o beija na boca, um beijo inocente, fraterno. Quando é que você se aposenta? Um cavaleiro do Templo não se aposenta. Morre em seu posto. Você já deve ter visto alguns filmes do 007. Ele também é um templário. O James Bond?! Não. O Sean Connery. Mas ele talvez não saiba. Não posso lhe assegurar porque nunca nos encontramos pessoalmente. Às vezes o sujeito é um templário, veio com a incumbência de preservar a luz, mas não sabe disso. E o que é que você estava fazendo no ônibus? Vigiando e orando. Tomando o pulso da situação. No ônibus? É o melhor lugar, um universo em miniatura. Você é completamente maluco. Só de pensar na sua lança de cavaleiro eu fiquei arrepiada e meu coração disparou. Você quer ouvir? Ela pega a cabeça de Abeliano e a coloca entre os seios firmes e rosados. Ele se deixa ficar, sentindo o contato da pele jovem. Afinal, os templários têm direito a momentos de repouso. E então? Meu coração lhe disse alguma coisa? Disse que foi muito machucado mas já se recuperou. Laura empurra Abeliano delicadamente e o deita na cama. Depois, acaricia-lhe o corpo com lábios experientes. Eu não devia permitir, murmura ele, sentindo que o corpo reage. Você está sob minha proteção, e a um cavaleiro só é permitido o amor platônico. Essa conversa maluca me deu o maior tesão, responde ela, agasalhando o sexo de Abeliano com a boca morna e macia.

14

É com enorme surpresa que ela se vê nos braços de um amante vigoroso, que não se rende aos seus encantos, mas, pelo contrário, age com certo distanciamento e com um cinismo carinhoso de mestre em relação a uma discípula menos experiente. Considerando-se minha timidez, somada à provecta idade e em contraste com sua exuberante juventude, creio não estar em condições de oferecer um bom desempenho. Peço-lhe que feche as cortinas. A escuridão não só me proporcionará mais segurança como poupará aos leitores uma cena que pode beirar o ridículo. Mas a escuridão não os impedirá de ouvir sussurros e gemidos, responde ela, fechando as cortinas. Ai!, geme Abeliano, ao dar com o joelho na aresta da cama.

15

O balanço do barco e o cansaço levam Abeliano a um sono profundo. Quando ele acorda, a cabina está às escuras. Laura!, chama, apalpando a cama ao seu lado. Laura! Silêncio absoluto, quebrado apenas pelo chapinhar do barco. Porra... será que aquela doidivanas me deixou aqui sozinho?! Ele se levanta e avança lentamente, procurando se situar na escuridão. O banheiro deve estar deste lado. Abeliano encontra a porta, abre-a, e uma ideia lhe vem à cabeça. E se ela estiver morta? Hoje em dia os jovens não têm muita resistência. São fortes, aparentemente saudáveis, mas perderam a cepa. Ervas de superfície, enfraquecidas pelas drogas. Puta merda! Nem me lembrei da camisinha. Com tanta promiscuidade... Que ridículo. A esta altura não devia me preocupar com isso. Um velho apegado à vida, numa época em que tantos jovens parecem querer se desfazer dela a qualquer preço. Laura! Ele tateia ao longo da parede e encontra o interruptor. Acende a luz e vê o próprio rosto no espelho. O sexo me fez bem. Pareço vinte anos mais jovem. Abeliano se veste e abre a escotilha, assustando-se com a noite profunda, fechada, sem uma única estrela, sem um fiapo de lua. Um forte vento faz adernar o barco, e um relâmpago risca o céu. Devo estar longe da margem. Aquela maluca me largou aqui, no meio do nada. E o pior é que talvez esteja chegando uma tempestade. Mas onde é que eu estava com a cabeça quando segui aquela idiota?! Acho melhor descer a vela mestra e desamarrar a escota da buja. Abeliano quer evitar ser surpreendido pela tempestade, que não lhe dará tempo de diminuir a ação dos ventos. Quanto à buja, basta que esteja solta para não causar problemas. Caso a tempestade chegue, o barco sofrerá apenas com o balanço das ondas, correndo menos risco de soçobrar. Não adianta sair por aí, velejando às cegas, resmunga, sentindo-se estimulado pelo frescor da noite. O barco pode estar se afastando da margem, e eu não consigo desamarrar essa merda no escuro.

Cansado de ficar ali, ao vento, ouvindo o voejar da buja e olhando para o ventre da noite, Abeliano entra, acende a luz, fecha a escotilha e senta-se na cama. Enche o cachimbo mas não encontra os fósforos. Está inquieto, não tanto pelo risco de morrer afogado, mas por ter de permanecer ali, naquela prisão oscilante, à espera do amanhecer, sem saber se Laura voltará. Não há nada para ler, nem um rádio que o ajude a passar o tempo. Apaga a luz, deita-se e fica pensando no absurdo de tudo aquilo. Só me faltava morrer no meio da represa. Pensando bem, não seria tão grave quanto acabar como o aposentado dos Correios, exibindo minha virilidade aos desconhecidos, nos ônibus, contando-lhes como seduzi e deslumbrei uma jovenzinha inexperiente. Está quase adormecendo quando um clarão rasga a treva. Puta merda! Não se assuste, é apenas um fósforo, diz Laura, com o rosto iluminado pela chama. Porra... mas o que é que você está querendo?! Me matar do coração? Quero apenas acender seu cachimbo. Vamos cair fora daqui antes que a tempestade chegue. Você fala como se estivéssemos em alto-mar. Isto é apenas uma represa. Não me venha com essa conversa idiota. Velejei o bastante para saber que mesmo numa represa, durante uma tempestade, as ondas podem ser suficientes para afundar um veleiro como este. Ela risca outro fósforo. Deixe-me acender seu cachimbo. Se a tempestade vier, quero vê-lo com os cabelos ao vento, envolto em aspirais de fumaça, como os velhos lobos do mar. Que espécie de livros você anda lendo? Eu pensei que só se interessasse por boa literatura. Laura acende mais um fósforo, e Abeliano, diante de tanta solicitude, aproxima o cachimbo e solta uma baforada. Assim está melhor. Se você deixar crescer a barba e viver um pouco mais ao ar livre, para pegar uma corzinha, vai ficar uma graça de velhinho. Pare com essa conversa e vamos lá fora erguer a vela mestra e firmar a buja. Quem diria! Temos a bordo um marujo enrustido. Você é uma garota inteligente, simpática, boa de cama. Seria perfeita se falasse menos. Aliás, esqueci de perguntar onde você estava metida. No armário. Queria ver se você entrava em pânico. Sabe como são os velhinhos de hoje, sempre assustados com qualquer imprevisto. Assustada vai ficar você quando eu perder a paciência e começar a apertar seu pescoço. Não fale assim que me deixa excitada. Ela agarra Abeliano pelos cabelos e o beija, ou melhor, sorve-o, como se saboreasse uma ostra. Você foi maravilhoso. Abeliano já não está preocupado em fugir da tempestade. Sente-se bem naquela cabina, vive a ilusão de um relacionamento afetivo, como se a juventude lhe fosse devolvida. Onde você guardou aqueles sanduíches... e os refrigerantes? Há sempre algumas garrafas de vinho naquele armário. O saca-rolhas deve estar naquela gaveta. Ele abre o armário e assovia. Há vinho aqui para uma bacanal! Essa é a ideia, arremata Laura rindo e agarrando Abeliano à força. Ficam bebendo e conversando, até que Laura dá inicio a uma série de carícias, despertando o interesse de Abeliano, desta vez sem refinamentos.

16

Muitos dias se passam até que ele consiga se recuperar daquela felicidade traumática.

17

Abeliano resiste ao desejo de telefonar para saber se Laura ainda se lembra dele. Acha melhor fazer de conta que tudo aquilo não ocorreu, como, de resto, considerados os ensinamentos védicos, nada ocorre de fato na grande tessitura ilusória do universo. Mas a lembrança daquela carne primaveril ainda o atormenta, força a passagem para esta cambiante realidade. Porra, pensa ele, sorvendo outro gole de uísque, às sete e vinte da manhã! Vou acabar acreditando que estive metido naqueles desvãos. Chove abundantemente. Ele afasta as cortinas e corre o olhar pelos telhados vizinhos, dos quais a água desaba em cascatas. Procura o papel em que anotou o número do telefone de

Laura e disca. Uma gravação responde que aquele número de telefone não existe. Aliviado por se ver livre daquele tormento e infeliz por sua credulidade, ele desliga e se põe a andar de um lado para outro, relembrando aquela tarde fervorosa. Se tudo ocorre na mente, como dizem os budistas, basta esquecer para devolver os fatos ao plano da inexistência. Suponhamos que um encontro amoroso houvesse ocorrido no dia 5 de janeiro de 927, entre Maria de Tal e João Ninguém. Poderíamos hoje considerar reais aquelas carícias, aqueles orgasmos que, no momento, pareciam tão vivos e definitivos? Os amantes sequer passaram à história, não deixaram descendentes, nenhum traço de sua presença neste desolado planeta. Dissolveram-se no ar, tangidos pela brisa dos séculos. Suas palavras, seus gemidos ecoam talvez em algum ponto do infinito, lançados para sempre no abismo da eternidade. Não é apenas o número do telefone que não existe. Laura, eu, todos nós borbulhamos nesta gosma verde, uma choldra egocêntrica a fervilhar num caldeirão de bruxas, desejando permanecer o máximo possível na superfície, onde se dá a momentânea existência das bolhas.

    O telefone toca e Abeliano corre, ansioso por ouvir aquela voz de bolha. Finalmente!, brada um vozeirão de homem, lançando ao fundo do caldeirão as esperanças de Abeliano. Estou ligando há dias, preocupado, imaginando que você tivesse se esquecido de me convidar para o seu enterro. Quem fala?!, balbucia Abeliano, tentando encontrar em seus arquivos mentais alguma fisionomia que corresponda àquela voz irritante e absurda. A esclerose avança a galope na paisagem desolada desses neurônios, insiste a voz. Por favor, diga logo quem é... não estou para brincadeiras. Disquei para o aposentado Abeliano Tarquínio de Barros, doutorado em letras e artes pela Universidade do Vinário? Não é de vinho que se trata e sim de uísque, rebate Abeliano, sorvendo outro gole do destilado escocês. Assim, logo cedo?! Mordem-me as lembranças, arrancam-me pedaços da alma. Não me diga o preclaro mestre que saltou o muro do esquecimento para o quintal de alguma beldade! E dei com os costados no canil de Cérbero, o guardião do inferno. O que houve com sua voz? Isto é uma gravação. Você tem certeza de que desabou no canil de Cérbero e não nos braços da Hidra? Sei lá! Não tive tempo suficiente para saber se o monstro tinha sete cabeças ou três. Gostaria de ouvir os detalhes amanhã, quando você vier buscar as vestes de cardeal. Cardeal?! Não consegui as de bombeiro. Ficam para outro dia. Mas eu não estou com o menor espírito cardinalício. Paciência. Deu-me um enorme trabalho conseguir as roupas. Espero você amanhã. A que horas? Logo cedo. Tomamos juntos o desjejum. Veremos. Não sei se me sobra tempo. Aguardam-me no Vaticano. Procure chegar antes das nove. Abeliano desliga. Ainda tem o dia inteiro pela frente, e não para de chover. Mete-se outra vez na cama e ali permanece, pensando em Laura, relembrando cada detalhe e acrescentando alguns malabarismos eróticos impossíveis de realizar na sua idade. Por fim, vencido pela depressão, abandona-se ao torpor e adormece, no momento em que Laura lhe confessa seu amor.

18

O dia amanhece ensolarado. Abeliano acorda antes que o despertador toque. Deixou as cortinas abertas para receber a claridade no rosto, pois não confia no aparelho. Tem tempo de sobra. Após o banho, quase frio, para despertar as energias cardinalícias, toma o café da manhã no quarto e sai, caminhando até a loja em que o amigo Theobaldo trabalha como gerente. Em poucos minutos chega ao Largo do Paissandu. Vê com tristeza o Lido e o Art Palácio, cinemas de passado glorioso, agora mergulhados na decadência que avassala o centro da cidade. Para diante da pequena igreja e decide entrar. Venerável Irmandade de Nossa Senhora do Rosário dos Homens Pretos. Na entrada, um cartaz: "Nossa Senhora do Rosário, divina mãe de Jesus Cristo, sublime redentora de todos nós, permita--nos reverenciar com respeitosa gratidão, muita fé e carinho, em todos os dias 7 de cada mês, todas as suas graças e favores por nós solicitados e recebidos". A igreja está vazia. O racionalismo ganhou terreno sobre o sagrado. Abeliano ajoelha-se e reza, levado tanto pela fé quanto pela necessidade de entrar em sintonia com o papel que, dentro de instantes, estará desempenhando. Sai, dá esmola a um aleijado e contorna a igreja. Sex Shop, Ponto Chic – o verdadeiro sabor paulistano. Há anos ele não vê a *Mãe Preta*, escultura da negra que amamenta uma criança branca. Aproxima-se e lê o texto de Ciro Costa, escrito no pedestal: "Na escravidão do amor, a criar filhos alheios, rasgou, qual pelicano, as maternaes entranhas, e deu à Pátria Livre, em holocausto, os seios". A singela homenagem aos negros está inteiramente coberta pela merda dos pombos que voejam ao seu redor. Lixo, moradores de rua, mau cheiro e camelôs arrematam a paisagem. Abeliano sobe a Avenida São João. Bingo Olido, Temos Livros. Fitas de vídeo usadas, cine Bizarro 24 horas, *show* ao vivo. Livraria de saldos, vazia. Rei do Mate. Um enxame de motos passa a grande velocidade, e o coração de Abeliano estremece. Era de amor que estremecia outrora, no cruzamento da Ipiranga com a São João, diante do Jeca, onde ele e seus amigos de juventude varavam as madrugadas matando a fome e a sede.

Cinemas – Paris, Ipiranga, Marabá, República. Camelôs, McDonald's, camelôs, Bob's, Basbuch, camelôs, Rua Barão de Itapetininga, submersa num oceano de barracas, império de vendedores ambulantes. O passado de Abeliano, todos os dias de sua juventude dissolvidos no ar, tangidos pela brisa dos séculos. Aqui, nesta esquina, no segundo andar, morava a prostituta que o iniciou sexualmente. Ele a perdeu de vista e muitos anos depois a reencontrou na calçada. Foi você quem tirou minha virgindade. É mesmo?! Que idade você tinha? Catorze. Então, para comemorar, vamos fazer uma coisa muito especial. Era uma mulher bonita, delicada, sensível. E Abeliano voltou muitas vezes, para fazer a tal coisa muito especial. A esta altura já deve estar morta, pensa ele, sentindo remorso por ter contribuído para o envelhecimento precoce da pobre mulher, desgastada pela prática de tantas coisas especiais. Ele chega à loja pouco antes das nove horas e encontra a porta fechada. "Illusion – Roupas, Figurinos e Fantasias", diz o letreiro na fachada. Estamos atrasados, geme Theobaldo, ofegante, procurando as chaves nos bolsos. Você tem que se vestir antes que o dr. Santos chegue. Na verdade, o proprietário da loja conhece a vocação histriônica de Abeliano e acompanha à distância suas incursões no universo dos crédulos. Contudo, para manter a autoridade de sua posição patronal, jamais se manifesta quanto aos personagens encarnados por Abeliano e age com a maior naturalidade quando o vê travestido de príncipe, maestro, filósofo grego, governanta alemã ou odalisca, aceitando como verdadeiras as justificativas de que aquilo tudo faz parte de uma pesquisa sobre o comportamento humano.

A loja é pequena e não comporta o número excessivo de fantasias e roupas teatrais, dependuradas em centenas de cabides e amontoadas sobre o balcão. Ninguém, a não ser Theobaldo, com sua memória pantagruélica, seria capaz de encontrar qualquer peça naquele caos de plumas, rendas, lantejoulas, vidrilhos, aços, latões, galões, fitas, laços, redes, franjas, bordados, pérolas falsas, tranças, botões, dragonas, palhetas, azeviches e outras infinitas miudezas. Aqui está!, exclama Theobaldo, como se ele próprio se admirasse de sua capacidade canina para encontrar, em meio à mixórdia, alguma bagatela extraviada. Onde estará o solidéu? Vejamos... aqui... embaixo das saias havaianas! Abeliano livra-se rapidamente das roupas e se cobre com as vestes de púrpura, o solidéu e as demais peças que compõem a dignidade cardinalícia, sob a experiente orientação de Theobaldo. Só lhe falta a coroa, a tonsura no alto da cabeça, observa este, com o olhar embevecido pela perfeição de sua criatura. A ausência da tonsura poderá denunciar o impostor. Cuide-se, portanto, para ter o solidéu bem ajustado no cocuruto sempre que tirar o chapéu. Aliás, convém prendê-lo discretamente com uns grampos de cabelo, para que não caia. Os grampos... onde se terão metido os grampos?! Theobaldo penetra resolutamente na densa floresta de veludos, cetins e tafetás, resmungando e amaldiçoando a raça dos pequenos objetos, numa espécie de ritual mnemônico, até que por fim deixa escapar um grito de vitória e retorna com a caixinha de grampos. Este caos é a sua garantia empregatícia, pondera Abeliano, olhando-se no espelho. Espero que o chapéu também me sirva. Disso cuido eu, não se preocupe. Aqui está... perfeito! Se você fosse a Roma, elegeria o papa sem que ninguém desse pela farsa. E cuidado com o latim. *Benedictus Deus qui non amovit orationem meam et misericordiam suam a me*, diz Abeliano, com uma impostação clerical. Bendito seja Deus, que não apartou de mim nem a minha oração nem sua misericórdia, traduz Theobaldo, beijando a mão de Abeliano. Magnífico! Não sei se você está compenetrado das honras especiais que lhe são conferidas pela dignidade cardinalícia. Sei que me cabe o título de Eminência, mas não me recordo de outros detalhes. O perigo está nos detalhes. Pare de se olhar no espelho e preste atenção. O que vou lhe dizer deve ser tomado com alguma reserva, pois longe vai o tempo em que deixei o seminário, e de lá a esta data a Igreja passou por inúmeras transformações, algumas das quais me cheiram a protestantismo. Vejamos... os cardeais estão organizados em três ordens: bispos, presbíteros e diáconos. Para ser cardeal não é necessário ser padre ou pertencer ao clero. Basta ter as ordens menores e vinte e cinco anos de idade. E um bom pistolão, acrescenta Abeliano. E o que vêm a ser essas ordens menores? A ordem é um dos sacramentos da Igreja. O ordenado recebe dos bispos o poder de exercer funções eclesiásticas. As ordens menores são as de ostiário – que nada tem a ver com as hóstias, e sim com a função de porteiro, *ostiariu*, em latim –, encarregado de abrir e fechar as portas do templo e zelar pelas alfaias do culto; leitor, a quem compete ler tratados de religião ou de moral nos conventos, seminários e outras casas religiosas, enquanto os demais se empanturram em boa mesa; exorcista, mestre nas artes de dominar e expulsar demônios; e, finalmente, acólito, simples auxiliar subalterno que ajuda à missa, cuida dos círios, traz as velas... Quantos são os cardeais que compõem o Sacro Colégio? Setenta. São os eleitores, ministros e conselheiros do papa. Com estas poucas informações e algum cinismo você já pode se lançar ao mundo profano como pescador de almas qualificado. *Stetit in medio discipulorum*, diz Abeliano, lançando um último olhar ao espelho. Colocado em meio aos discípulos, traduz o dr. Santos, que acaba de entrar. E acrescenta, com ironia, traçando no ar o sinal da cruz: *Pax vobis. Nolite timere.*

19

Ao sair, Abeliano sente-se inseguro, pois essa é a primeira vez que assume a identidade eclesiástica. Uma repentina lufada de vento quase lhe arranca o chapéu da cabeça, e ele caminha colado à parede, cingindo as vestes que se debatem como velas de uma nau à deriva na tempestade. Que Deus nos proteja!, exclama uma senhora, lutando para manter cobertas as pernas, enquanto a saia drapeja, indiferente aos parâmetros da moral. Protegidos somos por nossa fé nos desígnios do Altíssimo, responde Abeliano, admirando o alvor das coxas. Tem cabimento essa mudança de tempo?!, diz um homem que emparelha com ele. Vem chuva grossa. Esta cidade não dá garantia a ninguém.

De volta ao Largo do Paissandu, Abeliano chega ao ponto inicial do 9501 – Cachoeirinha e entra no ônibus aos trambolhões, vergastado pelo aguaceiro que desaba sobre ele sem qualquer consideração por sua dignidade cardinalícia. Puta merda!, exclama, ofegante, deixando-se cair no banco ao lado do motorista. Que chuvarada dos demônios, hein?, diz o profissional do volante, com um largo sorriso de dentes arruinados. Quase estragou sua fantasia. Que fantasia?, contesta Abeliano, mordendo o ar para recuperar o fôlego. Essa... de padre. Vejo que o senhor não está afeito aos assuntos e costumes da Santa Madre Igreja Católica Apostólica Romana. Essa fantasia a que o senhor se refere são vestes de cardeal. Cardeal? Sim... prelado do Sacro Colégio Pontifício. Como aquele da Rua Cardeal Arcoverde? Exato. Me desculpe, doutor, eu não... Eminência. O senhor deve se dirigir a mim dizendo Eminência. Esse é o tratamento dispensado aos cardeais. Reserve o seu "doutor" aos que concluíram o curso superior. Mas essas roupas são de padre, insiste o motorista; só que mais coloridas. Num certo sentido o senhor não deixa de ter razão, visto que o cardeal está para o sacerdote como o general para o soldado raso. Pensei que o senhor fosse artista... desses que fazem filmes de macarronada. O senhor se refere à propaganda, aos filmes que passam na televisão, oferecendo produtos. Isso. Não, meu amigo... eu sou um cardeal de verdade, com direito a eleger o papa. É mesmo?! Como é que eu ia adivinhar? O senhor subiu correndo no ônibus, se jogou no banco e disse... me desculpe, doutor, sem querer ofender... Eminência. Pois é... o senhor disse... Vá em frente, esqueça que eu sou um cardeal. O senhor disse... puta merda! Então eu pensei... não tem nada a ver, padre não ia dizer puta merda. Só se fosse o dom Ernesto. E quem é o dom Ernesto? O padre lá da minha paróquia. Vive dizendo puta merda pra tudo o que acontece. O senhor certamente ouviu mal. Devo ter exclamado algo em latim, a língua oficial da Igreja. Muitas palavras de nosso idioma provêm do latim, como *ônibus* por exemplo, *omnibus* em latim, que quer dizer "para todos". *Putativo* também, em latim *putativus*, que nada tem a ver com putas, é o mesmo que "suposto". Dizemos que um casamento é putativo quando contraído indevidamente, mesmo que seja de boa-fé. E merda?, insiste o motorista, irônico. Também vem do latim? Pois aí tem o senhor... *merda* em português, *merda* em latim. O senhor é muito engraçado!, exclama o motorista, rindo. Não precisa apelar para essa história de latim. Ninguém mais se incomoda, doutor. Hoje o padre é como a gente, ficou tudo misturado. Eles gostam de vinho, de música, de mulher. Me desculpe falar assim com o senhor, doutor, mas essa é que é a verdade. Virou tudo uma grande zona. Não tem padre por aí abusando de menor? Isso eu já acho sacanagem, mas dá pra entender. Padre não pode casar, fica se segurando, vendo a mulherada na igreja com aqueles decotes, aquela putaria toda na televisão. Um dia, pum, a coisa explode, e ele fatura algum garotinho. O senhor está insinuando que eu seja capaz de... Não tô insinuando nada, doutor. Eu não sei latim, meu negócio é sentar a bunda aqui e dirigir este ferro-velho, com o motor zoando no meu ouvido. Mas os meus ouvidos ainda estão perfeitos. O senhor chegou correndo, tropeçou, se jogou no banco e disse... Puta merda, como você é insistente, rebate Abeliano, rindo. É isso aí, doutor! Eminência. Você está certo. Eu não sou cardeal nem merda nenhuma. Trabalho no teatro, e às vezes faço um biquinho para defender uns trocados. Hoje, por exemplo, estou numa pesquisa para saber como as pessoas reagiriam se um cardeal viajasse com elas num ônibus, vestido assim, como eu. Mas então o senhor vai ter que se cuidar pra não dizer palavrão. Escapou... Sabe como é, eu saí bem cedo, estava um dia maravilhoso, e de repente desaba um temporal. Tive que correr um bocado para não molhar as roupas. São alugadas. Tudo bem, doutor. Vamos nessa. Eu de motorista e o senhor de... como é mesmo? Cardeal. Falou. Boa sorte aí com a sua pesquisa.

O ônibus avança pela Avenida Rio Branco, e Abeliano rumina a falta cometida, como se ele fosse um farsista principiante. Agora terá que atuar sob o olhar atento do motorista, o que lhe roubará boa parte da espontaneidade. Contrariado, levanta-se, paga a passagem e vai sentar-se junto à porta traseira. Louvado seja o nome do Senhor, diz uma mulher no banco ao lado, enquanto se persigna. Para sempre seja louvado, responde Abeliano, com um olhar de aprovação. Olhaí, doutor... é bom fechar essa janela pra chuva não molhar sua beca!, grita o motorista, rindo. A mulher agarra a mão de Abeliano e a beija, com o olhar um pouco avariado pelo excesso de carolice, como se a alma já lhe tivesse escapado em direção ao céu. Poderia Vossa Eminência me conceder sua bênção?, roga ela, baixando os olhos. Colocando a mão direita diante do rosto da mulher, Abeliano murmura a Oração de São Bento. "A Cruz Sagrada seja a tua luz. Não seja o dragão o teu guia. Retira-te, Satanás. Nunca lhe aconselhes coisas vãs. É o mal o que tu ofereces. Bebe tu mesmo o teu veneno. Amém." Tomando-lhe novamente a mão, a mulher faz com ela o sinal da cruz e a beija, emocionada. Depois, começa a chorar baixinho. O que lhe aflige o coração?, pergunta Abeliano. Tenho vivido em pecado, Eminência. Não há pecado que o Altíssimo, em sua benignidade, não possa perdoar, desde que devidamente abrandado pelo arrependimento sincero. Nem mesmo os pecados mortais?, indaga a mulher, deixando escapar um suspiro de desesperança. Poderia ser mais específica, minha filha? Tenho caído em todos eles, Eminência. Avareza, luxúria, soberba, preguiça, inveja, gula, ira... Desses talvez possamos excluir dois, para aliviar um pouco o seu fardo. Como assim?! Na sua idade, com todo o respeito, e com a sua magreza, não me parece que tenha condições de pecar por luxúria ou gula. Pois está enganado, Eminência! À medida que os bancos ao redor vão sendo ocupados, ela aumenta o volume da voz, como que desejando tornar públicos os pecados para obter uma absolvição coletiva. Sou amante do irmão mais novo do meu marido, com quem me encontro duas ou mais vezes por semana. E a cada encontro se entregam à fornicação? Sim, Eminência... fornicamos muito, e lhe confesso que nos dá imenso prazer. Aí temos a luxúria, de braço dado com a mentira, o cinismo, a hipocrisia, a gula e a inveja, sentencia Abeliano, com olhar reprovador.

Teruya. Supermercado de cosméticos. Labirintus – Bar, drinques. Café do Porto, Casa Caboclo Tupã. Jocasta – casa de carnes. Abeliano contém o riso. Não vá a mulher pensar que se diverte com seus pecados. Que ideia mais estapafúrdia dar o nome de Jocasta a uma casa de carnes. Mas, pensando bem, até que aquilo faz sentido. Não deixa de ser uma tragédia da carne. Praça Duque de Caxias. Andorinha – Cargas. Como se as andorinhas fossem grandes carregadoras. Primeiro Batalhão de Polícia Ambiental. *Quem é esse cara com essa roupa esquisita? Fala baixo... acho que é um padre. A mulher está confessando. Aqui no ônibus?! É. O que é que tem? Vai ver caiu a ficha, ela se arrependeu e sacou que este era o momento de salvar a alma. Ela parece meio maluca. Tem que ser pirada pra falar essas coisas íntimas na frente dos outros.*

Desculpe-me, estou um pouco cansado, justifica-se Abeliano. Não entendi bem o que a senhora disse. O senhor falou em inveja... Presumo que o irmão de seu marido seja casado. Sim... já faz algum tempo. Então a senhora invejou sua cunhada por ter um marido atraente. Ele não é tão atraente assim. Parece um urso. Pior ainda, uma inveja sem motivo aparente. Está bem, concordo. E a gula? Não lhe parece óbvio? Duas ou mais vezes por semana... francamente! Vejamos os outros itens. E os senhores, por favor, recolham o riso que estamos tratando de pecados mortais, suficientemente graves para mergulhar esta pobre irmã na lava do inferno. Passo a maior parte do tempo dormindo, prossegue a mulher. Não me interesso por nada e sempre que posso escapo dos meus deveres. Eis a preguiça, aponta Abeliano. Isso pode ser depressão!, contesta uma jovem que acompanha atentamente a confissão da mulher. Ou falta de vitaminas, acrescenta o namorado, que lhe mordisca a orelha. Senhores, por favor!, pede Abeliano. Deixemos que esta pobre alma abra seu coração compungido. Vivo aos tapas com meu marido e minhas irmãs; como cinco ou seis refeições por dia, sem contar doces e tortas nos intervalos; meto cada centavo na poupança e me nego a abrir a bolsa para dar uma esmola. Considero-me superior a todos os vizinhos, aos amigos, à família... ao mundo inteiro! Ira, gula, avareza, soberba... Não sei se já temos a lista completa, avalia Abeliano. Parabéns... a senhora conseguiu se esmerar nos sete pecados capitais, alguns deles com variantes sutis. E se o marido dela for um bruto?!, pergunta um homem que até então ouvira em silêncio. Ela pode ter lombrigas!, sugere o namorado mordiscador. Nesse caso o pecado da gula seria dos vermes. Ter dinheiro na poupança é até elogiável, ainda mais nessa idade, sentencia a jovem mordiscada. E não se deve ir dando dinheiro a qualquer vagabundo que apareça na rua.

Centro Educacional Esportivo Raul Tabajara, Sapienza Advogados, Walmart – Supermercado. Praça Dr. Iris Meimberg. Cerrano, o amigo certo nas horas incertas. Churrascaria Marquesa. Não me consta que marquesas frequentem churrascarias. Igreja Nacional do Nosso Senhor Jesus Cristo. *Atenção, pessoal!*, grita o motorista. *Circo Sanduíche!* Não podemos exigir que ele saiba pronunciar corretamente Stankowich. Os namorados descem, acompanhados por alguns amigos. Praça Luís Carlos Mesquita, Romain Ville Motel. Inglês em oito semanas. Ponte sobre o rio Tietê. Após a saída dos jovens, alguns passageiros mudam de lugar, para ficar junto às janelas ou simplesmente por se terem desinteressado daquele exibicionismo confessional. A mulher olha ao redor, um tanto decepcionada, mas logo se recompõe e assume seu ar compungido. Minha filha, prossegue Abeliano, como lhe disse no início, a gravidade de seus pecados só pode ser abrandada por um arrependimento sincero. Entendo, Eminência. Contudo, sabemos como é difícil abandonar velhos hábitos. Certo, Eminência. Não podemos, nessa idade,

ter a ilusão de que você mude inteiramente de vida. Sugiro-
-lhe, então, que abandone apenas um de seus pecados. Uma
espécie de arrependimento simbólico. Sim, Eminência. Qual
deles escolheria? Não sei... gosto muito de comer, tenho um
gênio dos diabos, irremediável, sou apegada ao dinheiro, adoro
sexo... Ah, é tão difícil escolher! Conclui-se, portanto, que os
pecados fazem parte de sua natureza. Creio que sim. E se eu
lhe dissesse que o inferno não existe? Que você pode chafurdar
no vício, pecar à vontade, comer, fornicar, espancar seu marido,
praguejar e mentir, sem qualquer responsabilidade? Não sei... o
senhor está dizendo que o inferno foi abolido... assim como a
necessidade de confissão diante de um sacerdote para se receber
a comunhão?! Suponha que sim. Ah, mas isso seria uma maravilha!, exclama a mulher, abrindo a boca numa expressão de
êxtase. Já imaginou? Poder pecar livremente, sem culpa, sem a
preocupação de estar ofendendo a Deus, sem temor ao castigo?!
Então deixe rolar, minha filha!, conclui Abeliano, colocando
as mãos nos ombros da mulher. Chafurde, pise fundo! Afinal,
não é o que a maioria vem fazendo ao longo dos séculos, sob o
manto da hipocrisia? Tenho que descer, diz a mulher, beijando
a mão de Abeliano. Muito obrigada, Eminência... suas palavras
me tiraram um grande peso, me deram um alívio enorme. E,
no entanto, o inferno existe!, brada Abeliano quando ela já está
na escada, pronta para descer. Existe?!, geme a pobre mulher,
com uma expressão de horror. Sim, nós o levamos no coração
e baixamos com ele à sepultura. Depois... Depois...?, repete a
mulher, paralisada diante da porta que se abre (não a do inferno,
mas a do ônibus). Depois, como diria Shakespeare, é o silêncio.
A mulher solta um gemido abafado e desce, atordoada pela dúvida. O eterno silêncio..., arremata Abeliano, com uma ponta
de sadismo.

20

Perdão, mas não pude deixar de ouvir o que o senhor disse àquela infeliz, observa um passageiro de meia-idade, que se apoia numa bengala. Se não estou equivocado, o senhor a incentivou a pecar. Instiguei-a a seguir sua própria natureza. Estranho comportamento para um cardeal. Não lhe parece que seria mais apropriado tentar salvar-lhe a alma, orientando-a no sentido de se esforçar para evitar o pecado? Com quem tenho a honra de falar?, indaga Abeliano, antevendo uma boa refrega. Vermelindo Torres, professor de teologia... aposentado, responde o homem, com a segurança dos que sabem. Antes de nos lançarmos a uma vã disputa verbal, à qual, deixemos bem claro, não me nego, esclarece Abeliano, seria de bom alvitre escolhermos o terreno em que iremos debater. Como professor de teologia, embora aposentado, o senhor não ignora que a ciência das coisas divinas, no que diz respeito à Igreja católica, abrange a dogmática, a moral, a ascética, a mística e a escolástica. De fato, não o ignoro, responde o homem. A dogmática diz respeito às verdades em que devemos crer; a moral relaciona os atos que devemos praticar; a ascética nos fala das virtudes, dos vícios e das paixões, bem como da maneira como devemos adaptar nossa vida aos preceitos evangélicos; a mística trata dos meios pelos quais nossa alma goza da intimidade de Deus; e, finalmente, a escolástica nos ensina a aplicar a razão filosófica aos componentes de fé. Magnífica síntese, diz Abeliano, sem esconder a admiração. Contudo, prossegue o homem, não tive a intenção de provocar uma discussão teológica. Veja, meu caro senhor... Vermelindo. Tudo nesta existência nossa é relativo, contingente, uma energia pulsante em permanente mudança. Somos, a cada instante, ludibriados pelas aparências. Tomemos como exemplo seu próprio nome: Verme-lindo. O senhor, obviamente, não é um verme, e também não podemos afirmar, com todo o respeito, que seja lindo. O senhor tem senso de humor, observa o homem, girando a bengala entre os dedos. Mas seu gracejo não corresponde à pergunta que lhe fiz. Comove-me sua preocupação com aquela pobre alma, prossegue Abeliano, enquanto milhões de outras se debatem diante de seus olhos sem que o senhor, ao que tudo indica, se preocupe. O tal inferno a que Vossa Eminência se referiu! Tudo isso são ninharias, senhor Vermelindo. Que mais poderia eu dizer a uma criatura atormentada pelo medo, único entrave a lhe obstar a entrega total aos seus instintos primários? Mas vejo, por sua pergunta, que o senhor também não se deu conta do verdadeiro problema. Seria um privilégio receber de Vossa Eminência o necessário esclarecimento, acede o homem, com um sorriso. Não se trata de *salvar* a alma e sim de *ser* uma alma, de vivenciar o contato com uma ordem superior. É nessa vivência que está nossa redenção. Mas optamos pelo conforto da crença, da fé, que na maioria dos casos nem sequer são verdadeiras. Vivemos na exterioridade, na cupidez – *cupiditas, appetitus innatus* –, trabalhando incansavelmente para o engrandecimento do ego, destinado a desaparecer. Não há em nós, salvo raras exceções, qualquer transcendência. Estamos em plena queda, mergulhando cada vez mais fundo na materialidade. Acreditamos piamente no progresso quando, na verdade, somos uma degenerescência. Perdemos a direção, meu caro, como bem observou Dante, que, no meio do caminho, se viu numa selva escura e se deu conta de que a *via direta* estava perdida. Andamos em círculos, prisioneiros de nosso próprio labirinto egocêntrico. Agora, mais do que nunca, são verdadeiras as palavras de Lao-tsé: "Quem, hoje em dia, com a grandeza de sua luz, seria capaz de iluminar as trevas interiores?

Quem, hoje em dia, com a grandeza de sua própria vida, poderia reanimar a morte interior? Naqueles..." – aqui ele se refere aos mestres dos tempos antigos – "naqueles existia a Via. Eles eram senhores do Eu e resolviam sua falta na perfeição". Claro que para aceitar meu ponto de vista o senhor teria que dar como pacífica a doutrina das duas naturezas, segundo a qual... Existe uma ordem física e uma ordem metafísica, um mundo visível e tangível e outro invisível e intangível, completa o homem. Não tenho por que discordar. Ótimo.

O senhor pode me dizer onde fica o Café Phoucha Club?, indaga uma jovem muito maquiada, cujas roupas, pretensamente modernas, traem certa queda para a prática da mais antiga das profissões. Não tenho ideia, mas, seja onde for, não se esqueça de usar camisinha, responde Abeliano, do alto de sua autoridade cardinalícia. Obrigada, murmura a jovem perplexa, contendo o riso. Pensei que a Igreja fosse contra a camisinha. Pertenço à ala progressista. Quem é esse maluco?!, pergunta uma senhora. Sei lá!, responde outra passageira que acompanha atentamente a cena. Me disseram que é o papa. Deixemos de lado, prossegue Abeliano, o fato de que, no passado não muito remoto, o mundo invisível fazia parte da natureza, com suas forças obscuras e seus inúmeros seres hoje relegados ao esquecimento. Consideremos apenas, para o que nos interessa no caso, o mundo superior, ou seja, uma espiritualidade que transcende os limites da vida e da morte. O que restou, em nossa pobre civilização, dessa *força do céu*, para usarmos outra expressão de Lao-tsé?! Que relação viril, autêntica, atuante, mantemos nós com essa *onipotência* que se faz presente em todo o universo e que anima cada átomo? Vossa Eminência fala como se tivéssemos a capacidade de nos salvar sem a intercessão de Nosso Senhor Jesus Cristo, que nos redimiu com sua morte!, exclama o professor de teologia. Vê?

O senhor insiste no caminho mais fácil. *Pedi e recebereis.* Pois bem, dou por assente que Jesus nos tenha redimido do pecado original. Mas se isso nos bastasse, não estaríamos aqui a discutir o destino daquela pobre mulher, a quem apetecem os pecados mortais, capazes de conduzi-la ao inferno. Por outro lado, de que religiosidade estamos falando? Daquele sentimento morno, que nos leva a evitar o pecado e a temer a Deus, apenas com o intuito de salvar a própria pele?! Não seria esse o caminho dos covardes? Perdeu-se o senso de virilidade, da ação consciente, do desejo de permanecer ligado ao referido mundo superior, por meio do ritual, capaz de transfigurar cada pequeno gesto num ato sagrado. Vivemos na condição de bestas adormecidas e morremos como bestas, quando muito, arrependidas. Mas não foi com essa finalidade que viemos ao mundo. Nossa última meta é a de nos transformarmos em deuses! Pois é isso que somos, embora o ignoremos... deuses!

Tomado de viva emoção, Abeliano gesticula com tanta veemência que acaba deixando cair o chapéu. Ao se abaixar para pegá-lo, fica também sem o solidéu. Algo me dizia, desde o início, que o senhor era um impostor, sentencia o teólogo aposentado. Falta-lhe a tonsura no alto da cabeça. Andei numa longa viagem ao redor do mundo e me descuidei... o cabelo cresceu e... Então é mesmo um impostor, pois não sabe que a tonsura há muito foi abolida... mas não precisa se justificar... Eminência, diz o homem com um sorriso complacente, o primeiro a lhe aflorar nos lábios desde o início da conversa. O senhor é um homem culto e deve ter seus motivos para entrar num ônibus vestido de cardeal. Sim... certamente, balbucia Abeliano, olhando pela janela. A chuva cessou, e o sol vai retornando a passos lentos. Uma placa assinala a proximidade do Terminal Cachoeirinha. "Você não está sozinho", diz um cartaz. Fique tranquilo, meu caro senhor... senhor...

Abeliano. De certa forma eu também sou um farsante. Fui sacerdote e abandonei a batina há alguns anos. Casou-se? Sim. Mas não foi por isso que abandonei a Igreja. Perdi a fé. O que não deixa de ser um pecado de orgulho, observa Abeliano, se considerarmos que a fé é uma virtude, uma submissão à palavra de Deus que tem como base a confiança. O senhor teria dado um bom cardeal, prossegue o homem. De fato, algo em mim, estimulado talvez pelo poder luciférico, perdeu a confiança na ordem sobrenatural. Foi como um raio. Um belo dia, acordei ateu. E agora... o que pretende fazer? Descer do ônibus e caminhar até minha casa, que fica a duas quadras daqui. Por que não vem comigo? Isaura, minha mulher, pensará que um cardeal está tentando me levar de volta ao seio da Igreja. Pode ser divertido. Obrigado. Um outro dia, talvez. Francamente, não sei o que lhe dizer. O senhor já disse muito... me fez compreender que durante boa parte de minha vida eu me dediquei a um Deus distante. Descem do ônibus e caminham vagarosamente. Obrigado por suas palavras tão generosas. Espero revê-lo no céu. Daqui a muitos anos, de preferência. Até lá... Eminência.

    O homem se afasta, apoiado em sua bengala. Abeliano entra numa lanchonete, come uma empada, dois croquetes de carne, um pudim de leite e toma um café. Nada como a teologia para abrir o apetite. As pessoas o olham com curiosidade, e o proprietário se recusa a receber o pagamento. Isso não é nada, reverendo. Se o senhor quiser abençoar o estabelecimento, para nos livrar dos marginais... Já fomos assaltados mais de vinte vezes. Abeliano traça o sinal da cruz no ar, agradece em nome da Igreja e sai apressadamente, para tomar o 9009 – Cohab-Brasilândia. Ônibus moderno, com bancos estofados e confortáveis. Problemas com álcool? Com drogas? Grupo Pró-viver. O ônibus sai logo a seguir, com poucos passageiros. Isto de ser cardeal é divertido, pensa Abeliano, mas dá muito trabalho. Rallye – Escapamento e suspensão. Avenida Itaberaba. Pequeno acidente logo adiante. Casas Bahia, Via Monte Confecções. *Brigou com ela ou tá numa boa? E eu sou louco?! A velha é uma cobra. Vai manso... leva a sogra na maciota. Sogra? Cê tá é doido. Ninguém tá pensando em casamento.* Ruas estreitas, um labirinto. Móveis Lisboa, Salão Chiku's. Jesus está voltando. Raposo Calçados, Deus é amor. Adega Nossa Senhora Aparecida. Um galo anda em cima de um telhado. Abeliano se lembra de que Lorde Byron chamou a esse galináceo "O clarim da madrugada". *Olha, mãe, uma galinha! Aquilo é um galo, filho. Como é que a senhora sabe?* Que poderoso o universo dos adultos. Conhecem tantas coisas misteriosas! Colinas ao longe. Milhares de casas sem revestimento, manchas enormes na paisagem, avançando em direção à mata, devorando-lhe as beiradas. "No início era o caos", diz uma inscrição num muro. E no fim também, pensa Abeliano. Favelas, urubus. *É a cartela de chocolate com oito unidades! Quem vai querer?* Mais favelas, mais urubus. Pizzaria Ponto Chic da Parada.

Abeliano começa a se sentir angustiado por estar penetrando na periferia. Respira com dificuldade, pensando na possibilidade de um infarto, longe de casa, em meio a desconhecidos. De repente se dá conta e ri. Que casa, meu Deus?! Toca a campainha e desce no primeiro ponto. *Vem cá, Gerson! Olha só esse homem esquisito,* grita um garoto. *Tá fantasiado, tio?* E logo Abeliano se vê rodeado por um grupo de meninos. *Acho que é um padre. Padre tem roupa preta. Me dá um santinho, tio?! Vem cá, menino! Deixa o homem em paz.* Preocupado com a chegada de outras crianças, Abeliano entra no 041 – Perus-Pinheiros. Bancos duros, de plástico, envelhecidos pelo uso. O ônibus está quase vazio. *Um momentinho só, reverendo,* avisa o cobrador. *O motorista foi ali no banheiro e já volta. Mais respeito com o pastor, molecada! Olhaí, dona...*

seu filho tá jogando pedra no ônibus. Depois arranha a pintura e sobra pro meu lado. Para com isso, menino! Parece o capeta! Me dá um santinho?! O motorista chega, finalmente, e liga o motor, que faz um barulho insuportável. Abeliano paga a passagem e se senta no meio do veículo, que se põe em movimento, seguido pela garotada. Tchau, tio! Me leva! Eu também quero trabalhar na televisão! Meu pai é pastor e não usa nenhuma roupa vermelha. Tchaaau! Abeliano adormece e só desperta quando o cobrador grita Mercado da Lapa! Contrariando seus princípios, ele desce do ônibus e toma um lotação para voltar ao centro da cidade. Chega exausto à Illusion – Roupas, Figurinos e Fantasias, entrega a Theobaldo sua *persona* cardinalícia e reassume o papel de pessoa comum, metida em trajes civis. Então? Como foi a experiência?, quer saber Theobaldo, cuja frustração de ser sempre o mesmo o leva a viver com o amigo cada uma de suas aventuras. Nada mau, responde Abeliano. Dei a bênção a uma pecadora contumaz e reencaminhei um ex-sacerdote às floridas pradarias da fé. Enfim, um dia absolutamente normal. E lá fica ele a narrar, em detalhes, a inusitada aventura, para a delícia de Theobaldo, que esfrega as mãos de impaciência e ri às gargalhadas. Você já almoçou?, pergunta afinal Theobaldo, com um sorriso de beatitude. Ainda não. Imagine se tivesse entrado num restaurante na pele de um cardeal. Ótimo. Então vamos ao Boi Elegante comer um belo churrasco.

21

Na manhã seguinte, já refeito da experiência clerical, Abeliano toma o 877T-10 – Lapa. Atrás dele entra um grupo ruidoso de estudantes, num empurra-empurra que os diverte e irrita os demais passageiros. A catraca é moderna, dessas em que se insere o bilhete antes de passar. Um dos adolescentes não conhece muito bem o novo sistema e é alvo de zombarias. Vai, gaúcho! Enfia no buraco. Mete na racha. Esse cara não entende nada de buracos... nunca viu um. Mete logo, cara! E riem com o à vontade dos pobres de espírito. O bom nessa idade é não ter autocensura, pensa Abeliano. *Para com isso, Jéssica!*, grita uma das garotas. *Para com isso!*, imita um dos galãs. Olha aquele bebum na rua, de bunda de fora, coçando o saco! Perturbado com o barulho, Abeliano deixa o ônibus e caminha pela Rua das Palmeiras. Passa por um homem que pede esmola cantando: "É o sabor da verdade...". Que sabor terá a verdade? Casa de Ervas Vavá. Cabeças de boi na entrada, São Jorge e o dragão. Drogaria Antares, Lord Palace Hotel, João e Maria, restaurante. *Olha o alho! Olha o alho!* Largo de Santa Cecília. Camelôs, igreja. Quem vier, de onde vier, que venha em paz. Confessionário, hoje obsoleto. O alcoolismo pode destruir uma família. A igreja está quase vazia. Ofertas para Nossa Senhora de Lourdes. A lamparina vermelha acesa indica a presença do corpo e do sangue de Cristo no sacrário. Abeliano ajoelha-se e faz o sinal da cruz. Ao sair em direção ao Largo do Arouche, é obrigado a caminhar na rua, pois há uma fita isolando a calçada de um banco. Eu acho que me daria bem no teatro, diz uma voz à qual ele não presta muita atenção. Abeliano vê um casarão antigo, diante do qual há uma faixa: "Venda americana". Ele entra e fica impressionado com o tamanho do prédio, cuja fachada não fazia pressupor tanto espaço interno. É uma espécie de bazar, com milhares de objetos amontoados em prateleiras, dependurados do teto e esparramados no chão. Parece mais um antiquário, pois não se vê nenhum objeto moderno.

Um homem atencioso, com um rosto expressivo que lembra o de Machado de Assis, adornado por uma barba crespa e grisalha, o nariz encimado por um *pince-nez*, aproxima-se de Abeliano, sorrindo. Suas roupas são elegantes, mas antigas e um tanto gastas. Posso guiá-lo?, pergunta, indicando a Abeliano um espaço estreito, que avança em direção ao ventre do passado. Se me fizer a gentileza, responde Abeliano, encantado por encontrar aquele refúgio de civilidade. Temos aqui uma velha bateria de caldeiras para cocção do sabão. A saponificação dos corpos gordos para a obtenção do sabão era efetuada com lixívias de soda aquecida nestas caldeiras até a ebulição. Depois, juntava-se a gordura a saponificar. Interessante, murmura Abeliano. A seguir, temos um zootrópio, aparelho cuja função era mostrar o movimento dos animais. O nome provém do grego: *zoon*, animal, e *tropos*, girar. Esta é uma *squamata*, couraça feita com pequenas placas de metal sobrepostas, lembrando as escamas dos peixes. Se não estou equivocado, esse tipo de couraça era utilizada pelo exército romano, diz Abeliano. Exatamente. E ali ao lado vemos um camal, a malha metálica que recobria o elmo, deixando à mostra apenas o rosto e protegendo o queixo, o pescoço e parte dos ombros do combatente. Logo a seguir temos um anemômetro. Do grego *anemos*, "vento", e *metron*, "medida", observa Abeliano. Presumo que se trate de um aparelho para medir o vento, ou melhor, a velocidade dos ventos. Surpreendente!, exclama o homem. Pessoas com seu nível de conhecimento são raríssimas hoje em dia. E este é um morrião, prossegue Abeliano, lisonjeado. Um capacete sem viseira, de abas erguidas, do século... XVI, se não me falha a memória. Muito usado nos filmes sobre os descobrimentos, a pirataria, etc. Prossiga... o senhor está indo muito bem. E aqui temos uma carapeta, pião hexagonal, com as faces numeradas de um a seis, como os dados. Ganhei uma quando criança. Vejo que nossa coleção o entusiasma. Poderíamos passar a vida examinando os objetos e estaríamos apenas aflorando esse tesouro.

O homem tira do bolso um relógio antigo. Desculpe-me... preciso subir ao meu escritório um instante para tomar meu remédio. Gostaria que me acompanhasse para um café ou um chá. Não quero incomodá-lo, responde Abeliano. Entrei movido pela curiosidade, sem intenção de adquirir nada. Não se constranja. Nossa casa é mais do que um simples estabelecimento comercial. Sinta-se à vontade. Venha... Sobem uma escada em caracol, de ferro, e o homem conduz Abeliano a uma sala confortável, espaçosa, decorada com móveis em estilo manuelino. Sente-se, por obséquio, diz o anfitrião. Ainda não nos apresentamos. Abeliano Tarquínio de Barros, professor de história da arte, aposentado. É um prazer, senhor Abeliano. Machado, ao seu dispor. Machado?!, exclama Abeliano, surpreso. De Assis. O senhor me reconheceu ao entrar. Mas isso é... Nada neste plano é impossível, responde o homem, sorrindo. Um criado entra na sala, vestido de *libré*, trazendo uma bandeja com o serviço de chá e uma delicada biscoiteira de porcelana. Mais alguma coisa, senhor? Obrigado, Júlio. Se precisar eu o chamo. O criado se retira com passos muito suaves, como se flutuasse. Não posso negar que o senhor me lembrou Machado de Assis quando o vi, mas... Na verdade, sou e não sou o famoso escritor, diz o homem, apoiando-se na estante em que repousam milhares de livros encadernados. Parece que me encontro no cerne de um enigma, diz Abeliano, confuso. A começar por este edifício, cuja fachada não condiz com o espaço interno. A faixa lá fora anuncia: "Venda americana". E eu pensava encontrar os despojos de alguma família que, fugindo da violência e do caos, tivesse decidido vender tudo e se mudar para Miami. Entro, e este útero vetusto me depara milhares de objetos antigos. Ao vê-los, julguei que se tratasse de um antiquário, mas o senhor se revela um humorista, fazendo-se passar por um escritor falecido em... 1908, se não estou equivocado. O homem se mantém em silêncio, caminha até a pequena mesa em que o criado depositou a bandeja, serve o chá e entrega a Abeliano uma das chávenas. Espero que o aprecie. Veio de Java. Trazido talvez por Lima Barreto ou pelo homem que fala javanês, ironiza Abeliano, impaciente. O senhor disse que é e não é o famoso escritor... Prove o chá.

Abeliano sorve um gole e é invadido por uma sensação inebriante. Espero que seu criado não tenha colocado aqui nenhuma droga alucinógena, de maneira a me convencer de que o senhor é, de fato, Machado de Assis. Fique tranquilo. O que lhe vou revelar deve ser recebido a frio, sem anestesia, em plena lucidez. Diga, por Deus! Estamos intimamente ligados, meu caro senhor Abeliano. Acompanho seus passos desde o nascimento. Um protetor!, exclama Abeliano, rindo. Mais do que isso. A sua vida está em minhas mãos. Um juiz?! Estarei vivendo, sem o saber, uma situação kafkiana? Algo próximo disso. Eu sou a Morte. Mais precisamente, a sua morte. Embora Abeliano considere aquilo tudo um disparate, não pode evitar um ligeiro tremor, que faz a colher tilintar sobre o pires. Fique tranquilo, meu amigo, ainda tem algum tempo pela frente. Abeliano pousa a xícara sobre a mesa, sem saber o que contestar, pois agora aquilo passa a ser verdadeiro, e ele *sabe* que o homem afável, à sua frente, é de fato a Morte. Compreende-se que esteja surpreso, prossegue o homem. A morte vem sendo estabelecida no imaginário popular como um fantasma aterrador, um esqueleto vestido de andrajos, a caveira encoberta por um capuz, levando nas mãos uma gadanha com a qual vai ceifando vidas. Pura tolice que, à força de repetida, acabou por se estabelecer na iconografia. Cada ser humano, na verdade, tem sua própria morte, criada especificamente para ele, à sua imagem e semelhança. Confesso que prefiro vê-la assim, travestida de Machado de Assis, balbucia Abeliano, olhando para os próprios sapatos. É tão mais civilizado, não é mesmo?! Compreendo. Mas se o senhor... ou devo dizer *senhora?* Como lhe parecer melhor. Se o senhor mesmo afirmou que eu ainda tenho algum tempo pela frente, qual a razão deste encontro insólito? Trata-se, digamos, de uma retificação... um aguçamento de sua consciência. Como ocorreu na ocasião em que sofri aquele acidente? Exato. Mas desta vez, por respeito à sua idade e em consideração à qualidade de seu caráter, optei por um encontro mais ameno. Estranho conceito de amenidade, responde Abeliano, deixando escapar um riso nervoso. Encontrar-se assim cara a cara com a Morte poderia ser fatal a alguém mais impressionável. O senhor sempre teve muito medo da morte. Este encontro estabelece entre nós uma intimidade, ou melhor, torna-o mais consciente de uma intimidade que já existia desde o ventre de sua mãe. O senhor tem insistido em virar a cabeça para o outro lado, mas hoje lhe dou a oportunidade de me fitar nos olhos.

Tomado de repentino pavor, Abeliano busca um meio de escapar, um gracejo, um rompante de irritação... Olhe!, grita a Morte, batendo o punho na mesa. Abeliano ergue a cabeça e a encara, com um tremor que lhe percorre o corpo inteiro. Os olhos da Morte são castanhos, serenos e lhe transmitem uma grande paz. Então... o que me diz? Vejo que não há razão para ter medo. O medo é fruto da fantasia. Sou apenas a porta. Já que nos tornamos tão íntimos, murmura Abeliano, seria demais lhe pedir que... O senhor quer saber o que há além da porta. A Morte ri, acariciando a barba grisalha. Seria como lhe revelar o fim de um romance... estragaria todo o prazer da leitura. Mas posso fazer pelo senhor algo que talvez lhe interesse. Diga... se é que pode haver na Morte algo interessante. Dou-lhe a oportunidade de escolher de que maneira deixar este mundo. Prefere morte súbita, com um infarto, um atropelamento, sem despedidas? Um final sofrido, nas garras de uma doença, com todos os familiares à sua volta? Ou durante o sono, placidamente, conduzido pela mão ao além, sem traumas nem sofrimento? Talvez opte por uma discussão, seguida de três ou quatro tiros. Ou, quem sabe, um assalto? Melhor ainda, esvair-se nos braços de uma bela mulher durante o ato sexual? Ou sufocado por gases? Engasgado por um bocado de carne? Temos um mortuário quase infinito. O senhor zomba de um simples mortal. Desculpe, meu caro, mas não fui eu quem inventou esse jogo. Eu apenas cumpro minha tarefa, e como simpatizo com sua pessoa, levando em consideração, como já disse, as qualidades de seu caráter, lhe dou a oportunidade de escolher, em face do inevitável. Creio que seria de meu agrado morrer serenamente, durante o sono. Posso considerar isso definitivo? Espere! Ainda não tenho clareza. Ao saber que morrerá durante o sono, à medida que avançar em idade terá dificuldade em dormir, pois aquela talvez seja sua última noite... e sempre haverá algo importante a fazer ou decidir no dia seguinte. Não é assim? Tem razão. É um problema insolúvel. E no entanto o senhor zombou daquela pobre mulher que não sabia qual pecado abandonar. Nada lhe escapa. De fato, aquilo foi uma tolice. Aceita uma sugestão? Sim. O melhor, pelo que se sabe de ouvir comentar por outras mortes, é viver proveitosamente, chegando a uma idade avançada com a sensação de não estar deixando nada para trás. Suas forças vão diminuindo lentamente, embora o senhor conserve a saúde e a lucidez. Nada de cadeira de rodas, por favor!, exclama Abeliano. Prefiro morrer fulminado a andar por aí me arrastando, trêmulo e trôpego. Não... tudo na boa, como se diz hoje. Um dia o senhor olha ao seu redor, com serenidade, fecha os olhos e se apaga, como uma vela. É a morte clássica dos velhos sábios taoistas. Não vejo inconveniente, diz Abeliano. Fechado?! Ainda não sei. Deixo a seu critério. Só lhe peço que a passagem se dê sem sofrimento. Aceita outra chávena de chá? O senhor nem provou os biscoitos. Obrigado. E agora, se não se importa...

Abeliano levanta-se com dificuldade, sentindo uma certa fraqueza nas pernas. Já se vai? Sim... tenho algumas coisas a fazer. Gostaria de saber o significado desses objetos que o senhor coleciona. São vestígios da vida... importantes num dado momento e depois superados e esquecidos. Os mais interessantes são os porta-retratos. Claro que não me refiro aos objetos em si, mas aos rostos que eles exibem. Quantos sonhos, quantas ilusões naqueles olhos, que nos fitam como se a vida fosse para sempre. Que estranho animal é o homem, tão alheio ao seu próprio destino. Vou acompanhá-lo até a porta. Não se incomode, prefiro ir sozinho. Tenha cuidado ao descer a escada... os degraus são estreitos e escorregadios. Podem ser mortais, acrescenta Abeliano, arrematando a ironia. Despedem-se. Ao contrário do que Abeliano imaginava, a mão da Morte não é fria. Machado de Assis olha para ele com uma expressão enigmática, em que se pode vislumbrar um laivo de ternura. Seja feliz. Farei o possível, responde Abeliano, procurando disfarçar a angústia. Adeus... ou melhor, até a vista. Ansioso por chegar à rua, Abeliano desce as escadas e passa pelos objetos sem olhar para eles. Não há o que temer, murmura uma voz junto ao seu ouvido, mas ele não vê ninguém. Caminha pela Rua das Palmeiras a passos rápidos, e quando está a uma quadra de distância dá pela falta da carteira. Eu sou mesmo um idiota! Me deixei levar pela conversa daquele vigarista. Talvez uma droga colocada no chá... Volta correndo, mas já não encontra a fachada. Lá estão o banco, a igreja, mas nem sinal do velho edifício. Ele apalpa os bolsos e sente novamente o volume da carteira. Desnorteado, entra no 475M-10 – Jardim da Saúde.

22

Ônibus novo, bancos estofados. Apache Vip. Tecido estampado em tons de azul, cinza e gelo. Lotação: trinta e seis sentados e trinta e quatro em pé. Gesso Santa Cecília. O ônibus sai e, apesar dos buracos da rua, desliza mansamente, dançando sobre os amortecedores. *Eu também não acreditei quando me contaram. Os aviões voam com pneus recauchutados! Mas isso é impossível! Eles decolam e pousam a mais de duzentos quilômetros por hora. Tem Boeing 727 e 737 de montão com pneus recauchutados até cinco vezes.* Uma bunda enorme, feminina, vestida com um calção branco bem curto, move-se diante do olhar indiferente de Abeliano. A bunda conversa com o motorista. Rua Sebastião Pereira. Tempo fechado, quente, prenunciando chuva.

Ainda perturbado com a visão da Morte, Abeliano se arrepende de não ter aceitado a sugestão de se apagar como uma vela. Uma vida gasta até o fim, sem apegos. Atenção! Guia rebaixada. Parou? Guinchou. Depois não se queixe! Edifício Nossa Senhora do Carmo, bronzeamento artificial. Abeliano se recorda de quando esteve na Argentina, em visita a seu amigo Horacio. Foram ver um casarão antigo, pensando em montar um restaurante. Já haviam comprado o lugar e feito as reformas necessárias, na imaginação, como sempre, quando surgiu a necessidade de criar um nome sugestivo, que atraísse a freguesia. Eles tentaram, sem sucesso, até que o rosto de Horacio se iluminou: Don Ratón! *Que te parece?* Colocamos um luminoso azul, respondeu Abeliano, aperfeiçoando a ideia, com um rato enorme, de fraque e cartola, fumando um charuto. Que disparate!, gemeu Horacio, rindo e falando portunhol. *Vamos a cerrar las puertas en una semana.* Já pensaste quanta gente vai fazer fila para almoçar num restaurante com *una rata* na entrada, *una rata* na *cosina* e outra na caixa?! Aquele filho da puta não tinha o direito de morrer tão cedo, pensa Abeliano. E com ele não houve nenhum Machado de Assis nem escolha. Foi muito sofrimento até o fim. Shopping Paulista. Energia positiva. Praça Oswaldo Cruz. Lins Bingo, Duplex House. Tarô, búzios, vidência. *Tem avó querendo vender netinho pra desmanche. As quadrilhas pegam as crianças e retiram os órgãos pra transplante. Pegam a criança morta? Que morta, Beatriz! Vivinha, com saúde. Será verdade?! Olha, a esta altura já não interessa se é verdade ou se é boato. Um lugar onde esse tipo de coisa pode acontecer, mesmo que seja só na imaginação das pessoas, não está com nada.* Praça Irmão Leão Antônio. Metrô Ana Rosa. Dominado pelo tédio, Abeliano adormece e sonha. Ele é um cantor famoso, está no palco, sob a luz dos refletores, cantando um grande sucesso do passado: "Risque meu nome do seu caderno, pois não suporto o inferno do nosso amor fracassado!". Ele acorda com um barulho que vem da rua e com a sensação de uma brilhante carreira interrompida. Pensa em Margarita, a uruguaia com nome de *pizza*. Imagina-se com ela no veleiro. Uma relação menos impetuosa mas, certamente, mais duradoura. Margarita não lhe teria dado um falso número de telefone.

23

Uma muçulmana senta-se ao seu lado. Está coberta com um *haik*, uma peça de pano comprida, sem costuras, que é usada sobre as outras vestes. Levado pela curiosidade, Abeliano começa a conversar com ela. A mulher fala um sotaque português bem carregado e conta que viveu em Moçambique. Gostava de lá estar, porque é uma terra muito bonita, banhada pelo oceano Índico, lembra ela com ar saudoso. Ouvi dizer que as praias africanas são lindas, diz Abeliano. Belíssimas! Pois imagine o senhor o que não há de ser aquilo, com uma costa de dois mil e seiscentos quilômetros! É um verdadeiro paraíso. E a senhora vivia numa daquelas praias? Infelizmente não. Vivia em Lourenço Marques, que é a capital, em meio a uma abundância de pretos que o senhor não faz ideia, milhões deles, um formigueiro. O que é muito natural, pois afinal estão lá na terra deles. Presumo que o país tenha muitas florestas. E como não haveria de ter?! É bem verdade que já botaram abaixo um bocado de verde, como em toda parte, pois nós, humanos, temos o diabo no corpo e vamos acabar por reduzir tudo a um imenso deserto. Mas ainda resta lá o suficiente para abrigar uma fauna de circo. Não faço a mínima ideia dos animais que possam existir naquela região. Isso de animais há lá uma variedade de se pôr a boca às escancaras só de olhar... leopardos, onças, linces, macacos, leões, chacais, hienas, elefantes... Elefantes?! Pois sim. E rinocerontes, girafas, zebras, javalis, búfalos, antílopes... E as aves, então?! Aquilo é uma passarada tamanha que se detonam um tiro o céu escurece como se noite fosse! Avestruzes... bem, esses não voam... águias, papagaios, corvos, pica-paus, codornizes, cucos, perdizes, grous, patos, garças, pelicanos, narcejas... E há também uma quantidade de animais rastejantes que é um nojo! Crocodilos, serpentes, camaleões, cuspideiras, jiboias, mambas de duas espécies, a preta e a verde. Imagino que as cuspideiras sejam serpentes. Pois, e o nome já está a dizer, têm muito maus modos, como isso de tratar as pessoas a cusparadas. E as mambas? Serpentes enormes, da pior espécie, que se lhe deitam os dentes está o senhor feito defunto para sempre. E agora a senhora vive no Brasil? Com tantas perguntas, chego a pensar que o senhor trabalha no Serviço de Inteligência. Não... é apenas curiosidade. Há certas situações, meu senhor, que parecem coisa de filme. Veja o que se deu comigo. Estava eu a viver do meu ofício, que é o de cantar fados numa tasca da Alfama, em Lisboa, não sei se conhece... De passagem. Pois. Cantava lá os meus fados, quando fui colhida pelas redes da literatura. E aqui estou, neste ônibus absurdo, em meio a uma gente ruidosa e esquisita, que me fez lembrar a revoada de papagaios em Moçambique. Confesso-lhe que não só em Moçambique revoam os papagaios, mas também no meu cérebro, pois estou numa confusão de pensamentos que gostaria de desfazer, diz Abeliano. Se estiver ao meu alcance... Tenho visto muita coisa estranha, mas nada que se compare a uma muçulmana a cantar fados na Alfama. Muçulmana, eu?! Mas está o senhor a confundir o continente com o conteúdo, ou, no caso, as vestimentas com a pessoa que nelas se meteu por força da moral e dos bons costumes, pois não imagina o senhor que eu pudesse andar por aí nua! Eu sou é portuguesa. Mas a senhora está usando um *haik*. E que diabo é isso?! Esse pano sem costuras que lhe cobre as vestes. Ah, refere-se o senhor a este invólucro?! Veio com a personagem. Que personagem? Eu... pois se estamos a falar de mim. Personagem de quê, minha senhora? Há pouco lhe disse que fui colhida nas redes da literatura. Continuo na mesma. Perdoe-me a sinceridade, senhor... Abeliano. Que nome mais esquisito! Pois me parece, senhor Abeliano, que seu raciocínio anda um bocado lento. Concordo. Especialmente quando falsas muçulmanas cantam o fado nas florestas de Moçambique, onde abundam leopardos, hienas, crocodilos... Acalme-se, que tem o senhor idade para bater as botas no desconcerto de uma exaltação extemporânea. Alguém mais atilado já se teria dado conta de que fui pescada pelo autor deste romance para compor esta cena como personagem secundária. E as roupas? E Moçambique?! Pergunte ao autor, que ele é quem sabe. No que me diz respeito, recebi pelo correio alguns folhetos de Moçambique, evidentemente na intenção de promoverem o turismo. Nunca lá pus os pés e nem pretendo, que aquilo há pouco fervia em guerra. Confessa então que mentiu ao se referir ao seu passado em Moçambique! Mentir, mentimos todos, em maior ou menor calibre. Quanto à muçulmana, deve ser lá alguma influência dessas novelas de tevê a que o autor, tanto seu quanto meu, tem, por certo, o hábito de assistir. Além do mais, os autores contemporâneos já não se contentam em contar uma boa história linear, com alguma coerência, com início, meio e fim. Fazem uma mixórdia, uma salsada dos diabos, de tal maneira que o enredo avança em estilo bêbado de busca-pé enlouquecido, sem que tenha o leitor a menor ideia de para onde o conduzem. Mas estou eu aqui a ensinar o pai-nosso ao vigário. Como professor de história da arte, sabe o senhor muito bem. Tem a senhora, por acaso, o dom da vidência? Não se poderia dizer que vejo bem, se considerarmos uma tendência ao estrabismo, uma boa dose de miopia e astigmatismo. Refiro-me ao fato de a senhora saber que eu lecionei história da arte. Como não haveria de saber, se compartilhamos todos das circunvoluções mentais do autor?! O que muito me admira é que o senhor não me tenha reconhecido à primeira vista. Que dia mais absurdo, meu Deus!, murmura Abeliano.

Devo estar enlouquecendo. Se calhar eu também enlouqueço!, exclama a mulher. Porque não é coisa que se faça em sã consciência tirar uma fadista de seu caldo de cultura para metê-la em aventuras canhestras. E se me dá licença, retiro-me de cena para retornar à minha Alfama, de onde não deveria ter saído. A mulher se levanta, toca a campainha e desce no próximo ponto. Abeliano olha pela janela e a vê rodeada por uma multidão de negros, que a aplaudem enquanto ela canta um fado.

24

Chega ao hotel cansado e deprimido. Encontrar, num único dia, a Morte e uma personagem de romance foi uma experiência excessiva. Deita-se na cama e pensa em Laura. O que ocorreu entre nós não deve ser levado em conta, pois não faz parte da realidade, ou seja, da existência efetiva, permanente, algo a que se possa atribuir um efeito, vale dizer um resultado que pressuponha uma causa, daí a conclusão de não haver efeito sem causa. Em outras palavras, aquelas horas passadas em companhia de Laura constituíram uma exceção à regra, tão rara que se poderia computar no número das quimeras, produto da imaginação. E dada a gravidade do estado anímico em que me encontro, como consequência dos atos venéreos a que me entreguei, ou melhor dizendo, em decorrência de sua abrupta interrupção, não seria errôneo afirmar que a tal quimera, além de imaginária, poderia ser tomada ao pé da letra, concluindo-se que a paixão que me atormenta seria comparável ao monstro fabuloso da mitologia, metade leão metade cabra, estando a referida porção leonina localizada nas partes dianteiras, de cuja boca saíam chamas, tendo as partes posteriores, como acabamento, a cauda de um dragão. E assim Abeliano avança nos meandros de seu próprio delírio, um labirinto de hipóteses, antevisões, suposições, probabilidades, conclusões, cálculos, subterfúgios, incongruências e entrelaçamentos, de olhos postos no cerne de uma mentalização ciclópica, em que o amor faz as vezes de Minotauro. Para dar um basta à crescente ansiedade, ele decide escrever uma carta. Querida Laura. Não. Há que ser cauteloso. Querida, sim, e muito, mas desconhecedora deste sentimento. E que assim se mantenha, pois chamar-lhe querida equivaleria a lhe entregar a corda com que me enforque. Prezada Laura. Também não. É o mesmo que confessar que lhe tenho grande estima, apreço, consideração, que a amo e aprecio. Laura, apenas. Muito seco e distante. Melhor do que lhe babujar os pés. Laura. Venho por meio desta... Ridículo. Não se trata de correspondência comercial. Laura. Foi bom tê-la conhecido. Sei que você não tem motivos para me reencontrar e nem seria esse o caso, dado que nos separam a distância e o tempo. Distância, por não conhecer sequer seu endereço; e tempo... sabe você muito bem a que *castigos* me submeteu por ter eu insistido na quantidade de anos que nos separam. Tive a boa-fé, a ingenuidade de lhe telefonar e constatei que o número que você me deu não existe. Submeter-me a tal humilhação não é digno de uma pessoa como você, gentil, doce e respeitosa. Assim, prefiro atribuir a inexistência do número a um lapso de sua adorável memória, e não a um ato deliberado de má-fé. Para tirar-me desta dúvida e caso lhe interesse rever este pobre rosto combalido... Nada disso! É depreciar-se demais. Caso deseje rever este seu admirador sincero, sem mais intenções que um simples e inocente colóquio... Colóquio?! O termo é ultrapassado, porém correto. Se abandonarmos as palavras com tanta leviandade, acabaremos nos comunicando por grunhidos.

Fica o colóquio. No *post scriptum* você encontrará meu endereço e telefone. Sem mais... Novamente o estilo comercial. Sem mais, subscrevo-me atenciosamente. Acho que um "afetuosamente" não me compromete.

Escrita a carta, Abeliano desce a escada, cumprimenta o porteiro e caminha duas quadras, até a Come e Tchau, uma lanchonete que, fiel ao nome, serve pratos ligeiros. Regra que não se aplica a Abeliano, amigo da casa. Ele sorve a sopa dos solitários, olhando para uma tevê colocada no alto da parede, sem som, para não importunar a proprietária e para habituar os fregueses à leitura labial, caso necessitem ingressar um dia no Serviço Secreto. Depois ele volta para o hotel, cumprimenta o porteiro, sobe as escadas, cai na cama sem tirar a roupa e adormece. De repente, soa o telefone. É o porteiro. Senhor Aureliano?... Abeliano. (O porteiro é novo e um tanto desastrado.) Sim? Abeliano aguarda meio minuto, um minuto... nada. Ele se pergunta o que estará acontecendo com aquele parvo. Uma síncope, talvez. Mas nesse caso ele teria ouvido o baque do aparelho no chão. Abeliano pode escutar a voz do porteiro, ao longe. Certamente está dando alguma explicação a outro hóspede, com o fone sobre o balcão. Senhor Abeliano? Ah, finalmente! Um momento. Abeliano aguarda mais alguns minutos. O hóspede deve ter voltado para perguntar alguma coisa ao cretino. Abeliano desliga o telefone, desce as escadas e encontra o porteiro falando sozinho, enquanto folheia o livro de anotações. Sem notar que Abeliano está diante dele, pega novamente o aparelho. Senhor Abeliano! Senhor... alô?! Desliga. Coisa de cinema mudo, pensa Abeliano. Pois não?, diz ele com voz de seda, para não assustar o outro. Pois não?, repete o porteiro, com a óbvia intenção de saber se Abeliano tem necessidade de algo. Pois não digo eu! O senhor não acaba de ligar chamando o senhor Abeliano?

Sim. Mas ele não se encontra. Não se encontra lá porque está aqui. Aqui? Abeliano ri, nervoso. Os equívocos da burocracia o exasperam. Para evitar um conflito desagradável após um dia estressante, e também porque, no fundo, a situação o diverte, olha fixamente o porteiro, como se desejasse hipnotizá-lo, e diz: Cruzei com o senhor Abeliano ao descer. Parece-me que foi entregar um pacote ao hóspede do apartamento vizinho. Coisa rápida. Espere alguns minutos e tente novamente. Obrigado.

Abeliano sobe as escadas e aguarda, ao lado do aparelho. Vinte minutos depois... Senhor Abeliano? Sim, ele mesmo. Será que o senhor poderia descer? Há uma carta na portaria para o senhor. Uma carta?! É. Uma jovem deixou hoje de manhã. Obrigado, vou já. Abeliano desce as escadas correndo e chega ofegante à portaria. Pois não?, diz o porteiro, separando a correspondência. O senhor acaba de ligar para o senhor Abeliano. Sim. Ele disse que vai descer. Obrigado por ter me avisado de que ele ainda se encontra no hotel. Ansioso por receber a carta, sem contudo quebrar as regras do jogo absurdo que ele mesmo criou e que o diverte, Abeliano se oferece para entregar a missiva a Abeliano. Como é que o senhor sabe que se trata de uma carta?, pergunta o porteiro, desconfiado. Porque agora há pouco, ao cruzar com ele no corredor, disse-me que estava esperando uma carta. Me desculpe, senhor, mas prefiro entregá-la pessoalmente. Se é assim, pode me dar a carta, diz Abeliano, estendendo a mão. Creio que o senhor não entendeu. Eu disse *pessoalmente*. Pois é disso que se trata. Eu sou a pessoa. Que pessoa? Eu sou Abeliano. Pessoalmente. O senhor está brincando. Brincando, eu?!, murmura Abeliano, procurando a cédula de identidade. Meu Deus! Perdi os documentos. Só me faltava essa. Perdão, mas só posso lhe entregar a carta se... Por sorte vem ali a senhora Bárbara, hóspede antiga, que me conhece de longa data, diz Abeliano, esquecendo-se de que discutiu com ela dias antes, porque a cadelinha da mulher tem o hábito de latir às sete horas da manhã. Boa noite, dona Bárbara, cumprimenta Abeliano, inclinando-se respeitosamente. Boa noite, diz ela ao porteiro, ao receber as chaves. E sobe as escadas, levando pela coleira o ignóbil animalzinho. Boa noite, responde o porteiro, continuando a selecionar as cartas e ignorando a presença de Abeliano. Escute aqui, seu verme de queijo fedorento, rato de laboratório, incompetente de merda!, geme Abeliano, colocando-se nas pontas dos pés. Dê-me essa carta ou vou subir à cobertura para falar com o senhor Ambrósio, dono desta espelunca, e exigir que ele o coloque na rua, por desrespeito ao hóspede mais antigo e por exercer abusivamente o vício da burrice! Sinto muito, mas são ordens do próprio senhor Ambrósio, dono desta espelunca, responde o porteiro. Eu não o conheço, e o senhor não fez a menor questão de se apresentar. Como não?! Eu lhe disse que sou Abeliano. Isso foi depois, quando o senhor mencionou a carta e, portanto, já estava sob suspeita. Tudo bem. Então, por que o senhor não sobe e não coloca a carta sob a porta do quarto do senhor Abeliano? Por dois motivos: primeiro, não posso abandonar a portaria; segundo, tenho ordem de entregar a correspondência em mãos, porque o senhor Ambrósio, dono desta espelunca, acha uma indelicadeza que algo tão pessoal, tão íntimo como uma carta seja *despejado* no chão. E embora o senhor tenha me maltratado, me chamado de verme e de rato, quero deixar bem claro que suas palavras não me atingiram, porque sou formado em turismo e hotelaria por uma universidade madrilenha, onde aprendi a receber com serenidade esse tipo de ofensas. Não lhe guardo rancor e lhe desejo uma boa noite. E a carta, porra?! Caso me apresente um documento com o seu nome... não precisa ser oficial, basta uma carta dirigida ao senhor. Recebo cartas raramente e tenho por hábito rasgá-las, para não ser tentado a respondê-las. Entendo. Será que o senhor não tem um recibo do hotel, no seu nome? Claro que sim! Por que não disse logo?! Volto num minuto.

Abeliano sobe as escadas aos trambolhões, ansioso por devorar a carta de Laura. Onde estarão os recibos? Ele abre gavetas, pastas, livros, revira os bolsos dos paletós, das calças, das camisas. Nada. Mas que recibos, porra, se eu moro aqui gratuitamente, por uma deferência de Ambrósio?! Soa o telefone. Alô?! Senhor Abeliano? Sim. Tem uma jovem aqui embaixo, esperando pelo senhor. Ele desce as escadas aos trambolhões e se atira nos braços de Laura, que lhe acaricia os cabelos e o beija apaixonadamente. Desculpe-me, senhorita, este é o senhor Abeliano?, pergunta o porteiro à jovem. Sim. Por quê? Existe outro? Foi a senhorita quem deixou esta carta hoje cedo? Sim. Mas agora já não tem importância. Direi tudo pessoalmente. Senhor Abeliano, aqui está sua carta... com minhas sinceras desculpas. Deixe pra lá, você é um jovem muito competente. Vou recomendar ao senhor Ambrósio que o promova na primeira oportunidade. Esqueça o verme, o queijo fedorento... e o rato de laboratório. E o rato, é claro! Quer subir?, pergunta Abeliano a Laura. Prefiro sair, tomar um café. Se encontrarmos um lugar onde possamos nos sentar sem sermos assaltados, ironiza Abeliano. Eu vim com o carro... podemos ir à minha casa. Meus pais estão na Europa. Não me diga! Temos muito o que conversar, diz ela, abraçando-o. Estava morrendo de saudade.

25

Na manhã seguinte, Abeliano acorda em sua própria cama, sozinho, e leva algum tempo a perceber que aquilo tudo não passou de um sonho provocado pela obsessão. Antes do banho, liga para a copa e pede o desjejum. Alguma carta para mim?, pergunta, ao passar pela portaria. Não, senhor Abeliano, não chegou nenhuma carta em seu nome, responde o porteiro, o mesmo com o qual ele discutiu no sonho. Abeliano decide ir à represa, à procura de alguém que conheça o endereço de Laura. Desta vez o 24D – Eldorado parece demorar uma eternidade para chegar ao seu destino. Ele caminha até o ancoradouro e não encontra ninguém. Já está a ponto de desistir quando vê um dos homens que ajudaram a colocar o veleiro do pai de Laura na água. Reconhece-o porque, antes de subirem a bordo, ela o beijou carinhosamente no rosto. Laura não veio mais aqui desde o dia em que saiu com o senhor, diz o homem cordialmente. O senhor talvez tenha seu endereço ou telefone... Devem estar na ficha de associada. Mas infelizmente... Entendo. O regulamento. Sinto muito. Se quiser deixar um recado... Por favor, entregue-lhe esta carta. A mãe morreu, e a pobrezinha não sabe de nada. Maria Tereza morreu?!, exclama o homem, perplexo. Sim... foi algo inesperado, fulminante. Deve ter sido mesmo fulminante, pois acabo de falar com ela há meia hora, diz o homem, rindo. Não é possível! Com Maria Tereza?! Será que estamos falando da mesma pessoa? Tereza e eu somos bons amigos, apesar de separados há muitos anos. Então o senhor é o... Não. O pai de Laura veio depois de mim. Mas fui eu quem a ensinou a velejar. Desculpe, eu nem sei o que dizer. Sinto-me ridículo. Não há de que se envergonhar, senhor... Abeliano. Laura sempre foi muito independente, e eu a respeito por isso. Jamais a critiquei por suas preferências afetivas... e sexuais. Pode ficar tranquilo quanto à sua carta. Ela será entregue. Mas não posso lhe garantir que tenha uma resposta. O senhor é muito gentil. Senhor Abeliano... nós temos a mesma idade, eu já vou a caminho dos setenta. Compreendo que o senhor tenha se encantado com Laura. Ela é uma jovem muito especial. Mas eu o aconselho a não se deixar envolver emocionalmente, não só pela diferença de idade, o que já seria um obstáculo, mas também pelo temperamento de Laura, que a leva a súbitos arrebatamentos, dos quais depois se arrepende. Agradeço-lhe por sua preocupação. Agora estou em dúvida quanto à carta. Deixe que Laura decida. Não haverá, de minha parte, qualquer interferência. Está bem. A vida é curiosa. O senhor é o tipo de pessoa de quem eu gostaria de ter sido amigo. Ainda não me disse seu nome. Rogério. Se lhe der vontade de espairecer, não se acanhe, venha até aqui para conversar um pouco ou velejar. O senhor já conhece meu barco. O MacGregor é seu?! Sim. E para ser sincero não é a primeira vez que Laura o utiliza para suas conquistas. Não que ela seja promíscua, muito pelo contrário, é até bem seletiva, mas tem um temperamento apaixonado, vital, como se desejasse percorrer toda a gama de vivências possíveis. Entendo. Bem, não quero tomar seu tempo. Em geral eu tenho tempo de sobra, senhor Abeliano, mas hoje estou atarefado, pois haverá uma regata. Apareça quando quiser. Adeus e obrigado. Cuide-se. O coração, na nossa idade, se ressente demais com as desilusões. Despedem-se com um aperto de mão.

Abeliano caminha pela margem da represa, recordando alguns momentos de sua juventude passados naquele mesmo lugar. Entristece-o ver as precárias condições da água, o lixo que flutua junto às margens, trazido pelos ventos, a poluição dos bairros populares, que contaminam os mananciais, transformando tudo num caos urbano irrecuperável. É a lei da sobrevivência, coadjuvada pela irresponsabilidade dos políticos, pensa ele. Senta-se à sombra de uma árvore, com vontade irreprimível de chorar. Contrariando o intelecto, que o incita a seguir adiante, valorosamente, seus sentimentos se entregam ao desalento. Há naquelas águas turvas, na poluição, no lixo, algo de inquietante, uma decadência insidiosa, que avançou sub-repticiamente e agora toma conta de tudo. Uma paisagem embaçada, coberta por uma veladura. Falta-lhe vibração, aquele esplendor que a animava quando Abeliano, ainda jovem, pousava sobre ela o olhar. Porém, o que mais o entristece é sentir que essa decadência o atinge no âmago do ser, mostrando-lhe que seus melhores anos já se foram, e que ele procura, teimosamente, forjar um contentamento superficial, transformando-se numa espécie de bobo de si mesmo, a cuja atuação ele assiste, como um rei que se nega a admitir o declínio de seu reino. Tudo parece se dissolver numa enorme degradação, numa entropia que, a partir de sua própria alma, atinge o universo inteiro.

Depois de tomar um café horrível num botequim e caminhar de volta até o ponto, Abeliano sobe no primeiro ônibus que passa em direção ao centro da cidade. Senta-se ao lado de um senhor que dormita com a boca aberta, sobre a qual se derrama um bigode nietzschiano, cujas bordas se movem com a brisa da respiração. O senhor pode me dizer que ônibus é este?, pergunta a Abeliano uma mulher que transporta a cúpula de um abajur. Não tenho a menor ideia. Subi sem prestar atenção. Mas vai até o centro da cidade? Creio que sim. No banco ao lado, separado de Abeliano pelo corredor, viaja um jovem magro, de óculos. Abeliano toca-lhe o braço e lhe pergunta o que está lendo. Perdoe-me se me intrometo, mas é que tenho uma grande curiosidade a respeito do que pensa a juventude, suas preocupações, seus anseios... O livro é sobre o mundo do futuro. Coisas incríveis. Não dá para acreditar. Por exemplo? O senhor já ouviu falar do *chip* biônico? Não. Sou um tanto ignorante em relação ao presente e uma besta completa no que diz respeito ao futuro. O *chip* biônico é feito basicamente com células humanas e silício, que é um corpo simples. E para que serve isso? É um instrumento para investigação genética e tratamento de doenças. Um instrumento... feito de células humanas?! Mais que isso. É uma espécie de aparelho no qual as células estão presas por três camadas de silício, formando algo parecido com um circuito elétrico coordenado por um computador. O jovem olha para Abeliano como se estivesse em dúvida sobre seu interesse em conhecer os detalhes. Por favor, prossiga. Confesso que estou abismado. Esse microcircuito pode ser usado para aplicar choques elétricos e abrir os poros das membranas que isolam as células. E as membranas confessam? Confessam o quê? Levam choque e abrem o jogo. Desculpe, é uma piada idiota, para aliviar a tensão causada por minha ignorância. Eu fico estarrecido com o que vem por aí, com a quantidade de coisas que eu desconheço. A verdade é que meu pequeno mundo ficou para trás. Envelhecer não é só chegar aos setenta anos... é começar a desconhecer a realidade em que se vive. Não é bem assim... o senhor deve ter muita experiência, uma vida inteira para contar. E quem se interessa? Nem no Oriente, que sempre respeitou os idosos, isso tem importância. Imagine que no Japão os velhos ficam tão abandonados pelos filhos que alguém inventou uma espécie de teatro do absurdo. Alguns atores visitam os infelizes e, durante algumas horas, fingem que são seus filhos, netos, vizinhos. Verdade?! Esse é o resultado de terem aderido ao modo ocidental de vida. Mas voltemos aos *chips*. Estávamos nos choques elétricos. Os poros das membranas que isolam as células se abrem, tornando possível a introdução de substâncias ou genes. Depois, as células podem ser colocadas no interior do corpo humano para corrigir tecidos doentes. Em outras palavras, a célula se torna parte de um circuito elétrico. Mas isso deve custar uma fortuna, pondera Abeliano. Parece incrível, mas os *chips* são baratos e podem ser produzidos em escala industrial. Fantástico, exclama Abeliano, com um sorriso irônico. E por outro lado, dois terços da população do planeta estão mergulhados na miséria. É o cumprimento da profecia judaica da estátua com a cabeça de ouro, o peito e os braços de prata, o ventre e as coxas de cobre, as pernas e os pés de ferro e argila. Mas isso já é uma outra história. Não quero lhe infundir o pessimismo da velhice nem desviá-lo de sua leitura. Para dizer a verdade, até eu fico um pouco assustado com tudo isso, confessa o jovem. As pesquisas evoluem tão rapidamente que é difícil acompanhar o que está acontecendo. Ficamos sabendo dessas coisas muito superficialmente, porque as descobertas fazem parte do mundo fechado dos especialistas. Houve um tempo em que a ciência era sagrada, diz Abeliano. Agora está a serviço dos grandes capitais, e só Deus sabe onde iremos parar. Os primeiros clones humanos não tardarão a ocupar as manchetes dos jornais. A natureza evoluiu ao longo de bilhões de anos, mas agora está sendo rapidamente *aperfeiçoada* pelo homem. Não é de arrepiar? Perdão... você é um jovem talentoso, talvez um futuro cientista. Sejamos otimistas. A ciência já nos deu muita coisa valiosa. Merece um voto de confiança. Mesmo porque ela está se lixando para o fato de confiarmos nela ou não. E agora, por favor, volte à sua leitura, ao seu admirável e abominável mundo novo. Há outras descobertas interessantes, que o senhor talvez queira... Não, por favor, já tive o bastante por hoje, com esses *chips* semi-humanos. Foi um prazer. Abeliano fecha os olhos e mergulha em seu pequeno e antigo universo. Não é apenas o corpo que se vai limitando com a idade, pensa ele, mas sobretudo o espírito, cujos movimentos se tornam mais lentos, como se lhes colocássemos um espartilho. Com que magnífica liberdade os jovens se lançam ao desconhecido, ignorando todos os sintomas da decadência, na certeza de que estão aptos a mudar o destino. Como dizer a esse jovem que, segundo as indicações do barômetro que acompanha as oscilações de meu humor e de meus sentimentos, hoje em baixa vertiginosa, este planeta me parece uma pequena bolota de merda, carregada por um escaravelho?

26

Atrás de Abeliano, duas mulheres conversam sobre beleza. Uma delas é esteticista e dá à outra uma receita de máscara depurativa para limpar a pele. Meia banana, uma colher de chá de mel, uma colher de chá de creme de leite, três colheres de sopa de farinha de aveia. Você aplica no rosto e deixa vinte minutos. Se eu fizer isso lá em casa pra minha mãe ou minhas irmãs, diz um adolescente, para chamar a atenção dos companheiros, elas vão comer a máscara! Os jovens riem, e a mulher fica irritada. O problema, neste país, é que ninguém leva nada a sério. Como é que a gente pode levar a sério uma coisa dessas, dona?!, rebate um homem que viaja em pé, no corredor, embora ainda haja bancos vazios. O pessoal morrendo de fome e a senhora falando em botar comida na cara?! Isso é coisa de madame. Eu vi num filme uma dona que ficava pelada na banheira cheia de leite, completa o adolescente. Depois os escravos jogavam o leite fora, e ela saía bela e formosa. Vai ver alguém aproveitava o leite depois, provoca outro jovem. Dava uma coadinha, pra retirar os pentelhos. Vocês não têm o menor respeito, protesta a esteticista. Minha profissão é séria, eu cuido da beleza das pessoas. Os adolescentes riem, e um deles fornece outra receita. Uma tia minha faz uma máscara parecida, só que usa creme de abacate. E outro jovem arremata: Qualquer dia eu vou lá na tua casa pra lamber a tua tia! A esteticista repreende os garotos por falta de pudor, onde já se viu falar daquela maneira na frente das crianças, é isso que se ensina hoje nas escolas... Os adolescentes riem e descem do ônibus numa algazarra. É isso aí, tia!, grita um deles. A senhora não é esteticista, é nutricionista.

O ônibus chega ao ponto final, Abeliano desce e entra na primeira lanchonete que encontra. Posso usar o banheiro? Ó Guimarães, entrega a chave do banheiro a este senhor aqui! A privada é imunda e está entupida, provocando em Abeliano um nojo universal e perpétuo. Ele prende a respiração antes de entrar, urina às pressas, molha os sapatos e, sem fôlego, pressiona o nariz com a manga do paletó. Ao sair, sente uma ligeira tontura, acompanhada de náuseas. Entrega a chave, agradece e já vai saindo quando o proprietário sugere: E então, doutor, não vai almoçar? Hoje temos bife acebolado com arroz, feijão e fritas, dobradinha, miolos à *doré*, bife de fígado, espetinho à grega... Obrigado, geme Abeliano, abrindo caminho às pressas para vomitar na calçada.

27

Depois de passar dois dias na cama, não tanto pela indisposição estomacal mas pela tristeza que a conversa com o ex-marido da mãe de Laura fez aflorar, Abeliano deixa o hotel, por volta das onze e meia da manhã, e caminha até a Avenida Angélica. O dia está bonito, faz muito calor, e ele tira o paletó antes de subir no 177H – Horto-Butantã, para ir ao Parque Buenos Aires, na verdade uma praça, já que não se trata de jardim extenso e muito menos de lugar vedado, no qual se possa caçar, sendo portanto a denominação de parque um tanto exagerada. O ônibus está lotado, e Abeliano fica em pé, ao lado do motorista. O senhor quer se sentar?, pergunta uma jovem estudante. Muito obrigado, vou descer aí adiante. Ao entrar na praça ele nota que está bem cuidada, limpa, com os canteiros floridos e as alamedas conservadas. Senta-se num banco, ao lado de um homem que alimenta os pombos com pedacinhos de pão. Suas mãos são rústicas e as unhas sujas, maltratadas. Ficam algum tempo em silêncio, até a ração dos pombos chegar ao fim. O homem dobra o saco de papel vazio, olha para as aves e, soltando um grande suspiro, começa a chorar. Pronto!, pensa Abeliano. Mais um golpista. A gente não pode ficar numa praça, sossegado, sem que logo apareça um espertalhão para nos tungar com uma história trágica. Não que Abeliano seja avarento, mas já sofreu tantos golpes de vigaristas que essas coisas o aborrecem. Agora vamos assistir a mais este desempenho e ver quanto tempo ele demora para me pedir dinheiro. As lágrimas descem pelo rosto do homem, e Abeliano continua a fingir que não lhe notou a angústia. Mas o choro lhe parece tão sentido que ele decide tomar alguma providência, mesmo que lhe custe uns trocados. Será que posso ajudá-lo? Desculpe, eu não queria perturbar o senhor, mas não deu pra segurar. Aconteceu alguma coisa grave? Aconteceu... mas não foi hoje. Eu estou assim faz tempo. Se quiser me contar o que houve... Fiquei desempregado. Mas não é isso que me deixa aborrecido... eu não gostava mesmo daquele trabalho. E o que o senhor fazia? Era coveiro. Vim do Norte e não encontrei serviço... tive que pegar o que apareceu. O problema é que eu... tenho medo da morte. Nunca entendi como os meus colegas conseguiam enterrar as pessoas... jovens, crianças, como se fosse a coisa mais normal do mundo. Fechavam a cova e iam almoçar. Bem, a morte é algo natural, que nos acontece a todos, pondera Abeliano, sem muita convicção. Eu sei, mas não consigo aceitar isso. Tenho visto coisas de fazer dó. Mas seu ofício é muito nobre. Há um grande autor de teatro, falecido há séculos, prossegue Abeliano, sentindo-se ridículo por dizer aquelas palavras a um homem simples, provavelmente analfabeto, William Shakespeare, que escreveu uma peça, *Hamlet*, na qual há um diálogo entre dois coveiros. O primeiro deles pergunta: Quem é que edifica de maneira mais sólida que o pedreiro, o construtor de navios, o carpinteiro? O segundo coveiro não sabe o que responder. O primeiro então conclui: Quando te fizerem outra vez essa pergunta, responde: O coveiro. As habitações que ele constrói duram até o Juízo Final.

O homem fica olhando fixamente para Abeliano, como se não tivesse entendido uma única palavra. Eu prefiro recolher lixo, diz, enxugando as lágrimas. Já fiz isso. O cheiro é horrível, mas a gente se acostuma. O trabalho é duro, mas a gente não fica vendo nenhum sofrimento. Quando chega em casa, esquece. E se tiver água no chuveiro e o sono não bater antes, dá pra tomar um banho, ver a novela, brincar um pouco com as crianças e até fazer um carinho na mulher. Mas depois de ver um pai e uma mãe enterrando o filho... um garoto que morreu baleado por um marginal, francamente... Isso de lidar com morto é coisa pra urubu. Eu tô fora. A maioria das pessoas tem medo da morte, pondera Abeliano. Por isso a sua profissão merece o maior respeito... é tarefa para gente de muita coragem. Coragem?! Cuidar da morte dos outros já é uma desgraça... imagine então o que é pensar todo dia na morte da mulher, dos filhos... na minha morte! Não consigo enterrar ninguém sem pensar que um dia eu também vou estar lá, no fundo daquele buraco. Os colegas riem quando eu falo isso, dizem que com o tempo a gente se acostuma. Não sei se é possível nos acostumarmos com a ideia, diz Abeliano, mas depois de mortos pode estar certo de que acabamos por nos acostumar. Sei não, arremata o coveiro, contrafeito. Bem, vou caminhando, pra ver se encontro alguma coisa pra fazer. O senhor precisa de dinheiro? Não tenho muito, mas posso lhe dar uns trocados para a condução. Não, doutor, muito obrigado. O senhor já me ajudou muito com essa conversa, e acho que vai me dar sorte. Espero que sim. Bom dia, doutor. Bom dia.

O homem se afasta, e Abeliano observa os pombos. Julguei mal o pobre sujeito. Que Deus me perdoe e o ajude a encontrar um trabalho. Os pombos apresentam sinais de degenerescência – penas sujas e sem brilho, plumagem arrepiada, caminhar trôpego, falta de reação diante do perigo. A vida numa cidade grande, onde se alimentam com restos de produtos industrializados e bebem água servida, nas sarjetas, acaba por transformá-los em ratos com asas. Abeliano pensa em Horacio e no malogrado restaurante, Don Ratón. Lembra-se do dia em que o amigo o convidou para almoçar *a la orilla del mar*. Quando Horacio lhe pediu para encontrá-lo em sua pequena marcenaria, Abeliano imaginou que desceriam a serra em seu automóvel ridículo e desconjuntado. Vamos caminhando, disse o amigo, com aquele seu sorriso permanente, zombeteiro e enigmático. Vamos até a praia a pé?!, indagou Abeliano, preocupado, já que o mar ficava a mais de oitenta quilômetros de distância. *No te preocupes*. Andaram algumas quadras e chegaram a uma padaria, com um terraço ao ar livre, no qual havia mesas protegidas por guarda-sóis, uma raridade na época. Que te parece?, perguntou Horacio, rindo. O mar era a Avenida Pompeia, movimentada, poluída, barulhenta. Isto foi o melhor que pude conseguir. Com um pouco de imaginação podes ver os navios no horizonte, os banhistas, as gaivotas. Espero que tenhas trazido calção de banho. Assim era meu amigo Horacio. Suas gargalhadas iam num crescendo de sons delirantes, que, de repente, entravam em colapso e se transformavam em tosse espasmódica, uma espécie de sufoco do qual ele emergia com olhos lacrimejantes.

Enquanto esperam o macarrão com frango, Horacio se põe a falar da cidade de Pompeia, homenageada pela avenida. Era uma cidade pequena, de trinta mil habitantes, no sopé do Vesúvio. Não sei quem foi o idiota que teve a ideia de construir uma cidade ao lado de um vulcão. Os milionários romanos iam passar as férias lá. Era uma espécie de Campos do Jordão, só que mais embaixo. No ano 79, a porra do vulcão decidiu fazer sua própria justiça social. Um vulcão comunista. Entrou em erupção e vomitou em cima dos milionários. Os pobres, que não tinham nada a ver com a coisa, também morreram. Ficaram todos cobertos por uma grande camada de cinzas, até serem descobertos por um camponês, no século XVIII. Foi a maior produção de estátuas em tamanho natural de que se tem notícia. Horacio continua a falar sobre a vida, a morte, o mar e a poesia. Come com grande apetite e, no meio de uma frase, enfia o dedo na boca, tentando libertar um pedaço de frango que ficou preso entre os dentes. Um velho, sentado na mesa ao lado, olha para ele e faz cara de nojo. Horacio ri e conclui: *Soy un desastre!*.

28

Cansado de respirar aquele ar fresco ligeiramente purificado pelas árvores, Abeliano sai da praça no exato momento em que um ônibus para no ponto. Desce a Avenida Rebouças?, pergunta.

Não, vai pela Cardeal, responde o motorista, impaciente com o número de idosos não pagantes que se amontoa na porta. *Vamos lá! Bola pra frente que atrás vem gente!*, grita o cobrador. Abeliano sobe e senta junto à janela, ao lado de um homem moreno, com um tique nervoso que lhe movimenta o nariz e as sobrancelhas. Outro maluco, pensa Abeliano. Parece que está havendo uma inflação deles. À medida que a civilização decai e os valores se esboroam, o desequilíbrio psíquico toma conta do cérebro humano, que se transforma numa campina desolada, coberta pelas ervas daninhas. A cada movimento involuntário do rosto, o homem enfia o indicador no colarinho e o puxa para fora, acompanhando o gesto com um pigarrear angustiante. Receoso de que o maluco fale com ele, Abeliano paga a passagem e vai se sentar no penúltimo banco. *Eu trabalho numa casa de gente muito rica. A filha do patrão sofre de uma doença esquisita. A menina não come. Um absurdo, tanta gente passando fome... Isso é doença de grã-fino. Te esconjuro. Isso é coisa do demônio, que anda por esse mundo virando a cabeça das pessoas!*

Flowers – Telemensagens. Emocione quem você ama. Avenida Dr. Arnaldo, Velório Araçá, Toninho e Freitas, hambúrguer. A satisfação de nossos passageiros é nosso maior orgulho. Metrô, Cemitério do Araçá. Floriculturas... Entupiu? Vá pra puta que o pariu. Bella Napoli. Igreja do Calvário – Religiosos passionistas. Fran's Café. Necrópole São Paulo. O pai de Abeliano está enterrado ali, e ele sente remorso por não ter visitado o túmulo. De repente, Abeliano ouve uma gritaria na frente do ônibus. Levanta-se e vê o motorista ser agredido e, obedecendo a uma ordem de um homem armado, estacionar o veículo junto ao meio-fio. A porta se abre e ele é jogado na calçada por outro homem, também armado, que se senta ao volante e dirige o ônibus. Atenção, pessoal!, grita o que agrediu o motorista, exibindo a arma. Todo mundo olhando pra frente, de bico calado. Nada de gritar pedindo socorro. Quem der uma de esperto ou fizer escândalo vai levar chumbo grosso. Dois outros homens se levantam, no meio do ônibus, e mostram as armas. Podem ir pegando a grana, o relógio, os brincos, as pulseiras, correntes de ouro, cartão de crédito, talão de cheque, qualquer coisa de valor, e entregando bem depressa, que a gente não tem tempo de ficar de conversa mole. Quem gosta de papo furado é namorado. Se alguém esconder alguma coisa vai levar uma facada na barriga, pra morrer bem devagar. Se todo mundo se comportar não acontece nada, termina tudo numa boa.

 Algumas mulheres começam a chorar, soltam gritinhos abafados mas logo se controlam. Os assaltantes recolhem o dinheiro e os objetos, ameaçando quem se demora a entregá-los. E esse anel aí!, – rosna um deles para uma senhora. Não quer sair do dedo... Corta o dedo dela, ordena outro assaltante. Espera aí, pelo amor de Deus!, pede ela em pânico, lambendo o dedo e tentando desesperadamente retirar a joia. É isso aí, dona! Mete cuspe com vontade, faz de conta que tá lambendo a trolha do namorado. O sádico já se aproxima com a faca, rindo, quando ela consegue arrancar o anel, depois de soltar um grito de dor. Pronto! Graças a Deus. O homem pega a joia, examina-a e a joga no chão. Sua idiota! Quem é que vai querer essa merda?! Mas é um anel de família, pertenceu à minha avó. Cala essa boca e entrega logo tudo o que tiver. Se me sacanear outra vez leva uma na barriga. A mulher esvazia a bolsa, chorando, e entrega tudo. E você aí, velhote?!, diz o homem, olhando para Abeliano. Eu não tenho nada de valor. Apenas vinte reais. Me dá aqui. Não tem relógio, anel, corrente? Mais nada, responde Abeliano, que já escondeu o relógio na meia. O velho tá na pior. Vai levar uma porrada pra aprender a não sair de casa sem grana, diz o marginal, erguendo o braço para dar uma coronhada na cabeça de Abeliano. Deixa pra lá, ordena o chefe. Ele já colaborou. Tem cara de gente boa. Tem cara é de otário. Onde já se viu, nessa idade, não poder comprar um relógio. Levanta os braços! Abeliano obedece, dominado por um tremor incontrolável. Larga a mão!, ordena o chefe. O coitado tá assustado e pode bater com as dez. É bom pra dar exemplo. Para com isso, porra! Tô mandando. O homem se afasta, resmungando, e Abeliano olha pela janela, respirando fundo para se controlar. Tem uma viatura aí atrás, avisa o que está no volante. Acelera essa merda!, grita o que empunha a faca. Tem mais outra chegando pelo outro lado. Um dos assaltantes agarra uma mulher e aponta a arma para sua cabeça. Pelo amor de Deus, moço, não faz isso comigo! Cala essa boca, porra! E vê se para de estrebuchar feito galinha. Mas o senhor está machucando meu pescoço. Fecha essa matraca!, ordena o homem, dando-lhe uma joelhada na coxa. A mulher cambaleia, e ele a agarra pelos cabelos. Uma das viaturas se aproxima, e o homem que está na direção atira contra os policiais, que não podem revidar com receio de atingir os passageiros. Quando o ônibus chega ao cruzamento da Avenida Faria Lima, o motorista vira à direita, para evitar o congestionamento adiante. A perseguição continua, e outras viaturas se aproximam, com as sirenes ligadas. O senhor está bem?, pergunta uma mulher a Abeliano. Se quiser eu tenho um calmante... homeopático. Não é necessário, obrigado. Ao ver que os assaltantes ameaçam os passageiros com as armas, os policiais ultrapassam o ônibus, mas, em vez de tentar detê-lo, abrem caminho, fazendo sinal para que os motoristas encostem os veículos no meio-fio ou subam nas calçadas.

Dentro do ônibus cresce a gritaria, à medida que algumas mulheres e crianças perdem o controle. Os assaltantes, agora sequestradores, disparam contra as viaturas que se aproximam, sem contudo acertar o alvo. A cada novo disparo aumenta a confusão. A fuga termina na Praça Pan-Americana, onde a polícia montou uma barreira com homens fortemente armados. O ônibus é cercado, e os sequestradores não têm mais saída. Nessa a gente se deu mal, diz o que está ao volante. Vamos até o fim, grita o que empunha a faca. Não quero voltar pra cadeia. Antes eu mato meia dúzia aqui dentro. Acabou, diz o chefe. Não adianta engrossar. Acabou porra nenhuma!, insiste o outro. Ninguém aqui vai afrouxar. Dá uma olhada lá fora, cara. Tem um exército esperando a gente. Eles não vão ter colhão pra atirar. A televisão deve estar chegando, e se eles acertarem algum passageiro estão ferrados. Deixa de ser teimoso. Eles podem ficar parados aí fora por um ano. A gente negocia. Que negocia?! Só você é esperto? Eles também sabem que nós não temos colhão pra matar ninguém. Tu vai amarelar?! Eu não tô nessa por esporte, meu. Tenho família pra criar. A gente se entrega, numa boa, sem violência. Depois dá um jeito de cair fora, na próxima fuga. Larga essa mulher, ela até já mijou nas calças. Vai por mim que eu tenho experiência. Já vi dois atiradores de elite lá fora. É só bobear um segundo que a gente dança. Você garante que depois a gente consegue cair fora?! Pode confiar, meu irmão. Tem um esquema. Tudo bem. Tudo bem com vocês?, pergunta o chefe aos outros sequestradores. Fazer o quê? Não quero acabar com a boca na sarjeta. Vamos nessa. Alguém aí tem um lenço branco? Eu tenho, diz um homem que permaneceu o tempo todo em silêncio, rezando. Me dá aqui. O chefe agita o lenço e joga as armas pela janela. Um policial se aproxima, protegido por dois companheiros. Coloquem as mãos na cabeça e saiam bem devagar, separados. Os sequestradores são presos. Ao redor da praça, dezenas de pessoas acompanham os acontecimentos. Abeliano é dispensado de ir à delegacia. Um policial lhe pergunta se quer ser transportado, e ele pede que o deixem no hotel.

29

Ao entrar no quarto, Abeliano pega o telefone, deita-se na cama e liga para Theobaldo. Alô! Theo?! Acabo de ser sorteado, meu caro! Na televisão? No ônibus. Grande prêmio. Que negócio é esse? Tem sorteio em ônibus? Nunca ouvi falar. Um assalto. Quatro marginais sequestraram um ônibus lotado. Estavam armados?! Não. Fomos ameaçados com duas cenouras, das grandes, e um repolho. Não entendi... o telefone está meio esquisito. Você foi à feira depois do assalto?! Pombas, Theobaldo! Os caras estavam armados e me levaram vinte paus. Me chamaram de velhote. Um deles quase me deu uma coronhada na cabeça, porque eu não tinha relógio. Ele te perguntou as horas? Não. Ele queria levar o relógio, porra! Será que você já se esqueceu de como foram os assaltos que você sofreu?! Claro que me esqueci. Ou você acha que eu gosto de ficar remoendo essas coisas? Tudo bem, Theo, está perdoado. E eles levaram o relógio? Vamos recapitular. Eu disse que os sujeitos quase me deram uma coronhada porque eu *não tinha relógio*. E onde foi parar teu relógio? Você vendeu, colocou no prego, deu para algum mendigo? Escondi na meia. Você ficou maluco? Se eles descobrem... Mas não foi por isso que eu liguei. Amanhã você precisa dar uma desculpa e faltar ao serviço. Faltar?! É. Faltar! Você vai ficar doente. Mas eu estou ótimo! Quem foi que disse que eu vou ficar doente?! Deve ter sido aquela cartomante.

Quando é que você vai parar de consultar essas... Olha, assim não dá, Theo. Você tem que se esforçar para ser um pouco mais inteligente, ao menos de vez em quando. Concentre-se. Amanhã cedo você tem que ir comigo a um cabeleireiro. Eu?! Mas acabei de cortar o cabelo. O Romeu vai pensar que eu fiquei gagá. O Romeu não está com nada. Um sujeito me deu um cartão, no ônibus, com uma recomendação especial para o Miss Daisy. Miss o quê? Daisy. É um salão descolado, cara, da hora! Você andou bebendo, Abeliano? Não. Aliás, não bebi e não comi. Andei ocupado com o assalto. Não estou entendendo essa linguagem... descolado, cara, da hora... Está escrito aqui no cartão. Então deve ser um salão para cafajestes. Segundo o cara que teve a gentileza de me dar o plá, o serviço, tá antenado? Segundo ele, o Miss Daisy é dez. Cuida do visual das estrelas de tevê. E eu tenho cara de estrela de tevê?! Não. Mas vai ter. Quando sairmos de lá, seremos abordados por uma avalanche de fãs, que vão nos rasgar a roupa e implorar para que nós lhes entreguemos a cueca como lembrança. Olhe... deve ser engano... eu pensei que fosse meu amigo Abeliano... me desculpe, vou desligar. Espere aí, Theobaldo! É claro que sou eu. Eu quem? Abeliano. Você tem certeza de que o marginal não lhe deu com a coronha na cabeça? Tenho. Amanhã, às oito e meia, nos encontramos na Praça da República. Você está querendo que eu seja assaltado logo cedo?! Amanhã, às oito e meia. Não falte ou será o fim de nosso longo romance. Mas quem é que está falando?! Que falta de respeito! Vá passar trote na... Abeliano desliga. Meio minuto depois o porteiro do hotel transfere a ligação. Alô. Abeliano? Sim. É o Theobaldo. Que voz é essa? Está assustado? Não, fiquei nervoso com um trote que me passaram. Um sujeito, imitando sua voz, me convidou para ir a um cabeleireiro. Miss Daisy? Como é que você sabe? Ele também passou um trote em você?! Espero você amanhã, às oito e meia. Abeliano desliga e pede ao porteiro que não lhe passe mais nenhuma ligação. Depois de um banho relaxante, ele desce e vai almoçar no Come e Tchau.

30

Na manhã seguinte, escondido atrás de uma árvore, Abeliano observa Theobaldo, que caminha nervosamente, olhando para os lados. Theo, querido!, grita, abrindo os braços. Oi, responde o outro, timidamente. Eu vim só pra lhe dizer que não posso acompanhá-lo ao cabeleireiro. Você vai me deixar aqui, de braços abertos? Sem me dar um abraço, um beijo?! Comporte-se, Abeliano, você sabe que detesto esse tipo de brincadeira. Este lugar é muito visado, repleto de marginais. Não me diga que você não se atreveu a comunicar a seu chefe que estava doente. Você sabe que eu detesto mentiras. Então devia ter lhe dito a verdade. Dr. Santos, Abeliano e eu vamos ao salão de beleza Miss Daisy. Voltarei após o almoço, com um *new look*. Não é possível, Abeliano... deve ter acontecido alguma coisa naquele assalto e você não quis me contar. Você está agindo de maneira muito estranha. Pegue o telefone e disque para aquele explorador da mais-valia, dando a desculpa que lhe parecer melhor, ordena Abeliano, ao lado do orelhão. Diga que está de cama. Como é que posso estar de cama na rua?! Ele vai ouvir o barulho do trânsito. Me dá essa merda de telefone! Você é mesmo um cuecão. Disca. Alô! Dr. Santos? Abeliano. Bem, obrigado. Quem não está nada bem é o Theobaldo. Passei pela casa dele para pegar uns documentos que ele teve a gentileza de retirar para mim no cartório e o encontrei ardendo em febre. Não... não ligue agora... Ele teve insônia e disse que precisava dormir algumas horas, para poder trabalhar à tarde ou amanhã cedo. De nada, dr. Santos. Outro para o senhor. Desliga. Como é que vou aparecer lá, à tarde, sem febre?! Diga que é um milagre... você passou na Seicho-no-iê, sei lá, invente qualquer coisa, fique meia hora com a cara na boca do forno. Você não me engana, Abeliano. Deve ter acontecido algo muito grave naquele assalto.

31

Muito prazer... Miss Daisy, murmura a mulata com um sorriso de dentes perfeitos. Sentem-se, por favor. Obrigado, responde Theobaldo, lançando um rápido olhar ao redor. Viemos por indicação de um cliente seu, que nos recomendou que chegássemos bem cedo, explica Abeliano. Temos um horário de atendimento especial para a terceira idade. Aceitam um cafezinho? Vou aceitar sim, responde Abeliano. Obrigado, sussurra Theobaldo. Obrigado sim ou obrigado não? Sim. Que timidez é essa?! Fiquem à vontade. Vocês estão em casa. Petúnia! Traga dois cafés para os cavalheiros. Outra morena sorri e pisca o olho para Theobaldo. Que mulheres lindas!, avalia ele quando as garotas deixam a sala, meneando os quadris. São travestis, seu idiota! Travestis? Sim, você não viu o tamanho dos pés? E eu lá entendo disso? Qualquer mosca-morta sabe que eles têm pés enormes. Você inventa cada uma, Abeliano! Imagine se essas garotas maravilhosas, com um corpo fantástico... Você é mesmo uma toupeira, Theo. Então me diga... que ideia maluca foi essa de trocar o Romeu, que é nosso amigo de confiança, por esta arapuca de travestis? Olhe o respeito para com as minorias, ironiza Abeliano. Você reparou no luxo?! Isso vai nos custar os olhos da cara. Não se preocupe. Vendi as joias da mamãe. Cavalheiros, o salão está pronto. Queiram me acompanhar, por gentileza.

O salão é pequeno mas requintado, em estilo Renascença. Esta é a sala VIP, esclarece Miss Daisy. Agora vocês vão tirar o paletó e dependurá-lo naquele cabide. Assim. Que meninos bem-comportados, não é, Petúnia? Umas gracinhas, responde a morena, colocando a bandeja com os cafés sobre uma pequena mesa. Enquanto sorve o café, Theobaldo olha para Abeliano, preocupado. Que homem nervoso esse seu amigo, ironiza Miss Daisy, pegando na mão de Theobaldo. Ele é acanhado, teve um educação rigorosa, diz Abeliano. Um pouco de massagem no couro cabeludo vai ajudar a relaxar, avalia Miss Daisy. Petúnia, chame as meninas. Quando as "meninas" entram, Theobaldo tem ímpetos de correr para a porta de saída. Esta é Tália, que vai cuidar do nosso querido Theobaldo. Encantada. Muito prazer. E esta é Euterpe, encarregada de Abeliano. Prazer em conhecê-lo. O prazer é todo meu, responde Abeliano, beijando as mãos de ambas. Tália, a musa da Comédia e do Idílio, e Euterpe, musa da Poesia Lírica e da Música, diz ele. O senhor é um encanto, elogia Miss Daisy, fechando os olhos, para carregar de significado suas palavras. Obrigado. O que motivou o susto de Theobaldo foi o tamanho daquelas mulheres. Tália, uma loira oxigenada, tem mais de um metro e oitenta de altura; Euterpe, morena de olhos verdes, além da altura ostenta um par de bíceps de fazer inveja a qualquer carregador de mercado. Acho melhor você explicar à senhorita Miss Daisy que hoje nós viemos apenas para conhecer o salão, diz Theobaldo. Não, não, não, rebate Miss Daisy.

O senhor está querendo fugir da raia, e isso é muito feio! Agora os cavalheiros vão se sentar nessas espreguiçadeiras, para a lavagem dos cabelos e uma relaxante massagem.

Quando Miss Daisy retorna, meia hora depois, Theobaldo e Abeliano dormem profundamente. Acordam apenas ao contato da toalha que lhes seca os cabelos. E então?, quer saber Miss Daisy, com um sorriso insinuante. Gostaram da massagem? Eu dormi imediatamente, responde Abeliano. E o nosso tímido? Bem... eu achei... interessante. Interessante?! Eu gostei... foi relaxante. E sensual? Não propriamente, gagueja ele, buscando o auxílio de Abeliano com um olhar constrangido. Eu me senti um pouco estranho, no início, mas depois... Se entregou! É... eu dormi. Hum... que dificuldade para expressar seus sentimentos, provoca Miss Daisy, rebolando os quadris em direção às cadeiras, colocadas diante de aparadores encimados por espelhos. Agora sentem-se aqui. Meninas, estão dispensadas. Com licença, diz Tália. Foi um prazer, acrescenta Euterpe. São umas graças, não é mesmo?, elogia Miss Daisy. Têm mãos de fadas, ou melhor, de musas, responde Abeliano. Muito competentes, confirma Theobaldo, com um sorriso forçado. Ambos se acomodam nas cadeiras que, de tão confortáveis, parecem poltronas. Surgem então mais duas beldades, uma negra, de estatura mediana, vestida discretamente, apresentada como Tatiana, e uma japonesa, belíssima, introduzida como Iaco. Cumprimentam Abeliano e Theobaldo, curvando ligeiramente o corpo e inclinando a cabeça. Iaco acaba de voltar do Japão, onde fez estágio, diz Miss Daisy. Cuidará dos cabelos do senhor Abeliano. O senhor Theobaldo ficará entregue a Tatiana, nossa profissional mais experiente. Sabe que houve uma Iaco muito famosa no Japão?, pergunta Abeliano à japonesa. Foi uma grande atriz, a primeira mulher a atuar apenas com atores masculinos.

O senhor é um homem muito culto, elogia Miss Daisy. Não... eu apenas tenho boa memória. Bem, agora vamos escolher o tipo de corte e de penteado. O que nos trouxe aqui, diz Abeliano, sentindo-se à vontade, foi o desejo de mudar completamente, de... Rejuvenescer, completa Miss Daisy. Se possível. Sempre é possível. Agora vejamos o que dizem nossas profissionais. Creio que o senhor Theobaldo ficaria muito bem com uma peruca, sugere Tatiana. Peruca?! Eu? Não há motivo para preconceito, atalha Miss Daisy. Hoje existem perucas americanas, europeias, japonesas absolutamente naturais, com um caimento perfeito, que aderem à cabeça como uma luva. Resistem à chuva, a mergulhos na piscina... Mas eu... só queria cortar um pouquinho os cabelos, que, aliás, já estão muito curtos. Sejamos francos, senhor Theobaldo. Sua calva é muito ampla, e por mais que possamos melhorar seu visual, não será possível, com um simples corte de cabelo, torná-lo mais jovem. Tatiana vai testar algumas perucas, e eu tenho certeza de que o senhor ficará entusiasmado com a mudança. Mas... Não seja resistente, pede Abeliano. Relaxe. Elas sabem o que estão fazendo. E se eu não gostar? Ficará sem a peruca e com a idade que tem, conclui Miss Daisy. O caso do senhor Abeliano é mais simples, avalia Iaco. Ele ainda tem bastante cabelo, a não ser no alto da cabeça. Creio que não será necessário nem mesmo um aplique. A senhorita fala perfeitamente nosso idioma, elogia Abeliano. Ela nasceu em São Paulo, na Liberdade, esclarece Miss Daisy. Sua aparência..., prossegue Iaco, e eu não estou dizendo que o senhor parece velho... decorre de uma falsa concepção estética. O que lhe falta no topo da cabeça está sobrando na base... uma espécie de pirâmide. Temos que desbastar aqui e aqui... fazer com que os cabelos em cima fiquem mais armados, ganhando corpo.

Theobaldo se encanta com uma peruca ruiva, que o remoça uns dez anos. Abeliano fica admirado com as transformações que algumas tesouradas vão produzindo em sua fisionomia. Olham-se no espelho e sorriem. Quando a tarefa é dada por terminada, Tatiana e Iaco recebem os elogios e se retiram. Miss Daisy leva-os à sala de espera, onde já se encontram alguns clientes. Quanto lhe devemos?, pergunta Abeliano. A pessoa que lhe indicou o salão não disse? Nós somos financiadas por um entidade internacional de apoio à terceira idade, para a valorização de sua autoestima. Os senhores não nos devem nada. Apenas cinco por cento do valor da peruca. Mas isso é formidável!, exclama Theobaldo, rindo. Não sei como lhe agradecer, Miss Daisy, diz Abeliano, beijando-lhe as mãos. Aqui está sua nota fiscal. Não posso convidá-los sempre porque estamos nos mudando para a Alemanha dentro de vinte dias. Lamento. Espero que tudo corra bem e que sejam muito felizes, deseja Abeliano. Muito mesmo, acrescenta Theobaldo. Adeus e obrigado. Obrigado, Miss Daisy, gagueja Theobaldo. Você... a senhorita é um amor! Vejam só o nosso tímido. Vai fazer furor com essa peruca. Não está uma glória?!

32

Quando eles saem do salão, Theobaldo fica agitadíssimo. Olha seu reflexo nas vitrines, ri, parece querer dançar. Que transformação, hein, Abeliano?! Se eu soubesse que uma simples peruca pode nos remoçar tanto, já teria feito isso há muito tempo. Você tem certeza de que elas eram mesmo travestis? Absoluta. Não dá para crer. Todas elas? Todas. Mas não fizeram nenhuma insinuação. Confesso que fiquei preocupado, principalmente quando você beijou a mão delas. Já imaginou se... Sabe qual é seu problema, Theo? Você imagina demais. Não sou eu quem imagina. Todo mundo sabe que os gays são abusados, debochados. Não vi nenhum deboche, rebate Abeliano. Pois é... por isso eu fiquei na dúvida. Os preconceituosos vivem na dúvida. De repente, Theobaldo solta um grito e coloca as mãos na cabeça. Meu Deus! Eu estou perdido. O que é desta vez? A peruca. O que é que tem a peruca? Ficou ótima. Como é que eu vou aparecer lá na loja com esta peruca?! Todos vão achar que você fez muito bem. Afinal, parece bem mais jovem. Mas você disse ao dr. Santos que eu estava de cama, ardendo em febre! E quem arde em febre não pode usar peruca? Lá vem você com suas brincadeiras! Não sei onde eu estava com a cabeça quando concordei com essa ideia maluca! Calma, não vamos entrar em pânico. Mas você conhece o dr. Santos... é um conservador... completamente calvo. E odeia perucas. Não vai me perdoar, pela mentira e pela peruca. Abeliano faz sinal para que ele se cale e tenta encontrar uma solução. Já sei! Foi o psicólogo. Eu não tenho psicólogo. Invente um. Ele vem notando que você se comporta de maneira estranha, com sintomas de depressão. Ao saber que você estava com febre, concluiu que se tratava de uma reação psicológica radical. Ao consultar sua pasta de anotações... Que pasta? De acompanhamento, é onde eles costumam guardar as anotações a respeito de cada paciente. Ele concluiu que você estava sendo vítima da SEA – Síndrome do Envelhecimento Acelerado. Vinha apresentando sinais de impotência... Eu?! Sim, está lá, na pasta. Você se queixou várias vezes de que sua careca o incomodava, que se sentia rejeitado. Mas se o dr. Santos comentar com alguém que estou impotente, a notícia se espalha e eu perco a chance de conquistar a Candinha! Esqueça a Candinha. Ela vai completar sessenta anos. Com essa peruca você pode se candidatar a uma garota de vinte! Você está me gozando. E nessa história do psicólogo, onde é que entra a peruca? A ideia é genial, Theo. O psicólogo me pediu que o convencesse a procurar um cabeleireiro moderno, que pudesse ajudá-lo a superar o complexo. Daí a peruca e a cura imediata, fulminante! Como é que eu vou dizer tudo isso ao dr. Santos? É uma mentira de longo percurso, com implicações na minha vida sexual. Não tenho cara... é preciso muito sangue-frio. Não se preocupe. Irei à loja no fim da tarde e falarei com o dr. Santos pessoalmente, para colocá-lo a par dessa cura verdadeiramente milagrosa. Mas ele detesta perucas e acha ridículas quaisquer tentativas de ocultar a idade! Você estava doente, corria o risco de mergulhar numa depressão profunda, irremediável. Era a peruca ou a morte! Emocionado, Theobaldo abraça Abeliano e lhe beija efusivamente as faces. Separam-se radiantes, decididos a aproveitar cada momento de sua juventude relativamente recuperada.

33

De volta ao hotel, Abeliano é informado de que o telefone não parou de tocar. Inúmeras pessoas estão à sua procura. Lembra-se então do anúncio que colocou no jornal, uma de suas brincadeiras preferidas. Desta vez uma empresa procura representantes de ambos os sexos. Por favor, Gumercindo, transfira os próximos telefonemas para o meu quarto. Não se passa nem meia hora, liga um homem. Abeliano não gosta da voz, nervosa, agressiva. Desculpa-se. As vagas já foram preenchidas.

Despacha mais alguns candidatos da mesma forma, até receber a ligação de uma mulher. Somos uma empresa de confecções em fase de expansão. Procuramos pessoas de ambos os sexos que estejam... Eu sei, li o anúncio. A senhora possui veículo próprio? Sim. Nacional ou estrangeiro? Nacional. Tem dicção perfeita? Bem, o senhor está me ouvindo perfeitamente, não está? Bons dentes? Creio que sim. Uma pequena cárie, talvez... Sinto uma dorzinha ao beber água. Isso se corrige. O importante é o sorriso. Sua voz indica que a senhora deve ter um lindo sorriso. É o que dizem. Também exigimos telefax, celular, e-mail e documentação habilitada. Só tenho fax, mas já estou providenciando. Ótimo. A senhora conhece a cidade, presumo. Sim. Trabalhei muitos anos como vendedora. Perfeito. Bem, senhora... Ismênia. Dona Ismênia, chegamos ao item mais delicado. Sim? A senhora deverá comparecer a uma clínica indicada por nossa empresa para se submeter a um exame ginecológico. Exame?! É fundamental. Mas... o senhor está insinuando que eu possa ter alguma doença sexualmente transmissível?! Absolutamente. Então eu não estou entendendo. O exame tem apenas a finalidade de verificar a que sexo a senhora realmente pertence. Como assim? O senhor não está vendo, pela minha voz, que eu sou mulher?! A bem da verdade, eu não estou *vendo* sua voz. Mas suponhamos que seja mulher. Suponhamos, não. Eu sou mulher! Tem certeza? Claro que eu tenho certeza. Posso lhe mostrar meus documentos. Então lamento lhe dizer que a senhora não preenche a condição mais importante. Por ser mulher?! Sim. Mas isso é uma discriminação! Se a senhora leu atentamente o anúncio e prestou atenção no que eu disse no início desta conversa, deve saber que estamos interessados apenas em pessoas de *ambos os sexos*, ou seja, hermafroditas. Mas... Desculpe-nos por ter tomado o seu tempo. Passe bem. Desliga. Abeliano sabe que aquilo não é correto, pois há muitas pessoas procurando desesperadamente um emprego. Mas também sabe que a excessiva correção pode resultar num personagem íntegro porém desprovido de complexidade, de interesse. Liga para a portaria e pede que não lhe passem mais ligações até o dia seguinte.

34

Ele só se lembra da promessa que fez a Theobaldo no dia seguinte, quando desce do 805A – Avenidas. Acabou se esquecendo de telefonar para o dr. Santos, a fim de lhe falar sobre a peruca de Theobaldo. *Para sua segurança, este veículo está sendo filmado.* É a invasão da privacidade, pensa Abeliano. O passageiro não pode nem ao menos tirar uma meleca sossegado. *Reclamações, disque 158. Tá esfriando. Hoje de manhã já estava um frio do caramba. Eu levanto às quatro e meia. Faz bem pra saúde. Quem levanta cedo vive mais. E tem que andar. Eu não gosto. Um dia você vai querer andar e não vai poder. Tem que aproveitar agora. Eu ando mais que mula de padre.* Rua Piauí, consultório, bazar, lavanderia. Rua Itambé, Mackenzie, Rua Major Sertório. Presentes finos, doces finos. Abeliano desce a Major Sertório, em direção ao centro. Móveis para escritório, Churrascaria Grill de Ouro. Professora Júlia – Joga búzios e tarô. Ao atravessar a rua quase é atropelado por uma moto em alta velocidade. Um travesti em decadência come os restos de uma quentinha. Abeliano vai até o orelhão e liga para Theobaldo. Como vai o senhor, dr. Santos? Aqui fala Abeliano. Seria possível conversar um pouquinho com Theobaldo? Já não trabalha mais nesta casa. Como?! Pediu demissão? Não. Foi dispensado.

Assim, sem mais? Apareceu-me aqui com uma peruca ruiva, ridícula, fazendo-se passar por mocinho. Deve ter enlouquecido. Além do mais, não tolero mentiras... aquela história da gripe... é um embusteiro. Mas ele não lhe falou do psicólogo? Não lhe dei tempo. O senhor me disse que ele ardia em febre e ele me aparece aqui sorridente e lampeiro. Mas isso é sinal de que o tratamento deu certo! Tratamento? Abeliano conta detalhadamente a história da depressão, que já beirava o risco do suicídio, e de que maneira o psicólogo encontrou uma saída que parecia impossível. O dr. Santos mal pode falar, de tanta emoção. Pede a Abeliano que procure Theobaldo e se desculpe em seu nome. Sou um insensível, um bruto! Por favor, traga-o de volta... diga-lhe que vou lhe conceder aquele aumento. Abeliano despede-se e liga para Theobaldo. Não está. Abeliano caminha até a Avenida São João e pega o 41113 – Gentil de Moura, para ir à Praça da Liberdade. Olha para o chão, enquanto espera que os passageiros se movam, e vê que o adolescente pobre, à sua frente, usa chinelos bem maiores que os pés.

Câmara dos Vereadores. Dezenas de desempregados estão sentados sobre uma mureta. Parecem andorinhas num fio, pensa Abeliano, com a diferença de que as aves têm sempre um líder e um rumo. Estes aqui são guiados por demagogos. O chão está imundo, coberto de pedaços de papelão e restos de comida. Loja de inutilidades domésticas. *Parou tudo lá na frente*, avisa o motorista. Deve ser acidente de moto. Abeliano senta-se ao lado de uma mulher que tem uma garotinha no colo. O que há com sua filha?, pergunta um homem que está em pé no corredor. Não sei... ficou muito doente de uma hora para outra. O médico mandou fazer alguns exames. Parece que é grave. Você gosta de mágica?, pergunta ele à menina. Mas ela não responde, apenas tosse e chora baixinho. Eu tô levando ela pro hospital. Não dormiu a noite inteira e tem um barulho esquisito no peito. Não come nada, coitadinha. O homem tira uma nota nova do bolso e a mostra à menina. Agora preste a atenção. Ele amassa a nota e a joga para o alto. Quando a nota cai, ele coloca as duas mãos à altura do peito, com as palmas viradas uma para a outra. A nota flutua, girando no espaço! Que demais, cara!, exclama um adolescente. Podem passar a mão por cima e por baixo, para verificar que não há nenhum truque. Como é que o senhor consegue?! A garotinha olha a nota e para de chorar. Isto é apenas mágica, responde o homem, rindo. Vocês podem ver isso no teatro ou no circo. Agora vou lhes mostrar o que é magia. Ele coloca a mão direita sobre o peito da menina, fecha os olhos e murmura algumas palavras incompreensíveis. A menina boceja e adormece. De repente abre os olhos, solta um grito de terror e vomita uma pequena rã morta, uma rosa vermelha murcha e um morcego, que sai voando entre os passageiros soltando gritos estridentes. Que nojo!, diz uma mulher, olhando para a rã descorada. Alguns passageiros gritam e se esquivam, até que o morcego consegue sair por uma janela. Vírgem Santíssima!, exclama uma velha, persignando-se. A garota adormece novamente, parece tranquila. O homem sorri, pede licença e desce do ônibus, que está imobilizado pelo congestionamento. A menina desperta alguns minutos depois, falando e rindo, sem qualquer sinal de doença. Milagre! Milagre nada, isso é coisa do demônio. Cristo alertou sobre os falsos profetas e os falsos milagres. Tem algum truque nessa história. Mas a garota ficou boa! Vai ver é armação... a garota e a mãe estão metidas nessa treta. E o morcego, a rã, a rosa?! Estavam escondidos embaixo do paletó. Abeliano decide ir caminhando até a Praça da Liberdade, antes que os passageiros, irritados com o congestionamento, pensem em linchar as farsantes endemoniadas.

35

Ao chegar à praça, Abeliano liga novamente para Theobaldo. Alô! Hum..., resmunga Theobaldo, com a voz de um faraó que desperta de um longo sono. Você foi readmitido! O dr. Santos me encarregou de lhe pedir desculpas. O emprego é seu. Agora é tarde... eu jamais serei o mesmo. Mas o que aconteceu? Destruí a peruca. O quê?! Você destruiu nosso álibi? Cortei com uma tesoura... piquei todinha. E agora? Me sinto um lixo. Envelheci quinze anos. Como é que você vai aparecer na loja sem a peruca, depois da história que eu contei ao dr. Santos? O homem quase chorou. Sei lá... quero que se foda... a peruca, o dr. Santos, a loja, você. Que se *fodam*. No plural, corrige Abeliano. Mantenha a dignidade ao menos no idioma. Eu estou acabado, Abeliano, acabado. Espere! Tive uma ideia. Amanhã vamos à loja e contamos de que maneira você foi vítima de um assalto inusitado, absurdo, que além de colocar sua vida em risco provocou um retrocesso psicológico irreversível. Porra, Abeliano, dá um tempo. Eu vou acabar sendo internado como maluco. Estamos salvos, Theo! A ideia é genial. Que ideia? Você foi vítima dos Peluqueros. O que é isso? Uma quadrilha argentina que tenta escapar da crise assaltando velhinhos para lhes roubar as perucas. Já atacaram várias mulheres judias, esposas dos ortodoxos. Não estou entendendo nada. As mulheres dos judeus ortodoxos usam perucas. É um costume lá deles, muito antigo. Elas não devem andar por aí exibindo os próprios cabelos. E por isso foram assaltadas? Não, Theo, foram assaltadas porque os caras queriam as perucas.

Theobaldo fica em silêncio por um tempo. Deve estar ponderando os prós e os contras, pensa Abeliano. Olha, presta atenção no que eu vou dizer, Abeliano, que é importante.

Sim? Vai pra puta que te pariu! Tudo bem... E a ideia... Que ideia? Eu me nego a sair de casa novamente, a trabalhar, a viver sem aquela peruca! Mas não há problema, Theo. O dr. Santos está com remorso, vai te dar outra peruca. Ainda temos tempo de voltar ao Miss Daisy. Elas devem ter outra peruca igualzinha. Você promete? Claro. Sabe que aquela... como é mesmo o nome... a que me colocou a peruca... Tatiana. Isso. Me diga uma coisa... você tem mesmo certeza de que ela é travesti? Abeliano desliga. A temperatura está agradável, e ele senta num banco da praça para descansar da caminhada. Fica imaginando o que terá acontecido com a carta que Rogério prometeu entregar a Laura. Já era tempo de Laura ter me procurado, pensa ele. Vai ver quis me poupar e simplesmente jogou a carta no lixo.

Duas mulheres se aproximam e pedem licença para se sentar ao seu lado. Nós gostaríamos de lhe falar sobre uma oportunidade única, algo que poderá mudar sua vida. Estou sempre aberto a novas oportunidades, responde ele, farejando um golpe. Permita que nos apresentemos. Eu sou Lucrécia e ela é Matilde. Prazer em conhecê-las. Abeliano. Senhor Abeliano, vamos direto ao ponto, porque tempo é dinheiro. O senhor já pensou em trabalhar na tevê ou no cinema? Para ser sincero, não. Talvez o senhor pense que seja necessário estudar arte dramática, sugere Matilde. Imagino que sim. Afinal, desocupar o próprio corpo, deixando que nele se introduza uma personalidade estranha, requer algum treinamento. Essa talvez tenha sido a razão de, entre os antigos, as mulheres não atuarem na cena, ou *proskénion*, que é como se chamava o palco na Grécia. Abrir mão do egocentrismo nunca foi atitude própria das mulheres. O senhor tem senso de humor. E também entende de teatro, o que já é um ponto a seu favor. Mas veja... o senhor talvez esteja certo no que diz respeito ao ator principal. O protagonista, atalha Abeliano. Seria pretensão de minha parte, mais que isso, uma ingenuidade, julgar-me apto a voos de tamanha envergadura. Mas nada impede que o senhor participe de voos menos ousados, mas lucrativos. Nós somos membros da Assonaco, Associação Nacional de Atores Coadjuvantes. Estamos lhe oferecendo a oportunidade de atuar em papéis secundários, ou como figurante, em novelas, minisséries, filmes de ficção, comerciais, enfim... tudo que diga respeito à televisão e ao cinema. Sem muito esforço, num ambiente descontraído e dinâmico, o senhor poderá acrescentar valores significativos à sua renda. Minhas senhoras, ou deveria dizer senhoritas? Senhoras. Eu sou casada, esclarece Matilde, e ela divorciada. Seria demais lhes pedir que me revelassem o que lhes chamou a atenção em minha modesta figura? Em primeiro lugar o penteado, responde Lucrécia. Os homens de sua idade em geral não cuidam muito da aparência, e muito menos dos cabelos. Assim que o vimos, chegamos juntas à mesma conclusão: Aí está um senhor charmoso e moderno, que não tenta ocultar a idade e sabe valorizá-la. Não é mesmo, Matilde? Realmente. Seu rosto nos atraiu, como se o senhor tivesse um certo magnetismo. As senhoras viram o coadjuvante, mas os elogios são de protagonista. Mais que merecidos, insiste Lucrécia. Gostaríamos de lhe deixar nosso cartão, caso o senhor se interesse. E quais seriam as condições para ingressar nesse universo descontraído e dinâmico? Não se preocupe com isso. Discutiremos os detalhes na assinatura do contrato, mas podemos lhe garantir que a quantia inicial será significativa. Aqui está o cartão com nossos nomes, endereços e telefones. Aparentando ingenuidade, Abeliano guarda o cartão no bolso, com promessa de que se submeterá aos testes, se possível na companhia de um amigo.

36

Essa Lucrécia tem pernas magníficas, pensa ele. E é divorciada. Vai até o orelhão e liga para Theobaldo, que já parece recuperado. Theo, você não vai acreditar! Estamos no cinema, na televisão! Eu estou na minha casa. Sim, mas imagine que você é como Santo Antônio, tem o dom da ubiquidade, pode estar em vários lugares ao mesmo tempo, na sua casa, no cinema, na televisão. O corte de cabelo começou a dar resultado. A presidente e a diretora da Associação Nacional de Atores Coadjuvantes se interessaram por nós. Viram meu corte de cabelo e sentiram uma atração irresistível. Imagine o sucesso que fará a sua peruca! Não entendi nada. Nós vamos trabalhar no cinema, na televisão! Seremos o furor da terceira idade. Mas eu ainda não resolvi o problema da loja... nem tenho mais a peruca... e você me envolve numa responsabilidade dessas?! Temos que ir aos estúdios fazer os testes. Mera formalidade, porque elas garantiram que já estamos dentro. Faremos uma dupla, como o Gordo e o Magro. Elas pagam alguma coisa? Se pagam?! Será que você ficou surdo? Vamos ser estrelas! Mas eu não entendo nada disso. E precisa entender? Eles fazem um risco e umas cruzes no chão. Você caminha pelos riscos e para nas cruzes. E o que é que eu digo? Vai ter um ponto eletrônico no seu ouvido. Alguém sopra o texto e você repete, procurando fazer a cara correspondente. Vamos começar com *Ricardo III*, de Shakespeare. Eu sei que é de Shakespeare. Parece até que você não me conhece... me trata como se eu fosse um ignorante. Você anda muito sensível, Theo. Deve estar com prisão de ventre. Isso afeta os nervos, o cérebro. Tome um purgante. Quem faz o Ricardo? Você, naturalmente. Eu faço o cavalo. Faz o quê?! Fale mais alto, o telefone está horrível. Abeliano sopra e passa as unhas no bocal. A ligação está mesmo ruim. Posso contar com você? Não sei, preciso pensar. Porra, eu não estou falando de Hamlet, que vivia pensando, e sim de Ricardo III. Não tem nada de ser ou não ser e sim de ou vai, ou racha. Você é o Ricardo, pombas! Tem que pôr decisão nisso. Já fiz a inscrição. Não vá falhar comigo. Se o dr. Santos garantir a peruca, eu topo. Assim é que se fala! Quando estiver no banho, não se esqueça de praticar. Eu não tenho o texto... emprestei e não me devolveram. Então faça apenas o aquecimento. Comece gritando: "Meu reino por um cavalo! Meu reino por um cavalo!". Isso vai empostar tua voz. Mas o que é que os vizinhos vão pensar?! Eu não tenho onde cair morto e de repente passo a ser proprietário de um reino... e antes de tomar posse dele já o troco por um cavalo? Você complica demais as coisas, Theo. Imagine se Ricardo III ia se preocupar com o que os vizinhos estariam pensando. Mas ele se encontrava no campo de batalha, numa emergência... e eu vou estar no banheiro. Além do mais, devo dois meses de aluguel à proprietária, e se ela me ouvir gritando "Meu reino por um cavalo"... Alô! Alô! Não estou ouvindo nada! O cartão está acabando... preciso desligar! Espere... Abeliano! Não se esqueça de dizer a elas que eu só posso ensaiar à noite... Alô! Theo! Alô... O bom de ter um amigo como o Theobaldo, pensa Abeliano, é que se pode inventar qualquer história, por mais absurda que seja, e contar com ele.

37

Sentado novamente no banco da praça, Abeliano olha o movimento, procurando matar o tempo até a hora do almoço. Nos últimos anos, com a saída de japoneses, nisseis e sanseis que foram à procura de trabalho no Japão, a Liberdade perdeu muito de seu caráter. Vários restaurantes, abandonados por seus *sushimen*, contrataram nordestinos, que, aliás, se desincumbiram muito bem. Mas algo sutil se perdeu, pois embora a comida continuasse igual na aparência, o simples fato de não ser preparada por mãos orientais a tornava uma espécie de sucedâneo, como ocorreria com uma feijoada preparada por japoneses. Afinal, Abeliano jamais vai à Liberdade somente para comer num restaurante exótico. Ele deseja ter a ilusão de que se encontra no Oriente, de que é japonês. Essa fuga da própria identidade o acompanha desde a infância, razão pela qual se identifica com Fernando Pessoa. "Estrangeiro aqui como em toda a parte", diz o poeta; e é assim que Abeliano se sente em muitos momentos da vida, metido num corpo que não lhe pertence, a viver num lugar que nunca é o seu. E não se veja nisso falta de patriotismo, pois seria reduzir a um dimensão medíocre algo que transcende o mero gostar ou não de viver num determinado lugar. Nostalgia de uma outra dimensão, talvez, ou de algo não vivido, paisagens de sonho que se sobrepõem à natureza tropical.

O senhor me permite?, pergunta a Abeliano uma senhora que deseja sentar-se no banco, ao seu lado. Por favor... Obrigada. Tem o rosto marcado pela tristeza, pelo sofrimento. Olha para o vazio e suspira. Murmura algumas palavras para si mesma, em meio às quais Abeliano distingue um fiapo de prece. A senhora está bem?, indaga ele, um pouco temeroso por lhe invadir não só a privacidade mas o próprio cerne da angústia. Sim, obrigada. Não quero me intrometer, mas a senhora parece angustiada. É verdade... Talvez eu possa ajudá-la. É difícil, a situação é muito... Diga. Quem sabe, conversando... Bem, é o meu marido. Ele adoeceu e... A senhora não tem recursos para cuidar dele. Não se trata disso. Eu já o levei ao posto de saúde. Os médicos não encontraram nada. Na verdade, eles não podem fazer coisa alguma. Acho que o pobrezinho está sofrendo de um mal espiritual. O que a leva a pensar assim? Ele andou envolvido com uma mulher. Ela queria que meu marido me abandonasse e fosse viver com ela. De repente o homem não come, não dorme, fala sozinho... Só pode ser macumba. Eu já tentei levar ele num centro de umbanda, mas ele não quis. Não sei mais o que fazer. Ele vai acabar morrendo. Eu creio que posso ajudá-la. O senhor é espírita? Não. Mas sou ligado a uma seita oriental, hindu, e desenvolvi alguns poderes. Hoje mesmo no ônibus, curei uma menina que estava sob o domínio de uma entidade maligna. Se quiser, posso ir à sua casa, falar com seu marido, para verificar se o mal tem origem espiritual. O senhor iria mesmo?! Agora? Sim. Vai custar muito caro? Não, imagine! Não vou lhe cobrar nada. A seita não permite. Onde fica sua casa? Eu moro logo ali, na Baixada do Glicério. Então podemos ir a pé. É um pouco longe, mas se a gente for devagar... eu faço isso todo dia. Então vamos. Que sorte! Foi Deus que pôs o senhor no meu caminho!

Depois de andar um bocado, descendo a ladeira, eles chegam a uma rua um tanto esquisita, suja, esquecida num canto do bairro. A casa é pequena, velha, com a porta de entrada e uma única janela dando para a rua. O senhor faz o favor de esperar só um pouquinho aqui. Vou avisar meu marido, pra ele não ficar assustado. Pode pensar que é um assalto. Como se chama seu marido? Juvenal. E o senhor? Abeliano. Muito prazer. Meu nome é Dina. Abeliano aguarda alguns minutos diante da porta fechada, enquanto ela arrasta as cadeiras lá dentro, para deixar a casa mais apresentável. Entre, seu Abeliano. Não repare, somos gente simples. Juvenal está na cama. Achou um absurdo eu trazer um estranho para falar com ele. Não se preocupe, com licença. Peço-lhe que aguarde na cozinha, para que seu marido fique mais à vontade.

Abeliano entra no quarto, que está iluminado por um abajur à cabeceira da cama. Bom dia, senhor Juvenal. O senhor me desculpe vir assim, sem avisar. Eu é que peço desculpa. A minha mulher é meio pancada. Já trouxe um padre, um pai de santo, uma benzedeira... Aposto que ela falou alguma coisa de eu estar macumbado! Não foi bem assim. Eu não estou macumbado, senhor... Abeliano. Eu estou é fodido! Sua mulher me disse que o senhor não come, não dorme... É dor de corno, seu Abeliano. Dá uma olhada no vão da porta, pra ver se ela não está escutando. Ela tem essa mania. Fique tranquilo, ela está na cozinha. Sinto cheiro de café. Eu comecei a preparar, mas corri para a cama quando vocês chegaram. Ela me enche muito o saco. Mas o senhor está doente, e sua mulher... Como é que eu não vou ficar doente se depois de oito anos de felicidade perdi a Petúnia, a mulher da minha vida?! Petúnia? Nome de flor, seu Abeliano, um encanto. O senhor precisava ter visto aquele rosto, aquele corpo, aquele sorriso... Oito anos de felicidade, murmura Abeliano. E agora tudo terminou. O senhor tem motivo de sobra para se sentir mal. Pois é... A coisa começou a ficar muito esquisita já faz quase um ano, quando ela foi trabalhar num salão de beleza. Num salão? Coisa de grã-fino, com um nome esquisito, metido a besta... Miss sei lá o quê. Miss Daisy?! Isso. O senhor conhece? Quem não conhece? É um salão famoso, elegantíssimo. Eu jamais poderia entrar num lugar desses, que deve custar uma fortuna. Eu sabia que a coisa ia dar mau resultado. Petúnia acabou se envolvendo com um cliente, um alemão cheio da grana. Ouvi dizer que vão para a Alemanha. Sinto muito. É pra sentir mesmo, seu Abeliano. Que morena, que mulherão! Aquilo na cama é uma locomotiva! Mas... e o seu casamento? Meu casamento não tem nada a ver com isso. É outro departamento. Eu gosto um bocado da Dina, estamos casados há quase trinta anos. Não tivemos filhos. É uma boa esposa, uma companheira, mas na cama... Dá uma espiada aí no vão da porta. Tudo bem. Na cama ela é uma pedreira, um nó cego. Lamento. Mas a Petúnia... É natural, uma mulher muito mais jovem... O senhor conhece?!, exclama Juvenal, desconfiado. Eu?! De que jeito? Deduzi pelo que o senhor me disse. Uma locomotiva tem que ser mais jovem, mais fogosa. Põe fogo nisso! O senhor não imagina o que é aquilo solto num quarto de motel. É de estremecer as paredes! Mas esse é o amor que lhe corresponde, pondera Abeliano. Juvenal vem do latim *juvenalis*, o mesmo que juvenil. Não me diga! Pode crer. Quando estou com ela eu viro um touro, parece que tenho vinte anos! Eu compreendo sua situação, sua angústia, mas acho que o senhor está cometendo um erro. Que erro?! Permanecer em casa, deitado, deprimido, não vai resolver o problema. E que problema! Além de ficar sem a Petúnia, perdi meu emprego. Mais uma razão para o senhor reagir. Vá à luta, brigue pelo coração da mulher de sua vida! Além disso, dona Dina não merece o sofrimento de vê-lo nesse estado. Mas o que é que eu vou fazer se me sinto um trapo?! Reaja. E o alemão? Que alemão? Meu concorrente! O senhor é um guerreiro, seu Juvenal. Só um guerreiro enfrenta uma locomotiva durante oito anos. Faça o que Jesus ordenou ao paralítico: Levante-se e ande! Sua vida lhe pertence. E se o senhor reagir, estou certo de que arranjará outro emprego e até outra Petúnia. Como a Petúnia, nunca mais. Ânimo, senhor Juvenal. Enquanto fico na cozinha tomando um café e conversando com sua esposa, o senhor entra embaixo do chuveiro, faz a barba e vai à luta! Convido-o a almoçar comigo na Liberdade. Odeio comida japonesa. O senhor escolhe. Já me sinto melhor. Precisava desabafar. Não dá pra falar dessas coisas com um padre ou uma benzedeira.

Meia hora depois Juvenal está metido num terno, barbeado e perfumado, com um sorriso nos lábios. Seu Abeliano, o senhor fez um verdadeiro milagre!, diz a mulher, abraçando e beijando o marido. Hoje à noite vamos ao cinema, promete ele, afetuoso. Vou procurar emprego e dar a volta por cima. Que Deus te acompanhe, e que proteja também o senhor Abeliano! Muito obrigada. Ao se ver na rua, Juvenal corre até o orelhão e liga para Petúnia. Ela vai dar uma escapada na hora do almoço pra conversar comigo. Disse pra eu pegar um táxi, que ela paga. Se vacilar eu ainda arrasto ela pro motel. Tchau, seu Abeliano. Valeu, hein?! Boa sorte. E não se esqueça de levar a patroa ao cinema. Pode crer!, grita Juvenal, acenando para um táxi. O casamento em primeiro lugar.

38

Quando o táxi se afasta, Abeliano liga para Theobaldo. Theo?! Você não vai acreditar. São essas coisas do destino. Encontrei, por acaso... acaso não... parece mais uma sincronicidade de que fala Jung. Fiquei conhecendo o namorado da Petúnia, aquela morena que nos serviu café no Miss Daisy, não sei se você se lembra. Claro que me lembro. Você vive insinuando que eu estou esclerosado! E sabe o que eu descobri? A Petúnia é mulher, meu caro! Uma tremenda gata. Aliás, todas elas. Quando eu insinuei que elas talvez fossem travestis, o sujeito quase morreu de rir. Você tem certeza? Ou melhor, ele tem certeza? Se tem? O sujeito me descreveu a mulher com tantos pormenores que eu quase tive um orgasmo. Disse que ela é uma locomotiva na cama, que faz tremer as paredes do motel! E aquela história dos pés? Que pés? Você disse que qualquer mosca-morta sabe que os travestis têm pés enormes! Que mania você tem de decorar tudo o que eu digo, Theo. Graças a Deus tenho boa memória, Abeliano. A verdade é que você, com seus julgamentos precipitados, acaba me fazendo perder muitas coisas boas da vida. Como por exemplo... aquela massagem. Se eu soubesse que a... como é mesmo o nome daquela massagista? Se eu soubesse que se tratava de uma mulher, teria aproveitado muito mais! Sempre é tempo, meu caro. Não se esqueça de que você terá que voltar ao salão para colocar a nova peruca. Não vejo a hora. Você não sabe a revolução que aquela peruca provocou na minha vida. Como as pessoas são mesquinhas e preconceituosas, Abeliano! Depois que eu coloquei a peruca é que percebi como sempre fui tratado com desprezo. Que diferença! Elogios e mais elogios, como se o antigo Theobaldo fosse um ser desprezível. Tudo por uma simples peruca. Mas agora, felizmente, essa fase acabou, Theo. Acabou como?! Você se esqueceu de que eu liquidei a peruca e agora dependo da compreensão e da generosidade do dr. Santos? Alô! Alô! Droga de telefone! Theobaldo? Você está me ouvindo? Sim, perfeitamente. Melhorou. Esses telefones públicos são uma vergonha. Como vão os ensaios? Que ensaios? Você já se esqueceu? Temos um compromisso. Ah, você se refere ao Ricardo III? Logo depois que você telefonou, fui tomar banho e comecei a gritar: "Meu reino por um cavalo! Meu reino por um cavalo!". Aí um idiota do prédio ao lado berrou: Serve um fusca?! Pura inveja, Theobaldo. Uma gentinha sem cultura. É claro que o idiota não conhece a obra de Shakespeare. Não se deixe intimidar. Grite mais alto. Não se esqueça de que você é Ricardo III. Está me ouvindo?! Alô! Sim, estou ouvindo perfeitamente! Alô! Merda de ligação. Sua voz sumiu, Theo, vou desligar.

Abeliano coloca o fone no gancho e ri. Serve um fusca?! Essa é boa. Se eu desse trela ao Theobaldo, ele ficaria falando na bendita peruca e se queixaria do dr. Santos mais uma hora. Duas mulheres passam por Abeliano falando animadamente, e ele caminha atrás delas, para ouvir a conversa. São duzentos mil metros quadrados, Vânia! Com jardins, lagos, cascatas... Eu sei, Isaura, mas o que me preocupa é o atendimento. De primeira. O hotel cuida de tudo. A equipe é especializada, e os cães se sentem tão bem que nunca mais ficam estressados. E as atividades são programadas para que o dia passe mais rapidamente. Outra coisa que me deixa inquieta é o problema da segurança. Os cães devem ficar perdidos naquela imensidão. Esquece! A segurança é total. Você está sabendo que a Fifi, da Berenice, foi sequestrada? Não me diga! Pediram vinte mil dólares de resgate. E a Berenice pagou? *Vai graxa aí, doutor?!* E não ia pagar?! A Fifi é como uma filha pra ela. Isso eu já acho um exagero. Mas o que é que ela ia fazer?! Deixar que matassem a coitadinha? Francamente, às vezes não te entendo.

39

Abeliano retorna ao hotel e encontra Laura dormindo em sua cama. Oi, meu amor!, geme ela, espreguiçando-se. Como você demorou! Talvez seja importante acrescentar que a jovem não tem no corpo nada que o cubra, o que, em linguagem corrente, equivaleria a dizer que está nua. Tomado de perplexidade por encontrá-la de modo subitâneo em seu leito – não propriamente seu, já que pertence ao hotel, mas de seu uso e simbólica propriedade circunstancial –, nosso herói sente que se lhe ausentam as pernas e rende graças ao Altíssimo quando seus dedos e, posteriormente, suas nádegas tateiam a poltrona. Que bons ventos a trazem?, diria ele se estivesse a labutar num romance de segunda classe. Limita-se, no entanto, a permanecer em silêncio, evitando engolir em seco, pelas mesmas razões acima referidas. O que foi que aconteceu com o meu gatinho?, murmura ela, num gemido. Perdeu a língua? E, entreabrindo as pernas, a jovem expele outro gemido e sussurra algumas palavras que, por respeito aos leitores mais pudicos, preferimos deixar apenas insinuadas. Contudo, para não sermos injustos com os despudorados, pediremos ao técnico de som que amplie o áudio: O que você está esperando para vir colocar esse pau duro e quente dentro de minha boceta molhada? Essa não pode ser Laura, pensa Abeliano, ainda mais perplexo. Ou terei me enganado de porta e entrado em algum romance pornô?! Acende a luz e constata que a jovem em questão e em pelo não se encontra nos arquivos de sua memória. No preciso momento em que suas retinas transmitem ao cérebro tal conclusão, ela começa a cantar "Parabéns a você, nesta data querida...", e – pasmem! –, girando o corpo, lhe exibe as nádegas magníficas, em cujo centro, como num alvo atingido por uma flecha, tremula a chama na extremidade de uma vela de dois palmos de comprimento.

    Ele permanece mudo, tentando compreender o sentido de tal disparate. Então, meu bem, não vai soprar?! Puta que pariu, mas quem foi o idiota que inventou essa brincadeira?!, teria ele gritado se voz houvesse para dizer alguma coisa. Mas o fato de tê-la confundido com Laura, ao entrar no quarto, o induz ao silêncio. Nossa, que falta de consideração e de espírito esportivo!, protesta a jovem, retirando a vela de seu castiçal lascivo e apagando a chama com um sopro. Não me leve a mal, minha querida. Em outras circunstâncias eu certamente apreciaria esse pequeno *happening* que você tão graciosamente me proporcionou; mas não me encontro num bom momento para achar graça nem para me excitar, embora seu corpo seja deslumbrante. Obrigada, o senhor é muito gentil. Na verdade, seu corpo é um banquete para duzentos talheres. Me desculpe, seu... seu... Abeliano. Pois é, seu Abeliano, de suruba eu não gosto. Abeliano ri e se pergunta como uma criatura tão doce, tão ingênua, num certo sentido, pode se deixar transformar num mimo de aniversário com uma vela acesa espetada no rabo. A vida é mesmo repleta de incongruências, pensa ele. Gostaria de saber a quem devo a honra de recebê-la em meus aposentos. Quem me mandou foi o senhor Deodolindo, gerente da Surprise, uma empresa de eventos... como é mesmo que eles dizem?... extra... Extravagantes, arremata Abeliano. Isso! Isso! O senhor conhece?! Confesso-lhe que minha vida tem sido pautada por extravagâncias, mas esta, francamente, me surpreendeu. A senhorita não respondeu à minha pergunta. O senhor Deodolindo entra na história como a andorinha na missa. Na missa?! Bem, de missa eu não entendo, minha família é crente, mas nunca ouvi falar que na Bíblia tem missa com andorinha. É apenas uma figura de linguagem. A porta da igreja está aberta, a andorinha esvoaçante entra, sem ter nada a ver com a missa. Entendo. Então também podia ser um pardal, sugere a moça. Claro, mas os pardais são mais espertos. O senhor acha mesmo? Como é que o senhor sabe? Fizeram alguma pesquisa? Não, foi só uma ideia que me ocorreu. Acho bom você se vestir. Pode acabar ficando resfriada. O senhor não vai mesmo querer me comer?! Já está tudo pago. Tudo? É, qualquer coisa que a sua fantasia inventar. Só não vale porrada e suruba. Tem gente que gosta, se o senhor quiser posso telefonar e chamar... Obrigado. Talvez outro dia. A Leocádia, por exemplo, adora ficar amarrada na cama e ser chicoteada. E a Beronildes... essa, pelo amor de Deus! Essa já chegou a foder... desculpe... já transou com doze caras de uma vez. Uma atacadista, ironiza Abeliano. Vista-se. Talvez o senhor tenha ficado chateado com aquela coisa da vela... me desculpe. É que a Surprise tem essas ideias meio malucas, sabe?! Atendemos muitos executivos em fim de expediente, e eles *adoram* uma sacanagem da pesada. Ficam na maior loucura. Eu pensava que os executivos só se excitassem com a bolsa de valores, diz Abeliano. A moça ri e ele se surpreende, pois estava certo de que ela não entenderia o dito espirituoso. Tem uns que se excitam com os sapatos, outros com a calcinha, mas com a bolsa eu nunca vi. Uma vez eu estava com uma peruca, e o sujeito quis esfregar o negócio dele nos cabelos, imagine... a coisa ficou toda melecada, um nojo! Poupe-me dos detalhes. Eu falei que ele tinha estragado a peruca e fiz o cara pagar o prejuízo. Mas depois mandei aquela porcaria pra lavanderia e ficou perfeita.

Abeliano solta um longo suspiro. Qual é sua graça? O senhor quer dizer... além de colocar uma vela acesa no... Bem... eu, pra falar a verdade, não me acho muito engraçada. Faço essas maluquices porque estão no roteiro, que é um papel escrito onde eles colocam tudo que... Não, minha filha. Eu perguntei qual é o seu nome. Perguntei à maneira antiga: Qual é sua graça? Eu me chamo Zeronildes. Bonito nome, bem original. O senhor está me gozando. Eu detesto esse nome, é ridículo, parece anúncio de circo: Hoje, no trapézio, Baldécio e Zeronildes, num eletrizante espetáculo, sem redes de segurança! É assim mesmo que eles anunciam. Eu já trabalhei num circo. E qual era seu número? Uma coisa muito parecida com o que faço hoje: engolia espadas. Zeronildes se contorce de tanto rir, e Abeliano acaba rindo com ela. E minha pergunta? Que pergunta? Quem foi que pagou tudo? Ah, deixa ver... está aqui, na ficha... na minha bolsa. Foi um tal de Theobaldo. Theo?! É... um gordinho, careca. Eu estava na sala quando ele encomendou a surpresa número oito como abertura, e a número treze como encerramento. Considerando-se que não haverá encerramento, a senhorita poderia me revelar em que consiste a surpresa número treze? Ela ri. Não sei se o senhor ia gostar. Diga. Era pra vela acabar no seu... Acesa? Sei lá, isso não está escrito no roteiro. Agora fiquei curiosa. O senhor tem esse jeito de homem sério, tipo assim... pai de família... mas não sei não... quase todos os clientes que eu conheci, no fundo, no fundo, gostam de uma boa sacanagem. Como eu já disse, os executivos... Minha flor, eu estou mais para executado do que para executivo. E minha vida íntima não lhe diz respeito.

40

Soam pancadas na porta, que se abre com certa violência, deixando passar uma camareira a empurrar um carrinho de chá, sobre o qual, além do bule e das chávenas, há um pequeno bolo de aniversário. Perdoe-me a ousadia de adentrar o recinto sem sua anuência, diz a camareira, com forte sotaque luso. Limito-me a seguir instruções estritas do senhor Ambrósio, proprietário desta insofismável espelunca. Embora isto não seja de minha alçada, vejo que a franguinha, além de estar muito à vontade em seu papel de engolidora de velas e de espadas, coloca-o diante de uma questão delicada. Mas não é que essa bruaca ficou escutando nossa conversa?!, exclama Zeronildes. O que é bem próprio das camareiras, diz Abeliano, sem perder o humor que acaba de recuperar. Não me lembro de tê-la visto neste hotel, mas certamente já nos conhecemos, diz Abeliano.

E como haveríamos de não nos conhecer se já nos encontramos em situação quase íntima, a bordo de um coletivo? Claro! A portuguesa de Moçambique, no ônibus... deixe-me ver... 475M-10 – Vila Buarque! De ônibus não tenho lá muita lembrança, que minha memória não é afeita a movimentos bruscos, mas lhe posso asseverar que ambos confluímos ao tal coletivo no capítulo vinte e três. E de cantora de fados foi a senhora rebaixada a camareira de espelunca. Não me venha lá com preconceitos desprovidos de qualquer fundamento razoável e muito menos de reflexão. As cantoras cantam e as camareiras camareiram, cada qual em seu diapasão, sem que nisso se possam intrometer conceitos de hierarquia nem muito menos malévolas insinuações de *capitis diminutio*. Nossa, como essa mulher fala enrolado!, exclama Zeronildes. Peço-lhe encarecidamente, senhor Abeliano, que faça calar essa profissional do vício, cujo nome, Zeronildes, prenuncia nulidades. Quer saber? Eu vou é mais pegar minha roupa e dar no pé. Não estou a fim de ser ofendida por nenhuma portuguesa metida a senadora romana. Contenha-se!, brada a fadista da Alfama. Procure alargar seus horizontes pecaminosos aplicando a mente a objetos mais dignos de reflexão. Quanto ao senhor, deixamos em suspenso a embaraçosa questão de foro íntimo, qual seja, a de lhe aprazer ou não uma boa sacanagem, ao estilo do Império Romano. E embora não pertença ao grupo dos esmiuçadores da alma humana, paridos pela tortuosa mente de Freud, gostaria que o senhor dissesse apenas a verdade e nada mais que a verdade.

Minha cara senhora... Ismênia, a seu dispor. Dona Ismênia. Antes de mais nada, cumpre esclarecer o que é a verdade. Não me venha com tergiversações, senhor Abeliano! Atenhamo-nos a Aristóteles e sua clássica definição: "Negar o que é e afirmar o que não é é o falso, a mentira; afirmar o que é e negar o que não é é o verdadeiro". Faço-me entender? E se lhe apetece um adendo aristotélico, afirmou o filósofo que a medida da verdade é o ser ou a coisa, não o pensamento ou o discurso, de tal maneira que uma coisa não é branca porque se afirmou com verdade que o é, senão que se afirma com verdade que o é porque é branca. Goste o senhor ou não, é esta a opinião de Aristóteles, o grande filósofo da Macedônia, preceptor de Alexandre Magno e fundador da escola peripatética, que a mim, francamente, não me servia, pois não me deleita desperdiçar meus dias em caminhadas, sejam elas filosóficas ou simples visitas ao supermercado. Já o senhor Abeliano me parece dado aos prazeres do peripatetismo e talvez a outros menos confessáveis. Você vai deixar que ela o ofenda desse jeito?!, indaga Zeronildes, vestindo a blusa. Bem sabe o senhor, prossegue a portuguesa, que nesse particular Aristóteles nada mais fez do que repetir o que lhe ensinara seu mestre, Platão – autor, dentre outras obras, do célebre Amor Platônico –, que, em texto latinizado, caso não se o possa ler no original grego, afirmou *ipsis litteris*, *ipsis verbis* o seguinte: "Verdadeiro é o discurso que diz as coisas como são, na lata; falso o que as diz como não são".

Zeronildes acaba de se vestir e guarda a vela na bolsa, destinada, provavelmente a outra representação. Santo Agostinho, por sua vez, define o verdadeiro como "o que é assim, tal como aparece", e considera como verdade "o que revela o que é ou o que se manifesta a si mesmo". Puta que pariu!, exclama Zeronildes. Tem dia que a gente devia se enfiar embaixo da cama e não sair nem se alguém disser que ganhamos quarenta milhões na Mega-Sena. Vai me desculpar, hein, portuguesa, mas aposto que tu é muito ruim de cama. Com licença, que eu vou à luta. Assim, sem saber o desfecho relacionado a ser ou não o senhor Abeliano chegado a uma sacanagem? Pensando bem, acho melhor dar um tempo. Quem sabe a resposta esclareça algumas dúvidas e eu possa responder conscienciosamente aos quesitos do questionário que me virá ter às mãos, conclui Zeronildes, recostando-se novamente nas almofadas. Referiu-se a senhora dona Ismênia a um dos cinco conceitos fundamentais da verdade, ou seja, o da verdade como correspondência, que é o adotado por Platão e Aristóteles, contesta Abeliano, achando graça no debate. Resta-nos analisar os quatro restantes: a verdade como revelação ou manifestação, a verdade como conformidade a uma regra, a verdade como coerência e a verdade como utilidade. Mas o que é isso, minha gente?! Chega de enrolação!, exclama Zeronildes, erguendo os braços e expondo as axilas tantas vezes profanadas. A verdade é a verdade, pombas! Quando eu era pequena e aprontava alguma, a minha mãe me chamava, agarrava o chinelo e dizia: Quero saber a verdade. Você pegou ou não pegou no pinto do Ronaldinho? A verdade não estava nesse tal de Aristodemo ou em qualquer outro grego de restaurante, estava em meus olhos. E se eu mentisse, levava logo uma chinelada. A pergunta aqui foi clara, e não precisa ser nenhuma vidente nem pistonista da Grécia pra saber que a senhora é uma enxerida e o senhor Abeliano é um dissimulado, porque a verdade verdadeira, aqui, na Grécia, no... sei lá, na puta que o pariu... quando rola sexo pra valer e a mulher é gostosa e tesuda feito eu, o homem nem sabe se está no inferno ou no paraíso. E se pintar uma sacanagem ele vai deixar rolar, a menos que seja um babaca e diga: Ui, benzinho... para com isso! Porque o cara que é macho mesmo, quando está com uma mulher fogosa, faz o maior estrago e não fica de bobeira nem de economia, sovinando o sexo, põe logo pra quebrar, porque o sexo, minha flor, é uma coisa assim, como direi, meio porca, meio gosmenta, é que nem frango com macarronada, pra gente meter a mão, a fuça e acabar toda lambuzada, toda respingada. E fique sabendo, minha santa, que sexo com etiqueta, de garfo e faca, do tipo papai e mamãe, é pra gente sem sangue na veia, barata de sacristia, que reza de noite e se masturba de dia. Com isso, tenho dito. Fui e encerrei o capítulo!

41

Pois é, dr. Santos, diz Abeliano ao telefone. Veja que absurdo. O pobre do Theobaldo foi assaltado pelos Peluqueros. O senhor nunca ouviu falar?! Mas saiu em todos os jornais. É uma gangue argentina que assalta as pessoas da terceira idade para lhes roubar as perucas. Entendo. Não, por favor, eu não quero atrapalhar. No fim da tarde? Com o Theobaldo? Estaremos aí logo depois do expediente. Desculpe incomodá-lo, dr. Santos. Obrigado. Até mais. Alô! Theobaldo? Pode ficar tranquilo que o homem mordeu a isca. Pescaria? Que pescaria? Pense bem, Theo, pelo amor de Deus! Quem poderia ter mordido a isca?! Faça um esforço de raciocínio. Não escutou direito? Mas esse telefone vive com problema, porra! Vê se concerta logo essa merda. Vou dar uma pista. É uma pessoa do sexo masculino, da qual você depende no momento para recuperar os cabelos. Que médico, Theo?! Quem é que falou em reimplante?! Ele é doutor, mas não é médico. Você tem dez segundos para adivinhar. Se não conseguir, serei obrigado a lhe enviar a ficha de inscrição do Asilo Boa Viagem, pois se trata de senilidade galopante. O dr. Santos?! Finalmente caiu a ficha. Esqueçamos a inscrição no asilo, por enquanto. Temos que passar na loja pouco depois do expediente. Ele estava atendendo uma dançarina do ventre que pretende atualizar o guarda-roupa. Eu compreendo, Theo. A memória da gente às vezes falha, fica igual a besouro batendo na vidraça e não encontra saída, como agulha em disco quebrado, não os de agora, mas os de antigamente, que hoje os toca – discos não têm agulha. Casamento? Que casamento? Ah, sim, bom exemplo, Theo. Casamento na reta final, em que o casal fica se repetindo, sem encontrar solução. Incrível como às vezes você tem uns lampejos... Ironia? Não... eu acho mesmo que você é um cara inteligente, um pouco prejudicado por esse defeito perpétuo no seu telefone, que os menos avisados podem confundir com esclerose. Estamos combinados? Na frente da loja. Se eu gostei da surpresa? Que surpresa? Ah, sim. Muito obrigado, Theo. Foi uma experiência inesquecível. A garota era... era... olha, nem tenho palavras para descrever. Adorei tudo, Theo. O introito e a conclusão, ou seja, a surpresa número oito e a número treze, esta última com uma ligeira modificação. Quer saber mesmo? Pedi à garota que acendesse a vela e a metesse no cu da tua mãe! Dezenove horas na porta da loja. E nem um minuto de atraso!

42

Abeliano liga para a portaria e pede para não ser importunado. Depois regula o despertador e tira uma boa soneca. Acorda às seis horas, toma banho, veste-se e vai ao encontro de Theobaldo. Desculpe o atraso, diz Theo, constrangido. Minha calça rasgou na ponta da escultura quando eu estava saindo. Eu já o aconselhei a se livrar daquela droga, rebate Abeliano, irritado. Aquilo não é moderno, é puro disparate. Tive que passar a ferro esta calça, que estava amassada. Tudo bem. O problema não é o atraso, é sua cara. O que é que tem minha cara?! Eu dormi, e foi você quem ficou amarrotado. Levante esses ombros, encolha um pouco essa barriga, sorria. Sua postura é lamentável. Você leu *O velho e o mar*, do Hemingway? Claro. Só que faz tempo, já não me lembro muito bem. Pra dizer a verdade, eu também já esqueci a porra da frase. O barco do velho é um escombro, e o narrador descreve a vela, toda remendada, como "a bandeira da derrota permanente". Não precisa me olhar com essa cara. Se eu não me cuidar, também vou acabar no tal do asilo. Mas você não disse ao dr. Santos que eu estou arrasado?, pondera Theobaldo. Então eu acho que estou dentro do papel, com cara de derrota permanente. Sabe que você tem razão, Theo?! Você não precisa de nenhum diretor, meu caro. Seu talento para o teatro é inato. Lá vem você novamente com suas gozações. Estou falando sério, Theobaldo. Você acha que eu o indicaria para fazer o protagonista de *Ricardo III* se não acreditasse no seu talento?! Sua cara e sua expressão corporal estão perfeitas. Só não precisa exagerar, fazendo esse beicinho de menino abandonado. Afinal, você não tem culpa nenhuma, foi vítima dos Peluqueros. Esqueça aquelas bobagens dos livros de autoajuda de que é a vítima quem atrai seu algoz. Esses idiotas inventam cada besteira! Você vinha caminhando pela rua, livre, leve e solto, quando três sujeitos, armados com canivetes, o encurralaram contra um muro e lhe arrancaram a peruca. Três? Sim. Um branco, um negro e um japonês com um defeito na perna. Direita ou esquerda? Na do meio! Sei lá, pombas! O dr. Santos já engoliu a isca, não vai querer saber de muitos detalhes. Mas são os detalhes que criam a verossimilhança, pondera Theobaldo. Ao menos é o que afirmam os romancistas e os grandes mentirosos. Mas você não é romancista nem grande mentiroso, Theo. Aliás, quando conta uma pequena mentira, fica logo vermelho. Além do mais, os detalhes são perigosos, vão formando uma teia que pode acabar lhe sendo fatal. Desastrados como nós têm que mentir no varejo, bem incidentalmente, *en passant*, como dizem os franceses, em linha reta, sem tergiversações, *à vol d'oiseau*. Fale apenas o necessário. Deixe que eu toco a flautinha para enroscar a víbora. Que víbora?! Você trouxe uma serpente? Pequena. Está aqui no bolso, dentro de uma caixinha. E é venenosa?! Terrível. Mas você não disse que o dr. Santos tinha mordido a isca?! Se ele concordou, não vejo motivo para intimidá-lo usando uma cobra. Puta que o pariu, Theo, quando você morrer vai diretamente para o céu, de onde acabará sendo expulso a pontapés. Motivo? Excesso de ingenuidade. *Enroscar la víbora* é uma expressão argentina, cujo sentido é enrolar alguém, enganá-lo. Eu não convivo com argentinos. É uma pena, porque você é um *caído del catre*, e o contato com eles podia torná-lo menos c*habón*. O que é isso? Prefiro não traduzir. Chega de conversa. Daqui a pouco nosso doutor decide ir para casa, e perdemos a peruca.

Entram e encontram o dr. Santos embevecido diante da dançarina do ventre que se exibe ao som de uma música árabe. Magnífico!, exclama ele ao final. A roupa está perfeita. Com licença. Tenho um assunto a resolver com meus amigos, um segundinho. Com mãos trêmulas, ele saca do bolso o talão de cheques, assina um deles em branco e o entrega a Abeliano. Aqui está, lamento muito pelo que aconteceu com os tais... Peluqueros. Agora me deixem em paz, estou quase fechando uma venda vultosíssima! Para compensar o susto de que você foi vítima, Theobaldo, está autorizado a comprar duas perucas importadas, uma para reserva quando a outra necessitar de lavagem ou reparos. Muito obrigado, dr. Santos!, exclama Theobaldo. Só uma pergunta, dr. Santos. Diga logo, Abeliano. Como é que diante de um monumento desses, que movimenta cada fibra do corpo como se fosse uma contorcionista, o senhor pode se fixar na venda, mesmo que vultosíssima?! Caiam fora, seus idiotas, antes que a coisa esfrie! Boa sorte, dr. Santos, conclui Abeliano, lançando um olhar de relance ao ventre desnudo da bailarina.

43

Na manhã seguinte, chegam bem cedo ao salão e são recebidos como heróis. Sente-se aqui, senhor Theobaldo, ordena Miss Daisy, segurando-lhe as mãos. Venham, meninas, nosso tímido vai contar como foi o assalto! Quando o senhor Abeliano me transmitiu pelo telefone um ligeiro esboço do acontecimento, fiquei toda arrepiada. Pobrezinho!, exclama Tatiana, acariciando a calva de Theobaldo. Eles estavam armados?!, quer saber Iaco. Com canivetes, esclarece Abeliano. Na verdade, punhais espanhóis, cuja lâmina, ao se premir um botão, salta do interior do cabo, impulsionada por uma potente mola. Nossa, que perigo! Petúnia e Euterpe se aproximam correndo e soltando gritinhos, excitadíssimas. Você foi apunhalado?!, indaga Tatiana. Calma, nada de tumulto!, ordena Miss Daisy. Vamos ouvir o senhor Theobaldo. Foi tudo muito rápido. Eram dois japoneses enormes e um negro... um afro-descendente, como se diz hoje. Japoneses enormes?!, exclama Iaco. Estranho... a maioria dos japoneses é de estatura entre mediana e baixa. Eles eram fortes? Muito. E peludos? Sim, tinham pelos jorrando por todos os lados. Barba comprida, bigodes? Isso! Nariz curto e grosso? Curtíssimo e grossíssimo. Então eram *ainos*, antigos habitantes do Norte do arquipélago japonês, especialmente da ilha de Hokhaidô. E o negro?, quer saber Tatiana. Elegantíssimo. Também era argentino? *Por supuesto*, responde Abeliano. Deve ser o único negro argentino, lembra Tália, igualmente agarrada a Theobaldo. Você não encontra nenhum negro nas ruas de Buenos Aires. E era muito elegante? Elegantíssimo, responde Theobaldo. Usava gravata? Terno completo. E tinha um defeito na perna. Direita ou esquerda?, quer saber Euterpe. Na do meio. Meu Deus, que atrevido! Nunca pensei que o nosso tímido fosse capaz de tamanha ousadia. Você quer dizer bem-dotado?!, indaga Iaco. Não responda, senhor Theobaldo!, grita Miss Daisy. Tem essa carinha de tonta, mas é uma dissimulada. Todas riem, e Theobaldo se sente ainda mais constrangido. Que assalto estranho, vocês não acham? Um negro argentino, de terno completo, e dois nipônicos altos, fortes e barbudos, ironiza Miss Daisy. Os Peluqueros são assim mesmo, apressa-se Abeliano a explicar, estranhos, surpreendentes, violentos! Mas eu pensei que eles tivessem agredido nosso queridinho. Não, só mostraram os canivetes e agarraram a peruca. Fugiram numa motocicleta. Os três?! Sim... gagueja Theobaldo. A motocicleta era grande... e tinha um *sidecar* – acrescenta Abeliano. Vocês já devem ter visto nos filmes, aquelas motos nazistas com um carro acoplado... na verdade, um triciclo. Mas para o sujeito andar no *sidecar* não precisa ser nazista, esclarece Theobaldo, num de seus lampejos.

    Ao concluir seu relato, Theobaldo é aplaudido e beijocado pelas meninas. Bem, agora chega de paparicação e vamos ao trabalho, ordena Miss Daisy, batendo palmas. O senhor Abeliano me disse que nosso querido tímido deseja adquirir outra peruca, igualzinha à que foi roubada pelos infames delinquentes argentinos, certo?! Na verdade o dr. Santos, patrão de Theo, autorizou a compra de duas perucas, esclarece Abeliano, para que haja possibilidade de reposição sempre que necessário. E o nosso tímido continua a ter preferência pelos cabelos ruivos?, quer saber Miss Daisy. Exato, responde Theobaldo, constrangido. O que é que vocês estão espiando, meninas?! Voltem ao trabalho! O macaco se perde pela curiosidade. Acontece, meus queridos, que nós temos um problema. As perucas ruivas acabaram. Acabaram?!, exclamam os "queridos" em uníssono. Restam apenas uma peruca loira e outra morena. E não dá para encomendar?, indaga Abeliano. As perucas são importadas e demoram a chegar. Além disso, como os senhores sabem, estamos de partida para a Alemanha. Que tragédia!, geme Theobaldo. Tragédia é roubar e não conseguir carregar, arremata Abeliano. Ficamos com as duas restantes. Não podemos perder esta oportunidade que o dr. Santos nos oferece. Mas isso não tem cabimento!, geme Theobaldo, à beira do choro. Como é que eu vou aparecer num dia como loiro e no outro como moreno?! A variedade é o galardão da natureza!, exclama Abeliano. Sabe qual é o seu problema, Theo? Você é muito suscetível... e, o que é mais grave, desconhece a natureza humana. Será que você ainda não percebeu que neste país um sujeito com mais de sessenta anos adquire o dom da invisibilidade?! Você pode andar pela rua, entrar numa repartição pública, ir ao baile, almoçar no restaurante, de peruca, sem peruca ou com uma peruca de duas cores, metade ruiva, metade morena, vestido de odalisca ou pelado, que ninguém, estou dizendo, absolutamente *ninguém* vai botar os olhos na sua insignificante e envelhecida pessoa! Para gente como nós, meu caro, *acta est fabula*, a representação terminou! Nossa, que pessimismo!, exclama Miss Daisy. Veja só em que estado o senhor deixou o coitadinho... à beira do choro. Desculpe, Miss Daisy, mas eu não consigo me controlar. Até ontem a cabeça do Theobaldo era um deserto, e de repente, como que por milagre, começam a florescer perucas... ruivas, loiras, morenas... e sem nenhum custo para ele, assim, caídas do céu. Qualquer ser humano normal estaria exultante, agarraria tal oportunidade. Mas este aqui, não! Faz beicinho de filho único, mimado, e empaca feito mula que viu a cobra. Você tem prazer em me humilhar diante dos outros, resmunga Theobaldo, reprimindo as lágrimas, tem prazer em me ridicularizar. Pergunte a Miss Daisy se estou sendo exagerado ao dizer que não tem cabimento aparecer num dia como loiro e no outro como moreno. Para ser franca, e sem querer ofender, acho que o senhor Abeliano tem razão. Está vendo?!, exclama Abeliano, abrindo os braços. Miss Daisy fala *ex cathedra*, conhece seu ofício. O senhor não vai usar as perucas em dias alternados, prossegue Miss Daisy. E mesmo que o fizesse, considerando-se que os tempos mudaram, as pessoas iam achar divertido, moderno. *Deo gratias!*, exclama Abeliano, juntando as mãos. Quer parar com esse seu latim ridículo?!, diz Theobaldo. E então? O senhor concorda em levar as duas perucas? Há também a alternativa de escolher apenas uma delas e assumir a careca quando houver necessidade de manutenção, sugere Abeliano, com um toque de ironia. Tudo bem, eu levo as duas. A fortuna favorece os audaciosos!, exclama Abeliano. *Audaces fortuna juvat*, aquiesce Theobaldo, conformado.

44

Ao deixarem o salão, Theobaldo se despede de Abeliano, alegando ter muito o que fazer. Na verdade, está irritado pela maneira como o amigo o tratou. O humor de Abeliano não parece muito melhor, não em decorrência das manhas de Theobaldo, mas porque não consegue afastar a imagem de Laura. Pega o 177H-10 – Horto Florestal, que sobe a Teodoro Sampaio. Vou caminhar um pouco entre as árvores, pensa ele. Talvez o oxigênio restabeleça meus neurônios e eu consiga superar o trauma afetivossexual. Como é que eu não me lembrei do dia do meu aniversário?! Só dei pela coisa quando vi aquela maluca deitada na cama, com a vela acesa no rabo.

Loja de instrumentos musicais. Vanidá Multimarcas. Os bancos do ônibus são de plástico azul, com abstrações de outras cores, e as janelas, corrediças, situadas no alto dos vidros fixos, insuficientes para dispersar o calor. Jogos Regionais do Idoso – Jori. O cobrador cochila. Abeliano tira o paletó. Ônibus com cofre. Chaves em poder da empresa. Não adianta mudar de banco para evitar o sol. O ônibus dá tantas voltas que o calor acaba retornando. Trânsito intenso. *Outdoor* com homem desdentado, sorrindo. Você é feliz? Subentenda-se: Você pode continuar na merda e ser feliz, pensa Abeliano. *Ipso facto*, você não precisa invejar os ricos. Procura o chocolate no bolso do paletó e constata que a barra derreteu. Mas você ainda tem alguma dúvida de que estamos todos sendo envenenados?, pergunta um jovem à namorada, ambos sentados no banco diante de Abeliano. E eu não estou falando dos pobres, veja bem. Acho que você exagera, contesta a moça. O fato de você gostar de comida natural não quer dizer que o resto da humanidade esteja em situação dramática. Não?! Mas é evidente, basta você olhar os rótulos dos produtos nos supermercados. Só tem conservantes, antioxidantes, edulcorantes, acidulantes, umectantes, espessantes, corantes, estabilizantes, antiumectantes, aromatizantes. Será que eu esqueci algum? Mas é o preço do progresso, Lengardo. E esses itens a que você se refere são colocados nos produtos em doses insignificantes. Mas ninguém especifica as doses desses itens nos rótulos!, rebate ele. E alguns me parecem muito estranhos. Vejamos... Conservantes... Pega uma caderneta na pasta e lê: "Ácido benzoico, dióxido de enxofre e derivados, éster dietilpirocarbonato, ésteres do ácido hidroxibenzoico, ácido deidroacético ou deidroacetato de sódio". Em que consiste esse tal de ácido benzoico? Ácido derivado de benzeno, cristalino, usado na indústria de corantes, apesar de ser incolor, e na indústria de bebidas como conservante. E o que será esse benzeno? Líquido incolor, com cheiro característico, volátil, cuja molécula tem uma estrutura cíclica típica. Pelo que eu entendi, tem algo a ver com o benjoim, uma resina de Java muito usada como incenso. Você sabe o que é estrutura cíclica típica? Não. Nem eu. Mas estamos comendo essa merda todos os dias. Fala baixo, amor. Que fala baixo?! Eu tenho vontade de gritar... a humanidade precisa saber. O que vem a ser um éster? Classe de substâncias resultantes da condensação de um ácido orgânico com um álcool. E hidroxibenzoico, deidroacético, deidroacetato?! Meu Deus! E isso é só uma pontinha do rabo do dragão. Tem carboximetilcelulose, goma arábica, musgo irlandês, polifosfatos, monopalmitato de sorbitana, dioctil sulfossuccinato de sódio, propilenoglicol, ácidos de vários tipos, butil-hidroxianisol, citrato de monoisopropila... Chega, amor! Eu já estou ficando enjoada! Veja só este... Em homenagem à química moderna, a gente pode chamar nosso primeiro filho de Etilenodiaminotetracetado. Para os íntimos, Tato. Se for menina, pode se chamar Clorotetraciclina. Como você é chato! Você acha que se esses produtos fossem perigosos, os cientistas iam permitir que as indústrias os colocassem nos alimentos?! Você é tão ingênua! Você acha que se a bomba de hidrogênio causasse algum dano à humanidade, os cientistas e os governos permitiriam que ela fosse fabricada?! Isso é diferente. Diferente?! Usei um forno de micro-ondas durante anos, até que um dia me aparece um médico na tevê, aqui em São Paulo, ou seja, não estou falando de nenhum cafundó do Judas, o cara é considerado cobríssimo, e ele recomenda que não se use a porra do forno porque desintegra as moléculas dos alimentos, o que faz mal à saúde, podendo provocar inclusive câncer! Você sabe o que é uma micro-onda? Não. É uma radiação eletromagnética com frequência da ordem de algumas centenas de mega-hertz. Presumo que você também não saiba o que é um mega-hertz. Claro que não. É uma unidade de medida de frequência igual a um milhão de hertz. E, finalmente, um hertz é a unidade de medida de frequência igual à frequência de um movimento periódico de um segundo, ou seja, um ciclo por segundo. Em outras palavras, trata-se de uma cadeira elétrica disfarçada. Nossos frangos condenados à cadeira elétrica! Todo mundo toma aquelas gotinhas com aspartame para substituir o açúcar. Um dia eu leio no jornal a notícia de que a Universidade do México, após um acurado estudo, chegou à conclusão de que o aspartame é muito prejudicial à saúde, podendo provocar perda de memória, confusão mental, derrame e até mal de Alzheimer! E tem aspartame em tudo quanto é refrigerante *light*, milhões, bilhões de litros descendo pela goela de criancinhas inocentes. Ninguém desmentiu o tal médico do micro-ondas, ninguém processou a Universidade do México... Não é de enlouquecer?! Você é que vai enlouquecer com essa obsessão pela saúde, Lengardo. Isso não é normal. Se tudo fosse verdade, as pessoas estavam caindo feito moscas no meio da rua! Não caem no meio da rua, caem nos hospitais, em silêncio, e morrem sem saber por quê. Quem vai ficar maluca sou eu. Olha aí, era pra descer bem antes, já passamos o instituto de depilação! Precipitam-se em direção à porta, e o jovem continua a falar dos males da civilização. Fascinado com a perspicácia do rapaz, que lhe lembra a própria juventude, Abeliano acena para ele, erguendo o polegar, e o outro devolve o cumprimento, abrindo o indicador e o dedo médio da mão direita, para formar o V de vitória. Um bafejo de esperança na aridez do deserto, pensa Abeliano. O ônibus desce a Avenida Angélica. Escola Panamericana. Falta de senso estético, pensa Abeliano, não em relação à escola, na qual se ensinam as chamadas artes plásticas, mas à banha que se derrama sobre a cintura baixa de uma calça, em cujo interior caminha uma obesa. Angélica Hair. Bingo Angélica. *Ela tá é com tensão pré-menstrual. Aquele nervosismo todo, enjoo, dor de cabeça, dor nas costas, falta de apetite... é* TPM. *Mas a mamãe ainda é tão jovem! Depois dos trinta, minha cara, engordando, inchando, tendo chiliques, só pode ser* TPM. Praça Marechal Deodoro, Rua das Palmeiras. *Onde estão elas? Elas quem? As palmeiras!* Viver cansa, pensa Abeliano. Será que essa gente não se dá conta?! Este ônibus não está rumando em direção ao Horto Florestal, e sim para as quedas do Niágara. Tem mais do que sobeja razão o cavalheiro!, grita um homem de longas barbas e cabelos brancos, vestido modestamente, que se posta em pé no corredor. E quem vos fala é o profeta Ezequiel, redivivo e reeditado sob nova encadernação. Aquele mesmo Ezequiel que no trigésimo ano, no quinto dia do quarto mês, estando no meio dos exilados, junto ao rio Quebar, constatou boquiaberto que se abriam os céus e teve visões de Deus, interpretadas nos modernos dias de hoje, nos moldes do materialismo dialético e capitalista, como uma possível visita de extraterrenos. Pois agora vos trago outra mensagem sob as vestes de uma advertência. Anotai o que eu vos direi no livro eterno de vossa consciência. A Terra vai sofrer um grande choque, um cataclismo. E não se trata de abalroamento de corpo celeste, mas de uma queda radical da virtude, um abastardamento do ser. As leis tornar-se-ão letra morta, e o crime a moeda corrente. A velocidade com que isso ocorrerá será surpreendente como uma erupção vulcânica. Os bons serão como ovelhas abandonadas à sanha dos lobos. O vício grassará nas almas qual erva daninha. O terror de hoje será suplantado pelo horror do amanhã. Cinismo e subserviência ao Mal substituirão a virtude, e os virtuosos serão considerados tolos e moídos pela grande máquina da indiferença coletiva. O rubor será motivo de riso. A canalha policiará as ruas à procura dos inocentes. E um silêncio mortal descerá sobre as Escrituras. No palanque, os falsos profetas retalharão o corpo de Cristo e o venderão aos pedaços como badulaques, falsos amuletos para uma pretensa salvação. O retorno dos vendilhões do Templo. A Igreja, paralisada pela ingestão de seu próprio veneno, assistirá à sua derrocada, como a criança que vê o torrão de açúcar se derreter. E num gesto de desespero erguerá seus estandartes, sem se dar conta de que a derradeira batalha ocorrerá num circo. E outras hienas farejarão o corpo de Cristo e o despedaçarão e se fartarão de sua carne e de seu sangue, rosnando hosanas ao Senhor. Ouvi, meus irmãos! Suspeitai de tudo quanto orienta o homem contemporâneo! A civilização se esvairá em jogos de diletantes que perderam a essência. Nada mais é essencial. O homem se tornará a casca vazia de si mesmo. Os mortos caminharão pelas ruas vestidos de gala, como se fossem para o último baile. Haverá no ar um prenúncio de tragédia, e os mortos sorrirão. Os bois, em direção ao matadouro, terão mais consciência que o homem, e este se ufanará de ter se tornado uma besta insensível e destruidora. Rugirão os motores da máquina diabólica, o som e a fúria, e os mortos cantarão, hipnotizados pela Besta entronizada. É o festival da Besta, um festival de sangue. As almas cairão em cascata a se comprazer na queda. O mundo será uma nave espacial conduzida por insanos. A luz projetará sua treva. Até mesmo a luz se tornará trevosa nas mãos dos falsos profetas, esses arautos do cinismo definitivo, corruptos até a medula. Os porcos se sentarão no trono de Cristo e moverão a língua de serpente para ditar as normas da conveniência. Será o advento da Era dos Porcos, e a humanidade se deixará governar por eles. Nem Lúcifer teria sido capaz de imaginar tamanha decadência. A grande destruição não virá pela guerra nuclear e sim pelo vazio, que se expandirá até os últimos limites do ser. Os desertos serão tidos como jardins, incomparavelmente mais férteis que o coração do homem. E essa loucura espalhafatosa, exultante, avassaladora, rodopiará pelos salões, numa grande valsa macabra, a celebração da queda, o réquiem. Os demônios se fartarão nessa carniça, e os homens caminharão para sua goela cantando hosanas a Mamon. Lúcifer reinará e cobrará seu tributo. Estais portanto advertidos!

Os passageiros permanecem em silêncio, até que uma mulher se levanta e começa a falar com sotaque luso. Tudo leva a crer que o egrégio arauto do Apocalipse tenha de fato sido arrebatado por alguma nave espacial alienígena, em priscas eras, e devolvido ao mundo contemporâneo há poucos dias. Apresentou-se-nos Vossa Senhoria como profeta, que nos dizeres da etimologia nos advém do grego, *prophétes*, balizando o termo, em seus estritos limites, a figura de alguém que prediz o futuro, ou seja, nos revela antecipadamente o que nos irá acontecer. Sem colocar em dúvida sua identidade nem a possibilidade de ter sido abduzido há milênios, tomo a liberdade de descaracterizar como profecia a sua fala, sem lhe negar o conteúdo, que a mim me parece autêntico e correto, mas pela simples razão de não se tratar de algo a ocorrer, uma vez que tais descalabros e muitos outros não mencionados por Vossa Senhoria, para alívio de todos nós, já estão há muito a acontecer, o que, aliás, em nada nos alivia. Sabe-o qualquer colegial que se detenha durante algumas horas diante de um abestalhante aparelho, talvez ignorado por sua distinta pessoa, conhecido como televisão, mas na verdade um sutil agente do demônio, tramado nos esconsos do mundo científico para reduzir o cérebro humano à condição de panqueca. Vivemos já em pleno Apocalipse, e chega o senhor com muitos anos de atraso. Às suas palavras, verdadeiras apesar de tardias, desejo acrescentar outras, à feição de encerramento, estas sim de talhe profético. Na verdade, a águia devorará as serpentes. Os templários ressurgirão em sua glória, para restaurar a Obra que Filipe, o Belo, grande canalha, destruiu. E o povo do Sol, até agora oculto, surgirá do seio da terra com suas naves espaciais e seus exércitos de anjos, para erradicar a maldade. E a luz de Melquisedeque penetrará nos poros do planeta para eliminar até o último piolho. Com espadas de fogo suas hostes farão arder planícies e montanhas. E sua face resplandecente iluminará o campo de batalha como um sol noturno. As cidades imponentes serão sacudidas em suas raízes e tombarão como árvores arrastadas pelos ventos. E o poder humano, fundado no crime, na ousadia e na falta de compaixão, será reduzido à insignificância mais ínfima que o mais ínfimo grão de pó. E terá chegado ao fim o reinado dos pigmeus, para maior glória do Altíssimo e libertação da verdadeira humanidade. A mulher agradece pela atenção que lhe foi dispensada, senta-se e retoma a leitura de um livro tão grande que mais parece a lista telefônica. Isto não é um ônibus, pensa Abeliano, é a Nave de Shiva Dançante, a proclamar o fim do baile. Toca a campainha e desce na Avenida São João, diante de uma loja de móveis usados.

45

    Ainda abalado pela visão apocalíptica, Abeliano caminha em direção à Avenida Pacaembu. Um ônibus se aproxima em marcha lenta. É o 177P-10 – Pedra Branca. Está lotado. Abeliano entra no ônibus. Um jovem que está sentado no banco destinado a pessoas da terceira idade se levanta e lhe cede o lugar. Obrigado, você é muito gentil. O ônibus vai pela Avenida Pacaembu, em direção à ponte da Casa Verde. *Você sabe que existe uma espécie de morcegos chamada Pipistrela?!* Uma voz perdida no emaranhado de gente. Abeliano pensa em sua vida, no sentido de tudo aquilo... suas viagens peripatéticas, suas brincadeiras, sua vida solitária no pequeno hotel. Está dando um tempo, observando.
    Me desculpe eu tomar essa liberdade, mas o senhor não é aquele poeta famoso que desistiu de escrever?!, pergunta uma senhora sentada ao seu lado. Não, a senhora deve estar me confundindo com alguém. Não, o senhor é o poeta, aquele... eu já li poemas seus e vi sua foto num livro que uma amiga me emprestou. A senhora se interessa por literatura? Por poesia, gosto muito. Puxa, como é que eu não consigo lembrar o seu nome?! Minha amiga me disse que o senhor publicou alguns livros, mas não chegou a ser muito famoso. A senhora é muito gentil em me confundir com um poeta, diz Abeliano, contrafeito. Mas o senhor *é* um poeta, insiste ela. Daqui a pouco eu vou me lembrar. Na foto o senhor era mais novo, tinha mais cabelo, cortado num estilo diferente, mas era o senhor sim, tenho certeza! Se o senhor me disser seu nome... Clodoaldo. O nome completo, por favor. Clodoaldo Evangelista de Meneses. Não... era um nome... Eu me lembro de que um dos seus poemas terminava com um tigre. Estou me lembrando... o seu poema, esse do tigre, me impressionou muito. É um poema curto, que no final diz assim: "Esse

tigre de múltiplas faces / devorador de melancolias". A senhora se refere a um poema de Eduardo Alves da Costa. Lamento, mas agora confundiu o autor com o personagem da história. Os poetas, em geral, são meio estranhos, diz a mulher, mas o senhor... me perdoe a franqueza, é estranhíssimo. Parece até que tem vergonha de ser poeta. Posso saber qual a sua profissão? Já fiz de tudo um pouco. Fui professor de história da arte, funcionário dos Correios, coveiro, balconista de loja que vendia e alugava fantasias, dono de hotel, envernizador de esqueletos... De esqueletos?! Mas que coisa horrível! A necessidade, minha senhora, nos obriga a aceitar as atividades mais absurdas. Bem, eu preciso descer. Com licença. Foi um prazer... vou contar pra minha amiga que estive conversando com o poeta. Não sei quais os problemas que o levaram a abandonar a poesia, senhor... Everaldo. O senhor havia dito Clodoaldo, e agora já virou Everaldo. Não importa. Eu respeito seu desejo de anonimato. Só acho que o senhor deveria continuar escrevendo, usando esse dom maravilhoso que Deus lhe deu. Se eu fosse poeta, agradeceria por suas palavras tão gentis. Passe bem, senhor... Reinaldo. A mulher ri, toca a campainha e desce pela porta da frente. Os idosos têm péssima memória, pensa Abeliano.

46

O ônibus trepida. Ruas esburacadas, veículo construído sobre carroceria de caminhão. Talvez eu esteja mal informado, pensa Abeliano, é bem possível que esse tipo de carroceria seja coisa do passado, mas a verdade é que a maioria dos coletivos ainda chacoalha um bocado. Olha pela janela. Uma criança passa gritando *Kátharsis pándemoi! Kátharsis pándemoi!* E mais uma vez Abeliano se admira da qualidade do nosso ensino público. Uma criança descalça, vestida pobremente, gritando em grego: Lustração pública! Lustração pública! Lustração não no sentido de lustrar, dar brilho, mas de lavar, purificar. E como não há nas redondezas nenhuma igreja ortodoxa grega, e mesmo que houvesse não se explicaria aquele chamamento pagão, próprio das cerimônias em que se purificavam pessoas, propriedades no campo e casas, Abeliano conclui que se trata de um arauto, advertindo-nos de que se faz necessária uma purificação coletiva. Rua Voluntários da Pátria. Lanchonete Piradinho. Este, ao menos, confessa. Feira livre sob o elevado do metrô. O motorista pisa fundo no freio, e Abeliano pressiona os joelhos contra o banco da frente. Rua Duarte de Azevedo. Placefun – Lan House – Games e internet. Entre, suba e divirta-se. Bom para a porta de um puteiro, pensa Abeliano. Cervejaria Vila do Café. Se fosse um café talvez se chamasse Vila da Cerveja. Rua Dr. Joaquim... La Arquitetura. Shukar. Avenida Nova Cantareira. Ilha do Surf. Bermudas e Bermudões. Shiroma Perfumaria. Abeliano está entediado, sente um aperto no peito. Os filhos vão se distanciando a cada dia, as cartas rareiam e as visitas acabam sendo adiadas.

Sentado ao lado de Abeliano, um homem o observa com o canto dos olhos. O senhor me desculpe, eu não tenho o hábito de falar com estranhos, mas o meu guia está soprando no meu ouvido para lhe dizer que o senhor é o homem com quem eu devo me associar. Diga ao seu guia que eu sou todo orelhas, responde Abeliano, a quem agradam as surpresas. Trata-se de um negócio que de início é pequeno mas vai aos poucos crescendo, com possibilidades de ser tornar enorme. O senhor talvez se refira ao pênis, embora, ao menos no meu caso, por mais que crescesse jamais ultrapassaria a medianidade. O homem ri. Vejo que o senhor tem humor. Melhor assim. Meu guia também riu e está dizendo que uma sociedade com um homem inteligente e bem-humorado como o senhor tem tudo para dar certo. Diga ao seu guia que eu lhe agradeço pelos elogios. Mas vamos aos negócios... o senhor acendeu minha curiosidade. A mina de ouro está no ramo da pipoca, esclarece o homem, tomado de entusiasmo. O senhor se refere às erupções do milho, que os apreciadores das lides circenses e futebolísticas deglutem, salpicadas de sal, ou às verrugas e manchas da pele, que também, sabe-se lá por quê, recebem essa denominação?, indaga Abeliano, disfarçando a ironia sob um olhar ingênuo. Refiro-me às de comer. Desculpe-me por interrompê-lo assim, senhor... Belmiro. Pois, senhor Belmiro, meu nome é Abeliano. Encantado. O prazer é meu. Como lhe dizia, na verdade não dizia mas pensava, senhor Belmiro, convém esclarecer tudo *ab initio*, em seus mínimos detalhes, para que nossa sociedade, que desponta sob o augúrio de retumbante sucesso, não venha a naufragar nos escolhos da mal-andança. Compreendo. Mas devo adverti-lo de que nossos negócios, esclarece Belmiro, avançam sob a proteção do referido guia. Isso me tranquiliza. Quanto à pipoca... Tudo começou quando meu genro, que é inventor, me apresentou a Fast Pop. Outra possível associada?, interrompe Abeliano, com ar idiota. Como assim? Seu genro lhe apresentou essa empresa americana para... O senhor é mesmo engraçado!, diz Belmiro, rindo. Meu genro me mostrou a máquina de fazer pipoca. *Fast*, de rápido, *Pop*, de *popcorn*, pipoca. Entendo. É uma invenção revolucionária, que utiliza a tecnologia do micro-ondas. Ou seja, o grão de milho submetido à cadeira elétrica, atalha Abeliano. Seu genro certamente inventou uma carcaça e colocou lá dentro um forno de micro-ondas. Não, não, absolutamente! Não subestime a capacidade de meu genro, que tem doutorado em física pela Cornell University. Não me leve a mal, senhor Belmiro, mas eu creio que seu genro desperdiça seu talento. O mínimo que se espera de um doutor pela Cornell University é que produza uma bomba de hidrogênio ou de nêutrons e não uma reles máquina de pipoca. Eu também pensava assim, no início, até me tornar um pacifista convicto. *Atenção, pessoal, estou aqui para ajudar minha mãe e meus irmãos, porque meu pai está doente, internado. Vocês podem escolher, tem três sabores, de chocolate, morango e limão.*

Meu guia está lhe pedindo que não se atenha tanto aos detalhes, porque uma sociedade deve se basear, antes de mais nada, na mútua confiança. Diga a seu guia que me perdoe. A máquina é realmente fantástica, pois não necessita de milho para produzir pipoca. Não?! Trata-se de uma criação *ex nihilo?!* Ex como? *Ex nihilo*, do nada. Não propriamente do nada, mas de uma simples fotografia. Como o senhor pode constatar, diz Abeliano, estou boquiaberto. Seu genro é capaz de produzir pipoca a partir de uma foto de milho?! Exatamente. Mas o senhor não vê o alcance, os riscos de semelhante invento?!, exclama Abeliano, simulando perplexidade. A partir de uma foto essa máquina diabólica será capaz de produzir melancias, pudins, jacarés, seres humanos, aviões, vulcões, até mesmo planetas, estrelas! Suponhamos que seu genro meta na tal da máquina uma foto do Sol! Não só nós seríamos esmagados por um volume de cerca de um milhão e trezentas mil vezes o da Terra como estorricados por um calor inimaginável. Sem falar na necessidade de todos os sobreviventes usarem óculos escuros! Temos que destruir imediatamente essa máquina de horrores.

Ambos se põem a rir, com mútua simpatia. O senhor acredita, diz Belmiro, que com esse disparate eu já consegui meia dúzia de idiotas como sócios? Houve até um ingênuo que me ofereceu uma quantia em dinheiro vivo para adquirir a máquina com exclusividade. Mas eu não sou um escroque. Invento histórias para matar o tempo. O senhor deve ser aposentado, como eu, diz Abeliano. Há cinco anos. Nos primeiros meses fiquei em casa, olhando a vida pela janela. Uma depressão terrível. Depois resolvi encarar o vazio, o tédio, a realidade de ter me tornado um inútil para a sociedade. Estamos no mesmo barco, diz Abeliano. Eu também sou um produtor de disparates, e me alegra saber que existem outros por aí. O mundo quer se livrar de nós, senhor Abeliano. A prova disso é a miséria que nos pagam como aposentadoria. Nem me fale, eu também sobrevivo com muito pouco. Mas é a realidade do país, uma concepção medíocre da existência, coisa de opereta de quinta categoria. *Muito obrigado a todos os que deram uma força pra eu poder sustentar minha família. Valeu. Até a próxima.* Mas estamos falando do óbvio. O problema não é a opereta e sim o fato de sermos obrigados a participar desse espetáculo de circo mambembe uma vida inteira, como se o país fosse um vasto asilo de débeis mentais. Se não se importar, gostaria de mudar de assunto. O senhor tem razão, senhor Abeliano. Como diz o povo, mexer na merda só piora o cheiro. Infelizmente a mudança de assunto ficará para a próxima vez. Tenho que descer, minha filha está me esperando para o almoço. Belmiro se levanta e toca a campainha. Até mais, foi um grande prazer. Aquela do Sol me fez rir um bocado. Eu também me diverti muito. Desejo tudo de bom a sua filha e ao seu genro. Obrigado. Vou contar a eles. Antes de descer, Belmiro grita: Resista! Somos exemplares valiosos de uma espécie em extinção!

47

Rua Maria Amália Lopes Azevedo. Cuidado, cão bravo! Águas Fontalis. Alguns pingos de chuva entram pela janela, e Abeliano muda de lugar. Diversão tá na sua mão! Aviso aos masturbadores. Avenida Luís Carlos Gentile de Laet. Um morador de rua, barbudo, dorme na praça abandonada. Governo de São Paulo cuidando da gente. Ruído de moedas caindo no chão. Avenida Santa Inês. Há uma vasta literatura estampada nos muros, pensa Abeliano enquanto lê: "As palavras têm poder. E é como a moeda, com dois lados. Quando a palavra é usada para o mal...". Ele deixa vagarem os pensamentos. O ar está um pouco mais fresco, em decorrência da vegetação abundante. No banco da frente, duas mulheres conversam. Eu sei o que foi a ditadura. Me puseram nua, me torturaram, me violentaram. Eu estava grávida e perdi a criança. E eu nem sabia da gravidez. Minha vida mudou, nunca mais fui a mesma. Perdi meu namorado, que também estava envolvido com política. Ele morreu? Não sei... desapareceu e ninguém mais soube dele, nem os pais. Acabei sozinha. Meus pais morreram, minha família mora em Minas. A senhora não tem contato com seus parentes? Não, eles me abandonaram quando souberam que eu estava envolvida com a guerrilha. A senhora deve ter sido uma jovem muito bonita. Fui, sim, mas hoje estou acabada. E a senhora fazia o quê... na época? Eu era professora. Agora estou desempregada, vivo na casa que herdei de meus pais, uma casa pequena, bem velhinha, atrás do parque. Muitos dos antigos companheiros se tornaram políticos depois da redemocratização. Uma piada chamar isso de democracia. Na semana passada vi uma cena que me deixou furiosa. Três policiais armados revistaram um negro. Jogaram as coisas dele no chão e o empurraram contra a parede. No fim, ele mostrou a carteira profissional anotada. Era um trabalhador, um homem de bem. Eu chorei, sem poder fazer nada... quem sou eu? Tenho trauma de polícia, de autoridade. Enquanto cenas como essa acontecerem eu não acredito em democracia. E os seus antigos companheiros, os que se meteram na política? Estão numa boa, não estão? Se estão! Muitos esqueceram os ideais do passado, são corruptos e traidores do povo. E a senhora nunca pediu uma indenização? Não, acho isso imoral. Muita gente se queixa de que ficou presa, foi torturada. Mas se você está na guerrilha, tem de encarar o que vier. E tudo isso pra quê, meu Deus! Tantos jovens morreram pra dar nessa merda que está aí?! Não me queixo da prisão, da tortura, de nada. Só me dá muita pena pensar nos que morreram na flor da idade por um ideal. Que desperdício... Horto Florestal. Abeliano olha o muro em construção e pensa no Muro de Berlim. Ele também teve seus ideais quando jovem. A implantação e a manutenção do comunismo custaram milhões de mortos. O capitalismo é um asco. Resta-nos a floricultura. Clube Paulistano de Tiro. Ao prato? Ao pombo? Colégio Cantareira, Mercado Terra Santa. Uma provocação a quem se declara templário. Abeliano desce do ônibus e constata que se encontra nas traseiras do Horto Florestal. E a essa altura já não se interessa em respirar oxigênio puro. Tem a sensação de que nada mais é puro neste nosso mundo.

48

Há um ônibus parado no ponto, e Abeliano pede ao motorista que lhe abra a porta. Está cansado e sente uma pontinha de fome. O homem lhe responde que não pode abrir a porta porque se trata de uma rendição, haverá uma troca de cobrador e motorista. Mas o senhor pode pegar o que está aí na frente. Abeliano sobe no 9653-10 – Paissandu. Há vários ônibus no ponto, de linhas diferentes. Cobradores, fiscais e motoristas conversam animadamente. O cara tava lá, no meio da rua, esticado, mortinho, meu! Esses motoqueiros andam feito malucos. Um dia, *pam*, acontece. Ainda bem que não foi comigo, meu! Até hoje não tenho nenhuma morte na consciência. São Cristóvão me protege. Tudo bem, mas o negócio é ficar ligado, porque o santo pode acabar cansando se tu fizer muita besteira. Que tédio, pensa Abeliano. Serei eu um elitista? A verdade é que em centenas de viagens ele já ouviu gracejos e piadas de todos os tipos.

Finalmente o motorista se decide e põe o motor em movimento. O ônibus é verde e branco. Uma verdadeira carroça, que produz um barulho insuportável. E, para agravar a situação, o banco está solto. Panificadora Ronchetti. Perfumaria Flor do Peri. Estaria o proprietário se referindo ao índio Peri, herói de *O guarani*, de José de Alencar, cuja ação se passa nos tempos coloniais do Rio de Janeiro, obra que atingiu extraordinária popularidade e que serviu de inspiração para o libreto da ópera homônima de Carlos Gomes, aplaudida em sua estreia no Scala de Milão, em 1870, e depois em diversas cenas líricas do continente europeu? E que flor seria essa? De ranunculácea, de gramínea, de convolvulácea, de umbelífera, de papaverácea? Esta última é a mais provável, pensa Abeliano. A *Papaver somniferum*, talvez, vulgarmente conhecida como dormideira, da qual se extrai o ópio. O que explicaria o embevecimento perpétuo de um nativo pela heroína de pele branca, no melhor estilo romântico. Estaremos ainda todos nós sob o efeito da *Papaver somniferum*, que nos prostraria, voltados para a falsa Meca do Primeiro Mundo?!

Imerso está ele em tais divagações enciclopédicas quando um enorme buraco faz saltar o ônibus e, *ipso facto*, seus ocupantes, dentre os quais nosso herói, cujo banco, solto, o catapulta aos confins do universo conhecido, de onde aterrissa nos abismos de um desmaio, durante o qual desembarca no Rio de Janeiro, na pele de dom João VI. Refeito do susto e do breve desfalecimento, provocado por um dos inúmeros canos de metal que cercam a catraca, a fim de impedir a ação de eventuais fraudadores, Abeliano paga a passagem, para ter o direito de se sentar num banco mais condigno e pensar que o ônibus é uma merda. Informações e sugestões: ligue para a central – 156. Avenida Santa Inês, Avenida Parada Pinto. Hair Show, Eagle Sound, Pet Shop Beija-Flor, Hipermercado Andorinha. Uma águia, um beija-flor e uma andorinha... o pessoal aqui deve gostar um bocado de aves. Porra, que dor de cabeça! Cerealista Teles, Espaço das Cores. Lá está Gauguin sorrindo para ele novamente, como que dizendo: Mas afinal, o que é que você faz neste ônibus, meu velho?! Há garotas maravilhosas esperando por você no Taiti. Meu Taiti é aqui, responde Abeliano, lembrando-se de Horacio. Com um pouco de imaginação, este ônibus pode se tornar uma canoa, e aquela gorda uma taitiana ninfomaníaca.

Com esses corredores reservados somente para os ônibus, a gente chega bem mais rapidamente, diz a mulher sentada ao lado de Abeliano. É verdade. Mas a importância da velocidade está diretamente ligada ao destino, ao objetivo, responde ele. Como assim? Se a senhora vai ao encontro de algo agradável, a velocidade lhe é favorável. Se, no entanto, há uma tragédia à sua espera, melhor seria que o ônibus andasse a passo de tartaruga. O senhor está certo. Hoje, por exemplo, estou indo a um centro espírita, recomendado por uma amiga, porque meu marido é alcoólatra e não consegue parar de beber. Então deve estar ansiosa para chegar. Sim e não. Quero resolver logo isso, mas, ao mesmo tempo, tenho medo do que eles possam me dizer. Eu já havia notado que a senhora está um tanto nervosa. É verdade, responde ela, com voz lacrimosa. Não sei mais o que fazer. Ele era um homem trabalhador, cheio de vida... agora... Não chore. Tenha fé. Os espíritas em geral são pessoas dedicadas, interessadas no bem-estar do próximo. Certamente a ajudarão a superar todas as dificuldades. Eu até que ando bem precisado de uns passes. Parece que minha vida ultimamente desandou. Se o senhor quiser me acompanhar, eu lhe agradeço, porque não gosto de ir a esses lugares sozinha. Não pelas pessoas, que são de bem, mas... O senhor já reparou como os centros ficam numa rua distante, meio escondida? E há sempre uma porção de gente. A coisa pode demorar, e eu tenho medo de sair sozinha à noite. Terei o maior prazer em acompanhá-la, responde Abeliano, entusiasmado por encontrar uma oportunidade de preencher o tempo. *Meu pai está morrendo e ainda não decidiu se quer ser cremado ou enterrado. E vocês conversam com ele sobre a morte? Sem problema, ele é muito prático. Chega até a ser divertido, porque o velho faz as contas para saber o que sai mais barato.* Ótimo! O senhor tirou um peso do meu coração. A verdade é que eu também tenho medo dessas coisas... dos espíritos. Só de pensar em conversar com um, fico toda arrepiada. Ela mostra o braço, uma pele branca, leitosa, marcada por veias muito finas. Avenida Rudge, Avenida Rio Branco. Salão de Beleza Desirée. Picanha na Brasa – Carnes nobres. Condes, barões fatiados... Labirintus. O minotauro em risco de virar churrasco.

 Intrigado, Abeliano se pergunta por que razão a mulher teria lhe falado de centros distantes e do medo de percorrer sozinha aquelas ruas escondidas, se estavam chegando ao Largo do Paissandu, no miolo da cidade, e em pleno dia. Talvez queira me arrastar para alguma cilada. Se a senhora me permite, vou ligar para um amigo e convidá-lo... é um profundo conhecedor do espiritismo. Alô... Theo?! Aqui é... Puxa, como foi que você reconheceu minha voz? Escute... eu estou no Largo do Paissandu com uma senhora muito distinta, e ela faz questão de que você nos acompanhe a um centro espírita. O que é que tem o dr. Santos? Invente qualquer coisa, diga que eu fui atropelado. É um caso de urgência. Ando com uma uruca que só Deus sabe. Em frente à igreja em cinco minutos. Desliga. Me desculpe, às vezes somos obrigados a inventar uma pequena mentira em função de alvos maiores. Aceita um café? Não, obrigada. Essa tensão me deixou com uma pequena gastrite. Fale-me um pouco de seu marido. Mas, antes de mais nada, uma apresentação formal. Abeliano, encantado em conhecê-la. Rúbia. O prazer é meu. Ela começa a falar sobre a trágica história de uma família destruída pelo álcool. O avô, o pai e dois tios do marido eram donos de uma destilaria. Morreram de tanto beber. *Stultōrum infinītus est numĕrus*, diz Abeliano. Como? O número dos tolos é infinito. Lá vem ele. Quem? Meu amigo Theobaldo.

49

Para evitar que a mulher ouça o que ele quer dizer a Theobaldo, Abeliano corre de braços abertos em direção ao amigo. Eu já lhe pedi inúmeras vezes que pare com essas demonstrações extravagantes de afetividade, resmunga Theo. Quero saber o que foi que a Tatiana segredou no seu ouvido quando saímos do salão, indaga Abeliano. Quem?! A Tatiana? Sei lá, eu nem me despedi da jovem, estava tão excitado com a história das perucas... Não me venha com besteiras, Theo, você até parece um colegial. Eu percebi claramente que ela cochichou no seu ouvido. Por sua causa o dr. Santos me passou a maior carraspana, tergiversa Theo. Esqueça o dr. Santos e vamos ao que interessa. Estou acompanhado por uma verdadeira dama dos subúrbios, como você poderá constatar se olhar discretamente por cima do meu ombro. Eu disse *discretamente*, e não com essa expressão de tarado em teatro de revista. No início de nosso contato imediato de primeiro grau eu me ofereci para acompanhá-la a um centro espírita. A pobre tem medo de fantasmas. Contudo, no decorrer da conversa, lancei um rápido olhar àquele decote e ao magnífico par de pernas... e me ocorreram algumas ideias. O marido é alcoólatra perdido. Sim... e...? Não me diga que você teria a coragem de... Puta que o pariu, Theo! Aposto que você foi coroinha quando criança. A mulher é um prato cheio! Nós vamos ao centro, damos uma enrolada, tomamos uns passes, o que sempre é muito salutar, e eu dou uma força para solucionar os problemas de carência da pobre mulher. Mas e eu? Você o quê? Como é que eu fico nessa história? Compareço com o candelabro? Seu problema, Theo, é que você não é capaz de pensar a longo prazo, de investir no futuro. A coroa deve ter uma, duas, várias amigas. Você estará com mais sorte do que eu, poderá escolher! Eu preciso pensar. Pensar?! Você acha que aquelas tetas e aquele par de pernas vão ficar ali à nossa disposição até o fim dos tempos? Um dia, na vida de um sujeito de setenta e um anos, equivale a vários meses na existência de um jovem. E então? Vamos nessa?! Tudo bem, responde Theobaldo, vencido pela necessidade. Só falta me dizer o que foi que a Tatiana segredou no teu ouvido. Você promete que não vai me gozar? Prometo. Disse pra eu encontrá-la hoje à noite, às sete horas, na porta do Conjunto Nacional. Me desculpem, eu não posso esperar mais, diz a mulher. Nós é que lhe pedimos mil desculpas, contesta Abeliano, segurando-lhe as mãos. Este é meu grande, insubstituível, inestimável amigo Theobaldo. E esta encantadora criatura, que o destino houve por bem colocar em nosso caminho, é a senhora Rúbia. Encantado, murmura Theobaldo, beijando a mão da mulher. Vocês são uns amores. Temos que correr até o ônibus ou vamos perder a hora! Ônibus?! Mas eu pensei que o centro ficasse aqui, nas imediações. Que nada, ainda temos uma hora ou mais de viagem.

50

Caminham até a Rua Xavier de Toledo e pegam o 8252 – Lapa-Praça Ramos. Abeliano senta-se ao lado de Rúbia, ela junto à janela e ele ao lado do corredor. Theobaldo ocupa o banco ao lado de Abeliano. Sabem que eu já fui sequestrada?!, comenta Rúbia de repente, causando profunda impressão em Theobaldo, que tem pavor de sequestros. Não me diga... deve ter sido uma experiência traumatizante, diz Abeliano, colocando a mão sobre o braço da mulher. Foi um sequestro-relâmpago. Me pegaram na descida do ônibus, de noitinha, encostaram uma faca em minha barriga e me puseram num fusquinha caindo aos pedaços. Só de imaginar, fico arrepiado!, exclama Theobaldo. Quando eu entrei no carro, tinha um na direção e outro no banco de trás. Eu estava tão apavorada que nem senti medo. E a senhora ficou muito tempo em poder dos facínoras?, indaga Abeliano. Duas horas. Só?! Mas isso é mais rápido que *fast-food*. Eles telefonaram pra minha irmã, de um orelhão, disseram que eu estava de calcinha vermelha com rendinha preta e me fizeram gemer, amordaçada, perto do telefone. Que atrevimento!, exclama Theobaldo. Que ousadia!, completa Abeliano, pensando na calcinha vermelha. Minha irmã tirou mil reais no banco e foi entregar no lugar combinado. Tudo isso pra faturar menos de quinhentos dólares!, exclama Abeliano. Eu não suporto mediocridade. Tem cabimento sequestrar uma senhora de respeito, transportá-la sem o menor conforto, causando-lhe pânico, obrigá-la a mostrar a calcinha, para faturar um míseros trocados?! Essa gente não se dá ao respeito. Somos subdesenvolvidos até na violência. Discordo, protesta Theobaldo. Morrem milhares de pessoas por ano, no Brasil, vítimas de violência. Nessa questão, somos de Primeiro Mundo. Espero que a senhora não tenha sofrido violência de nenhuma outra natureza... Graças a Deus, não, senhor Abeliano. Afinal eu nem sou assim tão atraente. Não diga isso, dona Rúbia! Muito pelo contrário, não é, Theo?! Sim, gagueja Theobaldo.

Mãe, você me leva no Zoológico? Levo sim, filho, qualquer dia, quando a mãe tiver uma folga no trabalho. Deve ser legal, né, mãe? É sim, filho. Que bicho você quer ver? Formiga carnívora, mãe. O Ruizinho lá da escola disse que elas são grandes assim. Já pensou aquele bando de formigonas comendo tudo que tem na frente?! Mó legal. Voltemos às calcinhas vermelhas... com todo o respeito, dona Rúbia. Não é que eu esteja particularmente interessado no tipo de *lingerie* de sua preferência, mas, só de imaginá-la de calcinha vermelha com rendas negras, diante de quatro delinquentes desclassificados, sem qualquer gosto estético... nem sei como lhe dizer... é nauseante. Não é mesmo, Theo?! Claro que sim. Especialmente se a calcinha for de seda, daquelas que aderem ao corpo, destacando-lhe as formas. Nesse caso, a senhora estaria realmente, que me perdoe o autor pelo lugar-comum, em maus lençóis. Minha roupa íntima é de algodão. Não suporto a seda. Compreendo, murmura Abeliano. A *dentadura da minha tia é solta, quando ela fala aquele trem fica balançando dentro da boca. Um dia, de sacanagem, preguei um susto na velha, ela gritou e a dentadura caiu no chão.* Eu nasci para andar de BMW, pensa Abeliano. Quer dizer então que os sequestradores receberam os mil reais e a devolveram intacta?, indaga Abeliano. Tirando o desrespeito de eu ter que mostrar a calcinha, foram muito corretos. E qual foi a reação de seu marido? Nenhuma. Estava completamente bêbado e continuou assim por uma semana. Ela suspira, ajeita os cabelos e puxa a barra da saia para baixo, cobrindo os joelhos.

O restante da viagem transcorre no mais absoluto silêncio. Avenida General Olímpio da Silveira. Abeliano pensa no pai, no seu amor pelo Brasil. Jamais voltara a Portugal, nem mesmo como turista. O que é que eu vou fazer lá? O Brasil é o futuro, meu filho. Às vezes você mete o pau no país, na política, mas não deve confundir o governo com a terra, com o povo. Política é assim mesmo, em todo lugar. E você, com essas suas ideias socialistas, ainda vai acabar mal. Fique longe disso, meu filho, cuide do seu futuro, da sua carreira. Minha mãe, com sua timidez e simplicidade, não opinava. Para ela estava tudo bem, desde que houvesse harmonia no lar. *Olhaí, pessoal! Alguém me pediu pra avisar quando chegasse na Avenida Pacaembu!*, grita o cobrador. Com esse trânsito, estaremos na Lapa ao amanhecer, pensa Abeliano, sentindo o corpo de Rúbia contra o seu. Ela está de olhos fechados, como se dormisse. Theobaldo, por sua vez, dormita a ponto de adernar sobre seu companheiro de banco, igualmente adormecido. Dentre as inúmeras recomendações que me fazia meu pai, no sentido de me dar uma boa educação, havia uma de que sempre me lembrei: "Meu filho, nunca avance sobre o banquete". Causa-me espanto a sem-cerimônia, a avidez, a voracidade com que certas pessoas avançam sobre a vida, a natureza, o mundo, agarrando, devastando, devorando tudo, como formigas carnívoras, cupins, de apetite insaciável. Não peço muito à vida. No momento, me daria por satisfeito se Laura me procurasse. Avenida Pompeia. O mar à beira do qual meu amigo Horacio e eu passamos alguns momentos inesquecíveis. Que falta você me faz, meu caro... você, que embora também amasse apaixonadamente a vida, jamais se deixou seduzir por ela.

51

Quando o ônibus chega ao ponto final, Abeliano e Theobaldo dormem profundamente. Rúbia acorda Abeliano delicadamente, e este cutuca a barriga de Theobaldo, que deixa escapar um grito, pois está no meio de um pesadelo, no qual um *serial killer* vai dividir sua mãe ao meio com um machado. Descem e caminham pela Rua Antônio Raposo, poeta português nascido em Avis, em mil seiscentos e qualquer coisa. Perdi o papel com o endereço, constata Rúbia, depois de revolver o interior da bolsa. Ah, meu Deus, que roubada!, exclama Theobaldo, mantendo-se fiel à resolução de falar apenas em moderno. Se vocês quiserem, podemos voltar para casa, sugere Rúbia. De maneira alguma!, contesta Abeliano. Vamos perguntar numa dessas lojas, no jornaleiro ou no posto de gasolina. É o que nos recomenda o mestre sufi Omar Ali-Shah: "Se você estiver perdido, procure alguém que se assemelhe a um ser humano, de preferência alguém que esteja uniformizado, um guarda, um carteiro, um frentista de posto de gasolina, uma lavadeira, enfim, alguém que conheça o lugar".

Abeliano entra numa loja e sai de lá com o endereço. Pronto, está aqui... o centro é muito conhecido. Fica na quinta rua à esquerda, no número 237, Fundos. Quando entram, já há uma fila de cerca de quarenta pessoas. Os senhores precisam pegar uma ficha, informa um senhor a quem falta o braço esquerdo. Após uma longa espera, a porta se abre, e todos entram numa sala ampla, que mais parece um teatro, com um palco e uma arquibancada rústica. No palco há apenas uma pequena mesa e uma cadeira. Será que vão apresentar alguma peça de autor espírita?, ironiza Theobaldo. Não se deve brincar com o sagrado, responde Abeliano. Concordo. Mas convenhamos que o clima aqui está mais para o profano. Quando todos se acomodam, as luzes se apagam e acende-se um foco sobre o palco, no qual entra um homem, cambaleando. Senta-se e coloca sobre a mesa dois objetos. Abeliano, será que eu estou tendo uma visão sacrílega, provocada pelo demo, desejoso de nos afastar do caminho da mais elevada espiritualidade?!, indaga Theobaldo, boquiaberto. Terão sido meus olhos atacados por alguma doença repentina, desvirtuadora da realidade? Não, meu caro. O que os seus e os meus olhos estão vendo sobre aquela mesa são dois objetos sobejamente conhecidos: um copo e uma garrafa do legítimo e inimitável Johnnie Walker, envelhecido doze anos em tonéis de carvalho.

Meus caros senhores e minhas prezadas senhoras, começa o homem, enrolando ligeiramente a língua. O que é aquilo sobre a mesa?, quer saber Rúbia, cochichando. Aquilo é uma garrafa de uísque escocês legítimo, acompanhado de um copo, ao que tudo indica, nacional, esclarece Abeliano. Mas o que é que esse homem pretende fazer com uma garrafa de uísque numa sessão espírita?! Não sei... talvez ele pertença a uma ala dissidente da umbanda, que utiliza uísque em vez de cachaça em seus rituais. Eu não entendo... minha amiga disse que o centro é de mesa branca. De fato, prossegue Abeliano, a mesa está coberta com uma toalha branca, rendada, com um toque elegante de dourado malte.

Após um longo silêncio, o homem prossegue. Quero mais uma vez agradecer a presença dos senhores nesta casa. Serve-se de uma generosa dose de uísque, bebe e dá novamente um tempo. Hoje eu quero pedir às entidades que participem de uma questão muito, muito, muito... Enche novamente o copo e bebe tudo de um fôlego. Importante. Os queridos irmãos e irmãs que frequentam este centro vão ter uma oportunidade... oportunidade única... de receber uma vacina contra aids e outras doenças. O homem tira do bolso mais dois objetos e os coloca sobre a mesa. Nós temos aqui uma seringa e um vidro com água. Por favor, façam uma... façam uma fila aqui na frente, que eu e as entidades vamos aplicar em cada um de vocês... em cada um... uma pequena quantidade desta água. E para provar o poder dos médicos do espaço, vou usar só uma agulha... apenas... só esta agulha... sem nenhum risco de contaminação, porque vai estar limpinha e esterilizada pelo poder espiritual. Theobaldo e Abeliano se entreolham e se levantam ao mesmo tempo, arrastando Rúbia com eles. Com a mesma agulha?!, exclama Theobaldo. Onde será que ele pegou aquela água?, diz Abeliano. Minha fé, que sempre foi genuína, não chega a esse ponto. Mas eu preciso falar com ele sobre o alcoolismo do meu marido!, protesta Rúbia, tentando se sentar novamente. De alcoolismo eu estou seguro que ele entende, mas de imunidade, minha querida, só se ele contar com a ajuda do Astral Superior, o que eu duvido. Vamos cair fora antes que esse maluco nos espete com aquela arma a serviço da epidemia.

Saem com o corpo curvado, para não serem vistos, e quando chegam à rua enchem os pulmões com o ar da liberdade. Será que algum idiota vai permitir que o doidivanas espete aquela agulha coletiva em seu braço?!, grita Abeliano, rindo. Ah, como eu gostaria de que meu amigo Horacio estivesse aqui! O insano já havia tomado uns tragos antes de entrar, observa Theobaldo, e com as duas talagadas que bebeu no palco, deixou a garrafa com menos da metade! Mas o que é isso, queridinha? Não fique assim. Será que você acreditou mesmo que aquele maluco pudesse ajudar seu marido?, pondera Abeliano, puxando-a para si, de maneira a receber o choro sobre seu ombro. Eu sei que vocês têm razão, mas eu queria tanto sair daqui com uma resposta, com alguma esperança. Me desculpe, dona Rúbia, mas tanto a senhora como nós corríamos o risco de pegar uma hepatite B ou C, e isso com muita sorte!, contesta Theobaldo. Esse anormal devia ser preso, é uma afronta ao espiritismo, uma doutrina séria, que tanto tem amparado as pessoas. Vamos pegar o ônibus de volta, sugere Abeliano, para que você chegue a tempo de se preparar. Preparar? O encontro! Você se esqueceu? Theobaldo enrubesce e olha o relógio, tentando disfarçar. Ainda é cedo. Além do mais, é uma coisa sem importância, um encontro sem compromisso. Eu gostaria de pegar um táxi, informa Rúbia. Táxi?!, exclamam Theo e Abeliano em uníssono. Mas estamos na Lapa!, lembra Theo. Dona Rúbia deve estar se sentindo indisposta, e nós teremos o máximo prazer em acompanhá-la até o ponto do táxi. Me desculpem o transtorno de trazer os senhores até aqui para esse vexame. A senhora não pode ser responsabilizada pela insanidade alheia, responde Abeliano. Espero encontrá-la novamente. Abeliano faz sinal para um táxi e ela entra, com os olhos em lágrimas. Aconselhe seu marido a frequentar as reuniões dos Alcoólicos Anônimos. Se ele concordar, terá uma boa possibilidade de se safar. Obrigada. Adeus. Até a próxima. Tchau.

O táxi se afasta, e Theo bate nas costas de Abeliano. Você foi genial! Por um momento pensei que pretendesse nos arruinar com uma corrida de táxi até a casa daquela idiota. Aliás, aposto que você nem sabe de onde ela surgiu, deve tê-la encontrado num desses ônibus malucos em que vive metido. Você nem imagina a que ponto essa corrida de táxi poderia nos arruinar. Eu a conheci a bordo do 9653-10 – Paissandu, que saía do Horto Florestal. Meu Deus! Olhe, só de imaginar, fico arrepiado. Lapa-Horto Florestal. Íamos ter que pedir empréstimo no banco. Ainda bem que aquelas pernas e aquele decote não pesaram mais na balança. Estão para nascer um par de pernas e um decote que me levem a pagar uma corrida de táxi da Lapa ao Horto Florestal. Além do mais, você sabe que eu sou um aloprado, um fantasioso, capaz de criar ilusões e desfazê-las com a mesma facilidade. Lá vem o ônibus! 856R-10 – Lapa-Shopping Iguatemi. Deve passar pela Dr. Arnaldo, pondera Abeliano. Descemos pouco antes do Hospital das Clínicas e pegamos o metrô.

52

O ônibus está quase vazio, e eles se sentam num dos bancos da frente, destinado às pessoas de terceira idade. Trabalhei neste bairro quando jovem, diz Abeliano. Ia muito ao Mercado da Lapa, que é excelente. Os mercados e as feiras me encantam. Devo ter uma ascendência moura ou judaica. Os mouros ocuparam boa parte da península Ibérica durante séculos. Minha mãe era morena, tinha cabelos crespos, olhos negros e sobrancelhas espessas. E bigode, acrescenta Theobaldo. Olhe o respeito. Abeliano ri, e Theobaldo acaba rindo com ele. A verdade é que minha mãe tinha um discreto bigode, admite Abeliano. E pelos abundantes nas pernas. Os tempos eram outros, as mulheres não se depilavam, não se maquiavam e raramente prevaricavam. O tal velocino de ouro dos gregos, o tosão que os companheiros de Jasão, os famosos argonautas, foram buscar, eram, na verdade, as pernas de minha mãe. Se você olhasse para as pernas de mamãe, com todo o respeito, não ia ver nenhum pelo dourado. Mas se convivesse com ela, perceberia que ela toda era puro ouro. Puxa, você ficou emocionado, Abeliano. Ela era, de fato, uma pessoa maravilhosa... e eu... eu nunca lhe disse isso... mas eu a considerava uma segunda mãe. Vamos parar com essas lembranças ou daqui a pouco estaremos ambos aos prantos, reage Abeliano. Afinal, já faz tanto tempo que nossos pais morreram. De repente me veio essa lembrança. Acho que estamos envelhecendo, Theo, estamos nos tornando sentimentais.

Rua Roma, senhora do mundo antigo. Por um momento as legiões romanas desfilam ante os olhos úmidos de Abeliano, com seus estandartes e suas cornetas estridentes. Prédios grafitados com arabescos sem sentido, sem criatividade. Rua Guaicurus. Em apenas duas paradas o ônibus fica cheio. *Não sei se você já entrou numa funerária. Eu fiquei mais deprimida com a funerária do que com a morte do meu pai. Aquilo é puro comércio. De puro não tem nada. Achei um desrespeito.* Às vezes eu sonho com minha mãe, confidencia Theo. Ela era um bocado bonita, observa Abeliano. Raspava as axilas, as pernas, fazia permanente... uma mulher avançada para a época. E meu pai era um corno. Um corno, teu pai?! Conformado, manso. Às vezes eu pensava que você e minha mãe... Calma lá, Theo! Eu sempre achei sua mãe uma mulher distintíssima. Jamais me atrevia sequer a imaginar que ela pudesse ser leviana. Além disso, ela nunca me fez qualquer insinuação. Para ser franco, não sei se eu resistiria, porque ela era tão ou mais bonita que a Greta Garbo. Também não precisa exagerar, Abeliano. E isso de teu pai ser um corno jamais me passou pela cabeça. Quando foi que você descobriu? Na adolescência. Eu estava na rua e vi minha mãe descer de um carro. Isso não prova que... Antes de sair do carro ela beijou o sujeito... um beijo demorado, de língua. Espere aí, Theo, você estava na rua, a uma certa distância, e provavelmente havia o reflexo nos vidros do carro. Não daria para ver a língua do homem penetrando na boca de sua mãe ou vice-versa. Por favor, Abeliano, sem detalhes. Ninguém vai grudar a boca na boca da outra pessoa durante dois ou três minutos se não houver um trabalho de língua. Você marcou no relógio?! Não, mas foi tempo suficiente pra me dar a maior caganeira. E quando eu corri para o banheiro mais próximo, que era o da farmácia do seu Leôncio, o beijo ainda não tinha terminado. Mas você disse que viu sua mãe descendo do carro! Ela beijou o sujeito, desceu, parou na calçada, olhou para trás, voltou correndo, entrou no carro e deu o segundo beijo. E os dois foram de língua?, quer saber Abeliano. Vamos parar, que eu já estou ficando com dor de barriga.

Rua Turiassu. Camelôs ocupando boa parte da calçada... cheiro de churrasco. E você nunca tocou no assunto?, insiste Abeliano. Achei que se eu contasse você ia querer comer minha mãe. *Tem que se cuidar na menopausa. Os hormônios diminuem, e aumenta o risco de câncer.* Eu?! Comer sua mãe?!, protesta Abeliano. E depois de algum silêncio, arremata: Pensando bem, não seria má ideia. Está vendo?! Eu sempre soube que minha mãe era uma leoa... irresistível. Chegou a ter caso com três homens ao mesmo tempo. Você quer dizer... sexo grupal? Não, separadamente. Eles não se conheciam, presumo. Aquela tarada bem que era capaz de reunir os três na cama. Olha a dor de barriga. Já passou. Foi aquela feijoada que eu comi, não tem nada a ver com a minha mãe. Do jeito que você fala, parece que ainda não superou esse trauma. Superei, claro que superei. Pra dizer a verdade, o trauma foi duplo: ter uma mãe puta e um pai corno! O segundo, aliás, foi pior. Meu pai era um ingênuo, um banana com duas bolas de sorvete de creme em cima. Olha o símbolo fálico, observa Abeliano. De fálico ele não tinha nada... era o protótipo da indiferença. Às vezes desconfio que eu sou filho do seu Amadeo, o patrão dele, que era careca... não sei se você se lembra. Claro que me lembro. Vivia na tua casa, dava presentes. Pois é... e comia minha mãe! E você superou tudo isso na raça, por esforço próprio, sem fazer análise? Como é que eu podia fazer análise se a minha mãe tinha um caso com o próprio analista?! Porra, Theo, você vai me desculpar, mas eu acho que o único sujeito neste país que não comeu sua mãe, além de você, espero, fui eu! Theobaldo deixa escapar um risinho nervoso. Será que sua mãe era ninfomaníaca? É bem possível. Se você estiver certo, já imaginou o sacrifício que foi para sua mãe deixar sair alguma coisa, no caso você, pelo mesmo lugar no qual ela ansiava o tempo todo por ver entrar?! Theobaldo deixa escapar uma gargalhada, e Abeliano ri com ele. Essa foi boa! Ai, meu Deus, que merda! Ou você realmente superou esse trauma, Theo, ou está completamente *détraqué*. Rua Venâncio Aires. Um homem carrega um sofá enorme nas costas. Poluição visual, faixa, cartazes. *Uma pista de quase quinhentos metros quadrados, palco para shows, piso zebrado, luzes estroboscópicas, música eletrônica, e aquela pá de gente dançando e cantando no videoquê, meu. Uma zoeira, quase oito mil caras naquele escuro, no meio daquela fumaça. Dá pra dar o maior amasso.* Minha mãe não morreu num acidente, como você e os outros amigos pensaram. Mas saiu nos jornais, ela foi atropelada por um ônibus! Tudo falso. Na verdade ela morreu de infarto, quando estava trepando com a Leonildes, sobrinha da Felinta, aquela costureira. Eu jamais poderia supor que ela jogasse nos dois times! Quando a polícia técnica chegou, ela estava nua, cercada de vibradores por todos os lados. Pensando bem, Theo, acho que você deveria se orgulhar de seus pais. Me orgulhar?! Você ficou maluco? Estou falando sério. Sua mãe era uma campeã, uma leoa, como você mesmo disse, uma recordista, e seu pai um homem discreto, que se manteve em silêncio para preservar a honra da esposa. Puta que o pariu, Abeliano. Minha mãe teve tudo na vida, menos honra!

Rua Professor Alfonso Bovero. Jogue *Counter-Strike* na sua casa. Que porra será isso?, pensa Abeliano. Quer saber minha opinião sincera? Diga. Eu acho que sua mãe era uma bela mulher, honestíssima, apaixonada por seu pai; e você a desejava, sentia por ela um paixão avassaladora. Para ocultar esse amor incestuoso, inventou uma história absurda, que não só conspurca a memória de seus pais como o diminui perante este seu amigo. Perplexo, Theobaldo se levanta e abre caminho até a porta. Espere, Theo, ainda não chegamos à Avenida Doutor Arnaldo e estamos longe do Hospital das Clínicas! O ônibus para, Theobaldo desce e Abeliano o segue, escapando por um átimo de ser atingido pela porta que se fecha. Mas que ideia a sua... agora vamos ter que andar tudo isso. Você perdeu, Abeliano, confesse. Perdi coisa nenhuma. Você desistiu do jogo, ficou surpreso com minha acusação e não soube mais o que dizer. Não seja ridículo... minha reação fazia parte do jogo, eu mantive a coerência do personagem até o fim. Você só teria ganhado se permanecesse em seu lugar, mantendo sua posição. Mas foi vencido pela preguiça, ao ver que ainda estávamos longe da estação do metrô. Uma outra alternativa seria descer e continuar insistindo em seus argumentos, mas você disse: Que ideia a sua... agora vamos ter que andar tudo isso. Esse foi o momento em que você quebrou o diálogo e a coerência do seu personagem. Isso me faz lembrar aquela cena magnífica em que Miyamoto Musashi Masana enfrenta em duelo Ganryū Sasaki Kojirō. Eu conheço a cena, diz Abeliano, contrafeito. Miyamoto empunha um remo, que ele havia recortado em forma de espada de madeira, porque sua espada de tamanho convencional o deixava em desvantagem diante do adversário, cuja *kataná* tinha noventa centímetros de comprimento. Ganryū morreu com o crânio esfacelado ao ser atingido pelo remo empunhado por Musashi. Não, você se esqueceu de um detalhe importante. O duelo ocorreu na praia, à beira da água. Quando Ganryū desembainhou sua longa espada, jogou a bainha na água. Musashi então disse: "Você perdeu. Se pretendesse vencer, não teria jogado fora a bainha de sua espada. Você sabe que não vai precisar mais dela". No momento em que você, Ganryū, desceu do ônibus e disse: Que ideia a sua, agora vamos ter que andar. Tem razão, Theo, eu conheço a cena de cor, é um dos duelos mais importantes de Musashi. Você venceu, e eu lhe devo dez paus. Eu reconheço que a história da mãe ninfomaníaca foi uma ideia e tanto. E você a desenvolveu com brilhantismo. Só espero que mamãe, que Deus a tenha, me perdoe.

53

Caminham pela Avenida Doutor Arnaldo até a Avenida Paulista. Acho melhor você ficar por aqui, fazendo hora para seu encontro com a Tatiana, sugere Abeliano. Mas ainda é cedo.

Vamos bundar na Paulista até as sete horas?! *Vamos*, não. *Você* vai dar um tempo. Eu pretendo pegar outro ônibus e rodar mais um pouco por aí. Será que você não se cansa de zanzar feito barata tonta?! Deve ser a reencarnação de algum pombo-correio. Melhor vaguear do que ficar de pijama, atrás de uma janela. Vamos tomar um café e preparar uma estratégia de abordagem, para que seu encontro seja um sucesso. Antes de mais nada, gostaria de saber quais são suas intenções com a Tatiana, que me parece ser uma jovem de família. Você fala como se eu tivesse obrigação de me casar com ela. Nunca se sabe. Você ainda está relativamente conservado, vive sozinho, tem pavor de prostitutas. Uma esposa como a Tatiana viria a calhar. Ela trabalha, é independente e deve receber um bom salário. Eu mal conheço a moça, que aliás tem idade para ser minha neta, e você já quer me casar com ela?! Você precisa constituir uma família, Theo, ainda tem virilidade suficiente para gerar dois ou três filhos. Quando estiver com noventa anos, o mais velho terá uns vinte e poderá lhe dar uma força, ajudar nas despesas. A solidão no fim da vida é muito triste, e você, como filho único, não está preparado para tanto sofrimento. Porra, Abeliano, quer parar de me gozar?! Você acha que a Tatiana, aquele mulherão todo, seria capaz de cometer uma loucura dessas?! Sei lá, Theo, as mulheres são meio malucas, têm sempre algum defeito de fabricação. Você não pode perder uma oportunidade dessas! Eu vi como a moça o tratou, como ela olhou pra você, com um carinho e uma sensualidade que, francamente, me deixaram com inveja. A melhor coisa que poderia lhe acontecer, Theo, seria a Tatiana engravidar. Mas ela está indo para a Alemanha, não haverá mais o Miss Daisy no Brasil. Ainda que ela quisesse ficar, estaria desempregada. Grávida e sem emprego. Uma mulheraça daquelas, com todo o respeito, não ficará jamais desempregada. Pare com isso,

Abeliano, eu já estou começando a entrar na sua loucura, pensando em fraldas e mamadeiras. Era só o que me faltava! Pai aos setenta anos e corno! Pai, talvez; mas corno, jamais, corta Abeliano. A Tatiana seria incapaz de traí-lo, Theo. Eu sei quando uma mulher tem princípios, e ela me inspira a maior confiança. Por falar nisso, Abeliano, como foi que você chegou à conclusão de que minha mãe era uma mulher honesta se nem mesmo eu tive tanta certeza? Você se refere à sua mãe do jogo ou à da vida real? Refiro-me à minha mãe, aquela mulher maravilhosa que você conheceu. É muito simples, Theo. Meu pai, que era um conquistador irresistível, cantou sua mãe várias vezes e não conseguiu nada. E esse é o melhor atestado de honestidade que se poderia obter. Seu pai cantou minha mãe?! Foi ele mesmo quem me contou. Acho até que era apaixonado por ela, que, além de ser linda, não tinha bigode nem pelos nas pernas.

Olha o café! Por favor... faltam os bolinhos... Deixemos nossas mães nos túmulos e voltemos à Tatiana, sugere Abeliano. Numa situação dessas, você só poderá ter sucesso se lhe propuser algo mais atraente que uma simples relação sexual. Tenho certeza de que a moça se desligou da família, certamente morava no interior e brigou com os pais, depois de perder a virgindade, talvez, nos braços de um namorado imaturo ou de algum cafajeste. Pobrezinha, murmura Theobaldo. Você vê isso no rosto dela, prossegue Abeliano. Uma tristeza, uma solidão. Esse tipo de mulher anda sempre à procura de um pai, de um homem mais velho que a proteja, que lhe dê segurança, estabilidade. Sabe que você tem razão? Eu notei nos olhos dela... algo muito profundo, que deve ter afetado sua alma. É isso! Pense bem. E agora eu vou indo. Você dá mais um tempinho, paga a conta e... Ah! Me lembrei de uma coisa importante. Seja respeitoso, mas não platônico. Como assim? Se ela se insinuar sexualmente, não banque o ingênuo, o mosca-morta. Siga o fluxo, o ritmo. Se perceber que ela está excitada, vá em frente. Mas eu... Não tem mas, nem meio mas! Caia matando. Sem precipitações, sem ímpetos excessivos, mas com firmeza. Boa sorte. A gente se vê mais tarde no hotel, pra você contar pessoalmente o que aconteceu. Obrigado, balbucia Theobaldo, pensativo.

54

Abeliano caminha de volta até a Rua da Consolação e pega o 701U-10 – Jaçanã. Não tenho a menor vontade de ir até o Jaçanã, pensa Abeliano. Acho melhor passear um pouco pelo centro, visitar alguns sebos... Gostaria de encontrar novamente o Antenor, aquele maluco, funcionário dos Correios. Ele me faz lembrar um pouco o Horacio. Aliás, eu mesmo tenho alguma coisa do Horacio... ou talvez ele tivesse alguma coisa de mim. Formávamos uma boa dupla, em perfeita simbiose. Às vezes um fragmento de algum de seus poemas emerge da memória de Abeliano, como este, de "Poético", que ele vai traduzindo, à medida que o recorda: "Gutenberg multiplicou os pães sem o vinho / por isso a memória se tornou biblioteca / o canto livro / e o leitor fechou a janela, pôs chave na porta, / e comeu a boca. / Assim resmunga o poema que nos deixa em jejum / quando com fome lógica mastigamos sua letra". Impedido de voltar à Argentina, onde correria o risco de ser morto pelos militares instalados no poder, Horacio acabou adotando o Brasil como sua segunda pátria. Ao terminar a ditadura, decidiu regressar a Buenos Aires, onde viveu alguns anos, até morrer. Uma pequena nota biográfica, estampada em um de seus livros, resume o temperamento do poeta: "Honrado com dispensas, perseguições, prisões e desterros por seu localismo político e falta de solenidade".

55

Ao entrar no hotel, Abeliano recebe do porteiro uma pequena caixa, embrulhada para presente. Um celular, oferecido por seu amigo Ambrósio. Junto ao celular há um cartão de Ambrósio, cumprimentando-o pelo aniversário. Que dia é hoje?, pergunta ele ao porteiro, surpreso. E constata que Theobaldo se enganou quanto ao dia de seu aniversário. Alguém me telefonou? Daqui ou do exterior? Não? Obrigado. Seu Ambrósio me pediu para avisar que está esperando o senhor lá em cima. No apartamento dele? Sim. Por favor, diga que eu estou um pouco cansado, que vou tomar um banho, repousar uma meia hora e depois subo. Após o banho ele se deita, para relaxar, acaba pegando no sono e acorda com o ruído do celular. É Ambrósio: Pensei que você tivesse se afogado na banheira. São quase nove horas. Me desculpe, eu cheguei exausto. Subo num instante. Ambrósio vive sozinho e às vezes tem um caso com alguma das empregadas. Agora conquistou uma arrumadeira de vinte e poucos anos, o que dá a Abeliano uma renovada esperança em relação a Laura. Olha-se no espelho e meneia a cabeça. Já tive dias melhores, em que os cabelos esvoaçavam ao vento. Hoje, eles se vão com o vento.

A porta do apartamento de Ambrósio está aberta, e o aparelho de som ligado. Abeliano reconhece a voz de Muddy Waters cantando "She Moves Me". Não há ninguém na sala.

O apartamento é amplo, decorado com simplicidade e bom gosto. Fique à vontade!, grita Ambrósio da cozinha. É só um minuto. Essas câmaras ocultas me deixam nervoso, pensa Abeliano. Senta-se e olha a contracapa do disco que deu a Ambrósio há alguns meses. "Hoochie Coochie Man", "Louisiana Blues", "You Can't Lose What You Ain't Ever Had". Não posso perder Laura porque, na verdade, nunca a tive. Feliz aniversário!, grita Ambrósio, erguendo uma garrafa de champanha e três taças. *Que cumplas muchos, com salud y alegria!*, como dizem os espanhóis. Obrigado... e também pelo celular, que eu, infelizmente, sou obrigado a lhe devolver. Mas você não tem telefone, e na nossa idade precisamos manter contato com o mundo. Agradeço de coração, Ambrósio, mas não posso pagar a conta. E você acha que eu lhe daria um celular de presente se as despesas não estivessem incluídas?! Só lhe peço que não abuse, com ligações constantes a Nova York, Paris... Mas você já faz tanto por mim, permitindo que eu more de graça no seu hotel. Não quero abusar. Por favor, Abeliano, eu quero ter acesso a você... até mesmo como apoio psicológico. Eu não tenho filhos e pretendo gastar meu dinheiro de alguma forma, antes que... você sabe. Obrigado, meu amigo, murmura Abeliano, emocionado. Boa noite, senhor Abeliano, diz a arrumadeira, ao entrar na sala, trazendo uma bandeja com algumas iguarias.

Boa noite, Aurora. Feliz aniversário, seu Abeliano, com saúde e alegria, como dizem os espanhóis. Abeliano olha para Ambrósio e ambos se põem a rir. Será que eu disse alguma bobagem? Não, meu amor, você jamais diz bobagens. Fique ao meu lado para brindar com a gente. Mais tarde, tenho que descer e cuidar de alguns quartos, com licença. Espero que não a tenha aborrecido, diz Abeliano, quando ela sai. Não se preocupe. Aurora é um encanto, uma pessoa simples, sem as complicações intelectuais e neuróticas que avassalam a maioria das mulheres de nossa classe. Posso saber quais são suas intenções?, pergunta Abeliano, lembrando-se da conversa absurda que tivera com Theobaldo a respeito de Tatiana. E eu lá posso me dar ao luxo de ter intenções com uma garota dessas, na minha idade?! Temos apenas uma boa amizade... uma amizade colorida, como se diz hoje. Você não tem medo de que ela o processe por assédio sexual? Assédio?! Já fomos para a cama uma dúzia de vezes só nesta semana. Sou eu quem devia processá-la, por me levar ao esgotamento. Fale mais baixo, ela pode escutar. Que escute! Ela vai é ficar muito orgulhosa. E o seu caso com aquela garota... como é mesmo... Laura? Você se envolveu um bocado, hein?! Bem... eu... eu não levei muito em consideração essa coisa de idade. Não sei o que me deu, mas, de repente, eu me senti jovem. Isso acontece com todos, meu caro. E é aí que está o perigo. O coração nem sempre resiste às demandas do baixo-ventre e acaba por infartar. Não é o seu caso, espero, diz Abeliano. Pouco me importa. Embora meu médico tenha me garantido que meu coração é o de um garoto, sei que estou me arriscando a bater com as dez cada vez que vou para a cama com essa endiabrada. Mais uma razão para você aceitar o celular de presente. Esqueci-me de trazer o balde com gelo. Brindemos antes que o champanha perca o frescor.

 Ambrósio abre a garrafa sem espalhafato, segurando a rolha, enche as taças e brinda à saúde de Abeliano e de seus filhos e netos. Já que você os mencionou, gostaria de saber se algum deles se lembrou de telefonar. Não, sinto muito... recomendei à portaria que ficasse atenta a qualquer chamado dirigido a você. Mas não se aborreça... os jovens são muito ocupados, têm uma vida bem mais agitada que a nossa. E ainda há tempo... talvez liguem até o fim da noite, ou amanhã cedo. Você sabe que eu não sou de fazer cobranças, Ambrósio, mas, francamente, não recebo notícias deles há mais de... Isso pode ser um bom sinal. Se você fosse um velhinho decrépito, eles o cercariam de cuidados. Talvez não telefonem com mais frequência porque ainda o consideram jovem. Além disso, o tempo se esvai sem que a gente perceba. Uma semana passa voando. Um mês são apenas quatro semanas que voam, como um bando de andorinhas, uma ao lado da outra. Abeliano ri. Você devia trabalhar num desses serviços telefônicos que atendem chamados de candidatos ao suicídio. Não é o seu caso, espero! Não, Ambrósio, eu amo a vida. Não acredito nela, não me deixo seduzir por seus encantos e mentiras, mas a amo apaixonadamente, a cada momento, a cada novo dia. Mas a conversa está enveredando para o atoleiro. Tem razão, concorda Ambrósio. E foi justamente com a intenção de lhe proporcionar alguns momentos de descontração e alegria que eu separei estes anúncios de jornal. A maioria consiste em oferta de sexo barato, mas há um aqui... vejamos: "Grupo de senhoras sós, de trinta a sessenta e cinco anos, profissionais liberais, executivas e empresárias, procura cavalheiros idôneos com idêntico perfil, para amizade ou compromisso. Ligar para...". E então?! Não sei, responde Abeliano, pouco animado. É difícil saber quais as verdadeiras intenções dessas mulheres. Mas o que foi que deu em você, Abeliano?! Me perguntou que intenções eu tenho com a Aurora e agora fala novamente nas intenções das mulheres. Que nos importa isso agora?! Vamos ligar para nos divertir um pouco, e que se danem as intenções! Me desculpe, Ambrósio, eu não estou atravessando um bom momento. Você se aborreceu com a falta de interesse de seus filhos. Esqueça... em nome de nossa longa experiência, que nos permite saber que tudo não passa de uma grande bobagem! E então?! Ligamos para as solitárias ou não ligamos? Tudo bem, mas eu não me encaixo no perfil, não sou executivo nem empresário ou profissional liberal. Na verdade, sou um pangaré, que não paga sequer uma pule de vinte, nem mesmo um *placé*. Não se subestime, Abeliano, você pode ser até um azarão, mas eu o considero um vencedor, um *outsider* autêntico, que abriu mão de várias carreiras por não suportar a idiotice humana. Infelizmente, não conheço nenhum *outsider* brasileiro com uma boa conta bancária, diz Abeliano. Seja como for, Abeliano, o problema neste preciso momento é decidir se ligamos ou não para as solitárias. Ligamos. O pior que nos pode acontecer é nos mandarem à merda! Caiu na caixa postal, diz Ambrósio, decepcionado. Você acha que elas são malucas a ponto de atender às chamadas pessoalmente?, pondera Abeliano. Temos que deixar uma mensagem bem convincente, para que elas nos respondam mais tarde ou amanhã.

Ambrósio liga novamente. Alô... aqui fala Ambrósio, na companhia de meu amigo Abeliano. Lemos seu anúncio e gostaríamos de entrar em contato. Queiram, por gentileza, ligar para o número... Espera!, grita Abeliano. Me dá aqui esse telefone. Alô, me desculpem, sou Abeliano, amigo do Ambrósio, que acaba de deixar essa mensagem fúnebre. É claro que vocês não vão ligar, porque garotas do seu nível devem receber centenas de chamadas, jamais se interessariam por dois velhotes solitários, à beira da impotência, falidos e sem futuro, duas aranhas famintas, à espera de que algum inseto caia na sua teia. E agora, se me dão licença, gostaria de imitar uma galinha: Có, có-có-có-có-cóóó! Se forem loucas o suficiente para responder, nosso telefone, que está para ser cortado, é... Desliga. Muito engraçado! Você acha que esse seu comportamento... adolescente, exibicionista e irresponsável nos levará a bom termo? Você não está falando com colegiais, Abeliano. Elas são senhoras de classe, profissionais liberais, executivas, empresárias! Está aqui, no anúncio.

Imagine se elas vão responder a um pândego que descreve a si mesmo e ao amigo como dois velhotes solitários, impotentes, à beira da falência e picaretas! Calma, você não entende nada de mulher, e muito menos de *marketing*, rebate Abeliano, rindo. Pode esquecer, você estragou a brincadeira. Temos que procurar outro anúncio, e desta vez sou eu quem vai falar. Que maluquice, imitar uma galinha. Elas podem pensar que as estamos considerando umas levianas escrotas! O telefone toca, e Ambrósio se assusta. Alô... pois não... boa noite. Aqui é o Ambrósio. Isso... o da mensagem fúnebre. Está aqui, ao meu lado, um momento. Passa o telefone. Abeliano limpa a garganta com um bom gole de champanha. Pois não?! Sim... ele mesmo... Muito prazer, doutora Juçara. Claro que eu estava brincando, e fico honrado com seu telefonema... A galinha?! Sei lá, me lembrei de um filme em que o Paul Newman é um policial de rua e encontra um maluco que está ameaçando algumas pessoas com uma faca. Ele se aproxima, vira o quepe ao contrário e começa a imitar uma galinha, até que o maluco se distrai e ele pega a faca... Claro que a situação aqui é outra, e eu não quis insinuar que vocês são malucas e muito menos galinhas... Achou engraçado?! Ainda bem. Na verdade, fiquei nervoso, foi um jeito de quebrar o gelo. Quem somos nós? Bem, meu amigo Ambrósio é proprietário de um hotel... sim, aqui em São Paulo. E eu, embora não tenha onde cair morto, sou um ex-professor de história da arte e ex-funcionário dos Correios, aposentado... Concordo, o caráter é muito importante, ainda mais nos tempos que correm, com toda essa corrupção e bandalheira... Hoje, precisamente, completo setenta e um anos... Ambrósio é um ano mais novo... Uma amiga?! Claro que sim. Posso chamá-la de você? Escute, Juçara, falando francamente, nenhum de nós é ingênuo nem adolescente, certo? Não pretendo ser indiscreto, mas imagino que você e sua amiga já tenham passado dos cinquenta... Cinquenta e dois e cinquenta e quatro. Perfeito. O que eu quero dizer, Juçara, é que somos todos um pouco solitários, não é mesmo? Não digo carentes, mas solitários... Isso. Portanto, uma amizade sincera, com pessoas do mesmo nível, é sempre bem-vinda... Igualmente, Juçara, sua voz é muito agradável. Aguardaremos seu chamado... Entendo. Se você e sua amiga assim o decidirem, teremos o maior prazer em encontrá-las. Outro para vocês, Juçara. Passar bem. Não disse?! Elas acharam a ligação muito divertida, e pela qualidade de nossa voz concluíram que somos dois cavalheiros. Sua atuação foi perfeita, elogia Ambrósio. Você sempre teve muita habilidade com as mulheres. Obrigado. A questão agora é saber se você está interessado em conhecer uma senhora de cinquenta e dois ou cinquenta e quatro anos enquanto vive um romance com uma garota de vinte e poucos. Minha ligação com Aurora é passageira, algo que no momento convém a ambos, mas não deixa dúvidas quanto à sua impossibilidade futura. Aurora é uma espécie de ave de arribação, e eu o fio em que ela pousou para recuperar o fôlego. Dentro de algumas semanas ela bate as asas e vai à procura de seus iguais. Os jovens são como os patos selvagens, costumam voar em bandos. Às vezes um se extravia, mas está sempre atento, perscrutando o céu, à espera de outro bando que o carregue para lugares mais ensolarados. E nós somos o inverno, conclui Abeliano, erguendo os braços. Não digo o inverno, mas o outono, certamente, contesta Ambrósio. E embora eu procure manter o meu fogo aceso, sinto que Aurora já se eriça com os primeiros calafrios. Sábias palavras, acede Abeliano. Eu gostaria de pensar e sentir dessa maneira. O que, aliás, lhe assentaria muito bem, pois sua Laura também é uma ave de arribação. Não, meu caro, Laura pertence a uma espécie bem mais resistente. Ela é uma predadora, que não se deixa afetar pelo clima. Dante, na *Divina comédia*, descreve o recinto mais esconso do Inferno, habitado por Lúcifer, como um lugar hibernal, gélido. Assim é o coração de certas mulheres, e eu suspeito que Laura pertença a essa categoria.

Soa o telefone e Ambrósio atende. Alô... sim... Como vai você, Fernanda? É sua filha. Eu vou bem, graças a Deus. Ele está aqui, ao meu lado. Outro pra você. Alô, filha, tudo bem?! Eu pensei que você tivesse esquecido... Obrigado, minha flor. Não se preocupe. Minha saúde está ótima. Na semana passada uma recepcionista de banco não acreditou que eu tivesse mais que sessenta anos... Verdade, disse que eu estou enxuto. E a Ritinha? Na casa de uma amiga? Alô! A ligação está meio ruim... sei... Diga que eu estou morrendo de saudade... Está bem, querida, eu compreendo. Não se preocupe comigo. Obrigado, meu amor. Boa noite... Pra você também. Tchau. Ela não pôde vir, talvez nos vejamos daqui a algumas semanas. O telefone toca novamente. Alô... Ambrósio... um momento. Acho que é uma das coroas solitárias. Alô... sim... que surpresa, Juçara! Pra dizer a verdade, eu pensei que vocês não fossem ligar... Falou? E ela... Hoje?!... Eu disse?... Isso, setenta e um... Certo. Um momento. Elas gostariam de vir agora mesmo ao hotel, para brindar conosco pelo meu aniversário. Diga que sim, responde Ambrósio, rindo. Com todo o prazer. Tome nota do endereço. Ah, eu me esqueci de lhe dizer que somos três. Meu amigo Theobaldo teve um compromisso, mas deve estar de volta rapidinho... Um pouco mais novo que eu. um sujeito muito simpático, divertido. Ótimo! Tenho certeza de que passaremos momentos muito agradáveis. O endereço?! Tome nota. Não se impressione com o lugar, meio decadente. O hotel é rigorosamente familiar. Quando Ambrósio o adquiriu, há muitos anos, isto aqui fazia parte do Centro elegante. Infelizmente, o declínio do Ocidente nos atingiu em cheio, e hoje nos encontramos em meio ao meretrício desenfreado... Obrigado. Sempre julguei a sinceridade uma das melhores qualidades do ser humano. A que horas?... Estaremos esperando na porta... Outro pra você. Até mais. Devem ser umas tremendas porra-loucas. Só porque puseram um anúncio desses no jornal? Os tempos mudaram, Abeliano. Hoje, os caçados somos nós.

56

Toca o telefone e Ambrósio atende. Theobaldo? Claro, diga-lhe que pode subir. Ele deve estar furioso, pondera Abeliano, rindo. Acho que desta vez eu passei dos limites. Uma de suas brincadeiras, diz Ambrósio, servindo o champanha. Não sei como ele aguenta ser atormentado por você dessa maneira. Não se preocupe, Ambrósio. Fomos feitos um para o outro. E não pense que ele é apenas a vítima indefesa. Theobaldo se faz de ingênuo, mas, no fundo, tem lá suas malícias. Não se surpreenda se ele hoje fizer uma cena. Aliás, quanto mais nervoso ele fica, mais eu me divirto. Gosto de vê-lo cacarejar como uma prima-dona de opereta. Suas brincadeiras, na maioria das vezes, beiram os desrespeito, Abeliano. Você conhece o ditado, Ambrósio: "Não se queixe daquilo que você tolera". Eu brinco de gato e rato com Theo há décadas. E olhe que eu nem sempre estou no papel do gato. É verdade, vocês fazem uma boa dupla... você, o Quixote, e ele, o Sancho Pança. Um não poderia existir sem o outro. Eu bem que gostaria de ter alguém para arreliar dessa maneira. Afinal, a vida, depois de uma certa idade, é uma chatice. Se ao menos tivéssemos uma esposa para provocar... A solidão pesa, Abeliano. Veja você minha situação. Aurora é um encanto, me leva à loucura na cama, e, no entanto, não temos nada em comum, nenhum diálogo. Suas aspirações, seus sonhos são os de uma jovem que ainda acredita no mundo. Quando termina o delírio e ela se vai, eu mergulho novamente na solidão. Não deixa de ser irônica a nossa relação: ela, a Aurora, e eu, o Crepúsculo. Os opostos se tocam, ironiza Abeliano. Ah, sim, e quando nos tocamos a vida passa a fazer sentido. Sabe, eu tenho por você a maior admiração. Abandonou uma carreira, separou-se da mulher, vive num pequeno apartamento de hotel, sozinho, longe dos filhos e dos netos, e raramente escutei de seus lábios alguma queixa no que diz respeito à solidão. Cada um é o artífice de sua sorte, rebate Abeliano, rindo. Atenção, a porta do elevador se abriu e o touro vai entrar na arena.

Francamente, Abeliano, há momentos em que eu seria capaz de estrangulá-lo sem piedade, como quem mata uma galinha!, geme Theobaldo, esbaforido. Boa noite, Ambrósio... me desculpe entrar assim em seu apartamento, subindo pelas paredes, com o ódio aflorando aos borbotões. Não fosse pelo respeito que lhe tenho e o receio de manchar seu lindo tapete persa, juro que abriria a cabeça de Abeliano ao meio. Calma, Theobaldo, respire fundo, tome um gole de champanha e relaxe, aconselha Ambrósio. Nossa idade requer cuidados constantes, e devemos fazer o possível para evitar a cólera. Isso dizem as pessoas de bom senso, mas como é possível manter um mínimo de equilíbrio quando se tem como amigo... um demônio desses?! Eu disse amigo?! Sou mesmo um idiota! Amizade vem do latim vulgar *amicitate*, que pressupõe a existência de um sentimento de afeição entre duas pessoas. E, se não estou equivocado, afeição, do latim *affectione*, significa afeto, amor.

E este, por sua vez, do latim *amore*, consiste num sentimento que leva alguém a desejar o bem de outra pessoa. Agora me diga francamente, Abeliano, o que você fez comigo hoje pode ser considerado um ato digno de uma amizade?! Sente-se, por favor, Theobaldo, pede Ambrósio. O simples ato de sentar leva ao desarmamento. Ninguém pode brigar sentado. Pois eu devia não só permanecer em pé, mas subir numa escada!, esbraveja Theobaldo. Confesso que estou absolutamente perplexo com esse comportamento intempestivo, do latim *intempestivu*, contesta Abeliano, aparentando uma calma exasperante. Não tenho a mais puta, do latim *putta*, ideia, do grego *idéa*, do que você está falando. Não seja cínico, Abeliano! Você sabe muito bem em que situação ridícula e constrangedora você me colocou! Continuo a não entender patavina, do latim *patavina*, e em bom português *porra nenhuma*, do que lhe sucedeu e que é a mim imputado, do latim *imputare*. Quer, pelo amor de Deus, parar com essa latinada?! Foi você quem começou. Desculpem-me a franqueza, interfere Ambrósio, mas essa situação esdrúxula, do italiano *sdrucciolo*, no masculino, já está me dando nos nervos. Sente-se! Theobaldo obedece. Beba uma taça de champanha. Obrigado, prefiro... Beba!, ordena Ambrósio, colocando a taça na mão de Theobaldo, que sorve o vinho sem respirar. Pode arrotar, se quiser... fique à vontade, acrescenta o anfitrião, rindo. Agora, com calma, diga-nos o que aconteceu.

A história é um pouco longa. Sobra-nos tempo. Respire fundo... assim... e fale... sem se deixar envolver pela emoção. Bem... Espere! Eu nem tinha reparado... quando você entrou me pareceu diferente, rejuvenescido... e só agora me dei conta de que está usando uma peruca. Pois é, a coisa toda começou num salão de cabeleireiros, que desembocou na peruca e, finalmente, no vexame de hoje. Para encurtar, Abeliano me convenceu a ir com ele ao Miss Daisy. Fomos recebidos por moças encantadoras, atalha Abeliano. Mas ao sairmos, você disse que eram todas travestis, com aqueles pés enormes e tudo mais. Por razões que agora não vêm ao caso, tivemos que voltar ao salão e... Theobaldo empaca, envergonhado, sem saber como explicar seu envolvimento com Tatiana. A essa altura, explica Abeliano, eu já havia descoberto, por acaso, que não se tratava de travestis e sim de jovens absolutamente femininas e carinhosas. Nosso amigo se interessou por uma delas, Tatiana, especialista em perucas, uma bela morena, plena de sensualidade, e marcaram encontro para hoje, no fim da tarde. A partir daqui nada mais posso dizer. E então?!, quer saber Ambrósio. Você foi ao encontro? Sim, acabo de voltar de lá. Tatiana apareceu num carro esporte. Estava deslumbrante, com um vestido decotado. Quando entrei no carro, fui aplaudido por um grupo de estudantes. Fomos ao cinema, ela quis se sentar na última fila. Vocês sabem como eu sou tímido, no início fiquei meio paralisado. Ela tomou a iniciativa, começou a me acariciar e a me beijar. Beijo de língua?!, indaga Abeliano. Não seja cínico! Você sabe muito bem como acabou a história. Deixe-me adivinhar, sugere Ambrósio. Vocês partiram para o amasso e em meio à apalpação você colocou a mão naquele lugar e encontrou um certo volume. Enorme!, exclama Theobaldo, ruborizado. Abeliano e Ambrósio se olham e deixam escapar uma gargalhada. Isso aconteceu no exato momento em que ela estava com a língua enfiada na minha boca! Foi um vexame. Eu me levantei, com uma náusea incontrolável, e corri para o banheiro. E ela o seguiu?, pergunta Ambrósio. Não. Deve ter ido embora, sei lá! A coitadinha certamente se sentiu humilhada!, ironiza Abeliano. Eu gostaria de vê-lo numa situação dessas!, resmunga Theobaldo. Mas isso jamais lhe aconteceria, porque Deus, ao que tudo indica, protege os idiotas. Você não agiu como um cavalheiro, pondera Ambrósio. Devia ter fingido que não percebeu, continuado o amasso por mais algum tempo. E depois, era só pedir licença para ir ao banheiro e fugir, conclui Abeliano. Você sabia desde o início que Tatiana era um travesti, dispara Theobaldo, cuja vergonha o impede de ser agressivo. Na verdade, sim, mas depois acreditei na história que o namorado da Petúnia me contou, de como ela era um furor na cama. O sujeito deu tantos detalhes a respeito da feminilidade da moça que eu cheguei a ficar excitado. Eu sei que Abeliano é um sacana, mas acredito no que ele está dizendo, pondera Ambrósio. Além do mais, hoje em dia as mulheres estão se tornando tão masculinizadas que os travestis chegam a parecer mais femininos que elas. E pelo que eu entendi essa tal de Tatiana é muito sofisticada, de aparência deslumbrante, ao volante de um carro esporte. Você não estava lidando com uma brega qualquer. Agora só lhe resta esquecer o incidente, perdoar seu amigo e preparar e espírito para uma nova aventura. Não, não. Vocês vão me desculpar, mas eu estou exausto. Se quiser tomar um banho para se refazer, sugere Ambrósio, não faça cerimônia. Obrigado. Vou para casa beber um leite morno e dormir. No dia do meu aniversário?! Hoje? Mas seu aniversário foi... Você se enganou, Theo. *Hoje* completo setenta e um anos, e estamos esperando três gatonas de alto nível, executivas. De que idade? Cinquenta e dois, cinquenta e quatro, e a terceira... só Deus sabe. Você tem certeza de que não são travestis?! Certeza absoluta? O que você acha, Ambrósio? Pela voz me pareceram mulheres de muita classe. Colocaram um anúncio no jornal. Anúncio?! Devem ser piranhas à procura de otários. Tudo bem, Theo, eu compreendo que você esteja traumatizado mas não devemos radicalizar. No início eram duas, mas eu recomendei que trouxessem uma amiga para você. E se me couber a de sessenta e cinco anos?!, exclama Theobaldo. Você se associa a ela e abre uma clínica geriátrica!, responde Abeliano, irritado. Porra, Theo, bem se vê que você não conhece uma das leis básicas que regem o relacionamento humano e as ocorrências cotidianas. Sabe a razão pela qual você foi atraído pelo travesti?! Sei. Porque você me sacaneou. Não, meu caro. Porque você e ele estavam em sintonia, vibravam em uníssono. É elementar. Nós atraímos tudo aquilo que faz parte de nossa realidade. O que você quer evitar acaba acontecendo. Seu pessimismo atrai problemas, e se você não modificar seu modo de pensar, acabará, Deus o livre, por mover em sua direção alguma desgraça. Você acha mesmo? Pode crer. Basta ver como os milionários se levantam a cada manhã. Com um sorriso, com uma disposição de vencer, de conquistar o mundo, custe o que custar. Você já viu algum magnata se queixar seja lá do que for... de uma simples dor de cabeça?! Jamais. Eles enfrentam um câncer como se fossem a um passeio pelas ilhas gregas. De peito aberto, cabeça erguida e plenos de confiança na medicina moderna. E até quando morrem parecem sorrir. Se você tiver oportunidade de ir ao enterro de um milionário, procure chegar perto do caixão e observe: lá está o sorriso de *Monalisa*... sutil, discreto, irônico. É como se eles dissessem: Vim, vi e venci! Os pobres, ao contrário, vivem se queixando. Reclamam do salário de fome, da precariedade do ensino público, da truculência policial, da falta de hospitais, da aposentadoria ridícula, da corrupção governamental. E quando morrem têm aquele ar triste, derrotado. Você jamais verá um morto pobre sorrindo. A classe média, que está entre ambos os extremos, sabe disso e procura manter seu otimismo. Você já deve ter reparado que sobre a mesa de um funcionário mediano há sempre uma tabuleta em que se lê: "Hei de vencer". Nem todos conseguem, porque a maioria não crê no poder criativo da mente. As mulheres devem estar chegando, lembra Ambrósio. Temos que descer para recebê-las. E então? Você fica? Claro, murmura Theobaldo, pensativo. Afinal, é seu aniversário.

57

Sentados no pequeno saguão do hotel, os três mosqueteiros não conseguem ocultar a impaciência. Ao que parece, elas nos fizeram de idiotas!, resmunga Ambrósio. Quando viram o endereço, em plena Boca do Lixo, devem ter se arrepiado, arremata Abeliano. Não me leve a mal, Ambrósio, mas a verdade é que o hotel merecia estar numa região menos decadente. Eu devia ter ido dormir!, exclama Theobaldo, irritado. O que se pode esperar de umas vigaristas que procuram machos colocando um anúncio de jornal?! Será que são aquelas três que estão entrando? Meu Deus, que mulheres maravilhosas! Olhem só as roupas, o *aplomb*! Feitas as apresentações, decidem subir ao apartamento de Ambrósio, em grupos de três, para evitar a fadiga do velho Combaluzier. Permita-me a amável leitora esclarecer que não se trata de um ascensorista francês e sim do próprio ascensor, semelhante – embora de reduzidas dimensões – aos que foram instalados na Torre Eiffel. Talvez seja irrelevante mencionar o impasse que a singela manobra ocasiona, uma pequena confusão, causada pelo excesso de cavalheirismo. Como dividir os grupos? Enviar as três mulheres à frente será uma indelicadeza, pois não conhecem o local. Subirem duas, acompanhadas de um deles, implica deixar uma delas sozinha, ao lado de dois homens, o que lhes parece constrangedor. Pela mesma razão, não podem dois deles acompanhar uma mulher no elevador. Subir em grupos de dois, além de resultar em excessiva demora, seria ridículo. Acabam optando pela solução mais inteligente: Ambrósio e Abeliano acompanham as mulheres no elevador e Theobaldo aguarda no térreo. Alguém se esquece de fechar a porta pantográfica do elevador, e Theo é obrigado a subir as escadas.

Chegados ao topo, os cinco primeiros frescos e repousados, Theobaldo esfalfado e suarento, à beira de um infarto, quase meia hora depois, distribuem-se as taças e há um bebericar de champanha em meio a um espocar de futilidades. Jamais poderia imaginar que um hotel localizado no centro da cidade, numa área tão... enfim... pudesse ter esta qualidade, pondera Juçara, que, ao que tudo indica, é a líder do grupo. Sabem que eu também estou surpresa?!, exclama Dacma, que Abeliano presume seja aquela a que se referiu Juçara, a de cinquenta e quatro anos. Um hotel familiar, charmosíssimo, em meio à decadência mais absoluta. Mas isso também acontece em Paris, Londres..., conclui Margarida, que deve beirar os quarenta anos. Terão elas bebido previamente?!, pensa Ambrósio, surpreso com aquela franqueza. Espero que Ambrósio não se ofenda, desculpa-se Juçara. Mas nós somos assim, dizemos o que pensamos, porque a perdição do ser humano é a mentira, a dissimulação. Fiquem à vontade, responde Ambrósio. O que importa é a ocasião que se nos apresenta de estarmos reunidos aqui, neste congraçamento. As mulheres se entreolham e riem. Ambrósio é um gozador, justifica Abeliano. Soltou esse "congraçamento" para perfumar o ambiente com um *spray* de naftalina, como se estivéssemos numa reunião da terceira idade, o que seria injusto para com as beldades aqui presentes. Beldades?!, exclama Theobaldo, recuperado do semidesmaio. Do catalão *beltad*, esclarece Abeliano. Termo usado na linguagem trovadoresca, perfeitamente aplicável ao presente momento, diante de mulheres tão formosas. Ou, como se dizia na época, *fremosas*. Um brinde ao aniversariante, propõe Ambrósio, enchendo as taças. Infelizmente a moça que eu contratei para fazer um *striptease* telefonou dizendo que está gripada. Não seja ridículo, Ambrósio!, rebate Abeliano. Não há *stripper* nenhuma. Você está querendo erotizar a reunião. O que as senhoras vão pensar? Que as atraímos aqui para levá-las imediatamente ao colchão?!

As mulheres riem, e todos erguem suas taças, desejando ao aniversariante longa vida, saúde, prosperidade. Dacma pousa a mão sobre o joelho de Theobaldo, e este pigarreia, constrangido. Considerando-se que nossas apresentações foram muito rápidas e superficiais, sugiro que falemos um pouco sobre nós mesmos, diz Ambrósio. Acho que seria mais divertido se cada um de nós fosse descrito por outra pessoa, rebate Juçara. Boa ideia, concorda Abeliano. Você pode começar. Esta morena ao meu lado é Dacma. Médica, cinquenta e quatro anos, foi casada três vezes, criou dois filhos e hoje curte a vida. É uma devoradora de homens, insaciável. Dacma ri, aperta a coxa de Theobaldo, que não consegue controlar um ligeiro tremor, e apresenta Margarida. É diretora de uma grande empresa, tem quarenta e dois anos, uma filha casada, um neto. Divorciada. Devoradora de homens, insaciável. Juçara, cinquenta e dois anos, juíza, viúva duas vezes, divorciada mais duas, sem filhos. Devoradora de homens, insaciável. Pelo visto, temos aqui uma tribo canibal!, exclama Abeliano. Este é Ambrósio, proprietário desta espelunca, setenta anos, quase falido, operado da próstata, impotente, solteirão incorrigível. Theobaldo, balconista numa loja que aluga e vende fantasias, idade indefinida, solteiro, orgulhoso proprietário de duas perucas importadas. Não acho a menor graça nesse tipo de brincadeira, resmunga Theobaldo. Fica em silêncio, agastado, mas acaba cedendo à expectativa das mulheres. Abeliano, aniversariante, setenta e um anos, divorciado, três filhos, ex-professor de história da arte. Jamais foi funcionário dos Correios. Impotente desde os trinta anos, em decorrência de uma doença venérea.

Após um breve silêncio, Abeliano ri, e todos o acompanham numa gargalhada. Vocês são muito engraçados!, avalia Juçara, esvaziando sua taça. Agora eu gostaria de dizer algumas palavras, deixando de lado a formalidade, se é que ainda restou alguma. Como disse Abeliano ao telefone, somos todos adultos, e não há porque esconder o jogo. Vocês vieram nos convidar para assaltar um banco!, ironiza Abeliano. Não precisamos disso. Temos dinheiro suficiente para fundar um banco. Na verdade, estamos aqui por razões estritamente sexuais. Os senhores, obviamente, já sabem disso. Mas nosso tempo é precioso e não gostamos de perdê-lo com preliminares que nem sempre chegam ao objetivo. Se você se refere à impotência..., diz Abeliano. Sei muito bem que nenhum de vocês é impotente, ou não teriam nos telefonado. Somos adeptas de um sexo... diferente. Depois de uma vida sexual intensa, começamos a nos sentir entediadas. Decidiram então partir para o sadomasoquismo, arrisca Abeliano. As três mulheres riem, e Juçara prossegue. Se fôssemos sadomasoquistas, não procuraríamos gente de sua idade. Vocês não resistiriam a uma sessão de tortura. Já tivemos algumas experiências nesse sentido com jovens profissionais, atléticos, mas concluímos que essa não era nossa praia. Estou falando de sexo grupal. Os três permanecem em silêncio, como se não entendessem. Meu Deus! Mas o que é que nós temos aqui?!, ironiza Juçara, um pouco surpresa. Uma tribo de aborígines, que vive isolada em algum ponto remoto da Austrália?! Talvez conheçam a prática sob outra denominação... bacanal, orgia, suruba... Olhe, pra dizer a verdade, dona Juçara, eu nem sei do que a senhora está falando, contrapõe Theobaldo, provocando o riso de Abeliano e Ambrósio. Você se referiu a um sexo "diferente", quando, na verdade, essa prática, antiquíssima, está novamente em pleno apogeu, diz Abeliano. Imagino que vocês prefiram a orgia por terem uma vida estressante e desejarem liberar suas paixões de maneira desenfreada, para atingir o pleno relaxamento. Eu não disse a vocês?!, exclama Juçara, dirigindo-se às outras duas. Eu sabia que nós estávamos vindo ao lugar certo. Não me lembro de ter dito qualquer coisa que deixasse transparecer minha predileção pela suruba, contesta Abeliano. Eu me refiro ao refinamento, à cultura, diz Juçara, com entusiasmo. Já participamos de inúmeras orgias, mas no final sentíamos que havia faltado alguma coisa. Como é possível faltar alguma coisa numa orgia, se há coisas por todos os lados, coisas de todos os tamanhos, de todos os formatos?, indaga Ambrósio. Mas não havia respeito. Respeito?!, exclama Theobaldo. Agora quem está confuso e perplexo sou eu. Vocês participam de uma orgia e esperam que alguém as respeite?! Querem fazer o favor de parar de gozar com a minha cara?! Eu sou uma juíza, porra! Será que não dá pra entender que eu posso gostar de suruba sem ter que me sentir uma prostituta? Calma, Juçara, deixe que eu explico, pondera Dacma. O que ela quer dizer é que esses lugares, muitas vezes, são mal frequentados. Imaginem vinte, trinta pessoas numa casa, fazendo sexo. No fim aquilo vira uma zona. As pessoas não se conhecem, tem gente de todo tipo... não há nenhum refinamento, é uma coisa absolutamente animal. E além disso muitos deles são jovens, não se cuidam, há sempre o risco da aids. Compreendo, diz Abeliano. Vocês então decidiram procurar parceiros que estivessem à sua altura, pessoas educadas, refinadas, que soltassem os instintos mantendo o respeito. Com licença, será que eu poderia comer o seu cuzinho? Por favor, esteja à vontade. Senhora juíza, eu ficaria encantado se a senhora sugasse minha glande, enquanto Ambrósio e Theobaldo lhe propiciam uma dupla penetração.

Juçara começa a chorar, e as amigas a abraçam. Vamos embora, balbucia ela, finalmente. Vocês não sabem o que é a verdadeira educação. Por favor, Juçara, não leve Abeliano tão a sério, diz Ambrósio. Ele é uma pessoa encantadora, mas tem essa mania de introduzir o humor nas situações mais absurdas. Vocês acreditam que ele já se vestiu de cardeal e pegou alguns ônibus só para ver a reação das pessoas? Verdade?! Deve ter sido divertidíssimo, diz Margarida. Vocês são encantadoras, prossegue Ambrósio, e sua proposta merece o maior respeito. Afinal, estamos em plena queda civilizatória, e nada mais apropriado, nos períodos de decadência, que uma boa suruba. O que é a vida hoje senão uma grande orgia, uma transgressão de todas as normas, uma promiscuidade explícita, em que todos os valores se confundem? O senhor fala como um moralista!, rebate Dacma. Não, eu apenas digo a verdade. O que é uma inocente suruba se comparada a uma sociedade em que um pequeno grupo de magnatas e políticos enraba milhões de concidadãos sem o menor pudor? O que, aliás, não é uma suruba, é um estupro coletivo. E se considerarmos que entre esses concidadãos há milhões de crianças, um abominável ato de pedofilia. Mas deixemos de lado tais considerações, que acabariam por arruinar a noite. Como se trata de uma proposta coletiva, creio ser necessário debater o assunto com meus companheiros. Caso seja aprovada a proposta e vocês queiram colocá-la em prática imediatamente, mandarei suspender o jantar ou servi-lo mais tarde, para evitar eventuais congestões. Por favor, fiquem à vontade e continuem bebendo, que nós voltaremos em instantes.

58

Sentados ao redor da mesa da cozinha, os três amigos decidem seu destino sexual. Eu estou impossibilitado de participar, diz Theobaldo. Impossibilitado como?... pegou alguma doença venérea? Minhas cuecas, Abeliano. O que é que têm a ver suas cuecas com nossa vida sexual? São brancas, enormes, antigas, ridículas! Chegam quase até os joelhos. Essas mulheres são modernas, ousadas, atrevidas. Quando eu tirar as calças, vão cair na risada. Você já pensou? Eu posso ficar impotente pra sempre. Quando você tirar as calças a luz já estará apagada. Mas isso é impossível, Abeliano! Onde já se viu uma orgia com a luz apagada?! As pessoas iam tropeçar umas nas outras, bater a cabeça nos móveis. Já imaginou você em plena ereção receber uma pancada no seu órgão sexual?! Parece até que vocês nunca viram aqueles filmes sobre a decadência romana, Sodoma e Gomorra, Calígula... tinha sempre uma porção de archotes acesos, mesmo quando a bacanal era realizada durante o dia, porque aquela gente que se permitia participar desse tipo de orgia não trabalhava, e os palácios eram escuros e havia sempre uma quantidade enorme de comida. Como é que eles iam encontrar aquelas iguarias todas com as luzes apagadas? Vocês acham que havia algum lanterninha, como nos cinemas, pra iluminar o caminho até a mesa? E mesmo que houvesse, um daqueles garotos bonitinhos, de cabelos cacheados, certamente estaria participando da sacanagem, porque aquela gente não perdoava nem buraco de fechadura. Naquele tempo todo mundo era adepto da sodomia... dizem que Sócrates inclusive, mas isso pode ser uma calúnia inventada por algum mexeriqueiro despeitado. Criaram até o verbo *socratizar*, com o sentido de praticar o tal sexo que os dicionários, por pudor, classificam como anômalo, conhecido na prática como anal. Além do mais, Sócrates não era romano e sim grego. Dizem que ele e Alcibíades, que era seu discípulo, chegaram a combater lado a lado, quando Alcibíades já havia se tornado um grande general. A coisa teria acontecido quando Alcibíades era adolescente. Ponho minha mão no fogo por Sócrates, que sempre me pareceu um homem íntegro, de caráter, isento de quaisquer pensamentos relativos à pedofilia. Mas nunca se sabe, a ocasião faz o ladrão... Puta que o pariu, Theobaldo! Será que dá pra você manter o foco?! Iniciou nas cuecas e terminou em Alcibíades, em 415 a.C.! A verdade é que eu estou em pânico, Abeliano. Você é um babaca, um idiota, que não estaria à altura de amarrar as sandálias de Alcibíades. Se a sua rejeição tivesse como fundamento um princípio filosófico ou moral, eu entenderia. Mas você se nega a participar de uma orgia com três monumentos universais do sexo explícito porque suas cuecas não são apropriadas?! Ora, faça-me o favor! As cuecas são um pretexto, interfere Ambrósio, que se diverte com aquela discussão. Theobaldo é um tímido que mal consegue se relacionar com uma única mulher, entre quatro paredes e de luzes apagadas. Pois é, Abeliano, como é que eu vou expor minha bunda assim em público e soltar a franga de minha libido, em meio a gemidos, fungações, gritos e sabe-se lá que outras extravagâncias do âmbito sexual?! Tudo bem, já entendi. Eu sempre lhe disse que você devia fazer um regime. Se tivesse me ouvido, hoje poderia exibir uma barriga e uma bunda mais enxutas. E não teria necessidade de cobri-las com um cuecão que mais parece velame de saveiro. Presumo que seu voto seja *não*. Infelizmente. Eu já estava me sentido atraído pela Dacma, e sei que nunca mais nos cairão nas mãos três bocetinhas dessa qualidade. Bocetinhas... Francamente, sua vida sexual é de uma pobreza franciscana. Você tem ideia do que significa essa palavra? Bocetinha? Não, Dacma. Nenhuma. Os pais dessa infeliz devem ter viajado pela Índia, onde ouviram esse termo e se afeiçoaram ao som sem saber o significado. A mãe deu à luz, e eles decidiram batizar o bebê com esse nome. Dacma é a torre do silêncio, na qual os *parsis* da Índia, devotos de Zoroastro, expõem os cadáveres, para serem devorados pelos abutres. Deus me livre, eu te exorcizo!, geme Theobaldo. Xô, urubu! Minhas cuecas e minha timidez me salvaram. Eu também estou fora, declara Ambrósio. Na minha idade, seria uma loucura. Mal dou conta da Aurora, e a cada orgasmo penso que vou entregar a alma a Deus. Amo a vida e preciso poupar minha energia. Esses banquetes sexuais acabam por infartar. Prefiro uma refeição frugal, que me permita exercer controle sobre o meu metabolismo. As orgias são uma extravagância, que evitei quando jovem. Não será agora que eu me deixarei envolver pelo canto dessas sereias. Se não estou equivocado, Abeliano, seu pensamento é semelhante ao meu. Sim. É uma questão de princípio. O homem tem que estabelecer limites para si mesmo. Elas se declararam *devoradoras insaciáveis de homens*. Pois é exatamente disso que se trata. O ser humano é insaciável por natureza. Elas apenas deixaram fluir sua insaciabilidade. A atração pela orgia é uma espécie de ninfomania disfarçada. O planeta já não suporta a pressão de bilhões de predadores insaciáveis. Nossa, Abeliano! Tudo bem que você não queira participar da suruba... é uma questão de foro íntimo. Eu comecei nas cuecas e terminei em Alcibíades. Mas você não deixou por menos. Partiu do individual e acabou na destruição planetária! Ah, vocês não sabem como eu me sinto aliviado. Tenho certeza de que uma bacanal, a esta altura da vida, seria o meu fim. Naquela confusão toda, quando acendêssemos as luzes, eu estaria morto num lado e minha peruca amarrotada no outro.

Os três riem e voltam para a sala, onde as mulheres os aguardam, impacientes. E então?, indaga Juçara, segurando uma taça cheia de champanha. Como se diz no jogo de pôquer, nós passamos, responde Abeliano. Compreendo, diz ela. Gostaria de insistir... Nossa expectativa não é meramente sexual. Desejaríamos estabelecer uma relação de amizade, algo estável, que além de nos proporcionar prazer carnal nos permitisse usufruir também de calor humano, carinho, afeto... Juçara baixa os olhos, como quem aguarda uma sentença, e enxuga uma lágrima. Vocês são uns amores, diz Abeliano, e eu lhes confesso que, de nossa parte, havia igualmente muitas expectativas. Mas somos pessoas simples, com almas campesinas. Quando meninos nos entregávamos à masturbação, ao chamado sexo solitário, e já nos custou um bocado de esforço admitir a necessidade de uma parceira na prática de algo que nos parecia tão perfeito. Somos varejistas, e as senhoras nos propõem uma atividade de atacadistas. Teríamos que nos haver com três vaginas, três pênis, seis bocas, doze mãos, seis bundas, doze coxas, doze sovacos e sei lá que outras protuberâncias e reentrâncias de que nos serviríamos para atender aos reclames de Vênus, de Afrodite, a deusa da fecundidade e da volúpia. Não se trata apenas da idade, mas de toda uma maneira de ser.

As mulheres não podem conter o riso. Abeliano é um mestre na arte de encantar e faz da retirada um vitória, no melhor estilo napoleônico. E há outras pequenas dificuldades de ordem prática. Theobaldo, que é um tímido irreversível, estaria impossibilitado de tirar as calças, por ser portador de cuecas anacrônicas, um panejamento de teatro que ao se abrir para o início da pantomima nos mataria de riso. Ambrósio, pobre-coitado, anda mais esfalfado que pangaré em corrida de hipódromo, não pela idade, mas em decorrência da arte erótica de uma jovem de vinte e três anos, provável reencarnação de um inimigo do passado que jurou levá-lo para o túmulo. Conheço a endiabrada e posso lhes garantir que, sozinha, vale por várias orgias. Tem ele já empenhado seu exíguo estoque de esperma pelos próximos cinco anos. Quanto a mim, assolou-me uma inapetência crônica a partir do dia em que eu atingi o êxtase, o Nirvana, o Satori, nos braços de Laura, uma jovem aventureira que me pescou numa viagem de ônibus e sobre a qual nunca mais pousei os olhos. Como, pois, tocar em tal orquestra se nem mesmo disponho de instrumento, empenhado já no balcão do desencanto? Pois não é verdade reconhecida que quem se apossa de nosso coração leva de roldão todo o resto? O que de mim sobrou, após aquele encontro efêmero e fulgurante, é mais diáfano que um fantasma, tão ilusório quanto uma fotografia. Pela qualidade de seus encantos, que além de vastos somam três, podem imaginar a intensidade dos sentimentos que me levam a rejeitá-los. Sou na verdade um marajá, que tudo abandona, palácios e riquezas, para seguir uma quimera que o reduzirá à miséria. Faz-se um profundo silêncio, como aquele que, nos teatros, se segue às grandes representações, quebrado repentinamente pelos gritos e aplausos de Theobaldo, no que é imitado pelos demais: Bravo! Bravo! Juçara se deixa cair na poltrona, aos prantos. Dacma e Margarida parecem mesmerizadas. Abeliano inclina o corpo, baixa humildemente a cabeça e agradece.

59

Suas palavras me penetraram tão profundamente, diz Juçara, refazendo-se do pranto, e eu as senti com tanta emoção que, pela primeira vez em minha vida, sem qualquer contato carnal, eu... eu tive um orgasmo. Foi uma sensação maravilhosa, acompanhada da certeza de que, se tivessem aceitado nossa proposta, poderíamos gozar de momentos inesquecíveis. Os senhores são encantadores, educados, divertidos e, tenho certeza, muito sensuais. Levaremos conosco a melhor das impressões, e se algum dia mudarem de ideia, basta um telefonema e viremos correndo. Não é, meninas? As outras acenam afirmativamente com a cabeça, emocionadas demais para falar. Pessoas como vocês são muito raras hoje em dia, o que nos faz lamentar ainda mais nosso desencontro. Vocês podem estar pensando: Se elas gostaram tanto de nós, porque não formamos três pares e esquecemos essa história de sexo grupal? A razão é muito simples: Já sofremos tanto nas mãos dos homens, por amor, paixão, fissura, que juramos nunca mais viver uma relação a dois, de qualquer natureza. Bem, acho que agora só nos resta lhes desejar mais uma vez felicidades, por seu aniversário, felicidades ao Theobaldo e ao Ambrósio também. Estamos imensamente gratas pelo carinho com que nos receberam. Um momento!, exclama Abeliano. Não podemos nos separar assim, com o coração confrangido pela tristeza. Afinal, hoje é o dia de meu aniversário, e creio ter direito a pedir a Theobaldo que nos ofereça uma pequena lembrança. Mas eu já lhe enviei meu presente! Pelo qual lhe fico agradecido, Theo. Apelo agora à sua generosidade, para que nos dê uma pequena mostra de seu talento. As meninas não sabem que fomos convidados a entrar na carreira artística. Dentro de alguns dias, estaremos nos estúdios de uma agência reveladora de talentos, para um teste *pro forma*, já que nosso lugar na tevê e no cinema está praticamente garantido. Considerando-se que temos hoje reunida uma plateia sensível e culta, peço a Theobaldo que nos apresente dois fragmentos de *Ricardo III*, de William Shakespeare, que ele interpretará no referido teste. Mas eu ainda não me sinto preparado, Abeliano! Ensaiei apenas algumas horas. Ensaiou sem plateia. Hoje você tem a oportunidade de verificar até que ponto consegue dominar sua timidez. Posso tentar, se você acha mesmo necessário. Mais que necessário, porque no dia do teste haverá vários desconhecidos à nossa volta, e você não contará com a simpatia e o apoio de seus amigos, como hoje. Agora eu fiquei curiosa!, incentiva Margarida. Mostra pra gente... só uma ceninha. Mas não há cenário, nem iluminação apropriada. Não se preocupe, contrapõe Dacma. Eu tenho certeza de que você vai se dar bem. Olhem só, eu já estou com as mãos suando!, murmura Theobaldo. Mais uma razão para você ensaiar com plateia, pondera Ambrósio. Tudo bem, então vamos lá.

Estamos no meio da cena. Não vou dizer inteira porque é muito longa. Gloster, que ainda não se tornou *Ricardo III*, está sozinho na rua. Trata-se, portanto, de um monólogo. Pigarreia, inclina o corpo para a frente, pega uma pequena almofada e a coloca sob o paletó. Ele era corcunda, de baixa estatura, e tinha os membros disformes. Theobaldo levanta o ombro esquerdo e baixa o direito, puxa a boca para o lado, arregala um olho e semicerra o outro. Era um sujeito feio, perverso, invejoso... e tinha frequentes explosões de cólera. Limpa a garganta e, mudando de voz para um tom mais agudo, próximo ao gemido, começa. "Mas eu, que não fui formado para esses esportes travessos nem para cortejar um amoroso espelho... eu, grosseiramente construído... (tira a peruca e a joga no sofá, provocando um murmúrio de surpresa) e sem a majestosa gentileza para me pavonear diante de uma ninfa de libertina desenvoltura; eu, privado desta bela proporção, desprovido de todo o..." Me desculpem, eu não consigo, estou me sentindo ridículo. Esta peça foi encenada pelos maiores atores do mundo, inclusive por Sir Lawrence Olivier. Mas o que é isso, meu amor!, exclama Dacma. Você está indo maravilhosamente bem. Vocês não acham? Claro! Claro! Eu fiquei paralisada, confessa Margarida. E achei o máximo quando você tirou a peruca... uma coisa forte, autêntica. Continue, por favor, pede Juçara. Nós estamos adorando, francamente. Onde foi mesmo que eu parei? "Eu, privado desta bela proporção, desprovido de todo o...", ajuda Abeliano. "Desprovido de todo o encanto pela pérfida Natureza; disforme, sem acabar, enviado antes do tempo a este latente mundo; terminado pela metade, e isso tão imperfeitamente e fora de moda, que os cães ladram para mim quando paro diante deles."

Theobaldo começa a chorar. Coitadinho, ficou emocionado, avalia Dacma. Eu tenho uma sobrinha que faz teatro e entra de tal maneira no personagem que acaba chorando durante os ensaios e até mesmo nas apresentações. É que eu... me desculpem... me sinto como se Shakespeare tivesse escrito esta cena sobre mim. Não sou corcunda nem deformado, mas tenho consciência de minha feiura. E o mais triste é que os cães latem quando me aproximo deles. Não seja ridículo, Theo!, protesta Abeliano. Os cães latem para qualquer desconhecido. Todos aqui podem ver que você não é nenhum galã de Hollywood, mas também não precisa exagerar e se fazer de Corcunda de Notre-Dame. Tudo bem, já passou. Passou uma ova! Como é que você vai enfrentar o teste daqui a alguns dias?! Um ator não pode se abandonar às suas emoções. Vamos lá, retome a postura. Não posso, perdi o fio. Então faça a cena final, só para não deixar as damas com a impressão de que você é um frouxo. Vocês certamente conhecem a peça. Ricardo está cercado... perdeu o cavalo no combate... os soldados inimigos se aproximam. Theobaldo reassume a postura, pigarreia e grita: "Um cavalo! Um cavalo! Meu reino por um cavalo!". "Retirai-vos, milorde", contracena Abeliano, "eu vos trarei um cavalo!" "Miserável!", grita Theobaldo. "Jogo minha vida, ainda que ao azar, e quero correr o risco de morrer. Creio que há seis Richmond no campo de batalha! Cinco eu matei hoje, em seu lugar! Um cavalo! Um cavalo! Meu reino por um cavalo! Um cavalo! Meu reino por um cavalo!" Theobaldo começa a rir descontroladamente. Me desculpem... é que eu... eu me lembrei da noite em que estava ensaiando em casa, e quando gritei: "Meu reino por um cavalo", um gaiato, no prédio vizinho, berrou de volta: Serve um fusca?! Todos riem e aplaudem com entusiasmo.

Antes de partir, as mulheres pedem para ir ao banheiro retocar a maquiagem. Você vai fazer o maior sucesso no teste, elogia Abeliano. Basta vencer a timidez. Você acha mesmo?! Nós podíamos ter escolhido um texto moderno, mais acessível. Shakespeare é um portento, um mar profundo e encapelado, no qual só os grandes atores podem se aventurar sem o risco de soçobrar. Você está excelente no papel, Theo. Claro que não se compara a Olivier, mas se considerarmos que não é ator de profissão e teve apenas alguns dias para decorar o texto... Abeliano havia me falado sobre o teste, e eu confesso que fiquei surpreso!, reforça Ambrósio. E a sua expressão corporal é perfeita. Vocês não estão me gozando? Tenho pavor de me sentir ridículo. Ridículos somos todos nós, se comparados aos grandes astros do cinema, da televisão e da publicidade que a mídia nos impõe como o único modelo possível de ser humano, afirma Abeliano. Temos que ser esbeltos, inteligentes, simpáticos, portadores de cabeleira abundante, dentição perlada, pele de pêssego, bíceps e peitorais esculpidos por Fídias. Dentro de vinte ou trinta anos, gente como nós será encaminhada ao Departamento de Saúde Pública para eliminação sumária. Por falar em perfeição, vejam só isso!, murmura Ambrósio, boquiaberto. Meu Deus do céu!, exclama Theobaldo. Surpresa!, diz

Juçara, com um sorriso provocante. Antes de partir, queríamos lhes deixar uma pequena lembrança, para que vocês saibam o que estão perdendo. Mas isso é covardia!, murmura Abeliano.

Completamente nuas, calçadas com sandálias de salto alto, que lhes ressaltam as formas, as mulheres desfilam pela sala, rindo e jogando beijinhos. Frequentadoras assíduas de academia, mantêm a forma e aparentam muito menos idade. Foi só você falar em Fídias, e suas esculturas surgiram como que por encanto!, geme Theobaldo. Minha mãe que me perdoe, mas eu... eu não resisto. Foi-se a vã filosofia, ironiza Ambrósio, visivelmente excitado. Só espero que Aurora não retorne com mais champanha. Já que vamos chafurdar, avalia Abeliano, uma a mais não fará diferença. Mais respeito, rebate Ambrósio. A moça é de família. Nós também, pondera Theobaldo. Mas há momentos em que a mais firme determinação vacila. Juçara senta-se no colo de Abeliano e o beija na boca. Dacma faz o mesmo com Theobaldo, e Margarida se entrega às carícias de Ambrósio. Um momento!, grita Theobaldo. E corre até a entrada, para apagar a luz.

60

Amanhece. O apartamento se encontra numa desordem de saguão de rodoviária: roupas espalhadas pelo chão e sobre os móveis, garrafas vazias, taças quebradas, almofadas em cima dos tapetes. As mulheres já se foram e deixaram apenas um bilhete sobre a pequena mesa de centro. Abeliano dorme no sofá, abraçado a uma almofada. Ambrósio ronca e resmunga, de bruços no tapete. Theobaldo acorda dentro da banheira, coberto até o pescoço com água fria, e começa a gritar: Abeliano! Ambrósio! Socorro! Ambrósio! Abeliano acorda, sobressaltado e corre para o banheiro. Mas o que é isso?! Você bebeu demais e pensou que fosse Cleópatra?! Pelo amor de Deus, Abeliano... me tira daqui... eu... eu não posso me mexer... estou congelado. Você ficou maluco?! Que ideia foi essa de se meter na banheira com água fria?! Quando eu entrei, a... a... água estava quente. De porre... acho que adormeci, e ela esfriou. Você deve estar assim há horas! Seus lábios... Por favor, Abeliano, eu...

Abeliano tenta erguer Theobaldo, mas não consegue. Vai à sala, sacode Ambrósio e o arrasta até o banheiro. Mas o que é isso! O que é que está acontecendo?! Me ajude a levantar o Theo, antes que ele morra congelado. Oi, Theo, tudo bem? Deixe de conversa e segure esse braço. Quando eu gritar já, você puxa. Mas eu ainda nem acordei direito. Por que é que ele não se levanta sozinho? Porque está congelado. Vamos, agora! Ambrósio fica olhando para Abeliano. Está esperando o quê?! Você me disse que ia gritar *já*! Puta que o pariu, Ambrósio! Isto aqui está parecendo um salvamento em meio a uma tempestade de neve no Everest! Borrasca, tempestade de neve é borrasca!, corrige Ambrósio. Deixe de ser ignorante. Borrasca é uma tempestade em alto-mar, ou melhor, um vento súbito, muito forte, acompanhado de chuva. Um furacão. Borrasca é na neve!, insiste Ambrósio. Pessoal... oiiii! Pessoaaal!, geme Theobaldo. Diga. Eu quero me despedir e avisar que o meu saldo bancário pode ser sacado pelo Abeliano... tem uma carta-testamento em cima da cômoda... e pode ficar com tudo o que... o que me pertence. Você vai viajar?, indaga Ambrósio. Que viajar?! Você não vê que ele está morrendo?! Um, dois e já! Me dá aquela toalha.

Abeliano embrulha Theobaldo e pede a Ambrósio que lhe traga uma garrafa de conhaque. Nacional ou importado? Puta merda... importado! Se ele morrer, pelo menos teve o melhor. Abeliano fricciona o corpo de Theobaldo, que parece estar à beira do desmaio. Aguente um pouco mais, Theo. Ambrósio volta com a garrafa. Onde está o copo? Que copo? Do conhaque. Você não vê que ele está quase desmaiando?! Não vai conseguir beber na garrafa. Tem que ser copo de conhaque? Qualquer copo serve, pombas! Theobaldo escapa das mãos de Abeliano, que não consegue impedir que o amigo caia novamente na banheira. A velhice é uma merda!, grita Abeliano. Ambrósio, Ambrósio, me ajuda aqui! Ambrósio entra com o copo na mão e começa a rir. Me ajude, pelo amor de Deus, antes que o Theo sofra uma parada cardíaca! Mas se ele está assim, tão mal, que ideia maluca foi essa de se meter outra vez na banheira? Ele não se meteu, me escapou das mãos e caiu! Caiu?! Ambrósio ri novamente. Mas isso é ridículo! A velhice é ridícula. Quase caí junto com ele. Acho que ele bebeu um pouco de água, avalia Ambrósio. E ambos soltam uma gargalhada. Vamos parar com isso, quem ri perde as forças, diz Abeliano. Theobaldo murmura, parecendo delirar. Temos que pescá-lo novamente, sugere Ambrósio, já um pouco refeito da bebedeira.

Depois de enxugar Theobaldo, eles o conduzem até a cama, cobrem-no com vários edredons e o obrigam a ingerir meia garrafa de conhaque. Essa brincadeira está me saindo cara!, ironiza Ambrósio. Aos poucos Theobaldo se recupera e, sob o efeito da bebida, tenta explicar o que aconteceu. Não sei quem teve a ideia idiota de apagar a luz. Foi você mesmo, informa Abeliano. Para esconder sua cueca. Tem certeza? Absoluta. Bem... eu não me lembro... Quando apagaram a luz eu me encontrava perto da entrada, e cheguei até o sofá tropeçando e derrubando tudo. Bati com a cabeça em alguma coisa e com a canela em outra, escutei um barulho de vidro quebrado. Depois fui agarrado por mãos femininas, que me tiraram a roupa. Que dia é hoje? Isso não interessa agora. Interessa sim senhor... eu deixei o gato na chuva. Que gato? Você não tem gato nenhum! Quando eu era pequeno, queria ter um gato... meu pai não permitiu. Posso tomar mais um gole de conhaque? Obrigado. É importado? É. Francês. Ah! Como eu ia dizendo, fiquei pelado e muito... muito nervoso. Alguém me passou uma garrafa de champanha cheia e eu bebi tudo pelo gargalo. As tais mãos femininas começaram a mexer em todos os lugares... duas línguas invadiram minhas orelhas... bocas respiravam perto do meu rosto, segredando bobagens... e nada... nenhuma reação. Depois de um tempo... infinito, alguém me pegou pela mão e disse... bem baixinho... bem dentro do meu ouvido, com uma voz sensual: Você precisa relaxar. No caminho, dei outra cabeçada num móvel. Fiquei ali, pelado, no frio... tinha uma cascata fazendo um barulhinho. A mão feminina me empurrou, suavemente... e eu tropecei, bati com a cabeça na parede e caí dentro da água quente... muito quente. A mão continuou tentando... a voz sussurrando coisas indecentes... a língua serpenteando na minha orelha. A última coisa que ouvi foi: Que merda! Depois a mão, a voz e a língua sumiram e eu fiquei ali, sozinho, na água quentinha... naquela solidão... naquele silêncio gostoso. E quase pegou uma pneumonia!, conclui Ambrósio. Na verdade, tirando as topadas, as cabeçadas e o mergulho na banheira, o que ocorreu comigo foi muito parecido... uma inibição inexplicável, que não era motivada pelo medo, porque as mulheres nunca me intimidaram. No preciso momento em que uma boca morna e ávida buscava minha intimidade, descobri que estava apaixonado por Aurora. E você broxou!, conclui Abeliano. Completamente, responde Theobaldo. Estou falando com Ambrósio. Pois é... me deu um desejo enorme de que aquela boca fosse da Aurora. Tentei superar, disse a mim mesmo que aquilo era ridículo... a garota podia ser minha neta. Mas não houve jeito. Rezei para que Aurora não entrasse na sala naquele momento e acendesse a luz. Rezou?! Você?, zomba Abeliano. Pode crer, imagine só... a boca ali, e eu rezando. Ia ser o fim de tudo. Eu não quis lhe contar, mas Aurora já me pediu em casamento. Disse, brincando, que era pelo meu dinheiro. E você acreditou? Que era pelo meu dinheiro? Não... Você acha que ela fez o pedido pra valer? Acho. Mas no fundo me sinto um idiota. Daqui a pouco ela arranja outro, vai embora. E você perdeu uma boca maravilhosa! E o resto. Que mulheres deliciosas, hein, Abeliano?! Nem me diga. E você? Teve sucesso? Abeliano ri. Comecei a pensar nos meus filhos, nos meus netos. Me senti ridículo. O Theobaldo adormeceu. Melhor assim. Não vai ficar sabendo do seu fracasso, e você pode lhe contar o que quiser. Acho que nós embarcamos nessa num momento de entusiasmo, ao ver aqueles monumentos. Cada um de nós deve ter pensado: talvez seja a última foda da minha vida! Engraçado... sabe que eu pensei nisso?! Pois é, coisa de velho. Se tivéssemos vinte ou trinta anos, as mulheres sairiam daqui de padiola. Nem me diga. Que merda é a velhice.

Aurora entra no quarto e leva um susto ao ver Theobaldo sob as cobertas e os dois amigos nus, ao seu lado. Oi, meu amor!, diz Ambrósio, procurando manter a naturalidade. Acabou a água no banheiro de Abeliano e ele subiu pra tomar banho aqui. O Theobaldo veio com ele, porque faltou água também no prédio onde ele mora. Quando íamos entrar no banheiro... para tomar banho juntos, a fim de economizar o precioso líquido, Theo se sentiu mal e nós estamos aqui, cuidando dele. Pensei até em chamar o médico. Bem... eu já arrumei a sala, responde Aurora, com os olhos marejados. Deixei a calcinha e o sutiã que estavam no chão em cima da mesa. Agora vou descer e preparar o café. Obrigado, amor... estaremos no refeitório em cinco minutos. Aurora sai, e Ambrósio esmurra a cama. Além de broxas, vamos ficar com fama de bichas. Pior: Bichas velhas. Ambrósio vê o bilhete deixado pelas mulheres em cima da mesa e o lê em voz alta:

> "Queridos. Fizemos o impossível para reativar em vocês o tesão da juventude. Infelizmente, vocês se deixaram dominar por inúmeros tabus e resistências, e nossos esforços fracassaram. Mas vocês são uns amores, e levaremos desta noite uma recordação agradável. Compreendemos que seus valores são outros e que em condições de relacionamento 'normais' vocês teriam se saído bem. Desejamos-lhes toda a felicidade do mundo, e esperamos reencontrá-los um dia como amigos.
>
> As insaciáveis."

São moças muito educadas, conclui Abeliano. Eu acho esse bilhete um desaforo!, contesta Theobaldo, bem acordado. Esconde uma ironia, um tom de superioridade, como se o simples fato de serem adeptas da suruba as colocasse acima de nossos precários talentos sexuais! A verdade é que nós broxamos, Theobaldo, pondera Ambrósio. E elas não tripudiaram sobre nós. Como não?! Isso está bem claro no bilhete. Se elas fossem mesmo educadas e elegantes, teriam partido sem nenhum comentário. Esse bilhete, nas mãos de um inimigo, poderia nos transformar em três idiotas. Será que não somos, de fato, os Três Patetas?, pondera Abeliano. Abrimos mão de nossa maneira de pensar, não resistimos à nudez que elas desfilaram diante de nós. E dava para resistir?!, geme Theobaldo. Será que você ainda não se deu conta de que jamais teremos outra oportunidade como essa?! Foi o nosso canto do cisne sexual.

61

Após o banho e o café da manhã, Abeliano caminha até a Avenida São João e toma o 8679-10 – Santa Mônica-Praça Ramos. Os bancos são duros, uma criança chora. Praça Júlio Mesquita. Moto é Aventura. Para um monge zen, estar sentado num tatame durante cinquenta anos é a maior aventura. Um grupo de operários planta palmeiras nas calçadas. Teatro Escola das Nações. Teatro de Bolso. Hotel Maná. Duas horas, treze reais. Deviam cobrar por minuto. Considerando-se que grande número de brasileiros sofre de ejaculação precoce, um ou dois minutos seriam suficientes. Praça Marechal Deodoro. Sônia – Perfumaria e Cosméticos. O leite perfeito chegou. Há centenas de milhares de anos, porque perfeito é o leite materno. Não compre produtos ilegais.

Hoje, o que existe é colocador de pastilhas, diz um homem, sentado ao lado de Abeliano, que o julga meio embriagado. Perdão, não compreendi. Colocador de pastilhas... aquela coisa sempre igual, horrível. O senhor se refere às pastilhas que são aplicadas nas paredes e pisos de banheiros. Isso. Acabou a originalidade. Na Roma Antiga, os pavimentos eram feitos de mosaicos... não sei se o senhor conhece, diz o homem, visivelmente deprimido. Claro que conheço. Vi pessoalmente a cúpula de São Pedro, em Roma, e a Batalha de Isso, em Pompeia. Existem mosaicos com mais de mil anos. Que sorte encontrar alguém com quem conversar sobre essa arte, que está praticamente acabada, prossegue o homem. O senhor é um apreciador de mosaicos?, pergunta Abeliano. Não, sou um mosaísta... desempregado... há muito anos. Quem me sustenta é minha filha... professora. Eu também sou aposentado, diz Abeliano. Eu não tive essa sorte, sempre trabalhei por minha conta. No Brasil, essa arte nunca foi importante, mas dava pra ir vivendo. De uns anos pra cá a modernidade nos deu o golpe de misericórdia. E o senhor não procurou uma outra atividade? Não. Tentei me dedicar à pintura, mas não obtive sucesso. O mercado é muito pequeno, e só os grandes nomes conseguem sobreviver. Seu sotaque, se não estou equivocado, é italiano. Sim, de Florença. Que privilégio, elogia Abeliano. Considerada a Atenas da Itália, pela qualidade de seus escultores e pintores. Não só os que lá nasceram como os que se mudaram para a cidade em busca de uma oportunidade: Vi muitas de suas obras na Galleria degli Uffizi. Giotto, Fra Angelico, Paolo Uccello, Masaccio, Filippo Lippi, Piero della Francesca, Giovanni Bellini, Andrea Mantegna e tantos outros. Pollaiuolo, Botticelli, Pietro Perugino, Giorgione, Sebastiano del Piombo...

Abeliano permanece em silêncio, olhando pela janela. Avenida Francisco Matarazzo. *I love my body*. Chaminés das antigas fábricas Matarazzo. Horizonte amplo, linha do trem. Juntos vamos mais longe. Resta saber para onde. O senhor se esqueceu do grande Leonardo da Vinci, diz o homem. E Rafael, Andrea del Sarto, Ticiano, Caravaggio, Tiepolo, acrescenta Abeliano. O senhor tem boa memória... para guardar esses nomes todos, elogia o outro. Fui professor de história da arte, esse universo fazia parte de minha vida. Dizia o senhor que também se interessou pela pintura. Desde pequeno, o que é uma maneira de falar, porque até hoje sou pequeno... tenho apenas um metro e sessenta. Eu passava quase que diariamente diante da galeria. Cheguei a decorar o lugar em que estavam os quadros. E o senhor viveu em Florença até que idade? Até os quinze anos, quando vim para o Brasil. Acabei de completar oitenta e sete anos. Quando o senhor me disse que era mosaísta, confessa Abeliano, pensei que sua formação fosse de um simples operário... quero dizer... com todo o respeito... mas vejo que se interessou profundamente pela arte. Sim, fui sempre um apaixonado, e minha vida no Brasil, com todo o respeito, eu a vivi como um exilado. Não me leve a mal, senhor... Abeliano. O Brasil tem inúmeras qualidades, acolhe maravilhosamente os estrangeiros, e eu me sinto agradecido. Minha família escapou dos horrores da guerra graças a essa hospitalidade. Contudo, quando se tem a arte no sangue, quando se conviveu na infância com todos aqueles gênios da Renascença, ao alcance de nossos olhos todos os dias... fica difícil. Nunca mais pudemos retornar à Itália... problemas familiares, econômicos... O senhor compreende... uma viagem dessas acaba sendo um luxo. E quando se vem tentar a sorte na América, retornar sem dinheiro significa reconhecer a derrota. Meu pai tinha uma pequena oficina de mosaicos, e eu aprendi o ofício com ele. Não digo arte, porque naquela altura o mosaico já era decadente. Aprendi a trabalhar utilizando o processo direto e os cartões. Hoje os colocadores de pastilhas empregam somente os cartões. Fazem o desenho num cartão e cobrem o desenho com as pastilhas, que são colocadas sobre ele. Quando as pastilhas aderem ao cimento e este está seco, molha-se o cartão para retirá-lo, e as pastilhas ficam no seu lugar. Eu preferia trabalhar pelo processo direto, desenhando sobre uma camada de gesso que, depois de seca, era recortada em pequenos cubos, substituídos por cubos de esmalte, barro cozido ou mármore, nas cores desejadas. Vejo que o senhor fala com entusiasmo de seu trabalho. Sim. Infelizmente isso tudo ficou para trás. Até mesmo Florença foi desaparecendo da minha memória, e hoje raramente me lembro da infância. É curioso que nos tenhamos encontrado logo hoje, observa Abeliano, quando sinto que minha vida parece fragmentada, feita de pequenos momentos, pequenos cubos ilusórios. Ao olhá-la de longe, vejo que muitos deles se desprenderam e caíram ao chão. Enquanto o senhor falava, ocorreu-me que durante nossa vida temos a possibilidade de alterar o desenho, eleger as cores, mas o resultado será sempre o mesmo... fragmentado, ilusório. Ainda que o senhor tivesse permanecido em Florença e continuasse a exercer o ofício, hoje certamente na condição de mestre, haveria no fundo de sua alma a sensação de que algo lhe escapou... uma insatisfação que faz parte de nossa natureza e que nem os grandes gênios de Florença conseguiram evitar.

O homem fica em silêncio, emocionado, e finalmente deixa escapar um murmúrio, como se falasse sozinho: Eu gostaria de ter completado o desenho... o meu desenho. O destino alternou os traços, e o resultado final não é o mosaico que eu tinha imaginado quando era adolescente. No seu mosaico, há falhas em alguns pontos, cubos que se soltaram. O meu é algo em que trabalhei a vida inteira e que hoje eu não reconheço. Ele se levanta e oferece a mão a Abeliano. Prazer... Paolo. O prazer foi meu. Não tive a intenção de entristecê-lo, desculpa-se Abeliano. Não se preocupe, a tristeza sempre esteve presente na minha vida... e no meu trabalho. Uma vez tive que desfazer um mosaico inteiro porque o dono da casa achou que a expressão dos personagens era muito deprimente. Não sei se isto pode aliviar sua tristeza, diz Abeliano, mas se olhar ao redor, verá que todos os mosaicos estão desabando. O homem ri. No passado, os pequenos cubos eram colocados com mástique, uma resina de aderência poderosa. Hoje é tudo colado com cuspe. Até a próxima. Vá com Deus!

Mercado da Lapa. Banca de Ervas Milagrosas. O homem desce do ônibus e acena para Abeliano. Rua John Harrison, Rua D. João V. O Magnânimo, pensa Abeliano, vigésimo quarto rei de Portugal. Durante seu reinado, Portugal recebeu do Brasil uma incalculável riqueza em ouro e diamantes. Com um monarca desse calibre, nenhuma nação precisa de inimigos. O pródigo esbanjou quanto pôde em doações a mosteiros e igrejas, preocupado talvez em salvar a alma, que ainda hoje deve arder no inferno, pelos prejuízos causados à pátria. Num de seus delírios, mandou edificar o Convento de Mafra, uma obra suntuosa que lhe (nos) custou cento e vinte milhões de cruzados, uma fortuna colossal. Roma, por sua vez, que jamais poupou os idiotas, recebeu em pagamento de indulgências, canonizações e quejandos a bagatela de duzentos milhões de cruzados. Avenida Raimundo Pereira de Magalhães. Tá nervoso? Vá descansar. Será que os taoistas andam a escrever nos muros? Avenida estreita, congestionamento. Ponte sobre o rio Tietê. Esporte Clube Banespa. Muitos prédios novos, espaços abertos à disposição das grandes construtoras. Abeliano se recorda de um professor, nascido em Florença, com o qual trabalhou quando jovem. Sua educação, meu caro, disse o professor, foi prejudicada desde a infância. Você jamais poderá se tornar um homem culto. Mesmo que se esforce ao máximo, estude, viaje, sempre lhe faltará algo... essencial... pelo simples fato de ter nascido no Brasil e não, por exemplo, em Florença. Essa gente é engraçada. Um idiota é um idiota em qualquer lugar. Afinal, nascer num lugar que foi berço de tantos gênios não transmite à pessoa, por osmose, nenhuma qualidade essencial. Quanto ao nível de vida, à qualidade do ensino, à cultura e outras inegáveis conquistas com que os europeus exibem sua superioridade, estão muitas vezes assentados sobre um passado de violência e pilhagem, de que os subdesenvolvidos foram vítimas e que até hoje rendem dividendos.

Abeliano desce do ônibus na Avenida Raimundo P. de Magalhães e toma o 8679-10 – Santa Mônica-Praça Ramos. Circo Espacial. Avenida Otaviano Alves de Lima. Ponte sobre o rio Tietê. Rua Monte Pascal. À esquerda, ao longe, a serra da Mantiqueira. A ferragem do ônibus geme e sacoleja. Rua Barão de Jundiaí. A imagem das três mulheres nuas desfilando na sala se faz novamente presente, e Abeliano ri. Qual será a verdadeira razão que as levou a preferir o sexo grupal? Revê também a cena em que Aurora os surpreendeu nus, na cama de Ambrósio, e as explicações ridículas que este se apressou a dar, para evitar interpretações malévolas. O que terá acontecido depois? Aurora encontrou uma calcinha e um sutiã, deixados talvez propositalmente. Mas se a reunião tivesse se transformado em orgia, teria ela aderido? Abeliano afasta o pensamento, considerando que a jovem havia feito a Ambrósio uma proposta de matrimônio. A cada dia uma revoada de fatos alça voo, numa debandada caótica, diante dos olhos de Abeliano, que procura encontrar um sentido para aquele mosaico esquizofrênico, acontecimentos da vida real, colhidos nos ônibus, nos jornais, na tevê, com movimentos espasmódicos e ridículos, como num filme projetado em velocidade máxima, fragmentos de vidas anônimas ou de grandes personalidades da história, das artes, da política, lançados ao espaço pela grande explosão. "A mente é uma moenda que mói pensamentos", relembra Abeliano. Pensamentos, frases, situações, lembranças, um enxame zunindo em sua cabeça: justiça, vida, morte, chuva, poesia, praças, infância, cães, fogo, acidentes, roubos, ídolos, ditadura, medicina, política, padres, terrorismo, bebês, ciência, internet, atrocidades, automóveis, quadrilhas, futebol, anúncios, estupros, funerais, moda, dinheiro, adultérios, cartas, velhice, epidemias, vandalismo... zunindo, zunindo... é só abrir os olhos, apurar os ouvidos. Sua própria vida, um esboço, um nada.

Sente-se cansado, como que perdido num deserto superpovoado. Toca o celular e ele tem dificuldade em encontrá-lo no bolso. Oi, pai, sou eu, Paulo. Como é que você me encontrou?! Estou num ônibus. O filho ri. Bem se vê que você não está acostumado a usar celular. Você pode ser encontrado em *qualquer* lugar, até no banheiro. Eu sei, mas como foi que... O Ambrósio me deu o número. Foi um bom presente, assim fica mais fácil a gente se falar. Me desculpe eu não ter ligado ontem. Tive que viajar para o Uruguai, a serviço. Muitas reuniões, um saco. Acabei esquecendo... estava exausto. Tudo bem, filho. O Ambrósio me contou a história da suruba frustrada. Contou?! Achei muito engraçado. Você devia ter ido em frente. Já sei, filho, na minha idade, tudo que vier é lucro. Isso. Você mesmo me contou a história do tio de um amigo... quando você era jovem... se lembra? Não. Que amigo? Sei lá... o tio dele voltou para a Espanha aos oitenta anos e virou *hippie*. Deixou crescer a barba, comprou umas camisetas, uns tênis coloridos, um quilo de haxixe e mandou ver. Lembra?! Vagamente. Quando a família o repreendeu, ele disse: Mas o que é que eu tenho a perder?! Isso aconteceu há uma eternidade. Pelo visto você está achando que estou com o pé na cova. Devo deixar crescer a barba e virar protagonista de suruba? Foi só uma brincadeira, pai. Eu sei que você não é disso. E você? Também não. Nossa família sempre foi muito certinha. Mas se um dia pintar uma situação assim eu comunico. Parabéns então... aproveite o que puder e conte sempre comigo. Obrigado, filho. Estou com saudade. Nós também. Vamos tentar dar um pulo aí no fim do ano. Vêm mesmo? Vou fazer o possível. Agora preciso desligar. Um beijo. Até mais, filho, cuide-se. Tchau.

 Me desculpe, diz Abeliano a um homem que está ao seu lado. Acho que falei meio alto. Isto para mim é uma novidade, ainda não sei bem como funciona. O homem se limita a sorrir, e Abeliano guarda o celular no bolso. Rua Clélia. Boi Doidão. Muro grafitado com uma paisagem. Praça Cornélia. West Motos. Trajes para festas. Avenida Francisco Matarazzo. Que telefonema ridículo, pensa Abeliano. Tanto tempo sem ver meus filhos, e Paulo me telefona para dizer algumas banalidades. Essas coisas são incompreensíveis. Nossos filhos mantêm diálogos animados e interessantíssimos com um estranho que acabaram de conhecer. Aos pais está reservada a conversa automática, uma espécie de moto-contínuo da burocracia, em que não se nota a menor autenticidade, algo tão frio quanto o preenchimento de formulários, um bater de ponto em repartição pública, tedioso cumprimento de obrigação filial. Generalidades, banalidades, algumas perguntas sobre o estado de saúde, as variações do tempo, confirmação da mesmice, jocosidade forçada, beijos, até breve, passar bem. Uma conversa com um taxista seria mais criativa. Tempo é dinheiro. Em três ou quatro minutos está resolvido o assunto, cumprida a tarefa.

O senhor falou com seu filho, e isso o aborreceu, diz o homem ao lado de Abeliano. Um pouco... não nos vemos há algum tempo e, na verdade, nada dissemos de importante. É o mundo contemporâneo, prossegue o homem, feito de superficialidades. Não são apenas os filhos em relação aos pais que se tornam superficiais. Somos, todos nós, dominados pela eflorescência da banalidade, que tudo recobre com uma fria camada de indiferença. Tem razão, acede Abeliano, impressionado com o nível cultural dos passageiros que encontra nos ônibus, como se aos poucos São Paulo estivesse se transformando numa nova Florença. E a coisa só tende a piorar, prossegue o homem. Cumpre-nos, a nós, que temos consciência, meter-nos em cavalarias altas. Tal expressão surpreende Abeliano, pois era utilizada nas ordens da cavalaria, com o sentido de empreender coisas superiores às próprias forças ou aos recursos de que se dispunha no momento. Tarefa espinhosa, pondera Abeliano. Na verdade, prossegue o homem, caímos na barbárie mais desenfreada, e o Ocidente se tornou um enorme sepulcro caiado. Consideramos os mulçumanos fanáticos medievais, por viverem segundo os preceitos de sua fé... nós, materialistas empedernidos, cristãos de fim de semana, que fizemos da prática religiosa um *hobby*. Vejo que o senhor tem na botoeira uma roseta que, se não me equivoco, indica um grau superior ao de cavaleiro, observa Abeliano. Um sinal de vaidade se fosse de todos conhecida, acede o homem, surpreso. Mas hoje é ínfimo o número dos que são capazes de distinguir uma roseta de qualquer distintivo de agrupamento esportivo. Pertence o senhor então a uma ordem de cavalaria. Duplamente. Por ser um oficial da cavalaria, aposentado com a patente de coronel, e por ser membro de uma ordem de cavaleiros que se mantém na sombra, à espera do momento em que se faça necessária para salvar o que resta do Templo, que não é externo, como se imagina, e sim o espaço do sagrado que existe em cada um de nós. No passado, os cavaleiros andantes corriam o mundo à procura de uma oportunidade em que pudessem demonstrar suas habilidades. Hoje, o mundo inteiro se tornou o campo de batalha. No passado, os futuros cavaleiros ingressavam na ordem aos sete anos de idade. Nos exércitos modernos, a incorporação ocorre por volta dos dezoito anos, compulsoriamente em alguns casos, voluntariamente em outros, havendo também a possibilidade da profissionalização. Seja como for, os exércitos modernos estão longe do espírito que animava os militares em sociedades mais antigas. Se nos reportarmos à Índia, antes da decadência que levou à deturpação do que eram as castas em sua origem, veremos que não havia qualquer oposição entre a autoridade espiritual e o poder temporal, que pertenciam a uma casta única, denominada *hamsa*. Posteriormente, surgiram as diversas castas, baseadas na diferença existente entre os seres humanos, diferença essa de natureza, de temperamento, e não de distinção social. Além disso, não tinham o caráter hereditário, que se manifestou posteriormente, já na decadência. Entre as duas primeiras castas, os brâmanes, hierarquicamente superiores, detentores da autoridade espiritual, e os xátrias, ou seja, os militares, havia uma perfeita harmonia. O enfraquecimento da autoridade espiritual acabou por conduzir a uma subversão da ordem tradicional, que culminou com a rebelião dos xátrias. Esse conflito pôde ser observado também durante a Idade Média, na Europa, entre a autoridade sacerdotal e o poder imperial, ao qual estavam subordinados os militares. Dessa forma, o poder perdeu qualquer transcendência e se tornou temporal, laico, e, na pior das hipóteses, profano. Os exércitos modernos pertencem a essa última vertente, e constituem o braço forte do poder temporal, ou seja, do que se convencionou chamar governo constituído, mas que, na verdade, serve aos interesses das classes dominantes. E isso ocorre tanto nas democracias – cuja grande maioria é um engodo baseado no voto popular manipulável – quanto nas ditaduras. Admirável sua análise!, elogia Abeliano. Mas convém lembrar que as ordens de cavalaria, criadas por motivos transcendentais, como a defesa do Templo e dos lugares santos, acabaram por servir, involuntariamente, a interesses bem menos nobres. Tudo isso é muito complexo, diz o oficial, e pode ser creditado aos equívocos e desvios que vêm minando a Igreja ao longo dos séculos, ligada pelo verbo à transcendência e pela ação à imanência. Longe estamos, portanto, do verdadeiro espírito das ordens de cavalaria, que além de militares eram instituições religiosas. Os monges-cavaleiros juravam solenemente dispor de seus bens e de sua vida em defesa da justiça, dos fracos e dos oprimidos. O senhor conhece algum exército que atue com esse espírito? Infelizmente não. E quais são suas previsões? As fontes da humanidade estão secando. O poder humano, fundado no crime, na ousadia, na falta de compaixão, tem seus dias contados. O homem se levanta, olha fixamente para Abeliano e diz, lenta e concentradamente: Honra, louvor e glória a Jacques de Molay, Guy d'Auvergnie e Geoffroy de Charnay. Vira-se, caminha com passos cadenciados, solenes, toca a campainha e desce. Há um pequeno congestionamento na Avenida São João. Abeliano se lembra de ter dito a Laura que ele era um templário. E pensa no último grão-mestre dos templários e em seus companheiros de infortúnio, queimados vivos por ordem de Filipe, o Belo, às margens do Sena, a curta distância da Catedral de Notre-Dame.

62

Os profetas profetizam, os videntes veem, os cientistas alertam, e até os oficiais de cavalaria advertem, pensa Abeliano. Estaremos realmente às portas do Apocalipse?! Já não basta o meu Apocalipse pessoal, a velhice que se aproxima, a solidão, o desencanto, que eu procuro disfarçar sob a máscara do mímico? E agora, esta volta súbita de Laura, que emerge da memória como esses navios fantasmas que vogam na bruma? O toque do celular traz Abeliano de volta ao presente. É a filha, Tereza, ligando de Nova York. Tudo bem com você, pai?! Me desculpe por não ter ligado ontem... Parabéns. Quantos anos? Setenta e um, filha. Quando vocês decidirem me visitar, provavelmente já terei passado dos oitenta. Os netos estão bem? O João ficou gripado e houve um início de pneumonia, mas agora está melhor. O Antônio vive dizendo que quer ir a São Paulo para ver você. Bom menino... quando vier me ver, já estará na universidade. Que é isso, pai?! Não faça com que eu me sinta culpada. Você sabe que nós o amamos. Sei. E o casamento? Estamos levando... às vezes melhora, às vezes piora. E você, como é que você está... fisicamente? Bem. Comecei a surfar, e os pequenos achaques desapareceram. Surfar?! É, comprei uma prancha grande, recomendada para a terceira idade, fiz um curso de duas semanas e me lancei ao mar. Estou bronzeado, esbelto, dez anos mais jovem. Sério?! Na semana passada, quase perdi a perna direita. Como?! Um acidente? Não, um tubarão. Você está me dizendo que um tubarão quase levou sua perna?! Faltou pouco... um bicho enorme. Quando cheguei à praia, tive uma caganeira, foi aquele vexame. Mas você ficou maluco, pai?! Quem foi o idiota que meteu na sua cabeça que você devia surfar?! Meu médico, o dr. Gregório, você não o conhece. É adepto dos esportes radicais. Eu quero que você me dê o telefone desse irresponsável... eu vou... Não se preocupe, Tereza, fiz um seguro, e se algo me acontecer... Não quero saber de seguro! Quero você vivo. Mas é necessário, Tereza, não são só os tubarões, há também as pedras, as ondas que nos enganam e quebram antes do previsto... Na semana passada morreu um companheiro... afogado. Tinha dois anos mais que eu. Eu não acredito! E vocês entram no mar, assim, sozinhos, sem um instrutor? Você está insinuando que eu não sou responsável?! Só porque cheguei aos setenta e um anos? Será que eu preciso de um tutor, de uma babá?! Não é isso, pai... Pode dizer o que sente, filha, eu sempre lhe dei a maior liberdade. Eu só quero ter certeza de que você está bem. Eu estou ótimo. O surfe é uma revelação, uma epilogação, um encerramento! Quando estou surfando, me esqueço de tudo. Há dias me deitei de bruços na prancha, fui dando braçadas em direção ao mar aberto, olhando aquele pôr do sol, e adormeci. Acho que entrei numa corrente marítima, sem perceber... quando dei pela coisa, estava tão longe que já não conseguia ver a praia. Pai! Pelo amor de Deus! E o que aconteceu?! Passei a noite em cima da prancha, tiritando de frio, com medo de ser atacado por tubarões. Fui salvo ao amanhecer, por uma lancha de guarda costeira. Fiquei dois dias em observação, no hospital. E?... Os médicos constataram que eu era o maior mentiroso do mundo. Você está me gozando! Inventou essa história do surfe. É tudo mentira, não é?! Claro, bobinha. Você acha que eu ia me dar ao trabalho de cuidar do corpo a esta altura? Você tem que cuidar, sim, mas não precisa radicalizar. Puxa, você me deu o maior susto. Foi uma desforra por todas as preocupações que você me fez passar na infância. E também uma forma de evitar o telefonema por obrigação, burocrático. Não achei nada engraçado! Pois saiba que eu me diverti muito. Esse telefonema vai custar uma fortuna. Tudo bem, pai. Foi bom te ouvir. Cuide-se, e nada de maluquices. Parabéns. Obrigado, filha. Dê um beijo em todo mundo. Tchau, pai... estou com saudade. Eu também, filha. Tchau. Deus os proteja. Tchau.

Abeliano desce do ônibus e caminha pela Avenida São João. Entra num bar, para urinar, e aproveita a oportunidade para se instruir com a literatura-mural: Se você quiser ser chupado e gozar na minha boca, me ligue... Para os bem-dotados, um cuzinho bem apertado. Telefone... Seus viados escrotos filhos da puta! Viado é quem escreveu, bichona enrustida. Atenção: Mais que três sacudidas já é punheta. Está a fim de um pau bem gostoso? Ligue para... Carlão. Que cheiro de mijo insuportável! Abeliano olha as moscas pousadas na parede. Uma está bem em cima da palavra caralho. Elas dão um tempo, curtindo aquela imundície, depois vão caminhar sobre as empadas, as coxinhas e os croquetes, no balcão. E é assim desde os tempos coloniais, desde o início da humanidade. Laura... um doce de padaria coberto de moscas. Ele acende um cigarro imaginário, dá uma boa tragada e vai até a Praça da República, onde toma o 408A-10 – Machado de Assis-Cardoso de Almeida. Rua Marquês de Itu. Laura, nua, agora sem as moscas. Decide procurá-la novamente, para lhe dizer que não pode viver sem ela. Subitamente sua mente se ilumina com uma certeza avassaladora, algo tão óbvio que ele se admira de ter levado tanto tempo a perceber. Quando telefonei para Laura, uma gravação respondeu que o número não existia. E se eu tiver discado o número errado?!

O senhor perdeu alguma coisa?, indaga a mulher sentada ao seu lado. Posso ajudar? Ela olha para o chão, perscrutando, à procura de algo que imagina ter caído. Meu coração, responde Abeliano. O senhor está sentindo algo no coração?! Não... quero dizer... acho que perdi meu coração... deve ter resvalado pelo cano das calças e caído no chão. Será que eu ouvi bem? O senhor perdeu o... coração?! Creio que sim... há um vazio aqui no meu peito.

A mulher permanece em silêncio, avaliando a situação, sem saber ao certo se ele brinca ou se é um matusquela. Entendo... o senhor deve ter sofrido alguma desilusão com uma mulher. Exato. Uma frangota, para ser mais preciso. Ela me deu seu telefone num pedaço de papel, eu disquei no dia seguinte, uma voz informou que o número não existia, e eu, desiludido... Jogou fora o papel. Será?! Não creio que tenha sido tão idiota. Acabo de me dar conta de que talvez tenha discado o número errado. É bem provável, diz ela. E há ocasiões em que o sistema fica sobrecarregado e as máquinas respondem qualquer besteira. A senhora acha mesmo que eu posso ter me enganado? Só saberemos se o senhor encontrar o papel. Diante daquele "saberemos", Abeliano sorri. Os brasileiros são fantásticos. Acabo de entrar no ônibus, e a mulher já se inclui no meu destino. Ele retira do bolso inferior, em que a maioria dos fumantes guarda o maço de cigarros, um punhado de papéis de diferentes cores e formatos. Eu tinha me esquecido completamente deste bolso... não sou fumante. Ah, estamos salvos!, exclama ele, rindo. Aqui o temos, um pouco amassado mas legível. Pega o celular e digita o número. Está descarregado, observa a mulher. O senhor deve ter se esquecido de carregá-lo durante a noite. Veja... a luzinha nem se acendeu. Merda! Me desculpe... eu sou um idiota... vivo no passado, na Antiguidade. Se quiser, pode usar o meu. A senhora permite? Claro. Pega o celular e digita. Laura?! Meu Deus, não acredito! Aqui é

Abeliano... aqui ou lá, tanto faz, sou sempre eu, Abeliano. Cobre o fone com a mão e diz à mulher: Silêncio sepulcral... seu pequeno cérebro de lagartixa deve estar buscando meu nome nos arquivos empoeirados. Sim, Abeliano. Me desculpe, eu julguei que fosse a Laura. Como vai a senhora? É a mãe dela. Fico muito feliz. Da última vez em que Laura e eu nos falamos, a senhora tinha morrido. Ela está rindo. Isso! Morrido. Eu também, acho... sua filha é muito divertida. Onde? Londres?! Até quando? Sei... está bem, eu ligo. Por favor, diga que Abeliano telefonou. Obrigado. A garota viajou para Londres e volta na próxima semana. Obrigado pelo celular. O senhor podia ter pedido o telefone dela em Londres. Pensei nisso, mas o meu aparelho é limitado. Talvez ligue do hotel... não que eu não possa falar do celular, que é moderno... quero dizer... não há impedimento de caráter técnico, e sim econômico. A conta é paga por um amigo. Bem, tenho que descer no próximo ponto, diz a mulher, levantando-se. Até a próxima. Foi um prazer, responde Abeliano. Muito obrigado. Rua Zequinha de Abreu, Rua Cardoso de Almeida. *Eu tenho uma tia que é metida nesses negócios de espiritismo, umbanda, essas coisas. Uma vez ela fez uma regressão... não sei se você já ouviu falar. A pessoa fica deitada no sofá e o psicólogo vai dizendo que ela está voltando ao passado. Minha tia foi indo, indo, chegou no útero da mãe... e aí aconteceu uma coisa incrível... de repente ela estava sentada num trono dourado, cercada de escravas, e uma delas perguntou: Dona Cleópatra, a senhora quer que eu vá passear com os cachorros? E ela respondeu: Hoje não, porque eu vou morrer. Não é de arrepiar?! Minha própria tia, uma mulher simples, dona de casa... e eu ali, vivendo com uma rainha, sem saber, pedindo pra ela passar minha roupa, me fazer um bolo de chocolate...*

Um jovem pede licença para se sentar ao lado da janela, tropeça e pisa no pé de Abeliano. Me desculpe. Tudo acontece muito rapidamente, e Abeliano se surpreende quando sua mão agarra o braço do adolescente, que acaba de lhe roubar a carteira. Você é um principiante e precisa se exercitar mais. Foi sem querer, balbucia o ladrão, atemorizado. Eu tropecei e... E sua mão entrou involuntariamente no meu bolso. Você devia estar na escola, aprendendo alguma coisa de útil. Não vou lhe perguntar as razões pelas quais você anda pelo mundo a surrupiar carteiras. Já estou cansado de ouvir a trágica história do adolescente que perdeu o pai e é obrigado a roubar para sustentar a mãe doente e os irmãos pequenos. Puxa, o senhor parece que vê as coisas... é isso mesmo... o meu pai era caminhoneiro e morreu num acidente, indo pro Rio de Janeiro... Por favor, meu jovem... Mas é verdade! Minha mãe tem um problema na coluna, tá sempre na cama, não consegue ficar em pé nem meia hora. Meus irmãos vendem balas nos faróis, um deles está tentando aprender a jogar aquelas bolinhas pra cima, só que ele é meio burro, deixa cair tudo no chão, e as pessoas não dão nada pra ele, nem uma moedinha. Eu tentei arrumar emprego de *office boy*, mas não teve jeito, cada vez que eu vou lá tem uma fila que dá a volta no quarteirão. Admitamos que você diz a verdade... ainda assim, não se justifica andar por aí batendo carteiras. Podia muito bem trabalhar como vendedor autônomo. Camelô?! Já tentei, mas acabei levando porrada de uns caras que tavam no ponto. Todo lugar onde eu chego já tem dono. Não é mole não, moço. Moço?! Eu tenho setenta e um anos e exijo respeito. Só não entrego você à polícia porque o nosso sistema de recuperação é pior do que o da perdição. Obrigado, o senhor tá certo de ficar chateado comigo, mas pode crer que eu só tentei pegar sua carteira por necessidade. Olhe, meu jovem, embora eu ache que não adiantará muito o que eu vou lhe dizer, porque os idiotas da sua idade não querem ouvir nada além daquelas besteiras que lhes parecem tão importantes, vou tentar meter na sua cabeça alguma coisa que valha a pena. Pode mandar, cara... quer dizer... senhor. *Pode mandar.* Meu Deus, parece que você é o goleiro à espera de que eu cobre um pênalti. Não vou lhe dar nenhum conselho, porque você fará ouvidos de mercador. Eu?! Não vou fazer nada disso não. Me desculpe, eu sou um *cara* muito antigo, ironiza Abeliano, e me esqueço de que a geração atual tem um vocabulário restrito. Fazer ouvidos de mercador, na linguagem paleolítica, ou seja, característica do período mais conhecido como a Idade da Pedra Lascada, significa fingir que não ouve. Sei... Quero apenas lhe contar uma pequena história, como se fosse meu neto, com cinco anos de idade, e eu estivesse a lhe dizer algo que o fizesse dormir. Posso mandar? Pode.

    A história se passa no Japão. Havia um monge chamado Ryokan. Você sabe o que é um monge? Não tenho ideia. É um religioso, mais ou menos igual aos nossos frades, só que diferente. Sei... Ryokan vivia num pequeno eremitério. Claro que você não tem a mais puta ideia do que seja um eremitério. Não... me desculpe, eu... Não peça desculpas, a culpa não é sua, e sim dos incompetentes e canalhas que nos governam. Um eremitério é o lugar onde vivem os eremitas, aqueles sujeitos solitários, religiosos, que abandonam a sociedade para viver em regiões isoladas, na floresta, no deserto. Ficam lá, fazendo penitência. E batendo punheta, acrescenta o jovem. Acho que eu sei do que o senhor tá falando... já li num gibi. Ótimo. Uma noite de lua cheia... aquela enorme lua branca... Isso eu sei, doutor, já vi muito filme de vampiro. Bem lembrado. Agora tente imaginar a lua sem os vampiros. Ryokan estava dormindo e um ladrão como você entrou no seu quarto. Poxa, doutor, não precisa me humilhar desse jeito, me chamando de ladrão. Retiro o ladrão. Digamos que o sujeito tropeçou, como você, e caiu dentro do quarto. Não havia nada lá para roubar, ou melhor, para levar, porque Ryokan era muito pobre, como todos os monges. O sujeito pegou a coberta que cobria o monge e fugiu. Mas então esse cara era um ladrão!, exclama o jovem. Enquanto você é apenas um pouco distraído e nem percebeu que sua mão estava dentro do meu bolso para se apoderar da minha carteira. A noite era muito fria, o monge acordou espirrando e a tempo de ver que o ladrão fugia com a coberta. Ryokan era poeta. Você sabe o que é um poeta? Sei... Castro Alves. Bom exemplo. Ryokan olhou pela janela e, vendo que a lua brilhava no céu, magnífica, uma lua cheia, como nos filmes de vampiros, escreveu um poema que se tornou muito conhecido. O poema diz o seguinte: "Oh! Admirável. / A lua tão bonita, luminosa, na minha janela. / Por que o ladrão não a carregou com ele?".

O jovem fica olhando para Abeliano, à espera de que este prossiga. Vejo que você não entendeu o poema. Há nesses poucos versos um grande ensinamento. O ladrão não conhecia o verdadeiro valor das coisas. Levou apenas a coberta, quando podia também ter levado a lua. Como é que ele ia levar a lua?, pergunta o jovem. Ninguém pode carregar a lua. E o monge sabia disso, prossegue Abeliano. Ele não quis dizer que o ladrão poderia ter metido a lua no bolso. Há outras maneiras de a gente pegar as coisas. Vou lhe dar um exemplo. Um fazendeiro rico é dono de terras imensas, e lá no horizonte há muitas montanhas. O homem só pensa no gado e no dinheiro que vai ganhar com ele. Jamais olha para as terras, para o horizonte ou para as montanhas. Para ele isso tudo não existe. Sei... ele só tá ligado na carne pro churrasco e na grana. Isso. Mas ele tem muitos empregados. E há um casal de namorados entre eles... gente simples... o rapaz é peão, e a moça, aprendiz de cozinheira. Uma guria gostosa, bonita, acrescenta o jovem. Muito bonita, concorda Abeliano. Um dia eles saem para dar um passeio pela fazenda, no fim da tarde. A moça olha o sol, que está sumindo atrás das montanhas, e diz: Que lindo! E o rapaz concorda: É mesmo... está tudo vermelho, amarelo... Olha só aquela montanha... parece que é toda de ouro! Então anoitece e surge no céu a lua cheia, enorme, como nos filmes de vampiro. Como a que iluminou a janela do quarto de Ryokan. Os campos e as montanhas brilham ao luar. A namorada fica olhando aquilo e diz: Agora ficou tudo prateado. Não é lindo?! É... muito, concorda o namorado. Aí os dois se beijam e rolam na grama, conclui o jovem. No que fazem muito bem, desde que usem camisinha, observa Abeliano. Mas a questão não é essa. Quem você acha que, por um momento, foi o verdadeiro dono da fazenda, das montanhas, do sol e da lua? O fazendeiro ou os namorados? O fazendeiro, responde o jovem. Porque se ele quiser ninguém vai namorar na fazenda dele, nem ver o sol, nem a lua, nem nada. Todo mundo tem que dormir cedo pra acordar de madrugada e trabalhar. Com ele não tem moleza. Tudo bem. Então vamos mudar o cenário, inverter a ordem dos fatores. Os namorados se levantam bem cedinho, antes do dia nascer. A lua ainda está lá, e a namorada diz: Que lindo, parece tudo prateado. O sol nasce, e o rapaz observa: Agora parece tudo dourado. Quem é o verdadeiro dono? O fazendeiro, insiste o jovem. Porque ele tem uns capangas terríveis, que... Puta que o pariu!, corta Abeliano. Você é mesmo um cabeçudo. Os capangas não vão estar o tempo todo no pé deles! Eu tô brincando, tirando um sarro, diz o jovem. Não sou tão burro assim, já entendi. O fazendeiro só tem grana, mas não quer saber da natureza. Os verdadeiros donos das montanhas, do sol e da lua são os namorados, que também são donos do chão, porque enquanto o velho tá dormindo, sonhando com o dinheiro, os namorados tão transando na grama. Muito bem, agora você pode entender o sentido do poema do mestre Ryokan. O ladrão era limitado, estava apenas interessado no lucro imediato, na sobrevivência. Claro que isso é importante, mas há outras coisas que você pode conquistar além da sobrevivência. Se você se limitar a bater carteiras, jamais será capaz de viver essas coisas, essas experiências. Não é só um problema de moral, de roubar ou não, de saber se o roubo por necessidade é honesto ou não. Hoje você rouba para alimentar sua família, amanhã porque ficou escravo do dinheiro. Mas eu posso roubar carteiras e depois curtir o fim do dia com a minha namorada... não o sol e as montanhas, porque os prédios não deixam... e pra ver a lua também é difícil. Se você for um ladrão, pondera Abeliano, o sol e a lua não vão caber em você. Não porque são grandes, mas porque sua alma será pequena. Entendi. Foi legal conversar com o senhor... papo bom mesmo. Agora eu tenho que descer. O jovem se levanta, mas Abeliano o impede de sair. Por favor, devolva minha carteira. Me desculpe... o senhor sabe... Sei. Sua mãe, seus irmãos... Abeliano abre a carteira e oferece quase todo o dinheiro ao jovem, que se nega a recebê-lo. Não, doutor, eu não posso aceitar... o senhor é gente fina, tentei roubar sua carteira duas vezes, tô na maior falta de moral. Tome, insiste Abeliano. Dê o dinheiro à sua mãe. Tudo isso?! E o senhor fica sem nada?! Ah, está vendo? Finalmente você compreendeu a mensagem do poema. Agora você se preocupou comigo, e isso é um sinal de que sua alma começou a crescer. Por favor, aceite o dinheiro. Obrigado, o senhor é um cara legal. Vá com Deus. E juízo! Valeu. O jovem pega o dinheiro e desce do ônibus. Puta merda!, pensa Abeliano. Eu sou mesmo um babaca sentimental.

63

Praça Charles Miller. *Lá em casa tem um coqueiro-anão que fica todo carregado de coco, bem docinho. A natureza é mãe.* Você *bebe aquela água geladinha e fica pensando: como é que pode existir gente que odeia árvore e derruba floresta?* Será que a preleção vai servir para alguma coisa?, pensa Abeliano. Ninguém bate carteira por esporte, embora, em alguns casos, isso possa ser uma vocação. O garoto pode ter me achado um babaca, um pentelho, um pé no saco. Foda-se. Cumpri com minha obrigação. *Abandonei o emprego e agora tô vendendo* lingerie, biquínis, maiôs... *Não me arrependo. Ganhava uma miséria. Como as pessoas são mesquinhas... chegadas numa escravidão. Agora não ganho nenhuma fortuna, mas pelo menos sou independente, dona do meu nariz!* A obrigação de quem sabe, de quem tem consciência, é transmiti-la aos menos favorecidos, prossegue Abeliano, argumentando consigo mesmo como se estivesse perante um juiz. Concordo. Mas agora me diga francamente: Você acha que eu sei alguma coisa? Eu não sei porra nenhuma! Dê uma olhada na minha vida... é uma merda. Você vai dizer que podia ser pior. Concordo. Tem milhões de pessoas por aí que não comem, vivem num verdadeiro chiqueiro. Não posso me queixar. Mas não aceito me comparar com os que estão em pior situação. Não quero me comparar a ninguém, porque sou único. A verdade é que eu acabei sozinho, morando num quarto de hotel graças à generosidade de um amigo. Fui professor, ensinei muito... e não sei nada. Claro que você sabe, apenas não sabe que sabe. Eu sei?! Só sabe verdadeiramente quem pratica o que sabe. Tenho a cabeça repleta de teorias. Vou lhe dar um exemplo: sei tudo sobre alimentação e vivo comendo um monte de merdas. *Olhe só este anúncio: Empresário procura pessoas que tenham contatos na América Latina, Rússia e Índia, a fim de expandir suas exportações. É a tua oportunidade. Mas eu não tenho contato nenhum nesses lugares. Como não?! Você foi amante daquela paraguaia, teu tio era do Partido Comunista, a chinesinha da pastelaria te dá o maior mole... Só falta a Índia. Onde é que anda aquele teu amigo que foi monge Hare Krishna?* Você exige muito de si mesmo, Abeliano. Olhe ao seu redor. O mundo está desabando, meu caro. Hoje, para achar um verdadeiro Homem, Diógenes teria que trocar sua lanterna por um farol antiaéreo. Está aí um bom exemplo... Diógenes, para quem a verdadeira sabedoria consistia em viver de acordo com os ditames da natureza, sem se importar com as convenções sociais, com a riqueza. E não ficou só na teoria. Andava descalço, possuía apenas uma túnica e uma capa em petição de miséria, dormia pelos cantos, diante das portas, e morava num tonel. Será que isso é viver de acordo com a natureza? Se todos fizessem como ele, o mundo regrediria à Idade da Pedra. Seja como for, Diógenes tinha lá seu encanto. Um dia o grande Platão estava rodeado de ouvintes... Naquela época não havia televisão e as palestras aconteciam em plena rua... Platão dizia que o homem era um animal de dois pés e sem penas. Devia estar zombando, porque às vezes era muito irônico. A plateia, boquiaberta, concordava. Os sujeitos olhavam para si mesmos, constatavam que tinham dois pés e nenhuma pluma, e concluíam que eram homens. Diógenes agarrou um galo que passava despreocupadamente pelo local, arrancou-lhe as penas e o atirou ao meio do círculo, dizendo: Olhe aí, minha gente, o homem de Platão! Alguns riram, outros ficaram na dúvida, porque Platão também era um sábio e um grande filósofo. Seria aquele galo depenado, com duas pernas, um ser humano? Platão foi o primeiro a rir, porque era dotado de senso de humor. Abraçou Diógenes – que aliás cheirava muito mal, porque em seu tonel não havia chuveiro, nem banheira – e, agarrando o galo, disse-lhe (a Diógenes, e não ao galo): Peçamos à proprietária daquela tasca que nos prepare este ser humano temperado com alhos e bebamos um bom caneco de vinho em homenagem aos sofistas. Riram-se e partiram, deixando perplexos os galos que os rodeavam e que dependiam de sua filosofia para compreender o mundo.

Magia negra, coisa pesada. Pegou a cueca do amante e levou pro centro numa sexta-feira. Amarrou o coitado de um jeito que agora deita e rola... põe os cornos nele, e o pobre nem reage... fica ali, babando, apaixonado. O senhor me dá licença? Pois não. Abeliano se levanta para facilitar a passagem da mulher, um tanto obesa, que se senta junto à janela. Obrigada. Não por isso. Coisa absurda o tempo em São Paulo, diz ela. Saí de casa com este casacão. Estava um frio de rachar, e agora este calor insuportável. O clima está mudando, responde Abeliano, preparando-se para lidar com os chavões de sempre. Será que é verdade o que dizem os cientistas?!, prossegue ela. Eu li numa revista que a Terra está ficando mais quente, que as camadas de gelo dos polos estão derretendo, e que o mar vai subir vários metros e acabar com o Rio de Janeiro! É a pura verdade, confirma Abeliano. Estamos no fim dos tempos. Logo agora, que eu me separei do Rolando e pensei que ia ter um pouco de paz! Rolando é o seu marido? Sim. E estão separados há muito tempo? Não é bem assim... na verdade, eu fugi. Não me diga! Fiquei sabendo que meu marido tinha uma amante em Ribeirão Preto. Foi uma amiga quem descobriu, a Belinha. Entrou num restaurante e viu os dois num canto, se beijando. Aí eu pensei: não adianta reclamar, fazer escândalo, pedir pra ele deixar a outra. A solução era cair fora, mudar de cidade. Mas não podia ficar no interior, ele ia acabar me encontrando. Então decidi viver em São Paulo, num bairro mais afastado. O problema é que eu não tinha dinheiro para alugar um apartamento ou uma casa. E seus filhos? Devem estar na escola... Não tivemos filhos. Eu precisei tirar o ovário quando era bem moça. Sinto muito. Pois é... Então eu bolei um plano. Já que ele era um sacana, eu ia conseguir o dinheiro e dar uma ferrada nele. Pelo que a senhora diz, ele merecia. Um dia ele viajou, disse que ia ficar fora quase um mês. Eu fingi que estava chateada, que era muito tempo, mas ele inventou uma desculpa, disse que a fábrica exigia mais produtividade, ele podia perder o emprego. Dois dias depois que ele viajou, eu mandei pintar uma faixa e coloquei na frente de casa: Família vende tudo. Liguei pra todas as amigas de confiança, e elas me ajudaram, trazendo compradores. Vendemos tudo num fim de semana. Eu inventei que nós íamos mudar para Portugal, porque o Rolando tinha recebido uma proposta, ia ser diretor de vendas de uma grande empresa. Só não vendi a casa porque era alugada. Minhas amigas fizeram uma vaquinha, eu peguei minhas roupas, coloquei em duas malas e vim embora pra São Paulo. A senhora tinha amigos ou parentes aqui? Ninguém. No começo foi muito difícil, aluguei um quartinho num cortiço, perto do centro da cidade, pra não gastar muito com a condução. O lugar era decadente, sujo, tinha só dois banheiros para aquele monte de gente. Muitas vezes eu pensei em desistir. Ainda bem que não podia voltar. E vejo que a senhora se saiu bem, apesar das dificuldades. Casou-se novamente? Eu?! Casar? Nem morta! Me custou um esforço enorme sair daquela situação de miséria. Não posso correr o risco de me ligar a outro pilantra, que vai querer mandar em mim. E qual é sua atividade hoje? Montei um esquema de fazer docinhos para festas. Comecei no cortiço, fiz amizade com a Zoraide, que é tão boa cozinheira quanto eu. Agora já alugamos uma casinha e damos emprego pra oito pessoas. Eu invejo sua disposição, confessa Abeliano. A senhora é uma mulher de fibra. Obrigada. Sou mesmo. Hoje eu nem me reconheço. A coisa mais difícil, pra mudar de vida, é tomar a decisão. A maioria das pessoas deseja uma coisa, uma situação, mas fica naquele lero-lero, naquela conversa... Eu digo por experiência que conversa não resolve nada. As pessoas só se mexem quando a água começa a bater no rabo, e mesmo assim tem aquelas que preferem morrer afogadas a tirar a bunda do sofá, com o perdão da palavra. Eu era assim... meio abobalhada... ficava ali, vendo aquelas besteiras na televisão... e o tempo indo embora, pra nunca mais voltar. Talvez a senhora estivesse deprimida, pondera Abeliano. Pode ser... uma vida sem graça daquelas só pode é deixar a pessoa no chão, diz ela. Mas também é verdade que hoje virou moda essa história de depressão. Deve ser uma doença da época moderna. Parece uma... uma peste... a gente olha pra direita, pra esquerda... está todo mundo deprimido, engolindo aquelas malditas bolinhas. Já reparou como as pessoas estão ficando meio gagás com vinte e poucos, trinta anos, babando na roupa?! Tem cabimento? Me dá até medo de andar na rua, de ser atropelada por um desses deprimidos. É só olhar o trânsito... as pessoas dirigem com aquele olhar de peixe morto, como se estivessem dormindo de olhos abertos. Abeliano ri. A senhora, além de tudo, é uma excelente observadora. Mas não é?! Todo dia, na televisão, a gente vê um monte de acidentes, jovens se matando como se estivessem numa guerra. Muita bebida, muita bolinha. Quando eu passo na frente de uma universidade ou de um curso qualquer, fico impressionada... tem mais estudantes nos bares em volta, enchendo a cara de cerveja, do que dentro das salas de aula. Os jovens estão sem perspectiva, observa Abeliano. O dinheiro se concentra na mão de uns poucos... E a solução então é encher a cara!, rebate ela. Eu não entendo. Todo mundo fala em crise, em falta de dinheiro, e eu trabalho cada vez mais, fazendo e vendendo meus docinhos. Agora mesmo, o senhor me vê aqui, bela e folgada, mas estou indo até a casa de uma de minhas cozinheiras, que não tem telefone e não vem trabalhar faz uma semana. Mora num lugar perigoso, e eu nem sei se ainda está viva. Tenho que descer no próximo ponto. Abeliano se levanta para deixá-la passar. Vou lhe dar meu cartão...

se quiser aparecer para comer uns docinhos... Acho que deixei em casa. Bem, fica pra outro dia. Ela desce, cheia de disposição, e Abeliano inveja sua objetividade, sua simplicidade, e aquela ausência de conflitos.

64

Rua Itambé, arborizada. Abeliano desce do ônibus e segue em direção à Avenida Angélica. Vêm-lhe à mente dois versos do poeta Roberto Piva, e ele sente uma enorme saudade da floresta, onde jamais esteve: "Gavião-preto do oeste na tempestade sagrada / Incendiando seu crânio no frenesi das açucenas". Sou um gavião-preto, pensa Abeliano. Perdido nesta selva de concreto, longe da pátria imaginária.

Sol quente. Ele toma o 667L – Terminal Capelinha (direção Campo Limpo). O ônibus sobe a Avenida Angélica. Praça Marechal Cordeiro de Farias, Avenida Rebouças. *Olha só que merda que tá esse trânsito,* diz o motorista. Os bancos são duros, o motor barulhento, o ônibus sacolejando. Motos da polícia tentam avançar no meio do trânsito, com as sirenes ligadas. Abeliano desce logo depois da Praça Portugal, uma praça ridícula, na verdade uma afronta aos descobridores do Brasil. Detesto essa porra de Avenida Rebouças!, resmunga Abeliano, seguindo pela Henrique Schaumann, para fugir do barulho. Nenhum ponto de ônibus. Calçadas quebradas, irregulares, cimento ao redor das árvores, impedindo as raízes de receberem água da chuva. Às vezes essa coisa de andar de um lado para outro me cansa. Qualquer dia eu vendo todos os meus bens, encerro minhas contas bancárias e me mudo para a Disneylândia, o único lugar habitável deste planetinha de merda. Lá não tem assalto, sequestro, pedinte. Posso fazer amizade com o Mickey, o Pato Donald, o Pluto. Quer dizer então que aquela idiota da Laura está em Londres. Deve ser uma desocupada. Maluca eu tenho certeza que é, para se envolver com um velhote bala-perdida como eu. Puta merda, que sol!

Reunindo as últimas forças, Abeliano cruza a Rua Artur de Azevedo, com a esperança de encontrar um ponto de ônibus. Drogaria Onofre, Babylândia, Posto Shell. Algumas palmeiras ao longe. Será um oásis? Banco Itaú. Gostaria de saber quem foi o idiota que programou a localização dos pontos de ônibus. Aí está a Rua Teodoro Sampaio... acho que vou pedir que chamem uma ambulância. Suando, à beira do desfalecimento, Abeliano sobe no 856R-10 – Lapa. Só há um lugar vago, ao sol. O senhor não prefere se sentar na sombra?, pergunta um rapaz, levantando-se e trocando de lugar com Abeliano. Obrigado... acho que você leu meus pensamentos. Andei um bocado debaixo do sol... obrigado mesmo... você salvou minha vida! O senhor aceita uma água?, pergunta a jovem ao lado. Está geladinha, comprei agora e ainda não abri. Puxa... quanta gentileza... obrigado, mas não posso aceitar. Por que não?! Se você a comprou foi porque estava com sede. Eu já bebi outro copo, este é para mais tarde. Por favor, aceite, o senhor deve estar precisando, insiste ela, retirando a tampa do copo de plástico. Tem certeza? Claro! Obrigado. Abeliano sorve a metade da água e solta um suspiro. Você é um anjo... eu estava à beira da desidratação. Que moça encantadora, pensa ele. Bem se vê que teve berço. O senhor se sente melhor? Estou me recuperando, obrigado... graças a você. As pessoas gentis são cada vez mais raras. Não falo da gentileza formal, de quem tem um gesto delicado apenas para cumprir com suas obrigações sociais. Ele respira fundo, sentindo que o fôlego ainda não se estabilizou totalmente. Acho melhor o senhor descansar um pouco, sugere a jovem. Tem razão. Ele procura harmonizar a energia, movimentando o abdômen para aprofundar a respiração, uma técnica de ioga que havia aprendido quando jovem.

Rua João Moura. Puro Pão de Ouro. Aos poucos sente que as forças lhe voltam. Cemitério do Redentor. Devemos evitá-lo, na medida do possível. Prédios grafitados, emporcalhados. O senhor está bem?, pergunta a jovem. Sinto-me um pouco melhor, obrigado. Eu dizia que as pessoas em geral são gentis apenas com a finalidade de cumprir com suas obrigações sociais. Mas raramente encontramos aquela gentileza que decorre da solidariedade, de uma necessidade genuína do coração. E foi isso que me comoveu no seu gesto. Hoje vivemos no Reino da Casca Grossa, caldo de cultura ideal para egoístas, medíocres, arrivistas, provocadores e baderneiros. Mas isso não é novidade, já se encontra em Nietzsche, no *Zaratustra*: "A vida é uma fonte de alegria. Contudo, seja onde for que a canalha vá beber, tornam-se envenenadas todas as fontes". E olhe que Nietzsche escreveu isso em 1883. Hoje a canalha é ainda mais numerosa. Bem antes que Nietzsche, Platão, na *República*, aborda o mesmo problema, ao analisar as diferentes formas de estado. Presumo que você conheça essas obras. Li qualquer coisa, no colégio, mas já não me lembro de nada. E quais foram seus estudos? Sou formada em arquitetura. Compreendo... Mas voltemos a Platão. Sócrates conversa com Adimanto a respeito do estado democrático, no qual todas as pessoas são livres, fazendo o que lhes apetecer, escolhendo o gênero de vida que lhes aprouver. Refere-se à cidade governada pelo povo como uma espécie de feira de amostras, em que as pessoas podem escolher o governo que desejarem. Adimanto lembra a brandura com que ali são tratados os criminosos. Sócrates concorda. Ali, os réus condenados à morte ou ao exílio passeiam pela cidade como se fossem heróis e invisíveis. Nada têm a temer dessa forma de governo suave, sob a qual impera a igualdade entre os mais desiguais. Contudo, o estado popular acaba por se ver arruinado pelo excesso de liberdade, que prepara o caminho para a implantação da tirania. O espírito da desordem penetra no interior das famílias e contagia até mesmo os animais. As cadelinhas vivem ali em igualdade absoluta com suas donas. Os jumentos e os cavalos, acostumados a andar pelas ruas com altivez, atropelam quem não lhes deixar o caminho livre. Não é uma delícia?! Não lhe parece que Platão está descrevendo o que vivemos hoje? É verdade... A maneira como os animais de estimação são tratados..., diz a jovem. Agora inventaram uma bolsa de pano, que as mulheres dependuram no pescoço para carregar aqueles cães pequeninos, apoiados sobre os seios. Há inúmeros outros detalhes nessa obra que nos parecem atuais. Sócrates descreve a desconfiança e a irritação dos cidadãos, os quais, por receio de que a autoridade se torne despótica, já não fazem caso das leis, escritas ou não escritas. Os jovens, escudados na excessiva liberdade, entregam-se à insolência, à libertinagem, à desfaçatez e à desordem. Chamam à desordem liberdade; à insolência, civilidade; ao despudor, coragem. Não é incrível que Platão tenha escrito isso há dois mil e trezentos anos?! Se ele vivesse hoje, ficaria surpreso, concorda a jovem. Talvez se achasse um profeta. Na verdade, já estava tudo lá, observa Abeliano. Não se esqueça de que nós viemos da Grécia, de Roma... Você disse que se formou em arquitetura. Isso... há três anos. Passei um tempo em Paris e agora estou fazendo um estágio no escritório de um grande arquiteto... Roberto Loeb, não sei se o senhor conhece. Não pessoalmente, mas conheço seu trabalho. Você está em boas mãos. Além de excelente profissional, ele é uma pessoa de qualidade, interessado em projetos sociais e na urbanização desta metrópole tão caótica. Quanto a Paris, não quero nem falar sobre o óbvio, sobre todas as maravilhas que você deve ter encontrado a cada passo. Peça ao Roberto Loeb que lhe mostre o *Dicionário de arquitetura medieval*, de Viollet-le-Duc. Você lê em francês?! Leio. Essa obra extraordinária mostra a evolução da arquitetura francesa na Idade Média. Todo arquiteto deveria conhecê-la, porque ao analisar os monumentos do passado, o autor busca a *razão de ser* de cada elemento do edifício. A arquitetura moderna dá uma atenção excessiva à aparência, ao passo que o gótico resulta da estrutura, da participação de cada elemento no conjunto da obra. Le-Duc achava que a arquitetura de seu tempo não tinha alma, e sem alma nenhuma obra de arte pode ser considerada respeitável. Como você vê, temos muito a aprender com ele. Agora eu preciso descer. Obrigada por me falar sobre o arquiteto francês. Foi um prazer conhecer uma jovem tão... gótica, encantadora não só na aparência mas também na estrutura, na alma. Obrigada, o senhor também tem uma alma gótica. Você quer dizer antiga, contesta ele, rindo. Às vezes me vejo como algo anterior ao gótico. Não diga isso, o senhor está ótimo. Bem, foi um prazer mesmo. Até mais... Adeus, responde Abeliano, com a certeza de que não haverá uma próxima vez.

A jovem se vai, e ele fica ruminando algumas ideias sobre a passagem do tempo, o desencontro. *Tem caçamba pra todo lado, cheia de entulho. Parece até que estão demolindo a cidade. Vamos acabar soterrados no lixo.* Esqueci de lhe dizer que Viollet-le-Duc, aos trinta anos, ganhou o concurso para a restauração da Notre-Dame de Paris, um trabalho que durou vinte anos. Rua Professor Alfonso Bovero. Jogue *Counter-Strike* na sua casa. Que porra é essa? Rua Cotoxó, onde Mário Gruber, um dos maiores pintores brasileiros de todos os tempos, um precursor do realismo fantástico, manteve um ateliê. Abeliano teve a honra de conhecê-lo pessoalmente e constatar como Gruber domina as técnicas dos pintores renascentistas, cujos materiais reproduz, com a paciência e a tenacidade de um alquimista. Dentro de algumas décadas, quando o tempo tiver varrido da cena artística todos os embusteiros e arrivistas, Gruber será reverenciado como um grande mestre.

Rua Tavares Bastos. Faixas, cartazes, poluição visual. Rua Diana, a caçadora, filha de Júpiter e de Latona, irmã de Apolo. Rua Turiassu. *Deve ter alguma coisa errada na tua casa, Sandra. Não é possível! Eu sei porque já aconteceu comigo. Nada dava certo. Aí a Belinha me apresentou aquela mulher do feng shui. Você pode não acreditar, menina, ela só mudou a cama de lugar, disse que havia um bloqueio de energia. Foi um milagre! O Nelson, que tinha virado um bola murcha que não olhava mais pra mim, começou a me querer toda noite... duas, três vezes. Fiquei tão esgotada que até pensei em recolocar a cama onde ela estava antes.* Toca o celular. Alô. Oi, Theo... não, estou no ônibus, indo para a Lapa... Nada, não tenho o que fazer na Lapa, só estou matando o tempo... Uma hora, talvez... Sei. Tudo bem. Antes de ir para o hotel dou uma passada na loja. Tchau. Rua dos Inconfidentes. Prédios grafitados, aqueles mesmos arabescos sem sentido, emporcalhando tudo, vulgar falta de criatividade. Rua Roma, já na decadência, a Roma de Teodósio. Irritado com a dureza dos bancos e o ruído, Abeliano desce do ônibus e caminha até a Rua Catão, o censor. Considerado por seus contemporâneos um sujeito chatíssimo, por tentar reprimir o luxo que, a seu ver, estava corrompendo Roma. Cansado, Abeliano toma o 748F-10 – Itaim Bibi. Os bancos são duros, de plástico cinza. Novamente a Rua Roma. Igreja Presbiteriana da Lapa. Praça Nicola Festa. Rua Cerro Corá. Letícia – Arte e talento. Outra padaria. O que seria da imigração portuguesa sem o amor dos brasileiros aos pães?, pensa Abeliano.

O que seria dos brasileiros sem a dedicação dos portugueses às padarias? *Passei duas semanas comendo só frutas. No último dia tive uma diarreia que parecia o dilúvio universal. Quase morri. Fui parar numa clínica e perdi oito quilos. Não conseguia comer nem uma folha de alface.* Abelhas zunindo em meus ouvidos... Valei-me, São Viollet-le-Duc, com vosso silêncio medieval.

65

Abeliano se lembra de Antenor, o funcionário dos Correios e campeão sexual. Onde será que eu meti a porra do cartão que ele me deu?! Deve estar no bolso destinado aos maços de cigarro que o senhor não fuma, lembra o atento leitor. É bem possível, obrigado. Abeliano pega o pequeno volume de papéis e cartões. Aqui está. Liga. Alô... Por favor, quero falar com o senhor Antenor. Não?! Aí não é o Unidos no Desencanto? Padaria... sei... desculpe. Mas o que será que está acontecendo comigo, com o meu cérebro?! Devo ter discado o número errado. Se eu fosse um caçador, certamente já teria acertado algum companheiro por engano. Disca novamente. Alô... Por favor, quero falar com o senhor Antenor... Abeliano... diga que é a pessoa que ele conheceu no ônibus e com quem conversou sobre a ruiva dos orgasmos múltiplos. Órgãos não! Orgasmos! Morreu?! Quando? Há meia hora?! Mas o que foi que aconteceu? Sei... Coitado. Coitado não, teve uma boa morte afinal, não é qualquer um que pode se dar ao luxo de morrer nos braços de uma loira. O senhor pode me dizer onde será o velório? Sei... Eu tenho o endereço. Sei... no próprio clube. Irei sim, à noite. Obrigado. Desliga. Acho que foi um aviso... o sujeito morreu há meia hora e veio soprar no meu ouvido a ideia de telefonar. Morreu trepando. Infarto fulminante. Esqueci-me de perguntar se ele chegou a ter um orgasmo. Parece um detalhe, mas é importante. Se morreu antes, chegou ao outro lado ansioso, insatisfeito. Pode ficar vagando por aí feito navio fantasma, gritando em meio à bruma: Meu reino por um orgasmo! Não seja irônico. O sujeito morreu, não era seu amigo, mas lhe proporcionou alguns momentos de diversão. Que morte horrível, constrangedora... ser motivo de riso... ausência de solenidade. Mas quem é que precisa de solenidade para morrer?! Um cardeal, talvez. Porra, Abeliano, acho que você levou muito a sério o papel. Avenida Brasil. *Ele fica em casa, queimando incenso e lendo livros de autoajuda. Ontem eu me enchi e disse pra ele: Cai na real e vai procurar um emprego, pombas!* Abeliano fica pensando em Antenor, uma criatura cheia de vida, de humor. Seu espírito deve ter se sentado na beira da cama e rido um bocado. Não posso me esquecer de perguntar aos amigos se ele teve o orgasmo, fundamental para sua paz de espírito.

O senhor me desculpe, mas não pude deixar de ouvir seu telefonema, diz um homem que está em pé ao lado de Abeliano. Meus sentimentos. O senhor quer se sentar? Obrigado, eu ia descer, mas resolvi continuar até o centro, para ver minha filha. O homem ocupa o lugar ao lado de Abeliano. O senhor talvez queira enviar flores ao local do velório. Ainda não pensei nisso. Se precisar, eu tenho uma floricultura, e as coroas estão em promoção, a preços bem razoáveis. O senhor mora no centro? Sim, num hotel. Minha floricultura está em Santa Cecília. Podemos entregar a encomenda no seu hotel ou no lugar onde se realiza o velório, mediante uma pequena taxa. Obrigado... se eu decidir... Pelo que eu entendi, o senhor perdeu um amigo. Não era propriamente um amigo, mas uma pessoa querida, que eu conheci superficialmente mas a quem, de certa forma, me apeguei... um homem jovial, pleno de vitalidade. E era jovem? Não, quase da minha idade, setenta anos ou pouco menos. Isso talvez tenha influído nos meus sentimentos. Como proprietário de floricultura eu tenho contato permanente com parentes de falecidos e ouço suas conversas. As pessoas estão endurecendo. Hoje há muita indiferença e insensibilidade, principalmente nas grandes cidades. Seu trabalho deve ser muito interessante, diz Abeliano. Bem, se eu me limitasse a ficar na loja, certamente já teria morrido de tédio. Meus filhos cuidam do negócio, e agora eu me dedico a estudar o universo das flores. Compreendo, o senhor optou por uma aposentadoria primaveril. Isso. E não me arrependo. A maioria das pessoas se interessa apenas superficialmente pelas flores. Seja como for, o senhor certamente envia flores a alguém uma vez ou outra. No passado, sim, mas agora, infelizmente, meus recursos não dão para esse luxo. Talvez não lhe tenha ocorrido que no ato de enviar flores a alguém há uma conotação sexual. Sim... apenas no que se refere aos antúrios, em cujo centro há algo parecido com um pequeno pênis ereto. O homem ri. Não apenas os antúrios... as flores contêm os órgãos reprodutores das plantas. É como se enviássemos pênis e vaginas às pessoas e elas os exibissem nos vasos, observa Abeliano. Isso. Lá estão o androceu, formado pelos estames que suportam a antera, o órgão masculino que contém o pólen, e o gineceu, que reúne os órgãos femininos. Mas é claro que eu estou brincando ao me referir à conotação sexual. Embora muita gente envie flores com a intenção de, mais adiante, chegar à interação sexual, observa Abeliano, rindo. Não há dúvida. No passado a linguagem das flores era de conhecimento geral. O envio de flores estava ligado a uma determinada intenção. A rosa, por exemplo... quando vermelha, significava amor ardente ou elogiava a beleza de quem a recebia. Quando branca, o amor triste, desconsolado, sem esperança. Cor de chá, um galanteio.

Cor-de-rosa, um juramento de amor. Só um idiota enviaria um buquê de rosas cor de chá à esposa de um amigo, a menos que estivesse mal-intencionado, observa Abeliano. Exatamente. E muito menos jasmins, que indicam volúpia, desejo, amor ardente. Se os jasmins forem brancos, espero que a partir deste momento você comece a me amar. Amarelos, quero ser todo seu. O gerânio representa o amor poético. Perfeitamente tolerável pelos maridos ciumentos, diz Abeliano. Nem sempre. A violeta, o amor oculto. Quem se interessa hoje por essas coisas? O sujeito é capaz de aparecer num aniversário levando um buquê de cinerárias azuis, que denotam dor no coração. Na cor branca, rajada, pior ainda, pois são um sinal de luto cruel. Ambos riem. Já estamos na Rua Augusta. Lembrei-me de que tenho um problema a resolver com um cliente aqui perto. O senhor me desculpe... o papo está agradável, mas tenho que descer. Até mais. Foi um prazer, diz Abeliano. O senhor tem um cartão? Ah! Ainda bem que o senhor lembrou, aqui está. Obrigado. Talvez mande um buquê de cinerárias azuis. Perfeito! Vejo que o senhor aprendeu. Adeus! Até a próxima.

Abeliano liga para Theobaldo. Alô... Theo?!... Não, eu ainda vou demorar um pouco. Escute, você precisa passar um terno escuro. Hoje à noite nós temos um velório... Eu disse velório! Você precisa ir ao médico para retirar a cera do ouvido... Um amigo íntimo. Estava metido entre as pernas de uma loira e sofreu um infarto... Como não pode?! Você nunca teve nada para fazer à noite. E um velório é sempre uma coisa animada, servem uns canapés, contam-se algumas piadas... Claro que você tem a ver com isso! Se o defunto era meu amigo, indiretamente era seu amigo também. Onde é que fica a solidariedade?! Quando você morrer, o que não tardará, se continuar resmungando o tempo todo, gostará de ver muita gente no velório... Que compromisso? Desmarque. Os defuntos têm prioridade. Ouvi dizer que o velório estará repleto de mulheres maravilhosas, porque o falecido apreciava o produto e deixou uma dúzia de viúvas em potencial... Antenor... É... Você não conheceu, um grande sujeito. Arranje uma gravata mais discreta, as suas parecem um delírio fauvista... Peça a alguém, o ambiente é repleto de solenidade, família tradicional paulista. O falecido era barão... Ora, você não tem que conhecer todos os meus amigos, Theo. Deixe de ser invasivo... Claro que eu tive um amigo barão. Nunca mencionei porque as pessoas têm que manter alguma parcela de sua vida em segredo... À noite, mas eu passo um pouco antes para fazer uma vistoria na sua indumentária e para saber porque você me telefonou tão aflito... Agora não, estou no ônibus... Tragédia?! Não, não quero saber, não tenho a menor curiosidade. Foi com alguém da família? Com algum amigo?... No Miss Daisy?!... Não sobrou nada?! Também, com todo aquele material inflamável! Espero que não tenha morrido ninguém... Felizmente. As meninas devem estar inconsoláveis... Tudo bem, você não teve sorte, pois escolheu logo um travesti, mas eu continuo a achar que as outras são do sexo feminino. Não vejo mal nenhum em chamá-las de meninas, mesmo que todas fossem travestis! Afinal, sempre nos trataram com a maior delicadeza. Olhe, Theo, eu vou desligar... Que mania você tem de transformar um simples telefonema numa conferência da ONU! Tchau. E não se esqueça de passar o terno.

66

Theobaldo está acabrunhado, como se tivesse perdido um ente querido. Você já pensou, Abeliano? Aquilo deve ter sido horrível, o investimento de tantos anos! Petúnia me ligou aos prantos... o fogo consumiu os passaportes e milhares de euros que elas haviam guardado numa caixa de madeira. Quem foi o idiota que teve a ideia de guardar o dinheiro numa caixa de madeira?!, exclama Abeliano. Eu. Você?! Petúnia me disse que todas estavam com medo de guardar os euros em casa, porque duas delas tinham sido assaltadas. Também não queriam depositar no banco, porque a maior parte era dinheiro não declarado. O salão era seguro, tinha um guarda-noturno de confiança. E onde estava ele quando irrompeu o incêndio?! Comendo aquela japonesinha maravilhosa. Como é mesmo o nome? Iaco!, grita Abeliano, estupefato. Isso. Você está brincando! Tem certeza de que era Iaco?! Plena. O camarada estava comendo a japonesa no banheiro do fundo, e quando eles deram pela coisa, Inês já era morta. Abramos um parêntese para os leitores menos versados na história de Portugal, sugere Abeliano. Theobaldo não se refere, aqui, a alguma Inês desconhecida, uma cliente ou faxineira que tivesse morrido no sinistro, e sim a Inês de Castro, mulher formosíssima, descendente de nobres, levada a Portugal pela infanta dona Constança, que se casou com o príncipe dom Pedro, filho de dom Afonso IV. É a essa formosa dama que se refere Camões no Canto III dos *Lusíadas*: "Estavas, linda Inês, posta em sossego, / De teus anos colhendo doce fruto".

Não posso me conformar com a visão do guarda-noturno comendo aquela japonesinha maravilhosa, que esteve ao meu alcance. Mas você mesmo disse que ela era um travesti!, lembra Theobaldo. E se não for?! Há sempre essa possibilidade. Uma criatura tão meiga, tão delicada, conspurcada por um brutamontes num banheiro sórdido! Abeliano fita um horizonte imaginário. E agora, o que será feito das meninas depois dessa tragédia, sem passaporte nem dinheiro?! Adeus, viagem para a Alemanha. Não imaginei que a notícia fosse abalar você dessa maneira, diz Theobaldo. Logo hoje que você perdeu um amigo. Pois é... e você tem que se apressar, porque não quero voltar muito tarde. Ainda temos muito tempo, você disse que o velório é à noite. Eu sei, mas até que você se decida a passar o terno e arranjar a gravata... Escute, Abeliano... você promete que não vai se zangar comigo? Por que eu me zangaria com você? Aconteceu alguma coisa?! Não, mas você pensou que aconteceu. Diga logo, Theo. Que mania... você às vezes parece um torturador da Inquisição! Bem, como você me sacaneia o tempo todo, hoje eu tive uma ideia que me pareceu divertida, mas agora estou arrependido. Você jura que me perdoa? Porra, você está parecendo minha namorada. Perdoo, pronto! Eu inventei essa história do incêndio. Inventou?! Não aconteceu nada... que eu saiba. Quer dizer então que o guarda-noturno não comeu a japonesinha no banheiro?! Sei lá, não posso colocar minha mão no fogo... talvez ele tenha feito isso num outro momento, mas não no incêndio... que não houve. Puta merda, Theo. Que ideia mais maluca! Fiquei imaginando aquilo tudo em chamas, a gritaria das meninas, as perucas derretendo... e a japonesinha... Tomara que aconteça com você o que eu passei com a Petúnia! Não seja ridículo, qualquer idiota teria percebido que a Petúnia é um homem. Chega!, grita Theobaldo. Não quero mais tocar nesse assunto. Chega de incêndio, de peruca, de japonesa. Você parece uma galinha histérica, Theo. Primeiro inventa a história e depois entra em pânico. Bem, eu vou até o hotel descansar um pouco. Pego você às sete. Muito cedo, Abeliano. Tenho que fechar a loja, tomar um banho, passar o terno. Às oito. Tudo bem. Tchau.

67

Depois de esperar mais de meia hora diante da loja, Theobaldo já está impaciente e decide ir embora. Abeliano caminha calmamente em sua direção e abre os braços teatralmente. Mil perdões! Adormeci depois do banho e sonhei que estávamos no alto da Torre de Babel, num baile de máscaras. Francamente, Abeliano, são mais de oito e meia, e você dançando na Babilônia?! O que é que o morto vai pensar? Como você está elegante!, zomba Abeliano. O terno ficou meio apertado, mas se você desabotoar o paletó... assim... Não uso isto há anos. Me sinto meio ridículo. Engordei um pouco. Você gostou da gravata? Perfeita... sóbria, elegante. Pedi emprestada ao dr. Santos. Ele tem dezenas lá na loja, vive trocando de gravata. Deve estar descontente com o tamanho do próprio órgão sexual, diz Abeliano. Pode reparar que ele só usa gravatas bem compridas. Puxa, como você é observador, Abeliano. Sabe... uma vez eu estava procurando uma caixinha de miçangas, acocorado no meio das roupas, e escutei uma conversa entre a Rodoalva e a Denildes. A Rodoalva tinha saído com o dr. Santos na noite anterior, e acabaram indo a um motel. E ela revelou à Denildes que o dr. Santos tem um pênis de dimensões quase ridículas. A Rodoalva é uma idiota, sempre valorizou mais a quantidade que a qualidade, conclui Abeliano. Você fica aí de conversa, e daqui a pouco são nove horas! Eu?! Mas foi você quem... Temos que pegar o 7272-10 – Mercado da Lapa-Praça Ramos de Azevedo. O clube fica na Lapa. Mas são quase nove horas, Abeliano! Não podemos andar por aí correndo o risco de ser assaltados, sequestrados... Porra, Theobaldo, parece até que eu estou lhe propondo que atravessemos o deserto do Saara. Seria menos perigoso! Mas são apenas alguns quarteirões, Theo! E há policiais por toda parte. Como é que eu posso confiar na polícia se ela está sendo atacada pelos bandidos?!

Além do mais, eles estão sempre distraídos, conversando. Os bandidos? Não, Abeliano. Os policiais. Ah, pensei que você tivesse se referido aos criminosos, que vivem falando aos celulares, dentro dos presídios. Mas como é que nós vamos voltar, Abeliano? Vamos chegar lá por volta das dez horas... Isso é uma loucura. A Lapa fica do outro lado do mundo! Você é tão cagão que se tornou um amigo de alto risco. Sua mente fica bipando permanentemente... me assaltem... me assaltem... por favor, me assaltem! Quer saber?! Eu desisto. Não quero mais saber de velório, o Antenor que se dane, podia ter morrido numa hora mais confortável, de maneira a nos proporcionar um velório diurno! Tudo bem, Abeliano, eu vou. Não teria sentido você faltar ao velório do barão só porque eu sou um covarde. Se nos acontecer alguma coisa, você ficará com a minha morte na consciência. Vamos nessa.

Durante a curta caminhada até o ponto de ônibus, Theobaldo olha para os lados, com a mão direita enfiada no paletó, como se empunhasse uma arma. Sabe o que pode acontecer se algum marginal se aproximar de nós?, pergunta Abeliano. Vai pensar que você está armado e lhe aplicar dois ou três balaços no peito. Vira essa boca pra lá, Abeliano! Eu já fiz isso muitas vezes e sempre me dei bem. Uma arma impõe respeito. Nós estamos falando de uma arma imaginária! Eu devia ter ido a esse velório sozinho. Não há ninguém no ponto, e o ônibus demora um pouco a chegar. Eu vigio este lado e você aquele, sugere Theobaldo. Não, eu olho para os lados e para a frente, você para trás e para cima, diz Abeliano. Para cima?! É, quem sabe algum terrorista não esteja planejando nos sequestrar de helicóptero?! Você não leva nada a sério, Abeliano. Os jornais estão repletos de notícias sobre a violência, e você fica me ironizando como se eu fosse um maluco, um mitômano. Para ser maluco é necessário talento, rebate Abeliano, que ao ouvir um ruído leva a mão para dentro do paletó. Está vendo?! Esse pavor, que você carrega como uma cruz, é contagioso. Foi um barulho esquisito, Abeliano, um guincho, um rugido... Claro! Esta cidade tem milhões de ratos, mais de uma dezena por habitante, rebate Abeliano, sondando os vãos das portas. Sabe qual é o problema? É a nossa idade. O cagaço é uma doença típica da velhice. Lá vem o ônibus. Nossa, que alívio! Sobem. O ônibus está quase vazio.

Antes que eu me esqueça, Abeliano, quero que você me esclareça uma coisa. Você disse que seu amigo, o morto, era conde... me fez colocar terno e gravata... mas nós estamos indo para um clube. E daí?! Há algo que impeça que um conde seja velado num clube? Não sei... há qualquer coisa estranha nessa história. Você não acha que um verdadeiro conde, se tivesse a ideia maluca de ser velado num clube, teria escolhido um ambiente mais refinado, como o Tênis Clube ou a Hebraica? Meu amigo não jogava tênis. Era um homem simples, amante dos esportes populares. E, por outro lado, você parece não ter a mínima ideia do que signifique esse título nobiliárquico. *Conde*, em sua origem, designava um dignitário ou comandante militar do Império Romano do Oriente. No início da Idade Média, o termo se aplicava a funcionários civis ou militares encarregados das subdivisões provinciais, ou cidades. O título só se tornou hereditário bem mais tarde, entre os séculos VII e XIX, durante a dinastia de Carlos Magno, rei dos francos e imperador do Ocidente. Estamos falando, portanto, de algo que diz respeito especificamente à civilização ocidental. Considerando-se que os judeus e sua cultura não pertencem à referida civilização, uma vez que sempre foram por ela discriminados e perseguidos, poderia o senhor esclarecer o que levaria um conde a desejar ser velado na Hebraica, um clube da comunidade judaica?! Sei lá, foi só uma ideia. Segundo o seu raciocínio, ele poderia ter escolhido o Sírio-Libanês, ou... Tudo bem, Abeliano: ponto para você. O motorista dá a partida, o ônibus treme e Theobaldo faz o sinal da cruz, desejando uma boa viagem. Espero, diz ele, que você tenha a plena consciência de que, a partir de agora, estamos nos lançando no desconhecido. Eu não saberia mais viver sem você, Theo... a vida não teria a menor graça. Como assim?! Você transforma uma simples viagem de ônibus à Lapa numa aventura, como se fosse Bartolomeu Dias a navegar rumo ao cabo por ele batizado como Tormentoso. Admitamos que eu seja covarde e não apenas previdente. Você lucra alguma coisa ao tornar isso evidente a cada momento?! Eu apenas constato, quem torna evidente é você.

Três homens entram no ônibus. Um japonês, idoso, um branco e um mulato. Passam por Abeliano e Theobaldo e, sem que eles percebam, mostram uma arma ao cobrador e lhe pedem a féria. O mulato vai até o motorista e lhe segreda qualquer coisa, recebendo como resposta um menear de cabeça afirmativo. O japonês se coloca diante de Theobaldo e Abeliano, com um ar amigável. O branco se inclina em direção a Theobaldo, que lhe sente o hálito impregnado de cachaça. Os vovôs estão indo à missa?! Não, vamos a um velório, responde Theobaldo, procurando aparentar calma. Se não passarem toda a grana, o velório vai ser o de vocês, ameaça o mulato, rindo. Theobaldo sente que está prestes a urinar nas calças. Num ato de desespero, olha para o japonês e diz: *"Tawamure ni haha wo seoite / Sono amari karoki ni nakite / Sampo ayumazu"*. Que porra é essa?!, diz o mulato, enquanto o branco encosta a arma na cabeça de Theobaldo. Cara a boca!, intima o japonês. Respeito! E sorrindo responde: *"Hito ga mina / onaji hoga kuni muite yuku. / Sore wo yoko yori miteru kokoro"*. Inclina-se respeitosamente numa reverência, com as mãos unidas diante do rosto, e faz um sinal aos cúmplices para que se retirem. Ordena ao motorista que pare o ônibus, e os três descem, desaparecendo no vazio da noite.

Puta que pariu!, exclama Abeliano. Acabo de presenciar um milagre: Theobaldo na cova dos leões! Você pode me explicar o que aconteceu?! Fomos salvos pelos *tankas*, Abeliano. Que *tankas*?! De Takuboku Ishikawa. Aquele japonês deve ser um erudito. Ele me pareceu mais um assaltante. Pois é, um assaltante erudito, que assalta por necessidade. O que foi que você disse a ele? Eu disse: "A brincar, levei minha mãe nas costas / mas não consegui sequer dar três passos, / chorando por sentir sua leveza". E ele respondeu: "Seguimos todos na mesma direção. / E meu coração, posto de lado / apenas observa". Você percebeu a sutileza?! Eu lhe falei da mãe, que nos inspira respeito e a quem não devemos decepcionar, tornando-nos ladrões ou assassinos. E ele me respondeu dizendo que todos nós estamos no mesmo barco, seguimos na mesma direção. E que ele próprio, ou seja, seu verdadeiro Eu, simbolizado pelo coração, embora estivesse participando do assalto, na verdade não se encontrava ali. Distanciado da ação criminosa, praticada certamente por necessidade, ele apenas observava. Foi um momento zen, Abeliano! Confesso-lhe que estou estarrecido. Você sabe qual é a possibilidade de isso tornar a acontecer, na história da humanidade? Nenhuma. Se eu não tivesse presenciado, não acreditaria. Nunca imaginei que você pudesse ter estudado japonês. Eu?! Quem me dera! Gostei tanto dos *tankas* de Ishikawa que não li mais nada além da porra daquele livro durante mais de um ano, até decorar todos os poemas. Você sabe como eu sou obsessivo. Lia e relia os *tankas* em casa, na loja, quando ia ao banheiro. Mas se você me perguntar o significado de uma daquelas palavras, isoladamente, não saberei dizer. Isso é ainda mais admirável do que se você tivesse estudado o idioma, diz Abeliano. E denota um certo grau de loucura. O momento foi tão intenso que o samurai não proferiu uma única palavra além dos versos. Porque não havia mais nada a acrescentar. Foi um encontro mágico, perfeito. E eu poderia jurar que depois disso o homem abandonará a delinquência. Vocês hoje ganharam na Mega-Sena. Os putos levaram a grana?!, pergunta o motorista ao cobrador. Rapaz, vou te contar... eu não entendi nada! Os caras mostraram a arma, pediram a grana, depois ficaram de conversa aí com o tio, falando só coisa esquisita, e se mandaram sem levar o dinheiro. Vai ver o tiozinho aí é gente poderosa e falou alguma coisa pra eles que eles se assustaram e deram no pé, conclui o motorista. Chegam ao ponto final, e Abeliano mostra o cartão de Antenor ao motorista. É só atravessar aquele viaduto e andar duas ou três quadras. Obrigado.

68

Não há nenhum táxi nas imediações do ponto. E agora, Abeliano?! Acho melhor a gente voltar neste ônibus mesmo. Não dá, tio, diz o motorista. Nós vamos recolher. Recolher?! E o próximo ônibus?! A esta hora, vai demorar uns quarenta ou cinquenta minutos. Vamos a pé, decide Abeliano. Você enlouqueceu?! Não tem vivalma nas ruas, no viaduto... Você se lembra da Redodendra, a prima da Etelvides?! Ela foi estuprada embaixo de um viaduto. Mas nós estaremos *em cima* do viaduto! E você pode estar certo de que ninguém vai querer nos estuprar. Eu vou em frente... se você quiser esperar o ônibus... Sozinho?! Ai, meu Deus, que situação! Você sabe muito bem, Theo, que a maioria dos perigos é imaginária. Abeliano! Pelo amor de Deus, dê uma olhada nessas ruas! Me fazem lembrar "Os assassinatos da Rua Morgue". Nesse exato momento surge uma avalanche de carros, em direção ao viaduto. Mas o que é isso?!, exclama Theobaldo. Deve ter acontecido algum acidente que parou o trânsito, logo depois que a gente passou o farol, esclarece o motorista. Eu estava estranhando, porque a esta hora não era pra ficar assim deserto. Está vendo?!, ironiza Abeliano. A Rua Morgue se transformou na Quinta Avenida de Nova York. Lá vem um táxi!, grita Theobaldo, movendo os braços.

Quando entram na rua em que está localizado o clube, ouvem o som de um forró. O clube está iluminado e há algumas pessoas na rua, conversando e bebericando. Por gentileza, nós viemos ao velório do senhor Antenor, mas me parece que houve algum engano, diz Abeliano a um senhor sorridente, agarrado a uma bela mulata. Não há engano nenhum, não, é aqui mesmo. Podem ir entrando. O Antenor está lá no fundo, perto da banda. Que negócio mais esquisito!, murmura Theobaldo. Nunca vi um velório com música. Isso é muito comum em Nova Orleans, lembra Abeliano. Onde será que eles puseram o caixão? Contornam a pista de dança, em direção à banda. Puta merda!, exclama Abeliano. O que foi?! O morto está vivo! Que morto?! Antenor... olhe o sacana ali, bebendo e rindo! Onde?! Ali, de camisa vermelha. Mas que loucura é essa, Abeliano?! Eu venho até aqui, escapo de um assalto que poderia ter sido fatal, me borro de medo à espera de um táxi... um velório que não existe?! Espere, vamos esclarecer logo isso. Abeliano se aproxima de Antenor, que não o reconhece. Antenor?! Sim. Abeliano... não se lembra? Nos encontramos no ônibus... você me contou a história da ruiva e de suas façanhas sexuais. Claro! Abeliano... Que grande prazer! Pensei que você estivesse morto. Liguei para cá e me disseram... Ah, esses malucos são uns gozadores. Já me enterraram uma porção de vezes. Mas isso é um absurdo, Antenor, eu fiquei arrasado. Imagine se eu fosse um parente ou alguém mais chegado! Todo mundo já conhece essa brincadeira. Na última sexta-feira de cada mês nós sorteamos um morto. Naquele dia, quem telefonar para o clube à procura do sorteado receberá a notícia de seu falecimento. Você se lembra... eu lhe contei que o nome do clube foi dado por um barbeiro gozador? Sim, você disse que ele tinha morrido. Pois é, foi ele quem inventou essa brincadeira. E a vida é tão irônica que ele morreu numa das vezes em que tinha sido sorteado. Nós comunicamos a todos os frequentadores do clube que o velório seria realizado aqui, de acordo com a vontade do morto, mas ninguém acreditou, por mais que repetíssemos que ele de fato havia morrido. Resultado: o velório foi um fracasso. Você veio sozinho? Não, trouxe um amigo.

Abeliano faz um sinal a Theobaldo para que se aproxime, apresenta Antenor e explica o que aconteceu. Na verdade, a brincadeira tem uma razão de ser, diz Antenor. Euclides, o barbeiro, era um homem inteligente. A maioria de nós, aqui, tem mais de setenta anos, o que torna a lembrança da morte muito próxima. O que Euclides fez foi explicitar esse sentimento. No dia do morto, há sempre muitas anedotas e brincadeiras a propósito da morte, que se torna presente, despida, no entanto, de sua morbidez. E o forró, à noite, é uma espécie de celebração, uma homenagem aos amigos que se foram e uma exaltação à vida. No início, havia um caixão de defunto, no qual ficavam as bebidas. Mas depois que Euclides morreu alguns sócios pediram para abolir esse item da brincadeira. Como eu lhe disse, o clube é exclusivamente masculino, mas apenas durante o dia. À noite, a presença das mulheres não só é permitida como incentivada. Há muitas solteironas e viúvas soltas por aí, todas liberadas. Vou mandar colocar uma mesa para vocês naquele canto. Bebam e comam à vontade, é tudo por conta da casa. Volto num instante. Olhe só, Theo, aquela mulata está despindo você com os olhos. Eu já percebi. Que mulherão, hein?! Maravilhosa. Mas se você direcionar o seu olhar um pouco mais à direita, verá que ela está acompanhada por um verdadeiro mastodonte do Oligoceno. Caraca! Seja mais discreto. O Antenor está nos indicando uma mesa. Ela continua me seguindo com os olhos, Abeliano! O que é que eu faço?! Vai lá e tira a moça pra dançar. Afinal, nós viemos aqui para um velório.

Pronto, este é um dos melhores lugares, diz Antenor. Dá para ver a orquestra, a pista de dança, e está perto do bar, do banheiro... Escute, Antenor, você disse que as moças são liberadas. Nem todas. Vamos com calma, tem muita mulher aí que é casada com sócio do clube. Vocês têm que dar um tempo, observar... pra não fazer besteira. Por exemplo, aquela moça ali, de vestido prateado. A mulata?! Isso. É minha mulher. Ah, eu não disse a você, Theo?! Quando nós estávamos entrando, alguém comentou: Você viu o vestido prateado da mulher do Antenor?! Não é um arraso?! Como não há nenhuma outra de vestido prateado, eu disse ao Theo que o vestido da tua mulher era realmente lindo. Eu invejo sua criatividade, Abeliano. Como assim?! Eu estava olhando vocês lá do bar... seu amigo ficou enlouquecido com a Izilda. Eu?!, exclama Theo, em pânico. Imagine! Eu fiquei impressionado com os braços do homem que está dançando com ela. O Eloísio... é o meu compadre... um touro. Na semana passada quebrou um bar inteiro só porque percebeu que a pinga era batizada. Antenor ri e chama a mulata, que se aproxima rapidamente. Venha cá, Izildinha, quero lhe apresentar dois amigos muito queridos, Abeliano e... Theobaldo. Ela beija ambos no rosto, e Theobaldo não consegue disfarçar seu constrangimento. Quero que você fique com eles um pouco, apresente alguns amigos e peça o que eles quiserem comer e beber. Não precisa se incomodar, diz Theobaldo. Na verdade nós estamos de passagem, ainda temos uma festa de casamento, não é, Abeliano?! Prefiro me divertir por aqui. O casamento do Tibério deve estar uma chatice.

Antenor se inclina e fala junto ao ouvido de Abeliano: Eu estava brincando... a Izilda não é minha mulher. Está sozinha, e é uma das mais liberadas aqui no bairro. E sente uma atração irresistível por velhinhos tímidos como esse seu amigo. Divirtam-se. Daqui a pouco venho conversar com vocês. E então?! O que é que vocês estão achando do clube?, pergunta Izilda. Ainda não deu para ver o espaço, mas o pessoal parece bem animado, se considerarmos que estamos num velório, responde Abeliano. E você? Não parece muito interessado. Bem, eu não vim preparado para um forró, diz Theobaldo, constrangido. Confesso que foi uma surpresa, e no início achei essa ideia um tanto maluca. Daqui a pouco vocês se sentirão completamente à vontade. Posso chamá-los de vocês, não posso? Claro!, respondem os dois. Estou com uma fome danada. Que tal a gente comer alguma coisa? Temos vários tipos de sanduíche, canapés, coxinhas, empadas, pastéis... Eu gostaria de um sanduíche de queijo, bem simples, diz Abeliano. Não sou de comer muito à noite. E você? Alguma coisa um pouco mais forte... algo que lhe dê bastante energia e ânimo para dançar a noite inteira. Dançar?! Eu? Vou trazer uma bandeja com um pouco de cada coisa. E muita cerveja. Certo?! Ótima ideia, responde Abeliano. Escura, de preferência. Para mim, uma água com gás, diz Theobaldo. A cerveja me dá sono. Se o menino ficar com soninho, pode dormir no meu colo, diz ela rindo. Comportem-se, que eu já volto.

Eu estive pensando, Abeliano. Pensando em quê?! Na mulher que deu em cima de você abertamente? Você está maluco?! Acha que eu seria capaz de abusar da confiança do conde? Que conde? O defunto, seu amigo. O Antenor é gente fina, Theo, não vai levar a mal se você for para a cama com a mulher dele.

Você sabe que essa coisa de traição, hoje, é muito relativa. Aliás, tudo ficou relativo... honestidade, honra, ética, amizade... A Izilda é uma fera, deu pra notar logo que ela pertence ao time daquelas mulheres que estiveram lá no hotel, uma devoradora de homens. Espero que a esta altura você já tenha abandonado a velha cueca samba-canção e esteja usando uma sunga. Para com isso, Abeliano! Eu estive pensando e cheguei à conclusão de que você cumpriu com sua obrigação... já deu uma olhada no defunto. São quase onze horas, e daqui a pouco não haverá mais ônibus nas ruas. Chamaremos um táxi. Seja razoável, Abeliano! Estamos na Lapa, nos confins do universo conhecido. Amanhã eu tenho que abrir a loja logo cedo, e tem uma doida, casada com um conde, que resolveu nos tratar com uma intimidade a meu ver excessiva. Tudo joga contra nós, percebe?! E embora seu amigo pareça não se importar muito com a esposa, tem um compadre que está bastante interessado nela, um sujeito poderoso, capaz de derrubar as colunas do templo. Não se preocupe com ele, Theo. Pelo visto Dalila já lhe cortou os cabelos e o leva pela coleira, como um cachorrinho domesticado. Aí vem ela... acompanhada por quem? Pelo nosso Sansão.

Olá, pessoal!, saúda o homem, apertando a mão de ambos. Sejam bem-vindos ao nosso modesto clube. Obrigado. Quem dos senhores é Abeliano? Eu. Muito prazer. Antenor me falou maravilhas a seu respeito. E o senhor é... Theobaldo. Prazer em conhecê-lo, seu Theobaldo. Nossa, quanto salamaleque!, zomba Izilda. Vamos deixar de cerimônia, Eloísio. Preferimos que nos chame de você, diz Abeliano. Tudo bem, espero que vocês gostem da comida, é feita no capricho. Não esqueci seu sanduíche de queijo, Abeliano, embora ache que isso não vai lhe dar energia nem para a primeira meia hora. Vou devolver a bandeja e já volto. Obrigado, você é muito gentil. Que pancadão de mulher, hein?!, observa Eloísio enquanto Izilda se encaminha para o bar. Quem?!, geme Theobaldo, olhando em todas as direções. A Izilda... olha só que volume, que remelexo. Aquilo é de endoidar até carregador de frigorífico! A Izilda? A própria. Vai me dizer que você não se ligou naquele avião? Eu?! Quer saber com sinceridade? Achei o vestido prateado tão espetacular que nem reparei na mulher, não é, Abeliano? É. Coisa de costureiro. Meu amigo tem um ateliê de costura e passa o dia desenhando vestidos de noiva, encomendas para festas da alta sociedade. Então você já deve ter visto muita mulher pelada!, exclama Eloísio, rindo. A maioria dessas que a gente vê na televisão, esclarece Abeliano. Talvez por isso ele tenha perdido o interesse, não é, Theo?! Broxou geral?! Bem, não é que eu não me interesse, mas a verdade é que eu já vi tanta mulher deslumbrante desfilar nua na minha frente que... com todo o respeito... essa... Isadora... Izilda! Isso... não me despertou nenhum interesse. O vestido, sim, porque foi muito bem desenhado e executado. Ela mesma cortou e costurou, informa Eloísio. Você pode convidá-la para visitar seu ateliê, Theo. Na hora em que esse mulherão tirar a roupa na sua frente, quero ver se você resiste!, provoca Eloísio. Não é bem assim... eu trabalho rodeado por vários auxiliares, e as mulheres não desfilam pra mim, apenas se despem quando necessário, durante as provas. Mas vai me dizer que você nunca arma a barraca?! Barraca?! Nosso amigo quer saber se suas calças nunca se enfunam diante da nudez. Ah, claro... algumas vezes, mas um profissional responsável como eu tem que saber lidar com esse tipo de situação sem perder a classe. O ambiente é fino, elegante. Sei. E vai me dizer que madame não sofre de tesão, que não sabe provocar um lance... Me desculpe, sem querer ofendê-lo, interfere Abeliano. Acho que você tem uma ideia um tanto vulgar do que seja um ateliê de costura. O que o Theobaldo está procurando dizer é que embora exista, sim, uma certa sensualidade no ar, isso decorre do próprio ambiente, da nudez, da beleza daquelas mulheres, que às vezes disputam entre si a atenção de nosso amigo, mas nada que se pareça com um puteiro ou com uma exposição de gado. Eloísio ri, e Theo deixa escapar um risinho constrangido. Me desculpe, Theobaldo, eu sou meio grosso, mas é que essa coisa de mulher gostosa é que nem chuva que chega de repente... quando o sujeito percebe, já está molhado. Lá vem ela, diz Eloísio. Vejam só aquele gingado! Já imaginaram aquilo tudo em cima do sujeito, num balanço de navio em mar agitado?! Me desculpem, o Antenor tá me fazendo um sinal, e eu vou ter que dar uma força lá no bar. Se precisarem de mim, é só chamar.

Pelo jeito, vocês não estão com fome, observa Izilda. Nem tocaram na comida. Se nos der um tempinho, você vai ficar surpresa com a voracidade do meu amigo, responde Abeliano. Ah, eu adoro homens vorazes!, rebate ela, colocando a mão sobre o joelho de Theobaldo. Confesso que gosto de comer. Não se faça de desentendido, ironiza Abeliano. Esta mulher encantadora se referiu a outro tipo de voracidade, que você conhece muito bem, caso contrário não teria se casado oito vezes com as mulheres mais deslumbrantes desta cidade. Oito vezes?!, exclama Izilda, apertando a coxa de Theobaldo. Prefiro não falar nisso agora, Abeliano. Sabe, Izilda, meu amigo é um costureiro famoso, vive cercado de belas mulheres de alta sociedade, atrizes, e logo que entrou no clube notou que você está usando um vestido primoroso. Verdade?! Você gostou mesmo? Fui eu que fiz. Já soubemos de seu talento pelo Eloísio. Você também é costureira? Eu?! Não, aprendi com uma tia e só costuro para mim. Pois devia aproveitar melhor esse dom, não é Theo? Claro... uma pessoa com esse talento não pode ficar escondida, tem que se lançar, acreditar em si mesma. Estou certo de que em pouco tempo seria descoberta pela imprensa especializada e... Mas eu sou apenas uma pobre operária da Lapa, trabalho numa tecelagem. Não teria a menor chance de entrar nesse mundo tão... tão... Sofisticado, completa Abeliano. Não se subestime, Izilda, você é uma mulher sofisticada. Não é, Theo? Sim... dá pra notar até o jeito como a senhora anda. Por favor, que negócio é esse de senhora?! Não seja tão formal, sussurra ela junto ao ouvido de Theobaldo, correndo suavemente a mão sobre sua coxa. Pelo amor de Deus, dona Izilda, a senhora vai me comprometer. Me dá um beijo, dá... bem molhado. Mas eu... Izilda o agarra e lhe dá um beijo de língua que o faz mergulhar nos abismos do terror. Com o canto do olho, ele vê Eloísio acenando em sua direção e tenta se livrar do potente abraço e daquela mão que lhe massageia a virilha. Estou fodido, pensa ele. Morto. O velório é o meu. Se não conseguir me livrar dessa maluca, vou ser esmagado pelos braços daquele monstro, que certamente está comendo a mulher do amigo há muito tempo. E o cínico é capaz de se fazer de Iago, entregando-me, pobre Cássio, ao furor de Otelo. Mas o que tem essa maluca em comum com a casta e injuriada Desdêmona?! Ah, meu Deus, que língua! Começo a sentir que algo se move no baixo-ventre, e esta será minha perdição quando Antenor, o mouro de Veneza, fixar em mim seus olhos injetados de sangue!

Theobaldo já está perdendo o fôlego, com aquela serpente linguística sambando em sua boca, verdadeira prospecção sexual, quando Antenor se aproxima. Suas forças são insuficientes para libertá-lo do amplexo fatal, e ele entra a gemer e a estrebuchar, até que Izilda, emergindo daquele mergulho erótico, abandona a presa e se estira na cadeira, com os olhos transtornados pelo desejo. Você é um tesão, tá sabendo?!, geme, preparando-se para um novo bote. Teu marido..., murmura Theobaldo, enrubescido. E então?!, brada Antenor, rindo. Tudo nos conformes? Tá cuidando bem dos meus amigos? Pode deixar comigo, Antenor, responde Izilda, com uma tranquilidade que denota um cinismo crônico, irremediável. Acabei de dar um trato aqui no Theobaldo. Trato?! É, ele estava sentindo uma dor no pescoço, e eu fiz uma massagem. Uma dor... aqui, murmura Theobaldo. Virei o pescoço de repente e torci o nervo. Fiquei com o pescoço duro. Só o pescoço?, ironiza Abeliano, que acaba de voltar do banheiro. Pegou um pouco do ombro também, responde Theobaldo, olhando fixamente para uma garrafa de cerveja. Vamos dar um jeito nisso, diz Antenor, tirando um revólver da cintura. Eu juro que sou inocente!, geme Theobaldo. Você pretende curar o torcicolo do rapaz com isso?!, indaga Abeliano. Um tiro só e pronto, cura definitiva. Nunca mais o seu amigo vai torcer o pescoço ou precisar de massagem. Para com isso, Antenor!, grita Izilda. Que brincadeira mais idiota! Idiota é você, que estava tentando curar um torcicolo com um beijo de língua!, rebate Antenor, apontando a arma para Izilda. Vocês pensam que eu não vi?! Viu o quê, Antenor?! Eu escorreguei na cadeira e caí em cima do Theobaldo. Você precisa parar com essa violência. Na semana passada, aquela cena de ciúme que você aprontou na porta do cinema, só porque o sujeito esbarrou com a mão no meu joelho, acabou em pancadaria. E o Eloísio, que tem mais ciúmes de mim do que você, quebrou quatro costelas do pobre-coitado e o mandou para o hospital. Você pode nos dar sua versão dos fatos, Theo?, sugere Abeliano. A verdade é que... eu me queixei de que estava com uma dor terrível no pescoço, e dona Izilda se ofereceu para fazer uma massagem. Quando ela se levantou, o pé deve ter ficado preso na cadeira, e ela perdeu o equilíbrio e caiu por cima de mim. Minha boca está doendo até agora... ela bateu com o queixo bem aqui... Antenor e Izilda começam a rir, provocando risos nos ocupantes das mesas vizinhas. O revólver é de brinquedo, esclarece Antenor, mostrando a arma. E a Izilda, infelizmente, não é minha mulher nem está, no momento, casada com ninguém. Não leve a mal a brincadeira... uma das características dos Unidos no Desencanto é justamente essa liberdade que só a idade pode proporcionar. Estamos aqui para nos divertir, pois já perdemos demasiado tempo levando a vida a sério. Antes de iniciar a encenação, perguntei ao Abeliano se você era cardíaco, e ele me informou que seu estado de saúde é excelente. E agora, se me dão licença, vou retomar minhas funções no bar. Meu turno está quase no fim, e eu voltarei para conversarmos um pouco. Você sabia de tudo desde o início, Abeliano! Sabia. O Antenor armou essa pra cima de você, e confesso que foi divertido. Mas o lindinho não gostou muito, observa Izilda, acariciando o rosto de Theobaldo. Quando Antenor apontou aquela arma pra mim, pensei que ia morrer! Preciso ir ao banheiro.

Theobaldo sai, e Abeliano se controla para não deixar escapar uma gargalhada. Não me diga que você se sentiu mesmo atraída por esse idiota. Não sei o que me deu, Abeliano, mas seu amigo mexeu comigo. Ele é tão fofinho, com aquele jeito de menino abandonado. E não acreditei nem um pouco naquela história de costureiro famoso, rodeado de belas mulheres. Ele me pareceu tão carente. Fiquei preocupada. O Antenor exagerou na brincadeira. Uma soltura repentina dos intestinos pode ser indício de perturbação cardíaca. Izilda se afasta em direção ao banheiro, e Abeliano fica observando o movimento. Diante de tantas pessoas idosas, tem uma sensação estranha, como se fosse muito mais jovem e não pertencesse a esse meio. Alguns idosos se movem com dificuldade, outros agarram ou beijam suas companheiras, mas há no ar alguma coisa de falso, como se todos se esforçassem por demonstrar que ainda têm vitalidade, que ainda são capazes de participar dessa maratona. A verdade é que me tornei uma carta fora do baralho, como todos esses que aí estão, a beber, a brincar, a rir, moídos pelas engrenagens da modernidade. Em que bela merda se transformou o mundo... e até que ponto eu contribuí para produzi-la!

    Antenor se aproxima, e Abeliano tenta disfarçar sua tristeza. Então? Pensando na vida?! Posso até imaginar que elucubrações o levaram a assumir essa cara de tédio. Sentado aqui, neste canto, observando o movimento, você concluiu que somos todos uns pobres fodidos. Acertei?! Sim... eu, inclusive. A velhice é isso, meu caro, uma dose cavalar de depressão na veia. Por um tempo você disfarça, tenta sair pela tangente, dizendo que aquilo não lhe diz respeito, afinal, você é saudável, seu pau ainda levanta, apesar de ter diminuído significativamente o número de mulheres que se interessam por ele. Os amigos dizem: Puxa, como você está conservado, qual é o segredo?! Porque tanto você quanto eu somos bons de bola, conseguimos driblar a filha da puta durante boa parte do jogo, mas no final percebemos que já nos falta o fôlego. Temos consciência de que se trata de um processo natural, inevitável, mas algo em nós, o instinto ou coisa que o valha, não se interessa por filosofias. Somos movidos por desejos, por anseios, e o corpo já não nos acompanha. É como se nós e o corpo fôssemos duas entidades. Esse é o resultado de nossa formação cristã. Há dois mil anos nos dividiram em duas partes distintas, corpo e espírito. Amaldiçoaram a carne e nos fizeram crer que este mundo é o inferno. A matéria, numa tentativa de se defender, de se preservar, trancou o espírito num quarto escuro e foi levando a vida. Com a chegada da velhice, o instinto de sobrevivência se nega a aceitar que o fim se aproxima e exige do corpo o que ele já não pode dar, lançando mão de estratagemas, de paliativos: malhação na academia, operação plástica, injeções de botox... E como último recurso, quando vê que tudo está perdido, abre a porta do quarto escuro e pede ao espírito que faça alguma coisa para adiar o inevitável ou para dar um sentido ao desmoronamento. E então vemos o espetáculo ridículo de milhares de idiotas que, após uma vida inteira de materialismo desenfreado, embarcam num misticismo de fancaria. Comigo ocorreu exatamente o contrário. Fui tomado por uma repentina lucidez, pela consciência do inevitável, pela aceitação do natural. Não só eu, mas a maioria desses velhotes que você vê aí. E decidimos deixar rolar. Somos precursores dos Rolling Stones. Aí vem o Theobaldo. Foi ao banheiro, provavelmente com um desarranjo intestinal. Olhe só a cara dele... pálida, como se fosse cera. É a idade, meu caro. Qualquer pastelzinho meio passado nos põe a nocaute. O Eloísio me fez um sinal, e eu tenho que dar uma escapada. Se precisar de mim para cuidar do seu amigo, é só chamar.

Você não sabe o que me aconteceu, Abeliano. A maluca... Que maluca?! A Izilda. Sim, ela foi atrás de você, para socorrê-lo. Ela me atacou, Abeliano! Ela quem? A maluca... a Izilda... atacou você?! É. Você está insinuando que sofreu um abuso sexual?! Insinuando, não, afirmando. A verdade é que o Antenor me pregou o maior susto, e eu tive uma... uma descompostura intestinal. A maluca atacou você em plena *délivrance*?! Claro que não, Abeliano. Só se ela fosse necrófila ou filiada a alguma seita que reverencie os urubus. Ela deu um tempo. Ficou ali fora, fumando um cigarro, dizendo às pessoas que o banheiro estava quebrado. Quando eu abri a porta, ela me empurrou para dentro e me sapecou um beijo de língua. Ela me prensou contra a parede e foi me bolinando, abrindo o zíper da calça, metendo a mão... E você? Eu me sentia fraco, acabado, sem forças para reagir. Reagir?! Mas qual é o idiota que ao ser atacado por uma deusa daquelas pensa em reagir?! Eu! Eu sou o idiota, o cagão, tudo o que você quiser, mas fui pego de surpresa, vim a um velório, acabei sendo ameaçado de morte, e depois aquilo... E a coisa reagiu? Que coisa? A porra do seu combalido, abandonado, inerte, falecido pau, cacete! No começo, não... eu confesso que me voltou a... a... Caganeira. Isso. Mas eu me segurei. E? Bem, ela foi descendo, se ajoelhou e... você sabe. Sei o quê?! Você sabe o que ela fez com o meu... combalido, inerte, abandonado, falecido pau. E você não tentou gritar por socorro, não fez nada para defender sua honra?! Os velhinhos teriam arrombado a porta e evitado a curra. Quer parar com a ironia?! Eu tive o maior orgasmo de minha vida, Abeliano! A maluca sugou minha energia, como se fosse um vampiro da Transilvânia. Você tem consciência do que aconteceu, Theo?! Como assim? Você foi agraciado com um milagre mais retumbante que a divisão das águas. Diga a verdade, Theo, esse orgasmo não foi imaginário? Não, eu tremi como se tivesse sido atingido por uma britadeira. Vamos comemorar, Theo! Estou orgulhoso do seu desempenho. Será que eles têm champanha? Que champanha?! Você ficou maluco? Eu quero é sair daqui o mais rapidamente possível. Espere. Olhe bem para mim. Estou olhando. Você quer fugir, como se ter uma porra de um orgasmo, na sua idade, fosse um crime?! Como é que eu vou olhar para a cara daquela maluca, Abeliano?! Pare de chamar a garota de maluca. Você devia se ajoelhar aos pés dela e lhe pedir humildemente que ela o fizesse de escravo. Você está falando sério? Claro! Não deixe essa mulher escapar, Theo! É a sua mina de ouro. Cuidado, Abeliano, ela está vindo em nossa direção... meu Deus... com uma garrafa de champanha.

69

Acho que a ocasião merece uma comemoração, diz Izilda, erguendo uma garrafa de champanha. Não vejo nada a ser comemorado, retruca Theobaldo, com os olhos postos no chão. Meu Deus do céu, que desânimo, que falta de perspectiva!, exclama ela. Quer que eu a ajude a abrir o champanha? Pode deixar, eu tenho uma certa prática com garrafas, meu pai era alcoólatra. A rolha salta e vai bater na testa de Theobaldo, que deixa escapar um gritinho infantil. Izilda lhe beija a testa e lhe segreda algo que o torna ainda mais tenso. Abeliano enche os copos. Vamos brindar ao ar. Não faço parte da aeronáutica, responde Theobaldo. Não se trata de prática aviatória, e sim respiratória, contesta Abeliano. Enquanto estivermos respirando, temos suficiente motivo para brindar. À saúde! Theobaldo ergue o copo, com certa má vontade, e brinda. Izilda ri e lhe dá um beijo no rosto. Apesar de tímido e invocado, acho você uma graça. E aproveito a oportunidade para pedir sua mão em casamento ao seu amigo. Porra, francamente, que noite mais absurda!, exclama Theo. Vamos dançar!, intima Izilda, arrastando-o em direção à pista. Eu não sei dançar! Vai aprender. E vê se para de fazer beicinho, que eu vou acabar perdendo a paciência e te dar umas porradas. Garoto mimado! Abeliano ri e acena afirmativamente com a cabeça. Quem sabe essa consiga dar um novo sentido à vida de Theobaldo. Meu Deus, que inveja... Vou ao banheiro. Talvez apareça outra maluca para me dar uma boa chupada.

Quando Abeliano acaba de urinar e abre a porta para sair, é agarrado pelos cabelos por uma mulher de porte avantajado e empurrado para dentro. Mas não se trata de uma chupada, e sim de um assalto. Cala a boca, seu velhinho babaca!, diz ela, exibindo uma navalha. Se soltar um pio te corto o saco. Vai passando a grana, o relógio, correntinha de ouro, tudo que tiver algum valor. Abeliano obedece. Não tenho nenhuma corrente de ouro... me desculpe. Olhe aqui, eu vou me mandar e você tem que dar um tempo. Se sair atrás de mim ou gritar eu fodo com a tua vida. Se não for hoje, num outro dia. Será que a senhora podia me deixar ao menos um trocado para o ônibus? Vá se foder, cara... com essa idade vocês todos deviam ficar em casa, comendo papinha e vendo televisão. Abeliano é tomado de uma fúria repentina e, reunindo todas as forças, desfere uma cabeçada no nariz da mulher, que desmaia e se esparrama no chão. Ele abre a porta com dificuldade e grita por socorro. Alguns idosos acorrem, gritando, e logo surge Antenor, acompanhado de Eloísio, que retira a ladra do banheiro e a recepciona com um par de bofetões. Cuidado, ela tem uma navalha, avisa Abeliano. Pegou meu dinheiro e o relógio. Aqui não tem nada. Deve ter deixado cair no banheiro. Tudo bem... já encontrei. Vamos telefonar para a polícia, ordena Antenor. Escuta aqui, sua vagabunda escrota, grita Eloísio, sacudindo a mulher. Se você conseguir escapar da cadeia e voltar aqui eu vou te pregar naquela porta, dependurada pelas orelhas, tá me entendendo?! E não adianta querer me pegar à traição porque eu tenho olho muito vivo. Vai te foder!, responde a ladra, cuspindo no rosto de Eloísio, que em resposta lhe dá um murro no rosto, distribuindo sangue e dentes quebrados pelo chão. Já chega!, interfere Antenor. Chega?! Eu vou matar essa filha da puta e jogar no lixão! Calma lá... já ligaram para a polícia. Aparece aqui outra vez pra tu ver, piranha! Você está bem?, pergunta Antenor a Abeliano. Um pouco assustado, mas já me sinto melhor. Como foi que você dominou essa fera? Perdi a paciência e lhe dei uma cabeçada no nariz. Se ela não tivesse desmaiado eu estaria morto. Você foi muito corajoso. Tem sempre uma viatura da polícia nas imediações. Já deve estar chegando. Iremos à delegacia. Você, eu, Eloísio e algumas testemunhas. Theobaldo aparece, esbaforido. Aconteceu alguma coisa com meu amigo?! Onde é que ele está?! Ouvi dizer que a assaltante o ameaçou com uma navalha! Estou aqui, Theo... não se preocupe... a mulher levou a pior. Nossa!

Que sangueira... Você foi ferido?! Não... Calma, respire fundo... assim. Temos que ir à delegacia. Delegacia? Nós?! Se você preferir pode me esperar aqui, mas pensei que, dado o avançado da hora, seria melhor se você me acompanhasse e de lá nós fossemos para casa. Tudo bem. Eu vou com vocês, diz Izilda, segurando o braço de Theobaldo. Folgo em saber, responde Abeliano, sorrindo.

70

Na manhã seguinte, Abeliano acorda com dor de cabeça. Recorda sua conversa com o fazedor de pipoca e tem uma ideia que lhe parece fundamental para restabelecer o equilíbrio de nossa precária civilização. Mas sua execução depende de uma pequena quantia, que poderá ser dividida em cotas. Supõe-se que a esta altura ele já esteja banhado, vestido e alimentado. Sobe ao apartamento de Ambrósio e lhe expõe seus planos. O amigo fica entusiasmado com a ideia e lhe dá um cheque.

Abeliano desce e caminha em direção à Illusion – Roupas, Figurinos e Fantasias, para falar com Theobaldo e com o dr. Santos. Encontra o primeiro na porta. Meu Deus, que noite!, geme Theobaldo. Quero lhe oferecer uma oportunidade única de faturar umas boas risadas como lucro de um investimento mínimo, diz Abeliano. Se eu entendi bem, você está afirmando que o lucro não será em dinheiro, e sim em riso, observa Theobaldo, colocando-se em guarda contra uma possível maluquice do amigo. Você foi direto ao ponto. Pouco investimento e muito riso. Tem algo a ver com o circo? Se você considerar que vivemos permanentemente num grande circo, um pandemônio, a resposta é afirmativa. Mas não se trata do circo tradicional, com palhaços, leões, engolidores de espadas. Cinema?! Não! Tevê? Também não. Mas vai ter riso? Vai. Na verdade, há um cinema envolvido, mas apenas no que se refere à sala de espera. Vai ter alguém tropeçando, caindo ou batendo com a cabeça numa viga?! Nada que se assemelhe a isso. Nem cócegas? Não. Será riso de coisa engraçada ou riso da desgraça alheia? De coisa engraçada. Eu estarei envolvido? Não diretamente. Quer dizer que não vão rir de mim? Absolutamente. Nós vamos rir de outros. Com ou sem sadismo? Riso simples, ingênuo, quase infantil. Posso saber como você pretende gastar o investimento? Numa máquina de pipoca. E a pipoca vai ter algum ingrediente que provoca o riso? Não, é pipoca normal, com um pouco de óleo e sal. E nós vamos rir das pessoas que estão comendo a pipoca? Ninguém vai comer a pipoca. Francamente, Abeliano, você promete risos, mas eu estou ficando nervoso, num estado de espírito aflitivo, que, somado à depressão noturna, poderá me levar ao aniquilamento. Dá pra você definir claramente que porra a tal máquina vai fazer para provocar o riso, a partir de pipoca que não será comida por ninguém?! Se eu revelar o segredo, você não rirá no momento oportuno e terá perdido seu investimento. Você já ouviu falar em alguém que coloca dinheiro scm conhecer os detalhes do negócio?! As pessoas fazem isso o tempo todo. Financiando pipoca? Não, jogando na bolsa, um jogo no escuro. Olhe, eu estou ficando tão nervoso que prefiro lhe dar logo o dinheiro para não continuar com o tormento de me sentir incompetente para desvendar um enigma, depois de ter lido pilhas e pilhas de romances policiais. Quanto é? Fica a seu critério... desde que seja uma quantia superior a quinhentos reais. Quinhentos?! Por uma risada?! Você enlouqueceu de vez, Abeliano. Ai! Já estou sentindo uma pontada no estômago. Deixe de ser muquirana, Theo. Numa época de catástrofes reais e imaginárias como a nossa, umas boas risadas não têm preço. Mas a gente vive rindo o tempo todo, Abeliano, um riso natural, espontâneo, gratuito. Reinventando o cinema mudo a cada dia, transformamos nossa vida numa paródia de nós mesmos, trocando carreira, sucesso, dinheiro, mulheres pelo riso nosso de cada dia. Sinto que você esgotou sua verve e quer apelar para a remuneração da alegria, corrompendo o espírito do burlesco, enxovalhando a memória de tantos... Quinhentos reais, Theo, ou você estará fora! Fora de quê?! Do acontecimento, do lance, da parada. Será que você não entende, Abeliano? Vamos nos tornar mercenários do riso... Dou-lhe uma, dou-lhe duas, dou--lhe... Em cheque ou dinheiro? Tanto faz.

Theobaldo preenche o cheque e o entrega a Abeliano, com um suspiro. Buster Keaton que nos perdoe. Amém. O dr. Santos já chegou? Não me diga que você pretende envolver meu patrão numa loucura dessas, Abeliano! Você sabe muito bem que o humor dele é refinado, e eu duvido que você possa lhe despertar um reles sorriso com sua máquina extravagante de produzir pipoca que ninguém come! Por favor, não coloque em risco meu emprego. Onde é que eu vou arranjar outro nesta idade?! Você pode perfeitamente trabalhar como empacotador de supermercado. Vários deles estão aceitando pessoas da terceira idade, oferecendo-lhes a oportunidade de refazer sua autoestima pela contemplação abundante de guloseimas inacessíveis. Abeliano consulta o relógio. A esta hora seu patrão já deve ter chegado, a menos que esteja morto. Adormeceu no escritório, reclinado sobre a escrivaninha. Se for acordado por motivo tão absurdo, certamente o expulsará a patadas. Vamos até a padaria... tenho que tomar um copo de leite. Sua ideia estapafúrdia está abrindo uma cratera em meu estômago!

Depois de beber meio litro de leite gelado, Theobaldo funga, arrota, suspira e deixa escapar um sorriso desdenhoso. Me sinto um verdadeiro lixo, Abeliano. Imagine que naquela confusão toda, em plena delegacia, a maluca me agarrou quando fui ao banheiro! A assaltante? Não, a Izilda. Na delegacia?! No banheiro dos homens, Abeliano, com aqueles investigadores entrando e saindo. Me empurrou para dentro de uma das privadas e tome beijo de língua! Ela já estava abrindo minha calça quando entraram dois policiais. Ficaram conversando um tempão, e ela me bolinando... Será que ela é boa da cabeça? Mulher fogosa, Theo, um verdadeiro achado. Achado?! Eu estou é perdido. Já pensou se os policiais descobrem a gente no banheiro masculino?! Eu ia ser preso por atentado ao pudor, desrespeito à autoridade e falsidade ideológica. Que falsidade? Essa eu não entendi. Claro, me faço passar por adolescente, sendo chupado no banheiro de uma delegacia, quando nos meus documentos e no meu testemunho declaro ter quase setenta anos! Abeliano ri, e Theo o acompanha. Será que ela também é um travesti? A Izilda?! Imagine... aquilo é não só mulher como protótipo, arquétipo, anjo descido das paragens celestiais com a missão precípua de ressuscitar seu pau! Mas tem que ser em banheiro de clube, em banheiro de delegacia?! É bem provável que ame o perigo, que se excite com situações de risco, o que não a favorece em absoluto, se considerarmos que você é um cagão. Mesmo que eu fosse um machão típico, um ator de filme pornô, um aventureiro em busca da Arca perdida, não ia me sentir à vontade sendo sugado no banheiro de uma delegacia.

Abeliano fica pensativo por um momento. Você não me leva a mal se eu lhe disser algo muito francamente, do fundo do meu coração, como seu amigo mais íntimo, como o irmão que você não teve? Diga. Francamente? Claro. Você é o maior fungador-onça que eu conheci na minha vida. Fungador o quê?! Onça. Não tenho a menor ideia do que seja isso! *Omelê, vu, puita...* Continuo na mesma. *Cuíca*, do tupi *Ku'ika*, com K. Mas o que tenho eu a ver com esse instrumento, que, aliás, eu detesto? Você não tem a ver, você *é* a cuíca, roncando, gemendo, lamuriando-se o tempo todo nos meus ouvidos! Puta que o pariu, Theo... quando é que você vai perceber que não tem nada de que se queixar?! Se você se olhar bem no espelho, de frente, com toda a objetividade, verá o quê? Um idiota, certo?! Aí surge uma mulher bela, formosa... agarra você dentro de um banheiro, desfralda meio metro de língua no interior de sua garganta, abre com sofreguidão a braguilha de suas amarrotadas calças, faz um trabalho de sopro em sua piroca ridícula, pede você em casamento, o que significa a possibilidade de repetir a felação, do latim *fellare*, chupar, mamar, no conforto de sua própria cama, *ad nauseam*, e você, em vez de se lançar ao chão, de joelhos, e agradecer aos desígnios de alguma entidade benfazeja e certamente distraída por essa bênção, essa fonte de regozijo, essa cornucópia orgástica, faz um beicinho de menino contrariado e começa logo a mover a varetinha, para a frente e para trás... Que varetinha?, indaga Theo, com o fio de voz que ainda lhe resta. Da cuíca, porra! Humm! Hummm... Huhuhum... hum... Diga francamente, Theo: não é de foder?! Se fosse em outro lugar, Abeliano, mas no banheiro?! No banheiro, em cima da mesa do clube, ao lado do balcão da delegacia, até na cadeira do delegado! Se você tivesse a centésima parte da alma de um toureiro, já teria engravidado aquela... aquela... Beldade. Isso. A mulher pediu sua mão, pombas! Você devia agarrá-la pela palavra e levá-la imediatamente ao cartório. Às dez horas da noite?! Que falta de imaginação, Theo! Há milhares de motéis na cidade, um rio de esperma desaguando no mar. Abeliano ri. Que imagem mais grotesca! Não digo nojenta porque daí viemos todos. Você tem ideia de quanto custa um motel?! E a bebida, a comida, o táxi na ida e na volta... Como diria seu pai, que era português: "Lá vai um burro por um vintém. Quem não tem o vintém fica sem o burro". Acresce que no caso em tela o burro me custaria bem mais que um vintém. Olhe bem para mim, Theo. Se eu não estivesse tão ansioso para expor meu projeto ao dr. Santos, livraria a humanidade da sua presença, antes que você a contagie com sua burrice. Com licença. Abeliano vai até o fundo da loja e Theobaldo fica imóvel, petrificado. Será que ele estava falando seriamente?, pensa, buscando uma justificativa para aquela agressão inesperada. Porque, na verdade, ele faz isso o tempo todo, como se fosse pra valer, um humor absurdo, que ele aperfeiçoou com Horacio, o amigo argentino. Mas o problema é que, no fundo, ele tem razão. Eu me olho no espelho e me sinto um idiota... um... como é mesmo?! Um fungador-onça! Theobaldo ri. Que filho da puta! Agora só vou me redimir se convidar a Izilda para uma cunilíngua, do latim *cunnilingus,* no banheiro do Supremo Tribunal Federal.

71

Quando Abeliano acaba de conversar com o dr. Santos, Theobaldo já está de bom humor. Acho que você tem toda a razão em me considerar um cagão, um debiloide, Abeliano. Vou agora mesmo ligar para a Izilda. Não temos tempo, você liga depois. O dr. Santos o liberou para uma tarefa da maior importância. Ele gostou da ideia?! Me deu um cheque e me autorizou a gastar o que for preciso. Então a ideia deve ser mesmo interessante, porque o dr. Santos é o maior mão de vaca do hemisfério sul. Você se lembra do Militão, aquele torneiro-mecânico meio vesgo que matou a mãe, a serrou ao meio e a colocou dentro da caixa-d'água? Se eu me lembro?!, exclama Theobaldo, arrepiado. Fui eu quem disse a você que aquela água estava com um gosto esquisito! Pois é, ele acabou sendo condenado a trinta anos de prisão. Mas já saiu. Como assim?! O crime aconteceu há três anos! O advogado entrou com um recurso. Alegando o quê? Legítima defesa. Provou que o Militão é uma flor de pessoa, incapaz de matar uma barata, e que a mãe, criatura abominável e rancorosa, depois de uma repreensão de oito horas, provocada pela insignificância de ter seu filho comido uma empadinha de palmito que ela guardara na geladeira para si própria, avançou sobre ele, empunhando um facão filipino, do tipo usado na matança de comunistas, e lhe desferiu quarenta e oito golpes, sem que o pobre esboçasse a mínima defesa, até que, tomado de fúria repentina, ele a matou com um bofetão. Mas depois ele a serrou ao meio, Abeliano! Alegou que a mãe não cabia na caixa-d'água. E que ideia foi aquela de enfiar a mãe na caixa-d'água?! Não havia lugar na geladeira, nem nos armários, porque a mãe colecionava chinelos usados. Na geladeira?! Dizia que assim o couro se conservava melhor. O advogado alegou também insanidade mental intermitente, com propensão ao esbofeteamento nos momentos de morbidez incontrolável, provocada esta por um furúnculo no cerebelo. A verdade é que o sujeito foi solto e voltou a trabalhar na oficina. Você acredita na inocência dele? Não sei... a mãe era uma ratazana de sacristia, diziam que exercia as funções de amante daquele padre espanhol, que entornava um tonel de vinho por semana. O Militão deve ter descoberto o amásio, e na primeira oportunidade mandou a mãe para o espaço. Todo mundo no bairro sabia que ele era apaixonado por ela. Espere aí, Abeliano! Você não acha que isso tudo cheira a Almodóvar?! Pode ser... e nós parecemos duas comadres de aldeia espanhola. Temos que chegar à oficina do Militão antes que ele saia para matar alguém. Vou com você, mas fico do lado de fora. Só de ver a cara dele, com aquele olho enorme de viés, me dá arrepios! E pelo amor de Deus, Abeliano, se ele lhe oferecer um copo d'água, não aceite! Nunca se sabe.

A oficina de Militão fica na Vila Iara, informa Abeliano. Considerando-se que o dr. Santos, além do cheque, me deu uma pequena quantia em dinheiro, pegaremos um autolotação. A viagem é longa, e precisaremos de um tema. Tema? Sim... para conversar... algo substancioso, que transcenda a comadrice. Não pretendo continuar analisando o caso Militão. Tem que ser um tema grandioso, histórico? Não necessariamente. Você podia declamar uns poemas. Porra, Theo, você tem cada ideia! Declamar poemas num lotação?! E daí?! Você não vive dizendo que é preciso levar cultura ao povo? Eu jamais diria uma tolice como essa! A cultura deve fazer parte da vida do povo, estar sempre disponível a quem se interesse por ela. A classe social que, eufemisticamente, denominamos "a mais favorecida"... mais favorecida por quem? Pelos deuses, por ela mesma?! Essa classe intransigente e egoísta aferrolhou a cultura em pedaços delimitados, impedindo que o povo tivesse acesso a ela. Daí a ideia colonialista de *levar* cultura ao povo, o que equivale a uma confissão de segregação social, promovida pela indevidamente chamada elite.

Eles entram no lotação, e Theobaldo continua a pedir a Abeliano que declame alguns poemas. Já que você insiste, começaremos com T. S. Elliot. "Os homens vazios". Traduzi esse poema há quase cinquenta anos. Ou você prefere que eu diga o original em inglês? Não, português mesmo serve. "Somos homens vazios, / somos homens empalhados, / elmos cheios de palha, / apoiando-nos mutuamente. / Nossas vozes ressequidas, / quando sussurramos juntos, / são mansas e sem sentido, / como vento em erva seca..." Os passageiros riem. "E sobre vidros partidos pés de rato / em nossa adega enxuta..." Abeliano solta um suspiro e fica em silêncio, olhando pela janela. Que negócio é esse aí que o senhor tava dizendo?, pergunta uma mulher, em cujo colo repousa uma pequena cesta que recende a camarões fritos. Eu estava dizendo um poema. Achei bonito. Não entendi nada, porque tem umas... como é mesmo que a gente fala?... umas... Palavras. Pois é isso. Muito difícil para quem não estudou nos livros. Eu, a bem dizer, fugi da escola, pra trabalhar com meu pai no negócio de fazer rapadura. Vivi sempre na roça, até que um dia... A mulher chora, um passageiro contém o riso. Me desculpe, moço. Diga. Não carece não. A mulher enxuga os olhos com a manga da blusa. Está vendo o estrago que um poema pode causar na vida das pessoas?!, murmura Abeliano. O importante é que mexeu com ela, sussurra Theobaldo. O que mexeu com ela foi a lembrança de uma vida miserável, cheia de privações, de sofrimento, rebate Abeliano. E vamos mudar de assunto, que já estou começando a ficar deprimido. Você acha mesmo que eu devo levar a sério a proposta da Izilda? Acho. Mas ela vai acabar comigo, Abeliano! Em menos de um mês estarei tuberculoso. Aquilo é um vulcão, uma jiboia sexual, uma *Constrictor constrictor*. Baixa a voz. Pelo que ela fez com a boca em alguns minutos, posso imaginar o que não fará com o resto. A mulher é uma canibal, um moedor de carne camuflado, um ralo de piscina! Você ri?! Se um dia meu pau cometer a loucura de se lançar naquele abismo, Abeliano, eu serei obrigado a segui-lo, porque estamos ligados, entende?! Não há como dizer ao meu pau: Foda-se, problema seu, me deixe fora disso! E o pior é que meu pau foi abocanhado em pleno deserto, durante uma longa travessia, e agora só anseia pelo oásis, por aquela miragem que o excesso de calor e os reflexos do sol fizeram surgir naqueles banheiros. Não me diga que você adormeceu, Abeliano?! É o que acontece quando mais precisamos dos amigos...

Quando finalmente chegam à oficina, Theobaldo já se convenceu de que será bem mais seguro continuar sozinho. Militão parece enfurecido, martelando uma caçarola que, em suas mãos, vai adquirindo uma forma que nada fica a dever às esculturas modernas. Theobaldo estanca junto à soleira, como se um magnetismo o impedisse de entrar. Como é que vai essa força, seu Abeliano?!, grita Militão. Vamos chegando! Ele abandona a caçarola sobre uma pilha de ferro-velho e estende a manopla encardida a Abeliano, que a aperta efusivamente, como se encontrasse um velho amigo. Pois não?!, grita Militão, olhando para Theobaldo. Eu estou com o meu amigo. Então vamos entrando. É o seu Theobaldo?! Puxa, como o senhor está diferente! Mais magro, mais moço, e com mais cabelos! Me desculpe, eu nem o reconheci. Theobaldo aperta a mão do torneiro-mecânico, procurando ocultar sua repugnância. Mas na frescura, continua o mesmo!, exclama o outro, rindo. Tem nojo do trabalho pesado. Não é isso. Meu amigo Theo resolveu estudar piano, e receia que você lhe quebre os dedos, diz Abeliano, provocando o riso de Militão, um escancarar de caverna a que faltam alguns dentes. E então... quanto tempo, hein?! O que é que o senhor manda? Vou direto ao ponto. Quero que você arranje uma máquina usada de fazer pipoca e lhe introduza algumas modificações, de maneira que ela possa transformar trinta quilos de milho em pipoca o mais rapidamente possível. É para algum concurso?, pergunta o mecânico, rindo. Não, quero derrotar a concorrência. Ah, entendi. Os senhores estão no ramo da pseudoalimentação. Mais ou menos isso. Por uma dessas coincidências que só ocorrem na literatura, tenho uma dessas máquinas ali no quintal. A ideia, na verdade, é muito simples. Em vez de um depósito, que vai jogando pequenas quantidades de milho no recipiente em que é aquecido, colocamos uma caçamba de aço, que comporte os trinta quilos, já misturados com o óleo, e dois ou três maçaricos a gás, capazes de aquecer a caçamba rapidamente. Vai jorrar pipoca dessa geringonça de meter medo em criança, uma cascata mais impressionante que as quedas do Niágara! Você é um gênio, Militão! Eu não disse a você, Theo?! Não há ideia que ele não consiga transformar em realidade. Quando fica pronta? O senhor já tem a grana? Se não custa uma fortuna... Mas o que é isso?! Eu sou lá de explorar os amigos? Quero que você vá ao local instalar a máquina. Vou lhe passar as instruções adicionais por telefone. Aqui está o adiantamento, o cheque é quente. Nem precisa disso! Depois o senhor me paga. E se não estiver do seu agrado, nem precisa. Nunca me esqueci do seu apoio quando minha pobre mãezinha faleceu naquele acidente. Que calor terrível, hein?! Militão abre a geladeira e pega uma garrafa com um líquido vermelho. Aceitam uma groselha? Tá geladinha. Eu aceito, responde Abeliano. E o senhor, seu Theobaldo? Obrigado, murmura ele, em pânico. Bebi uma garrafa de água antes de vir para cá. Preciso até usar o banheiro. É ali no fundo. Abeliano bebe a groselha com visível prazer, e Theobaldo sai correndo em direção ao banheiro. Coisa mais esquisita esse seu amigo, observa Militão. Cheio de dedos, de não me toques. Filho único, Militão. Mas excelente pessoa, com inúmeras qualidades. Tá ouvindo?!, interrompe Militão. Parece barulho de vômito! Pode ser, ele bebeu muito ontem à noite e deve estar com uma indisposição qualquer... fígado, estômago... Mas será que esse seu amigo bebe mesmo alguma coisa além de água?!, pergunta o mecânico, rindo. Ele?! É doido por uísque. E ontem entornou uma garrafa quase cheia. Esse mosca-morta?! Pode crer. Quem diria! E tem mais... foi currado no banheiro de um clube e depois no banheiro de uma delegacia. Currado?! Os caras pegaram o coitado e... Os caras, não. Uma mulher, afrodescendente, de olhos verdes, com um corpo... Mas vejam só! Este mundo virou uma zona mesmo. Quem diria que um sujeito como esse, com todo o respeito, teria a capacidade de ser currado por uma mulata de olhos verdes! Quer saber?! Quando os senhores forem embora, vou dar uma boa martelada no meu pau, com o martelo de borracha, que é pra ele deixar de ser incompetente! Eles riem, e Theobaldo sai do banheiro, pálido. Tudo bem?!, pergunta Militão. Tudo. Mas se o chão se mexesse menos seria melhor. É o maldito uísque, diz Abeliano. Obrigado, Militão, nós já vamos. Você não me disse quando a máquina fica pronta. Dentro de alguns dias. Ótimo. Qualquer coisa, ligue para o meu celular. Aqui está o número. Pode deixar. É bom segurar o braço de seu amigo, antes que ele caia de boca no chão.

72

Você está em condições de andar de ônibus?, pergunta Abeliano. Eu acho que sim. Na verdade me sentiria muito melhor se você não tivesse traído minha confiança. Eu?! Você! Nós não tínhamos combinado que não íamos beber nenhuma água na oficina daquele troglodita?! Eu não combinei nada, quem falou foi você. Aliás, a groselha, bem gelada, estava uma delícia. Por favor, Abeliano, pare com isso! Quando eu vi aquela garrafa cheia de um líquido vermelho, tive a impressão de que vocês iam beber o sangue da mãe dele! Mas a mulher foi retirada da caixa-d'água há anos! Eu sei, mas essas coisas são incontroláveis, me subiu uma ânsia de vômito. E agora você está melhor? Estou. Então podemos pegar aquele ônibus. Qual deles? O 8213-10 – Vila Iara-Praça do Correio. Tudo bem, só espero que dê para sentar. Não se preocupe. Faremos valer nossos direitos de idosos à força. O ônibus está quase vazio. Me diga uma coisa, Abeliano, quando nós conhecemos o Militão, há alguns anos, antes de ele serrar a mãe ao meio, se bem me lembro, era um ignorantão. Mal sabia alinhavar uma frase com sentido. É verdade. O sujeito não passava de um brutamontes. Então me explique a que se deve essa transformação?! Você percebeu a correção da linguagem? "Vocês estão no ramo da pseudoalimentação", "Por uma dessas coincidências que só ocorrem na literatura", "Uma cascata mais impressionante que as quedas do Niágara". Veja você, Theo, a eficiência do nosso sistema prisional. Em menos de três anos, ele terminou os cursos supletivos, estudou direito por correspondência e aprendeu inglês, francês, alemão, italiano, sânscrito, latim e grego. Só continua a trabalhar como torneiro-mecânico por vocação. Quer dizer que ele foi condenado no Brasil e cumpriu pena no Canadá?!, ironiza Theobaldo. Parece que isso faz parte de um novo acordo entre os dois países, informa Abeliano. Você não quer mesmo dizer o que pretende fazer com aquela máquina? Não seja ansioso. Você saberá na inauguração.

De dia são os borrachudos, de noite os pernilongos! E agora ainda tem o mosquito da dengue, da febre amarela, que é uma espécie de tifo. E a população ainda fica sendo acusada pelo governo de não colaborar com as diretrizes do saneamento. Não é um absurdo?! Preste atenção a essa conversa, diz Abeliano. É isso que me fascina nos ônibus. *O governo é responsável, mas a população tem que fazer a sua parte. Os borrachudos proliferam na água corrente, e suas larvas servem de alimento para os cascudos. Acontece que esses peixes estão sendo exterminados pela pesca predatória e pelos produtos tóxicos que são jogados nos rios. Ninguém se preocupa em verificar se no seu quintal há águas paradas, que acabam sendo focos de mosquitos. E querem nos convencer de que ainda há tempo de salvar o planeta!* Que notável consciência, Abeliano! Esses estudantes devem ter no máximo nove ou dez anos. São indícios como esse que me consolam, me convencem de que nem tudo está perdido. Por outro lado, o que você ouve nos ônibus é uma pequena amostra do descalabro em que vivemos, observa Abeliano. Queixas e mais queixas. Uma orquestra de cuícas, ironiza Theobaldo. Não, porque na maioria das vezes as críticas são procedentes. Estamos descendo a ladeira, meu caro, há qualquer coisa no ar, um prenúncio...

De repente, o ônibus fica lotado. Não sei como você aguenta esse barulho, essa falação, diz Theobaldo. E o mais incrível é que você busca esse caos como uma espécie de alimento. Sabe, Theo, quando eu era jovem, costumava consultar o *I Ching*. Um dia, descobri que se fizesse uma pergunta e abrisse o dicionário aleatoriamente, colocando o dedo sobre a página, também receberia uma resposta. Naquela época eu ainda tinha veleidades artísticas, e perguntei ao dicionário qual era a função do artista na sociedade. Quando abri os olhos, meu dedo se encontrava sobre o nome de uma bactéria... não me recordo mais qual seja... cuja função consiste em se alimentar da merda e transformá-la. A princípio fiquei decepcionado. Mas depois, raciocinando melhor, concluí que a resposta era correta. Os verdadeiros artistas se alimentam da merda universal e a reciclam, entregando à sociedade uma obra que aparentemente nada tem a ver com essa origem espúria. Contudo, observa Theobaldo, quando a sublimação falha, a obra acaba traindo sua origem, revelando-se uma verdadeira bosta! Exato. Quanto a mim, embora tenha abandonado os sonhos juvenis, continuo a agir como a tal bactéria. Não quero dizer com isso que a vida das pessoas que eu encontro nos ônibus seja uma merda, como regra geral. Refiro-me à gosma em que estamos todos mergulhados, na qual pululam disparates em quantidade suficiente para sufocar qualquer esboço de rebeldia ou de consciência. E é precisamente esse desafio que me estimula a persistir, a manter os olhos abertos e os ouvidos atentos. Não passamos de bactérias pretensiosas, recicladoras de merda. Sabe que eu já reparei numa coisa?, diz Theobaldo. Quando você está de razoável humor, acha o Brasil um cocô; e sempre que o humor piora, conclui que o mundo é uma merda. Mas eu o perdoo, porque sei que esse rigor não é fruto do pessimismo e sim do amor que você tem à vida, às pessoas, aos cães e suas pulgas, à humanidade, aos habitantes de Vênus. Porque você sofre ao constatar que o mundo não é perfeito, que os seres humanos sofrem, que os canalhas nem sempre recebem a punição que merecem, que os velhos e as crianças... Pare com isso, Theo! Parece que você está lendo um relatório do Unicef! Você sabe muito bem que eu não sou nenhum modelo de virtude, que minha vida é um fracasso, que meu nome, por iniciar com Ab, aparece nas primeiras páginas de qualquer lista de idiotas. Portanto, não queira me justificar perante mim mesmo. Não estou interessado no julgamento alheio, nem no que é considerado politicamente correto. Sou um passageiro insignificante deste ônibus gigantesco, perdido no espaço infinito, um garotinho tímido, sentado no último banco, manuseando sua pequena gaita, sem se atrever a tocar. Nada sou e nada restará de mim quando eu me for. Chega, Abeliano! Você vai acabar me fazendo chorar.

Eles riem, porque tudo aquilo, embora verdadeiro, é apenas um jogo de palavras, uma forma de passar o tempo. Não estão interessados em aprofundar coisa alguma, porque essa é a tarefa dos filósofos, que giram ao redor de si mesmos, a moer o trigo das palavras. Eles querem apenas ir tocando a vida, pois já abriram a gaiola de todas as indagações possíveis e agora lhes admiram o voo contra o azul infinito, distantes, irreais, quase imperceptíveis. Afinal, não é a velhice uma espécie de volta à infância? Eles apenas se adiantaram um pouco, buscando atingir a sabedoria da imaturidade antes de se tornarem gagás. Não é que não tomem nada a sério, apenas não se levam muito a sério. Como disse Antenor, já fizeram isso uma vida inteira e agora concedem a si próprios um jubileu. *Você acredita que os caras estavam colocando ração de cachorro nos pastéis?!* Não é tudo uma comédia?, indaga Abeliano, rindo.

Os senhores podem me dar um pouco de sua atenção?, pergunta uma mulher que acaba de entrar no ônibus e fala com sotaque português. Peço licença para interromper as fabulações deste romance, a fim de alertar as famílias em geral e os pequerruchos em particular para os destemperos da insalubridade, sub-repticiamente inoculados nos desvãos dos lares pelos chamados animais de estimação, os quais se podem transformar em vilões de perdição. Mamãe, compra-me lá aquele *hamster*!, pede o pequeno, a bater os pés no empedrado da rua. E como nos dias da hodiernidade se instalou na família a tirania dos fracos, há muito prognosticada pelo dr. Freud em pessoa, acorre a pressurosa mãe a adquirir o tal roedor, de frágil vulto e mui enganosa expressão, introduzindo assim no refúgio familiar um transmissor de zoonoses, nome com que a ciência houve por bem designar as doenças disseminadas pelos bichos, e que não são poucas. No caso específico desses e de outros roedores, dentre os quais os coelhos, mais uma súcia de dissimulados, temos: a coriomeningite linfocitária, que vem a ser uma inflamação das meninges, membranas sobejamente conhecidas, a formar um trio que, apesar de não ser elétrico, uma vez atingido pode nos afetar a caixa das ideias, com terríveis convulsões; leptospirose, uma espécie de hepatite de alta patente, que tem sob suas ordens um poderoso exército, pronto a invadir o corpito do seu filho para lhe arruinar o fígado; brucelose, a ser temida também pelos adultos, porque além de calafrios, falta de apetite, insônia e perturbação do sistema nervoso, provoca impotência sexual, mais conhecida nos meios não universitários como *broxura*, com *x*, confundida em sua sonoridade verbal com *brochura*, em que se substitui o *x* por *ch*, termo que resulta da ação de prender as folhas de um livro mediante costura ou grampeamento, o que não vem ao caso e nos afasta do tema; leishmaniose visceral, que, já está o nome a dizer, ataca as vísceras, provocando febres, aumento do baço e do fígado, anemia e uma taxa de mortalidade a galgar alturas. Não há mãe que não se enterneça ao ver o cãozito a pespegar lambidas nas fuças do filho. Pois fiquem as senhoras a saber que, além de anti-higiênicas, por realizarem a limpeza do instrumental urinante e defecante dos referidos bichos, transmitem as tais lambidas raiva, leptospirose, doença de chagas, tuberculose e hidatidose, que trocada em miúdos consiste num pipocar de quistos no fígado, não de imediato mas lá adiante, quando já se esqueceram as tais lambidas, uma espécie de crediário da moléstia. O gato, de temperamento egoísta, pérfido, traiçoeiro, além de algumas das já citadas enfermidades, oferece-nos a oportunidade de contrair toxoplasmose, cujo saldo podem ser lesões nos olhos, das quais, obviamente, não necessitamos. Papagaios, canários e outras aves de pequeno porte são, em certas circunstâncias, terroristas camuflados, provocando encefalite e psitacose, uma coisa esquisita que nos põe em frangalhos os pulmões, ao se transformar em broncopneumonia. Para finalizar este guinhol de horrores, recomendamos que essa canalha pérfida seja mantida longe das camas e dos quartos na sua inteireza, pois se Deus quisesse que ali os mantivéssemos, no regaço de nossa intimidade, tê-los-ia feito à nossa imagem e semelhança, como os macacos, que segundo o naturalista inglês Charles Darwin, foram o rascunho a partir do qual a natureza nos desenhou, responsáveis, eles também, por uma infinidade de pragas, dentre as quais a aids, fruto, segundo as más línguas, do amancebamento de seres humanos com membros da referida espécie. Ficam portanto os senhores alertados, e não me venham depois com choramingos extemporâneos. É o que tenho a dizer em nome dos proprietários da Panificadora Flor do Lácio, a que serve bem para servir sempre, e em meu próprio nome, pois me dói ver a ignorância humana transformar lares inocentes em zoológicos de terroristas. Muito obrigada. E como se diz na linguagem telegráfica de nossa juventude, pouco dada a barroquismos, *fui*! A mulher toca a campainha e desce do ônibus em meio a gritos e aplausos dos mais jovens: É isso aí, portuga! Pau na bicharada! Sai pra lá, Maria maluca! Ave agourenta! Urubu de farmácia! Mulher esquisita, avalia Theobaldo, arrepiado por um repentino calafrio. Portadora da morte. É a portuguesa de Moçambique, esclarece Abeliano. Você quer dizer moçambicana, porque Moçambique já deixou de ser uma colônia portuguesa há muitos anos, corrige Theobaldo. É a força do hábito, justifica-se Abeliano. Influência do sotaque. Você a conhece? Encontrei-a algumas vezes, inclusive no dia anterior ao do meu aniversário, logo após a surpresa que você preparou. Aquilo foi realmente uma brincadeira de mau gosto, reconhece Theobaldo, sinceramente arrependido. Chegamos ao terminal dos Correios.

73

Abeliano acompanha Theobaldo até a loja e vai para o hotel. Depois de um banho reconfortante, liga para o gerente do Cine Hollywood Stars. Adeverbal?! Aqui fala Abeliano... Põe tempo nisso... A família está bem?... Ótimo. É o mais importante. Escute, Adeverbal, eu e alguns amigos tivemos a ideia de instalar uma máquina de fazer pipoca, e eu me lembrei do Stars. Eu sei que vocês não gostam daquela mastigação frenética advinda dos Estados Unidos... entendo... mas isso já se integrou aos nossos hábitos. As pessoas, aqui, se comportam nos espaços públicos como se estivessem na sala de estar de casa. Assistem a um filme como quem vê televisão... Concordo. Mas o movimento das salas que não aderiram à pipoca e ao arroto vem caindo consideravelmente... Eu sei que não é o caso do Stars, mas vai acabar ocorrendo. A questão é que nós recebemos um patrocínio de uma entidade canadense que se dedica a restaurar a autoestima de velhinhos do Terceiro Mundo... Não ouviu falar? Parece que só chegou ao Brasil há alguns meses. Graças a esse patrocínio, teremos as despesas do primeiro ano inteiramente pagas, o que nos permite oferecer os resultados das referidas máquinas, integralmente, aos proprietários dos locais em que forem instaladas, durante um ano, considerado como fase de experiência... Interessante?! Eu sabia que você não deixaria escapar uma oportunidade dessas... Vai consultar? Perfeito. Quer anotar o número do... Já está gravado?! Incrível... Confesso que perdi o bonde da modernidade... A máquina? Potentíssima, muito mais rápida que as instaladas na maioria dos cinemas. Outra coisa, Adeverbal, caso vocês concordem, gostaríamos de inaugurar a máquina quando houver uma estreia importante, com a lotação esgotada... Esta semana?! Claro que eu conheço, essa dupla é sucesso garantido. Você me liga?... sei... ainda hoje. Ótimo. Fico aguardando. Um abraço. Escute! Obrigado por me dar essa força. Meus companheiros precisam de um estímulo, muitos deles estão sem trabalho há anos... Eu sei que posso contar com você. Garanto que será um sucesso. Obrigado mesmo. Desliga e corre pelo quarto, nu. Que maravilha!, grita diante da janela. Há momentos em que tudo se encaixa perfeitamente e as coisas começam a fluir, como num degelo. Toca o celular. Alô... fala, Militão! Já?! Conseguiu todos os componentes?! Você é um fenômeno... Será que isso é mesmo necessário? Se aumentar o tamanho, vai parecer... sei. Acho melhor um bujão de gás pequeno, para não ficar muito pesado... Perfeito. Quero que você revista o fio da energia de uma extremidade à outra... isso... da máquina até o plugue, com um tubo flexível, de aço, à prova de vandalismo, que não possa ser cortado nem com aquela porra de alicate enorme... Exato. E a placa de fechamento da tomada... não sei se o nome é espelho... também deve ser inviolável. Fixe o plugue na tomada, de maneira que não possa ser retirado... Boa ideia. O botão que liga e desliga a máquina é um ponto vulnerável... Genial! Como o aparelhinho que movimenta o portão eletrônico?... Sei... Quer dizer que eu posso abrir o gás, acender os maçaricos e controlar tudo à distância. A solução é perfeita... Não é necessário. Quando instalarmos a máquina, o milho já estará na caçamba, misturado com o óleo... Feche tudo, de maneira a criar um monstrengo blindado, à prova de machadadas, serra elétrica... Confesso que não esperava tanta perfeição. Você tem boa letra?... Mas essa prisão mudou sua vida! Quero que você solde uma placa de aço na frente da máquina, com uma frase em vermelho, letras bem grandes. A placa deve ser revestida por uma capa de metal que se abrirá apenas quando a máquina começar a funcionar... Se deslizar nos trilhos, melhor ainda. Agora, anote o que deve escrever na placa.

74

Toca o celular. Alô... ele... Claro que eu estou bem, estou ótimo... Um homem pelado, gritando na frente da janela?! Abeliano ri. Me desculpe, Ambrósio... eu sei... aquela mulher é uma desservida sexual, uma frustrada, abandonada por cinco maridos... Disse?! Mas ela fica dois andares abaixo, de onde é impossível avistar meus órgãos genitais. Da próxima vez subirei numa cadeira... Polícia?! Que atentado ao pudor, Ambrósio?! Se ela tivesse me visto nu, seria um atentado à estética. Pode ficar tranquilo. Desliga. Depois de se vestir ele vai até a janela e vê a mulher, no prédio em frente, escondida atrás de uma cortina. Maluca do caralho, pensa ele, virando-lhe as costas. Gostaria de convidar Laura para a inauguração da máquina. É bem possível que a mãe tenha mentido e ela nem tenha viajado para Londres. Pega o celular, com mão trêmula, digita os números gravados em sua memória, pois ainda não sabe como utilizar a do próprio telefone. Alô... por gentileza, desejo saber se a senhorita Laura já retornou ao Brasil... Laura?! Quem fala é Abeliano, seu avô honorário... É bom saber que você ainda se lembra de mim... Liguei por ligar, pois julguei que você ainda estivesse por lá... Sei... compreendo... Recebeu minha carta?... Quando você diz *amei*, você se refere ao estilo... Emocionada?! Emocionado estou eu, louco de vontade de ser novamente punido por você... Como posso esquecer?!... Sei... foi um momento incrível para mim também... Compreendo. Onde foi que você o conheceu?... E ele veio com você?... Não, eu estava brincando. Para dizer a verdade, nem sequer cheguei a acreditar que aquilo tivesse acontecido... Sim... Claro que eu quero saber!... Grávida?! Abeliano sente que as pernas lhe fraquejam. Tem certeza? Há quanto tempo?... Hã... Não quero parecer indelicado, mas você acha que há alguma possibilidade de que eu seja o... Entendo... Decepcionado, não... um tanto aliviado, porque se eu fosse o pai, não saberia muito bem o que fazer. Mas fico muito feliz por você... Claro que eu estou emocionado, afinal, você... Escute, meu anjo... eu só lhe peço que nos vejamos ainda uma vez, para nos despedirmos como dois adultos, sem o telefone como intermediário. E nem precisa ser num local reservado. Gostaria de recebê-la num evento que estou preparando com uns amigos. Vamos inaugurar uma máquina de fazer pipoca, na sala de espera de um cinema... Eu também acho engraçado... Ainda não sei. Estamos esperando confirmação... Se é importante? Muito. Sinto que isso vai ter uma influência decisiva em minha vida, pois é uma resposta que Abeliano Tarquínio de Barros, professor de história da arte, deve à sociedade... O possível, não, faça o impossível. E, se quiser, traga seu namorado. Pode me apresentar como um amigo do seu avô... Promete? Ótimo! Deve ocorrer nos próximos dias. Quando souber lhe telefono. O mesmo para você. Abeliano desliga e se deixa cair, sentado, na cama. Fica a lembrança, que permanecerá comigo para sempre. Que ideia mais idiota, coisa de folhetim! Bola pra frente, seu Abeliano. Começa a assoviar a *Marseillaise*, e quando chega ao ponto em que os cidadãos são incitados a pegar em armas desfere um potente murro na porta do guarda-roupa. Liga para Theobaldo. Alô... aconteceu uma tragédia, Theo. Não me diga que pegou fogo no Miss Daisy! Pior, meu coração está em chamas. O que foi que aconteceu, meu Deus?! Quantas vezes eu já lhe disse que não deve cozinhar nesse maldito fogão campestre?! Eu não disse fogão, Theo, e sim coração. Eu entendi. Sua camisa se incendiou, na altura do peito, e... Esqueça, Theo.

    Abeliano desliga. O celular toca. Alô! Caiu a linha?! Não, eu desliguei. Você disse que seu coração tinha pegado fogo! Não. Eu disse que meu coração está em chamas, uma forma poética de lhe comunicar que acabo de levar um pé no rabo. Como?! Numa briga? Que mania você tem de responder aos desaforos! A juventude hoje é assim mesmo, não tem respeito por mais nada, muito menos pelos idosos. Não me diga que algum idiota pôs fogo em sua camisa, como aqueles jovens fizeram com o índio! O que foi que você disse aos agressores? Se precisar ir à delegacia, conte comigo. Não podemos permitir que fatos como esse ocorram impunemente. Pelo que você está me dizendo, o revide foi desproporcional à agressão! Você deve ter esbarrado nos brutamontes, eles o xingaram, você os insultou e eles... o incendiaram! Theo...

Quantos crimes são praticados no trânsito, Abeliano, em decorrência de ofensas banais, que poderiam ser ignoradas não fosse o estresse em que vivemos?! Você sabia que se uma galinha sangrar ao botar um ovo, as outras se precipitam sobre ela e a matam com bicadas na cloaca? Até quando o ser humano se comportará como se tivesse um cérebro inferior ao de uma galinha?! Theo, escute! Por que as galinhas passam a vida toda esbarrando umas nas outras, sem se desculparem nem nada, mas você jamais verá uma delas ser exterminada a bicadas, a não ser que se trate do referido sangramento, em decorrência de ele provocar, nesse ramo dos galiformes, uma reação simbiôntica, misto de pânico e ódio homicida, ou melhor, avicida? Espero que os agressores não tenham jogado algum líquido inflamável em sua camisa antes de lhe atear fogo, porque nesse caso... Abeliano! Diga alguma coisa! Foi isso mesmo que aconteceu?! Você ainda está aí?! Responda... Ah, o que é que eu vou fazer agora?! Não posso abandonar a loja... Estamos esperando um bando de jovens maravilhosas, estudantes de um internato de freiras, que vêm aqui à procura de roupas de odalisca, a serem utilizadas na representação teatral de *Salomé*, o famoso poema dramático de Oscar Wilde, você deve conhecer, a jovem é repelida pelo profeta Yokanaan, por quem está apaixonada, e para se vingar pede a Herodes que o mate. Não me lembro muito bem, mas presumo que Salomé dance diante de Herodes, coberta de véus, e que os vá retirando aos poucos, até ficar nua. Isso não seria possível num colégio religioso do passado, mas, consideradas as inúmeras mudanças ocorridas com o *aggiornamento*, ouvi dizer que haverá mesmo a tal cena de nudismo. Como ainda não se chegou a um consenso sobre qual delas representará Salomé, decidiram as diretoras que todas elas vestirão e despirão as roupas, a fim de que se possa avaliar o talento de cada uma. As jovens têm entre dezoito e vinte anos e estarão chegando dentro de meia hora. Você disse meia hora?! Estou indo já para a loja. Nossa!, exclama Theobaldo ao ver Abeliano. Você devia participar das Olimpíadas. Eu não quero perder nem um minuto desse espetáculo. Que espetáculo? Da Salomé, a tal dança dos véus. Você sabe de que colégio elas são? Elas quem, Abeliano? As meninas... Você disse que elas chegariam em meia hora! Eu?! Você inventou essa história para me sacanear. Foi a única maneira que eu encontrei de apagar o incêndio do seu coração. A Laura lhe deu o fora definitivo, certo? Está grávida. O filho é do namorado. Chegaram ontem de Londres. Lamento. Quer saber?! Não lamento coisa nenhuma, se o filho fosse seu... Na verdade você está se lixando, porque mordeu logo a isca das colegiais desnudas. Os dois riem, mas logo se recompõem ao ver duas adolescentes paradas diante da porta. Me desculpem... os senhores têm roupas de odaliscas? Temos sim, minha filha, responde o dr. Santos, que acaba de chegar. Façam o favor de entrar. Pode deixar que eu atendo, dr. Santos. Imagine, Theobaldo, faço questão de mostrar não só as roupas, mas a loja toda a esses encantos. Venham. Esse maluco ainda vai acabar preso por pedofilia!, comenta Abeliano. Que nada, é só encenação. Seu momento máximo de ousadia, em relação às adolescentes, foi a leitura de *Lolita*. Não me diga que você também aprecia essas franguinhas de leite!, ironiza Abeliano. Te esconjuro! Essas pestinhas são demônios disfarçados, mais terríveis do que os tentadores de Santo Antão.

75

Após receber um telefonema de Adeverbal autorizando a instalação da máquina de pipoca no Hollywood Stars, Abeliano decide ir até o local, para verificar em que ponto da sala de espera ela pode ser colocada. Pega o 875A-10 – Aeroporto e sobe a Consolação. Eu sabia que o destino o colocaria novamente no meu caminho!, exclama uma mulher, sorrindo. Perdão, minha senhora, não me lembro de a ter encontrado antes. Mas eu me lembro muito bem! Foi no 177P-10 – Pedra Branca. Eu lhe perguntei se o senhor era aquele poeta famoso que abandonou a literatura, e o senhor negou. Eu também lhe disse que minha amiga tinha um livro com a sua foto. No dia seguinte, eu pedi o livro emprestado e tenho andado com ele na bolsa. Está aqui comigo. A senhora não quer se sentar? Se o motorista frear de repente... Sentam-se. Ela pega o livro e mostra a Abeliano. Incrível como é parecido comigo! Não sei se a senhora conhece a lenda do duplo. O senhor se refere à história escrita por Dostoiévski? O autor russo se baseou na lenda segundo a qual todos nós temos uma reprodução perfeita do que somos, que anda por aí, pelo mundo. Se um dia nos encontrarmos frente a frente com o duplo, morreremos. E o que tem isso a ver com sua foto?! Aí é que está o problema, a foto não é minha. Como não?! É a sua cara, mais jovem, com mais cabelos... O livro é traduzido? Não, os poemas foram escritos em português, pelo senhor, é claro! Meu Deus! Então a senhora não percebe que se o livro foi escrito no Brasil... Em São Paulo, especifica ela. Isso significa que ele pode estar muito perto. Ele quem?! O duplo! Se nos encontrarmos... O senhor morrerá. Ou ele... porque há a possibilidade de que *eu* seja o duplo. Seu Abeliano, francamente, seu nome está aqui, na capa do livro: Abeliano Tarquínio de Barros. Mas é óbvio! A senhora esperava que meu duplo usasse outro nome?! Já lhe disse que ele é... O senhor devia ter mais respeito por si mesmo e por quem admira tanto seu talento. Vamos, confesse. Abeliano ri. Guarde esse livro, por favor. Essa foto me deprime. O senhor era um bocado bonito! Aliás, ainda conserva muito do antigo charme. Não... sou uma ruína, um deboche de mim mesmo... não só na aparência, mas na totalidade do meu ser. Foram-se não só os cabelos do topete como a maioria dos sonhos, e são eles que nos iluminam o olhar, quando jovens. Mas se há algo que nos chama a atenção na sua pessoa são justamente os olhos, vivos, expressivos. A senhora é muito generosa. Não me disse seu nome. Rosália. É um prazer revê-la. Obrigada. O prazer e a honra são meus. Não quero importuná-lo com minha insistência, mas gostaria de saber o que o levou a abandonar a poesia, a se ocultar sob a lenda do duplo. Essas coisas não ocorrem de repente, Rosália. Posso chamá-la assim, informalmente? Claro! Escrever pode ser uma tarefa penosa, exaustiva... um verdadeiro sofrimento, segundo inúmeros escritores. Esse não é meu caso. Escrever sempre me deu muito prazer, porque substituí o drama da existência pela tragicomédia. A vida é um milagre e me enternece... o planeta, um deslumbramento... mas a sociedade humana não merece que soframos por ela. Somos uns primatas, um projeto divino fracassado. Mas em seus poemas o senhor... Você. Você afirma exatamente o contrário! Não confunda o poeta, inspirado, visionário, com o ser humano que o carrega. O poeta voa. Eu, pobre ser humano, ignorante, mesquinho, solitário, desiludido, rastejo. Mas o que foi que o levou a deixar a leveza inspirada, visionária, para vestir esse manto de chumbo?! Você acaba de falar como um poeta. Ela sorri, encabulada. Não fui eu quem abandonou a poesia. A inspiração secou, aos poucos, como a fonte cujo entorno é destruído. Deixei-me apanhar pela flor carnívora da modernidade. Tornei-me uma espécie de cientista amalucado e estéril, que tudo coloca sob o microscópio e, de bisturi em punho, expõe as vísceras das emoções mais simples, à procura da verdade. Mas assim como o reflorestamento faz ressurgirem as nascentes, o repovoamento da alma, ao trazer de volta os espécimes destruídos pela brutalidade dos fatos, pela desilusão, pelo excesso de consciência, pelo sofrimento... por todos os desastres, enfim, causados pela ignorância humana, deverá necessariamente nos devolver a leveza do ser, a inspiração, o encanto e, portanto, a poesia!, rebate ela com entusiasmo. Reza a tradição que os anjos são providos de asas, diz Abeliano, profundamente tocado. Gostaria tanto de entrar numa livraria e encontrar um novo livro seu, Abeliano. Prometo que vou refletir seriamente sobre suas palavras. Fico muito feliz. E agora, por favor, autografe o livro... minha amiga, Lúcia, também aprecia muito seus poemas. Abeliano escreve algumas palavras e assina. Não diga a ela que a poesia partiu há muito e que o autógrafo lhe foi dado por um homem comum, destituído de qualidades. A poesia retornará, tenho certeza. Preciso descer. Foi uma honra... até qualquer dia... numa noite de autógrafos, espero.

Ela desce do ônibus e acena para Abeliano com o livro na mão. Como é difícil alguém se manter incógnito numa cidade como esta!, pensa ele, respondendo ao gesto. Ela foi simpática em sua tentativa de me fazer retornar ao convívio das musas. Contudo, quando se foi expulso do Parnaso, é quase impossível ser nele readmitido. Abeliano desce na Avenida Paulista e caminha até o cinema. Encontra Adeverbal na sala de espera, trocando a lâmpada de uma luminária. Vim dar uma espiada no local, diz Abeliano, cumprimentando o gerente amigo. Temos quatro tomadas na sala, mas apenas uma delas está livre. Fica ali, perto da entrada. Excelente! Vamos colocar a máquina ao lado da escada, para que as pessoas a vejam ao entrar. Você teve muita dificuldade em convencer o Paulino? Nenhuma. O senhor sabe que ele não perde boas oportunidades. Quando eu disse seu nome, ele abriu um sorriso: Se é ideia do Abeliano, está aprovada! Nós trabalhamos juntos numa editora e demos boas risadas com todo tipo de maluquice. Bons tempos... Quem diria, um intelectual daquele porte vendendo pipoca! Este país não dá garantia a ninguém, será que ele ainda escreve? Há anos não vejo mais nada em seu nome nas livrarias. Uma pena. Ele tem talento, mas há qualquer coisa em sua vida... o temperamento reservado, talvez, que o impede de atingir a dimensão que se espera dele. Chegou a ser reconhecido, respeitado, mas sempre num pequeno círculo. Quando éramos jovens, todos punham a maior fé no seu futuro. E agora... aposentado, vendendo pipoca no meu cinema! É a maldita timidez. Abeliano parece extrovertido, brincalhão, mas no fundo é um tímido. E neste mundo feroz, meu caro, os tímidos estão fodidos. Ele disse tudo isso?!, exclama Abeliano, rindo. Não sei se disse com essas palavras, mas o sentido foi esse. Você tem boa memória, Adeverbal, praticamente fotográfica. Estou vendo o Paulino, com aquele riso irônico, a mão no queixo, pensando: Pobre Abeliano, de gênio a pipoqueiro! Não foi bem assim, seu Abeliano, ele tem pelo senhor o maior respeito. Só ficou um pouco surpreso. Mas a situação é mesmo constrangedora, diz Abeliano. Por essa razão eu não me dirigi diretamente a ele. Outra coisa, seu Abeliano, o seu Paulino quis saber se o senhor vai trabalhar com a máquina pessoalmente. Diga a ele que não se preocupe, meu constrangimento não chegará a esse ponto. Nossa organização conta com um corpo de colaboradores eficiente e numeroso. Escolhi para esse posto um de nossos melhores empregados, Theobaldo, que eu descobri quando trabalhava como *chef* num de nossos melhores restaurantes. Ah, os senhores também são proprietários de restaurantes?! Uma cadeia... internacional... São Paulo, Rio, Tóquio, Roma, Toronto, Berlim. Mas o senhor disse que a máquina fazia parte de um projeto de estímulo à terceira idade, patrocinado por uma entidade canadense. Isso se deve à minha personalidade camaleônica... me encanta inventar situações, histórias, personagens. Disse aquilo para provocar essa reação que você viu... Paulino julgando que seu amigo fracassou. Ele me disse que o senhor foi professor de história da arte. E redator de publicidade, acrescenta Abeliano, funcionário dos Correios, chefe de redação, cantor lírico em navio mercante e uma infinidade de outros personagens, todos na juventude. Você tem certeza de que a tomada está funcionando? Já testei, seu Abeliano. Ótimo, vamos ter que adaptá-la, para evitar que algum engraçadinho desligue a máquina. Tudo bem, o senhor é quem manda. Escute, Adeverbal... não diga nada ao Paulino a respeito do que lhe contei. Prefiro que ele continue pensando que eu terminei minha carreira como pipoqueiro. Pode ficar tranquilo, seu Abeliano. Quando é que o senhor vem instalar a máquina? Amanhã ou depois. Quero aproveitar a estreia de *Sangue e moscas*. O que você acha? Vai ser um estouro, seu Abeliano, casa lotada. E tome pipoca!, exclama Abeliano, rindo. Pelo visto o Paulino não está no escritório. Não. Saiu para resolver um problema de impostos, alguma burrada do contador. Diga-lhe que deixei um abraço. Ele viaja amanhã bem cedo e volta para a estreia do filme. Desejo-lhe boa viagem. Até mais, Adeverbal... os velhinhos lhe agradecem.

76

Que sorte o Paulino estar viajando amanhã, pensa Abeliano, caminhando pela Avenida Paulista. Ele sempre foi curioso, ladino, ia implicar com as adaptações que teremos de fazer na tomada. Puta que pariu! Me esqueci do óbvio. De que adianta blindar a máquina e a tomada se eles podem desligar a corrente elétrica? Abeliano pega o celular e fala com Militão. Já pensei nisso, doutor, sou um cabra escolado. Ainda bem. E qual foi a solução? Simples... uma bateria. Só usaremos a energia para ligar o sistema, acender os maçaricos, mover a cobertura da placa. Então nem precisamos da tomada. Mas assim não tem graça, doutor... eles não podem saber dessa autonomia. Eu já saquei tudo, seu Abeliano... essa coisa da blindagem, adaptação na tomada, fio à prova de corte... O senhor não quer que a parafernália seja desligada. Mas é só uma medida de segurança, Militão! Pode deixar, mais seguro que isso, só o cofre do Banco Central. Quando vai ficar pronta? Depois de amanhã, no início da tarde. Excelente! Tá ficando uma beleza, doutor. Eu modifiquei um pouco a ideia, por minha conta. Modificou?! Coloquei em cima a cabeça de um palhaço que encontrei no meio das quinquilharias. Veio de um parque de diversões. Você captou meus pensamentos, Militão. Mais do que o senhor imagina, doutor. Então nos encontramos depois de amanhã, na porta do cinema, digamos... às três horas. Tudo bem, doutor. E o preço? Você ainda não me disse... No final a gente acerta. Eu tô pensando uma coisa... Diga. Se o senhor me admitir na sociedade, não cobro nada. É mesmo?! E se não houver lucro? Paciência. O que importa é a amizade... e o divertimento, o riso. O riso? É, doutor, foi por isso que eu coloquei a cabeça do palhaço. Boa ideia, Militão, além de decorativo, o palhaço vai provocar boas risadas. Tome nota do endereço. Não precisa, doutor, eu conheço o cinema. Um abraço, então, e parabéns! Ah, ia me esquecendo! Você tem certeza que a máquina vai funcionar? Vou testar amanhã à noite, doutor. Se o senhor quiser vir... Não será necessário. Fiquei impressionado com seu profissionalismo e a rapidez com que está montando nosso robô. Nosso?! Claro, considere-se admitido na sociedade. Obrigado, seu Abeliano. Sou eu quem agradece. Um abraço, Militão. Outro.

    Ao chegar à Rua Augusta, Abeliano entra no Conjunto Nacional e toma um café. Depois caminha até o ponto do ônibus e pega o 107P-10 – Mandaqui-Pinheiros. Quando vai se sentar, vê, depois da roleta, a figura quase irreal de Margarita, cujas mãos, enluvadas, seguram um livro. Inacreditável!, pensa ele. Escolho aleatoriamente um ônibus e, entre milhões de habitantes, encontro a mulher com nome de *pizza* que tanto desejava rever. Ele paga a passagem e se aproxima, discretamente, sem que ela note sua presença. Senta-se ao seu lado e vê que o volume que ela tem nas mãos é *O livro de Cesário Verde*. E ao constatar que ela, sem pestanejar, lê o poema "Eu e ela", murmura junto ao seu ouvido: "Nós havemos de estar ambos unidos, / Sem gozos sensuais, sem más ideias, / Esquecendo p'ra sempre as nossas ceias, / E a loucura dos vinhos atrevidos. / Nós teremos então sobre os joelhos / Um livro que nos diga muitas cousas / Dos mistérios que estão além das lousas, / Onde havemos de entrar antes de velhos". Abeliano!, exclama ela, que manteve os olhos fechados desde o instante em que ele começou a falar, por lhe ter reconhecido a voz. Margarita, diz ele, segurando-lhe a mão. Visão impossível, quase irreal... uma fada uruguaia, a ler um poeta português do século XIX a bordo de um ônibus. Que feliz coincidência, responde ela, fechando o livro e olhando para Abeliano intensamente. Quantas vezes pensei em você, Margarita, rogando a Deus que a colocasse novamente em meu caminho!, confessa Abeliano, emocionado. Não pude esquecer a magia daquele nosso encontro, sob a proteção de Felisberto Hernández. Mas foi tudo tão rápido, tão surpreendente, que deixei de lhe dizer quão importante seria para mim privar de sua companhia, de sua amizade. Você acreditaria se eu lhe dissesse que morri de saudade?! Ela sorri, levando a mão esquerda ao rosto, para afastar a madeixa que o vento insiste em agitar, e Abeliano vê, através da luva rendada, o que lhe parece ser uma aliança. Abatido em seu entusiasmo, deixa escapar um risinho irônico, enquanto seus olhos continuam a fitar a pequena superfície dourada, com a esperança de que se trate apenas de um anel.

Margarita baixa os olhos por um instante e depois olha para ele com ternura. Casei-me, Abeliano. Também pensei muito em você, arrependi-me de não ter permitido que descesse do ônibus para me acompanhar. Julguei que nunca mais nos veríamos. A verdade é que não suportei a solidão. Um antigo colega de trabalho, que também enviuvou, sentia-se igualmente só. Nós saímos algumas vezes para ir ao cinema, a uma festa... e acabamos nos envolvendo. É um homem respeitoso, me propôs casamento logo nos primeiros dias, e eu acabei concordando. Espero que ele a faça muito feliz, murmura Abeliano, procurando disfarçar sua decepção. Obrigada. Como lhe disse naquele dia, creio que não teremos muito tempo. Você acha, Margarita, que se eu tivesse sido mais ousado, você... Não sei. Talvez eu ainda não estivesse preparada. Não me sentiria com ânimo para começar uma relação do zero. Com Luciano deu certo porque nos conhecemos há muitos anos, sempre houve uma simpatia mútua, e, como ele e a mulher não se relacionavam muito bem, eu sempre senti que ele se interessava por mim. Depois nos aposentamos e ficamos muito tempo sem nos ver. O reencontro aconteceu por acaso, num supermercado. Não posso negar minha decepção, observa Abeliano, mas a verdade é que você me parece hoje mais vital, mais animada. Menos deprimida, você poderia dizer, responde ela. Cheguei a pensar em suicídio. Quando nos encontramos eu havia comprado várias caixas de soníferos. Depois de conversar com você, cheguei à minha casa e me livrei de todos eles. É bom saber que nosso encontro resultou em algo tão positivo. E como foi que você descobriu Cesário Verde?, indaga Abeliano, para mudar de assunto. Luciano... ele sempre gostou dos poetas portugueses. E esse é dos maiores, diz Abeliano. Morreu moço o nosso Cesário... aos trinta e um anos, de tuberculose. Murilo Mendes e Manuel Bandeira foram influenciados por ele, este último na tuberculose, inclusive, observa Abeliano. Nada sei a respeito deles, confessa Margarita. Minha formação, na verdade, é superficial. Mas não se deve envergonhar por isso. Disse alguém, cujo nome agora me foge, que o homem culto é apenas um burro carregado de livros. Em pior situação ando eu, que devorei bibliotecas e nem por isso cheguei a ser verdadeiramente culto. Sou um burro que partiu carregado de livros... afrouxou-se o arnês, tombaram os balaios e restou apenas o burro. Margarita ri. Você é muito modesto, Abeliano. Hoje, infelizmente, a modéstia se tornou defeito grave e pode levar um homem à ruína, rebate ele com certa amargura. Procura nos bolsos um pedaço de papel e escreve nele algumas linhas. Aqui tem meu endereço, meu telefone. Se um dia, por algum motivo, quiser me ver, espero que me considere seu amigo. Ela pega o papel, emocionada. Tenho ainda uma pergunta a lhe fazer, diz Abeliano, levantando-se: Você o ama? Ela respira fundo, solta um suspiro e, olhando fixamente para ele, segura-lhe a mão. De certa maneira, sim. É a mesma sensação que se tem ao contemplar o ocaso. As cores são belas e nos encantam, mas a luz vacila e muito em breve mergulharemos na treva. O sol renascerá no outro dia e haverá novos ocasos, rebate Abeliano. Margarita sorri. Sou-lhe grata por tentar me infundir uma dose de ânimo, de esperança... mas você sabe tanto quanto eu que o ocaso da vida, por mais longo que nos pareça, é o último. No que me diz respeito, tentarei fazer como Josué ao combater Adonisedec. Ordenarei ao sol que se detenha, arremata Abeliano. Agora tenho que descer. Até breve, espero... Adeus, meu amigo. Sinto uma pena imensa de que não nos tenhamos conhecido há mais tempo. É uma confissão?! Mais que isso, uma rendição. Margarita beija a mão de Abeliano. Vá, meu querido, adeus! Você quer mesmo que eu... Sim... por favor... já não há mais o que fazer. Compreendo. Mas nunca se sabe o que o futuro nos reserva, e espero que ainda tenhamos algum. Guarde meu endereço e se tiver vontade de me ver, telefone. Promete? Prometo. Até breve... até... O ônibus para no Largo do Paissandu e ele desce sem olhar para trás.

77

A caminho do hotel, Abeliano não sabe o que pensar sobre o que acaba de acontecer. Está emocionado e ao mesmo tempo se sente ridículo por ter participado de uma cena romântica, a essa altura da vida, sem estar sequer apaixonado por Margarita. Puta merda!, pensa ele, a solidão e a velhice exercem tanto poder sobre o homem quanto o sexo! Será que eu tenho mesmo necessidade de alguém ao meu lado, para acompanhar passo a passo minha deterioração física, mental, emocional, moral?! Laura, ao menos, é um absurdo patente, um delírio compulsório, canto de cisne, mergulho no infinito, naufrágio de colhões em noite de tempestade, em que o sexo se debate para não perecer. Abeliano ri. Margarita... nome de *pizza*! O que me atraiu nela?! A correção, a elegância discreta, aquele estar no mundo à maneira de fotografia ao vivo? De violino a que falta uma corda? Orquídea esquecida nos fundos de uma estufa abandonada? Manequim irretocável de um museu de cera? Peixe das profundezas tentando decifrar o enigma dos submarinos? Paisagem de aquarela escorrida após a chuva? Lua oculta por uma nuvem cuja presença apenas adivinhamos? Girassol paralítico? Mensagem em pombo-correio que perdeu o rumo? Cantora lírica em noite de gripe e estreia? Camafeu dependurado no pescoço de uma girafa a correr desembestada numa savana africana? Cerveja esquecida no congelador em jogo de Copa do Mundo? Arara descolorida, depenada por um vendaval? Música sacra tocada em boate mambembe? Grito de terror em filme de cinema mudo? Tricô interminável que vai tomando o formato de um pulôver destinado a Pantagruel?

Depois de muito procurar nos bolsos, ele encontra o telefone das mulheres que o convidaram para o teste de ator. Liga. Bom dia, quero falar com Lucrécia, por gentileza... Ah, como vai, Matilde? Aqui fala Abeliano, o galã septuagenário que vocês conheceram na Liberdade e convidaram para um teste, não sei se você se lembra... Minha foto?! No seu celular? Mas eu nem me dei conta! Escute, meu anjo, gostaria de marcar o teste o mais depressa possível, porque vou passar dois meses na Tailândia, num mosteiro budista, e se deixarmos para depois... Sei... Novela? É claro que eu posso adiar a viagem se o papel for conveniente... Avô de um garoto pentelho... Entendo. A tevê está cheia deles... Prefiro no fim da tarde... Hoje mesmo?! Está ótimo. Vou levar o amigo de que lhes falei, bem mais talentoso que eu, Theobaldo. Disse a ele que vocês o convidaram para o teste... Ótimo. Ele está preparando umas cenas de Shakespeare... Ator dramático... Isso... mas extremamente dotado para a comédia. Tenho certeza de que vocês vão se dobrar de rir. O endereço é o que está no cartão, certo?... Dezoito horas... Combinado. Foi um prazer. Até mais. Desliga. Tenho que concentrar minha energia para a abordagem daquelas coxas magníficas, pensa ele. Lucrécia oferece a vantagem de não ser uma vestal. Divorciada, independente, com aquele olhar oblíquo de safardana, indício seguro das desembestadas sexuais. Reúne todas as condições para me conduzir ao altar de véu e grinalda... relacionamento rápido, com data de vencimento para daqui a três meses, pois além desse prazo já entramos na zona de risco... esgotamento, infarto, hérnia de disco...

Liga para Theobaldo. Alô... Theo?! Aqui fala seu tipo inesquecível. Estou muito ocupado agora, Abeliano! Fazendo o quê? Procurando uma caixinha de miçangas azuis que se escafedeu no meio deste caravançará. Você está em São Vicente?!, pergunta Abeliano. Como assim? Você quer dizer no litoral? Pois... Não. O que estaria eu a fazer lá? Não é de onde partem as bandeiras? Que bandeiras?! As expedições armadas para prear o gentio. Você está se referindo aos bandeirantes? Me parece óbvio. Continuo a não entender. Serei mais específico. Desejo saber se as miçangas se destinam a conquistar a confiança dos indígenas para atraí-los e levá-los ao cativeiro. Veja você a que ponto chega um sujeito que não tem nada a fazer!, exclama Theobaldo. Que tempo desperdiçado a construir castelos barrocos de frases, labirintos de espuma... E as miçangas?, insiste Abeliano. Serão costuradas na barra de uma fantasia. Se eu as encontrar. Caso contrário, terei que bater pernas na 25 de Março, que é o caos de sempre. Você já procurou no bolso do paletó? Direito ou esquerdo? No pequeno, onde os autólatras carregam os cigarros. Você acha mesmo que os fumantes cultuam a si próprios? Claro. O que são os cigarros senão uma espécie de incenso a fumegar em torno de um manipanso? Nossa, Abeliano, você tem cada ideia! Ah!, não é que ela está aqui?! Ela quem? A caixinha. Que intuição poderosa a sua, Abeliano! Basta de conversa fiada, Theo. Procure se livrar logo das miçangas, dos indígenas, do dr. Santos e venha me encontrar na porta do hotel às dezessete horas. Mas... O teste foi marcado para as dezoito, com meia hora de tolerância. Que teste? O que vai nos transformar em estrelas. Estrelas?! Porra, Theo, francamente, você precisa mastigar um carregamento de palitos de fósforo para ativar um pouco sua memória! O teste para o cinema, a televisão... Hoje?! Finalmente chegou a nossa vez, Theo! A Matilde e a equipe estão nos esperando, ansiosos para gravar a cena de *Ricardo III*. Você disse a eles? Disse o quê?! Faz parte do teste, pombas! Pegue uma roupa aí na loja, uma fantasia, qualquer coisa que o ajude a incorporar o personagem. Se quiser, pode convidar o dr.

Santos para assistir. Você ficou maluco?! Esse homem é o meu superego... se estiver presente, eu... eu... eu... não conseguirei proferir uma única palavra! Esqueça o dr. Santos, mas traga a fantasia. Ele está aí? Não, já foi embora, com aquela dançarina do ventre. Então feche a loja um pouco antes das cinco e venha me encontrar. Mas eu tenho que costurar as miçangas! Centenas. E você sabe como elas são pequeninas, espertas, cheias de vida. Escapam das mãos e se perdem. Deixe de raciocinar como uma costureira da Rive Gauche e aprenda a pensar com grandeza! A fama nos espera e você me vem com miçangas! Que violência, Abeliano... que ironia... e tudo por uma caixinha de miçangas! É o meu trabalho, Abeliano. Nem todos podem se dar ao luxo de morar gratuitamente num hotel, recebendo aposentadoria, e... Pense bem no que você vai dizer, Theobaldo! Se afirmar que eu vivo na flauta, recebendo ajuda dos meus filhos, desperdiçando meu tempo com idiotas como você e adquirindo uma cultura inútil, poderei até admitir que você está absolutamente certo. Não obstante, serei obrigado a enviá-lo, com suas miçangas e lantejoulas, à reputamadre que te pariu! Como diria Horacio... Ai!, grita Theobaldo. O que foi desta vez?! Por sua causa deixei cair a caixinha de miçangas! Agora, como é que eu vou encontrar essas minúcias, se nem luz decente eu tenho neste lugar?! Se eu for à 25 de Março, adeus teste! Espere!, grita Abeliano. Vou comprar uma lanterna e passo por aí pra te ajudar na busca.

78

Ai! Que dor nas costas, queixa-se Theobaldo, enquanto aguardam a chegada do 4112-10 – Sta. Margarida Maria-Praça da República. Você e suas malditas miçangas!, retruca Abeliano. Quase perdi a visão procurando aquelas insignificâncias decorativas metidas nos desvãos do assoalho. Só me faltava ser transformado em costureira, a esta altura do campeonato. Espetei os dedos meia dúzia de vezes. Mas se você não tivesse me ajudado, Abeliano, eu não conseguiria concluir a tarefa a tempo! O problema, Theo, é que aquele muquirana do seu patrão se nega a contratar mais gente e você acaba desempenhando os papéis de balconista, faxineira, telefonista, *office boy*, costureira, copeira, bordadeira, manequim... Além do mais, você já está aposentado, devia ficar em casa assistindo à televisão. Minha aposentadoria não paga nem as contas de luz, gás e telefone! Quem manda nascer neste paisinho escroto? Mas você também nasceu aqui, Abeliano! É verdade, sou a mulher do malandro, que vive levando porrada e continua ligada no cafajeste. Você acha que alguém, não digo humano, mas situado ao menos pouco acima dos ortópteros onívoros, da ordem dos blatários, mais conhecidos como baratas, pode sobreviver com a aposentadoria equivalente a um salário mínimo?! Claro que não, Abeliano. Mas adianta você se esgoelar, clamando ao Olimpo dos políticos, esses deuses que, apesar de menores, têm o nosso destino nas mãos?! Abeliano ri. Gostei dessa imagem. Que imagem? A dos deuses do Olimpo. É sua ou você leu isso em algum livro? Inventei agora. Não fuja do assunto. Aliás, já discutimos isso um milhão de vezes, Abeliano. Pois discutiremos com milhões, porra! Até que os deuses menores tomem vergonha e passem a zelar pelos pobres. Em vez de ficar feito barata tonta, viajando nesses ônibus absurdos, você devia ter feito carreira política, pondera Theobaldo. Não seria diferente dos outros, mas pelo menos teria uma excelente aposentadoria, com muito menos tempo de serviço. O que você quis dizer com essa história de que eu não seria diferente dos outros políticos? Você já entrou numa fábrica de biscoitos moderna, Abeliano? Não. Então fique sabendo que aquilo tudo é automatizado... a produção da massa, a moldagem dos biscoitos, a entrada na esteira que leva ao forno... Graças a esse sistema, você abre um pacote de biscoitos e verifica que eles são exatamente iguais. Na política acontece a mesma coisa. Algum cientista maluco modernizou o antigo sistema de produção, que se chamava monarquia, e implantou o maquinário democrático. A produção se tornou mais ágil, modificaram-se os sabores, a embalagem, o *marketing*, mas aquilo tudo continua a ser um sistema. Se você quiser se afirmar como biscoito diferente, acabará sendo eliminado pelo controle de qualidade, responsável pela uniformidade do produto. Esse controle é exercido, na linha de produção democrática, pelo isolamento, pela pressão, pela corrupção, pelo conchavo. Se o mau funcionamento do sistema o levar ao colapso e à substituição, adotando-se o gerenciamento ditatorial, e se o biscoitinho renitente insistir em afirmar suas diferenças, o controle de qualidade poderá recorrer ao chamado "acidente". Depois de esmagado, o biscoito será recolhido por uma pá automática e atirado ao lixo da história, no qual os heróis acabam, cedo ou tarde, esquecidos. Sabe que eu estou perplexo com a perfeição, a clareza e a criatividade de seu raciocínio?!, elogia Abeliano. Às vezes chego a pensar que você talvez seja dotado de algum tipo de mediunidade e seu corpo sirva de cavalo a alguma entidade advinda dos planos superiores. Você é incapaz de reconhecer minhas qualidades, Abeliano, tem sempre que debochar do que eu faço ou do que eu digo! De maneira nenhuma! Eu o considero um pouco lento, mas isso é apenas uma questão de ritmo, de temperamento. Contudo, jamais ignorei sua inteligência, que chega a ser brilhante. Mas neste caso você generalizou. Nós sabemos que existem políticos corretos, dos quais se desconhecem deslizes. Na sua concepção confeiteiro-política, eles seriam eliminados, mas não é o que vem ocorrendo, pois continuam a manifestar suas ideias ao arrepio das decisões da maioria. Como você explica isso? Não se iluda, Abeliano, o sistema é tão maquiavélico, tão bem engendrado, que esses biscoitos excepcionais, de formato e sabor diferenciados, são empacotados à parte, em vistosas embalagens, e oferecidos aos consumidores – e aí entra o *marketing* – como prova da excelência dos produtos da fábrica democrática. E nós acabamos consumindo, de cambulhada, tanto os bons quanto os ruins. E a vida continua, a mudar sempre e sempre na mesma. O que me inquieta, em relação a esses biscoitos "honestos", é que eles continuam a fazer parte do esquema, sabendo que, no conjunto, ele foi montado não para servir, mas para iludir os consumidores. Além disso, numa época de corrupção generalizada como a nossa, a honestidade deixou de ser uma qualidade do caráter, obrigatória para o bom convívio social, para se tornar um poderoso elemento de *marketing*. Acho quase obsceno o político que ostenta um crachá no qual se lê: "Vejam como sou honesto". Brilhante!, reconhece Abeliano rindo. De onde se conclui, arremata Theobaldo, que a tal fábrica de biscoitos democrática não passa de uma grande mascarada. Se assim não fosse, o salário mínimo e a maioria das aposentadorias deste país estariam muito acima da linha da vergonha. Lá vem o nosso ônibus!

Sentam-se num dos bancos destinados à terceira idade. Você tem mesmo certeza de que esse teste é coisa séria?, indaga Theobaldo. Certeza absoluta eu não tenho a respeito de nada. Você conhece minha opinião: estamos no fim dos tempos e tudo é possível. Mas eu tive uma boa impressão sobre o que aquelas mulheres me disseram. Além disso, uma delas, a Lucrécia, é dona de um par de pernas magnífico. Como eu fiquei interessado nela e pressupus que você também se sentisse atraído pela outra, evitei, por respeito, avaliar as pernas da Matilde. Mas olhando assim, *à vol d'oiseau*, me parece que ela também tem um corpão. Você já se deu conta, Abeliano, de como nossa situação é patética?! Estamos sempre na antecâmara do sexo e não comemos ninguém. E a Izilda?!, exclama Abeliano. Você acaba de ser atacado por uma das sereias da Odisseia e me vem com essa conversa deprimente. A Izilda não conta! Como não conta?! Ela é maluca, Abeliano, o que só vem comprovar minha tese. E a Laura?! Também é maluca? A crer em sua própria descrição, aquela aventura com Laura ocorreu por acaso, ou em decorrência de um delírio, um curto-circuito que transformou o cérebro da pobre moça num bobó de camarão mal refogado. Temos que encarar a realidade, meu amigo: somos um naufrágio! Qualquer mulher com um mínimo de discernimento, ao reparar em nossa figura, terá apenas uma dentre duas reações possíveis: rir ou chorar. Você está falando sério, Theo?! Mas é o óbvio, Abeliano! Somos duas ratazanas saídas dos esgotos da vida, perplexas diante do trânsito, na Avenida Brasil. Ou seja: além de ratazanas, estamos molhados, observa Abeliano. Correto. Como você é superficial, Theobaldo! Não percebe que essa é uma visão burguesa, idiota, de quem não enxerga através da neblina emanada de sua pequenez. Olhe bem para mim. Estou olhando. Agora me diga: qual é o sentido de minha vida? Ou melhor... num gesto de magnanimidade eu o incluirei nesta questão de fundamental importância: qual o sentido de nossa vida, nesta época de trevas e ignorância? Bem, no que me diz respeito, eu trabalho numa loja que aluga e vende roupas e fantasias. Você acha mesmo que sua função é essa, Theo?! Eu não estou me referindo a emprego, a sobrevivência, e sim a uma razão de ser, um destino, um chamamento do alto! Que serventia temos nós, dois velhotes insignificantes, dois vermes agarrados a este queijo planetário, atirados a um canto pela sociedade triunfante?! Trabalhar na loja de outro caquético, erotômano, cuidando de miçangas e bugigangas?! Ou correr de um lado para outro, como seixo rolado, em meio a tantos outros? É este o seu conceito sobre nossa patética existência?! Puxa, Abeliano, você não precisa levar tão a sério, eu só... Mas é sério! Porque se eu utilizar como medida padrão o julgamento social, você acertou na mosca, ou melhor, nas ratazanas. Mas há outra maneira de ver, e esta é um dom reservado a poucos. Você tem alguma ideia do que me leva a afirmar, com aparente ironia, que eu sou um cavaleiro templário? Não sei... talvez você pertença a uma dessas ordens que se mantêm até hoje, semiocultas. Esse tipo de iniciação terminou, Theo. Restam apenas alguns arcabouços esparsos, grupos sociais que se reúnem em nome de algo que eles próprios desconhecem. Hoje, as verdadeiras ordens de cavalaria existem numa outra dimensão. Ninguém mais é *sagrado* cavaleiro. Você *nasce* cavaleiro, marcado para um destino superior, que nada tem a ver com as ocorrências mundanas. Essas pessoas, raras, têm como única e verdadeira missão manter a *luz*... a consciência. Sua tarefa é despertar os que dormem, e, em casos extremos, ressuscitar os mortos. Não me diga que você faz isso nos ônibus?! De certa forma, sim. Atuo como uma espécie de lançadeira volante do tear, deixando atrás de mim um fio invisível, que depende da receptividade de outros fios para compor a tapeçaria. Mas isso é o de menos. Em épocas decadentes como a nossa, basta, como lhe disse, manter a *luz* em meio às trevas. Sabe que você, com essas palavras, acrescentou novo sentido à minha vida, Abeliano?! Pois então esqueça tudo o que eu disse. Esquecer?! Mas eu pensei que você estivesse falando sério! E estava, embora nada disso possa ser considerado verdade, mas apenas uma das verdades. Porque as verdades são inúmeras: a do santo, a do ladrão, a do artista, a do assassino... Cada um tem a sua verdade. Confesso que estou confuso, Abeliano. Quer dizer então que você não é templário e aquela história de manter a luz, acordar os que dormem... Era só um tema, como dizem os argentinos. Mas se você a tomar como verdade... Porra, Abeliano! Você é um farsante, um malabarista da palavra, e me deixou perdido no meio do trânsito. Espere. Quando o semáforo mudar, você atravessa, ironiza Abeliano. Ah, que angústia!, geme Theobaldo. Afinal, somos duas ratazanas de esgoto ou dois seres luminosos?! Como dizia aquele programa de tevê, responde Abeliano, rindo, você decide.

79

Será que o estúdio é aqui mesmo?!, indaga Theobaldo diante de um pequeno sobrado. Não se trata de um estúdio e sim de uma associação de atores coadjuvantes, adjetivo esse que indica a condição de auxiliares que concorrem para o mesmo fim, cujos salários, portanto, devem ser modestos, esclarece Abeliano. Você esperava o quê? Mas foi você quem disse que nós íamos nos tornar estrelas, entrar no fabuloso universo do cinema e da televisão! Que mania você tem de pegar tudo ao pé da letra, Theobaldo, como se andasse com um gravador escondido no bolso! Começaremos como simples coadjuvantes, mas poderemos chegar ao estrelato se tivermos talento, sobejamente comprovado, aliás, por nossa exuberância histriônica. Theobaldo aperta o botão da campainha e leva um choque. Ai! Me tira daqui, Abeliano! Fiquei grudado na campainha! Colou?! Não... um choque! Abeliano toma distância, corre e dá um encontrão em Theobaldo, que perde o equilíbrio e cai. Mas o que é isso?! Desculpe, se eu segurasse em você também ficaria preso. Deus do céu, meus cabelos estão em pé, Abeliano. Vim fazer um teste e quase morro eletrocutado! Você se sente mais calmo? Acho que sim. Vai ver eles colocaram a campainha em curto para relaxar os candidatos, opina Abeliano. Chegaram bem na hora!, diz Matilde, abrindo a porta. Entrem, por favor. Com licença. Boa tarde. Este é o Theobaldo, o amigo de quem lhe falei. Muito prazer. Encantado.

Eles ficam surpresos com o número de pessoas que se encontram na sala. E mais surpresos ainda quando veem, no sofá, no tapete, em cima da mesa, na escada, na cozinha e no banheiro, vários casais, fungando, gritando e gemendo em plena orgia, enquanto alguns câmaras se movem de um lado para outro, registrando as cenas sob uma profusão de luzes. Entramos na máquina do tempo e caímos na decadência do Império Romano, murmura Theobaldo. Vocês aceitam um cafezinho?, pergunta Matilde, com o sorriso mais natural do mundo, como se eles estivessem na sala de espera de um dentista. Diga que não, Abeliano, sussurra Theobaldo. O café deve estar cheio de pentelhos! Aceito, obrigado. O do meu amigo com um pinguinho de leite e açúcar. Você faz isso para me irritar!, geme Theobaldo. Fiquem perto da parede e cuidado para não tropeçar nos cabos, recomenda um rapaz. Abeliano sorri, e Theobaldo procura aparentar naturalidade. O que é aquilo que o sujeito está introduzindo naquela garota?! É um nabo, responde uma mulher de cabelos grisalhos. Me desculpe... a senhora trabalha aqui?, pergunta Abeliano. Sou assistente de produção. Os senhores vieram para o teste? Isso. Então podem entrar por aquela porta, deixar a roupa dependurada e aguardar a próxima cena. Quem? Nós?!, geme Theobaldo. Vamos ter que participar dessa suruba?! Não, a cena de vocês é mais íntima, com aquelas duas jovens e aquele mulato. Vamos filmar primeiro as cenas de sexo e depois, quando houver menos gente, o início da história, com roupa. E quais são nossos papéis?, quer saber Abeliano. Protagonistas. Vocês são os empresários, já na terceira idade, riquíssimos, que tentam superar o tédio de sua vida organizando orgias. Me desculpe, mas deve haver um engano, diz Theobaldo, timidamente. Ninguém nos informou de que se tratava de um filme pornô. Pornô?! Os senhores é que estão enganados. Aqui só produzimos filmes de arte. Será que nós poderíamos falar com dona Lucrécia... que nos propôs realizarmos o teste?, pergunta Abeliano. Quando ela terminar sua cena. Cena?! Onde? Ali, no meio daqueles homens. No tapete?! Sim, ela é uma das nossas melhores atrizes. Mas Lucrécia estava recrutando candidatos... Ela faz isso nas horas vagas, para faturar um extra. Silêncio, pede um rapaz em voz baixa.

Atacada por vários lados, Lucrécia revira os olhos, geme e de repente solta um grito bestial, sob uma chuva de esperma. Os cafezinhos, diz Matilde, entregando-lhes as xícaras. E duas fatias de bolo, para dar um pouco de energia. Obrigado. Abeliano, dá só uma olhada nesse creme. Em cima daquela mulher? Não, no bolo. O que é que tem o creme? Não parece...? Deixe de ser nojento! Mas a Matilde foi pegar os cafés e o bolo na cozinha! E daí? Daí que há pelo menos uns cinco sujeitos em plena sacanagem lá dentro, e ninguém garante que... Vira essa boca pra lá, que eu já estou ficando enjoado!, murmura Abeliano. Me tirou o prazer de saborear o bolo. Prazer?! Porra, Abeliano, se você quiser ir em frente com o teste, o problema é seu. Quando o filme for distribuído em todo o mundo, suas filhas adorarão ver o pai numa suruba, com duas mulheres e um afrodescendente. Eu vou é me mandar! Espere, a Lucrécia terminou a cena, já nos viu e está vindo para cá. Não se deixe enrolar, Abeliano, pense nos seus netos! Me desculpem, não posso beijar vocês, diz ela, com o rosto orvalhado de esperma. Venham comigo até meu camarim.

Fechem a porta, por favor. Fiquem à vontade. Já estamos de saída, senhora Lucrécia, diz Abeliano. Senhora, eu?! Neste estado... nua e coberta de esperma?! Vocês são mesmo uns cavalheiros, contesta ela, rindo. E que história é essa de irem embora?! Creio haver um equívoco, prossegue Abeliano. Vocês em momento algum me disseram que o teste consistiria em participar de uma... uma... Suruba?!, exclama ela, rindo. Pode não parecer, mas somos homens de respeito, retruca Theobaldo. Mas de onde vocês tiraram essa ideia?! Da assistente de produção... aquela senhora de cabelos grisalhos. A Isaurinda?! É uma gozadora, quis tirar uma com a cara de vocês. O que vocês viram hoje não tem nada a ver com a Associação. Não?! Acontece que a produtora pornô pertence ao irmão do nosso diretor, um tremendo sacana. Eles foram despejados por falta de pagamento do aluguel, e o cara de pau convenceu o irmão a lhe ceder nossa sede para as filmagens, por alguns dias. Mas você... Eu preciso de uma grana e fui que fui. Sou divorciada, não tenho filhos, gosto de uma boa sacanagem e não devo satisfações a ninguém. Vocês podem não acreditar, mas esses filmes são utilizados por muitos psicólogos e terapeutas sexuais para ajudar seus pacientes a superar certas inibições, problemas de frigidez, impotência, desconhecimento do erotismo, timidez... E a verdade é que grande parte da sociedade já mergulhou de cabeça na zona. Basta ver o número de motéis, a quantidade de filmes de sacanagem, revistas, sem falar na internet. Nós compreendemos, dona Lucrécia, diz Theobaldo, baixando os olhos, mas não sabemos se depois do que vimos ainda queremos nos submeter ao teste. Não seja moralista, rebate Abeliano. Lucrécia vai pensar que você nunca assistiu a um filme pornô, ou que a visão de uma orgia o escandaliza. Ela já nos deu as devidas explicações, e não há motivo algum que nos leve a perder uma oportunidade dessas. Me deem um minuto para tomar uma ducha.

Lucrécia entra no banheiro e Theobaldo tenta escapar, sendo impedido por Abeliano. Deixe de hipocrisia... eu vi que você teve uma ereção durante a filmagem. E foi com a Lucrécia. Mas eu... Vamos fazer a porra do teste e ainda por cima ficar com as mulheres. Eu?! Você não vê que elas são de alto risco, Abeliano?! Os homens estavam usando camisinhas, Theo! Essa gente é do *métier* e sabe se cuidar. Não me venha com histórias, Abeliano, você se borra de medo de pegar uma doença. A pior doença eu já peguei. Qual? Você, que enche o meu saco mais que uma orquite. Prontinho!, diz Lucrécia saindo do banheiro, enrolada numa toalha. Os gritos e gemidos terminaram, observa ela. Há um intervalo para o lanche. Vamos. Para onde?!, pergunta Theobaldo. Para o teste. Agora?! Não podemos perder tempo, o intervalo é de meia hora. Temos que aproveitar as câmeras, a iluminação... Mas o teste vai ser gravado... pela mesma equipe que filmou a suruba?!, quer saber Theobaldo. Qual é o problema?!, exclama Abeliano, irritado. O problema é que nossa imagem vai ficar gravada... Numa outra fita, que nada tem a ver com a suruba e que permanecerá em meu poder, esclarece Lucrécia. Sua reputação está salva. Eles entram na sala onde ainda há várias mulheres e homens nus conversando calmamente, comendo, fumando. Lucrécia apresenta Robledo, o diretor que filmará os testes. Ele cumprimenta os calouros, bate palmas e pede silêncio. Atenção, pessoal, nós vamos gravar umas cenas com estes dois senhores, Abeliano e Theobaldo, que em breve estarão fazendo o maior sucesso no cinema e na tevê. Continuem em seus lugares, por favor, a fim de que possamos avaliar a capacidade dos candidatos para atuar diante de outras pessoas, sem perder a naturalidade. Apaguem os cigarros... Rubão! Ligue os ventiladores para retirar a fumaça. O senhor Theobaldo preparou uma cena de... *A vida e a morte do rei Ricardo III*, de Shakespeare, diz Abeliano, em voz alta, empurrando o amigo para o centro da sala. Trouxe até uma roupa semelhante à usada por Sir Lawrence Olivier no filme. Desculpe, seu Abeliano, mas não há mais tempo. Vamos rodar sem figurino. Tudo bem?, pergunta Abeliano a Theobaldo, em voz baixa. Tudo bem uma ova! Como é que eu vou ficar à vontade com essa plateia absurda, esse cheiro de sexo no ar?!, murmura Theobaldo. Acho que vou vomitar. Olhe para mim, Theo! Esta é a única oportunidade que nos resta de sair do esgoto... ou você pretende terminar seus dias no papel de ratazana tímida e assustada?! Ânimo, você ensaiou a cena dezenas de vezes e está mais que preparado. Respire fundo, esqueça a plateia, o cheiro do sexo e mande ver!

Abeliano pega uma almofada e a enfia sob o paletó de Theobaldo, para formar a corcunda de Ricardo. Meu Deus do céu!, geme Theobaldo, fazendo o sinal da cruz. Quando este inferno terminar, juro que pego um táxi até o rio Tietê e me atiro naquele esgoto, mas antes, e o Senhor há de me perdoar, mato esse filho da puta do Abeliano. Podemos começar?! Atenção... silêncio... A sala fica às escuras. Luzes, ordena o diretor, e o foco se acende sobre Theobaldo. Câmera... ação! Theobaldo curva o corpo, baixa um dos ombros, torce a boca, semicerra um dos olhos, arregala o outro e fala com voz esganiçada: Mil corações latem no meu peito... au! au! au! au! Levantem essas porras dessas bandeiras... do Santos, do São Paulo, do Corinthians... Pra cima do inimigo... vamos acabar com aqueles filhos da puta, veados de merda! Que nosso antigo grito de guerra – "Pelo grande São Jorge, saravá!" – nos inspire com a cólera dos dragões que soltam fogo pela boca, pelas ventas e pelo cu! Pau neles, minha gente! A vitória só depende de agitarmos nossas plumas! Theobaldo caminha pela sala, com as mãos na cintura e trejeitos afeminados. Soltem as plumas! Socorro! Socorro! Meu cavalo, aquele inútil, pérfido, frouxo, caiu morto e me deixou na pior, combatendo a pé, eu, o fodão Ricardo Terceiro! Ah, quando eu puser as mãos no puto do Richmond, vou cobri-lo de porrada. Um fusca! Meu reino por um fusca! Se vocês pensam que eu vou pedir penico, estão muito enganados! Já matei cinco Richmonds no campo de batalha e ainda não encontrei o que me interessa. Parece até que o canalha montou uma fábrica, uma linha de produção que vomita Richmond e sua corja pra todo lado. Puta que os pariu! Será que ninguém me escuta?! Eu sou Ricardo Terceiro, porra! Um fusca... meu reino por um fusca! Solta um gemido e cai, estirado no chão. Bravo! Bravo!, grita a assistência, com entusiasmo. Abeliano sorri, estarrecido, e ajuda Theobaldo a se levantar. Tira a mão de mim, seu merda, ninguém põe a mão no rei Ricardo Terceiro!, brada Theobaldo. As mulheres, algumas ainda molhadas de esperma, o abraçam e beijam. Deixem nosso ator respirar!, ordena Lucrécia, retirando Theobaldo do meio da roda. Seu teste vai ficar para outro dia, Abeliano. Não se preocupe, não tenho pressa. Vamos ao meu camarim, conversaremos enquanto eu me visto. Parabéns, diz o diretor a Theobaldo. O senhor conseguiu transformar uma tragédia shakespeariana em comédia! Obrigado, o senhor é muito gentil. Venha, meu querido, diz Lucrécia, agarrando e beijando Theobaldo. Assim que eu o vi, percebi que você tem talento.

Enquanto ela se maquia no banheiro, os dois amigos trocam algumas palavras. Você mudou um pouco o texto, diz Abeliano, constrangido. Cada plateia tem o Shakespeare que merece, responde Theobaldo. E você é um puto, que me atraiu para esta cilada pensando em se divertir às minhas custas. Mas se deu mal, porque no fundo de meu desespero eu encontrei forças para dar a volta por cima. Só quero ver seu teste amanhã. Você preparou alguma coisa, uma cena de sua própria vida, talvez, que é uma verdadeira chanchada?! Não haverá teste algum. Ah, você desistiu... ou quem sabe não tivesse nenhuma intenção de fazer o teste e só quisesse me avacalhar?! Confesso que desta vez exagerei um pouco, Theo, mas pensei apenas em criar uma situação divertida, que nos tirasse da rotina e que nos abrisse uma oportunidade junto às duas mulheres. Você me conhece, Theo, e sabe que eu jamais ironizo alguém sem ridicularizar a mim próprio. Mas desta vez o tiro saiu pela culatra. Meu rosto está meio esquisito... É o esperma, Theo. Como é que ele veio parar aqui?! Quando as mulheres o beijaram. Ah, meu Deus, que nojo! Pegue uma toalha molhada, Abeliano! Já pensou se eu engravido nesta idade... se gero um filho de pai desconhecido?!

80

Na manhã seguinte, Abeliano é despertado pelo toque do celular. Alô! É seu Abeliano?! Ele mesmo. Aqui fala o Militão. Estou ligando para dizer que trabalhei a noite toda, e a máquina já ficou pronta. Que ótima notícia! E você testou? Tudo em cima, seu Abeliano, uma beleza. Quando é que o senhor quer instalar? Hoje mesmo, se possível. Mais tarde, quando você acordar... Eu não durmo de dia, seu Abeliano. Então eu ligo daqui a pouco, para confirmar. O senhor vai ter uma surpresa na inauguração, seu Abeliano. Surpresa?! Vamos ver se eu adivinho... Você fez um robô com braços e pernas?! Se o senhor tivesse pedido, a gente dava um jeito. A pipoca será colorida?! Agora não dá mais, porque eu já fechei a máquina. Você não vai me dizer o que é?! Não quero estragar a surpresa, seu Abeliano. Tenho certeza de que o senhor vai gostar. Me desculpe, mas tem uma pessoa me chamando ali na porta. Tudo bem, eu ligo mais tarde.

Abeliano telefona para Theobaldo, que já se encontra na loja. Bom dia, Theo, você dormiu bem? Como é que eu posso ter dormido bem, depois de uma experiência traumatizante como aquela?! Mas você se saiu bem no teste, vai participar de programas de tevê, de filmes... Não sei, Abeliano. Essas coisas me deixam tão nervoso! Respire fundo e vamos em frente. Eu liguei para saber se vocês têm uma roupa de *chef* de cozinha. De que número? Assim... do seu tamanho. Temos. Ótimo. Você pretende sair por aí vestido de *chef*? Não. Pretendo inaugurar a máquina de pipoca de que lhe falei, dentro de alguns dias. Preciso encontrar um *chef* que se disponha a ser fotografado ao lado da máquina. Um *chef* vendendo pipoca?! É uma questão de prestígio, Theo. Será um evento importante, o prefeito e o governador talvez estejam presentes. Para assistir à inauguração de uma simples pipoqueira?! Você está me gozando! Eu me refiro ao lançamento do filme, um evento cultural. Ah... E quem vai ser o *chef*? Pensei em você. Eu?! Não sei nem fritar um ovo, Abeliano! Ninguém vai ter que fritar nada, Theo! É só uma pose para a fotografia que sairá em várias revistas. E pagam muito bem. Não entendi esse *pagam*. Não é você quem está inaugurando a máquina? Sim, mas a serviço de um grupo italiano que se interessou pelo projeto. E o dinheiro que eu lhe dei... e o dr. Santos...? Será devolvido. Mas isso não é justo. Fique frio, Theo, em nossas mãos o projeto ia morrer na praia. Agora há muito dinheiro envolvido, planos de expansão por todo o Brasil. E você sabe que se eu ganhar com isso você será incluído. O dr. Santos não vai gostar nada dessa história. Não havia alternativa, os italianos disseram que era pegar ou largar. Mas, afinal, o que essa máquina tem de tão diferente?! Você verá, Theo, é o pulo do gato. Bem, sendo assim, não me importo. Mas não se esqueça de devolver meu dinheiro. Hoje mesmo. Pense bem na proposta... não precisa responder agora. Até logo. Tchau.

    Abeliano telefona para Adeverbal. Que sorte encontrar você no cinema a esta hora! Estou ligando para saber quando podemos instalar a máquina. Ficou pronta agora há pouco. O Militão é fantástico... Hoje?! Ótimo. Vou pedir a ele que leve a máquina agora mesmo. Você pretende ficar aí?... Dá tempo, sim... O Militão deve chegar daqui a no máximo duas horas... Até mais e obrigado. Abeliano liga para Militão e lhe dá as últimas instruções. Quando chega ao cinema, encontra Militão à sua espera, na porta. Já instalei a máquina no lugar indicado pelo Adeverbal. Já?! Vim da oficina até aqui sem pegar trânsito nenhum. Acho que o pessoal soube da instalação da nossa máquina e ficou com medo de sair de casa. Vamos entrar, diz Abeliano. Estou ansioso para ver o resultado. Abeliano fica extasiado. Aquilo não é uma máquina, é uma escultura, uma obra de arte. Militão aciona o controle remoto e a cabeça do palhaço, colocada sobre o corpo tubular, feito de aço escovado, gira lentamente. Desligue isso!, grita Abeliano. Não se preocupe, responde o torneiro-mecânico, rindo. Este botão da esquerda faz a cabeça girar, mas não põe a máquina em funcionamento. É uma espécie de introdução poética, silenciosa. O palhaço cumprimenta o público. Se o senhor apertar o mesmo botão novamente, a cabeça para. Este outro, da direita, liga todo o sistema, cujo funcionamento é irreversível. Uma vez ativado, ninguém conseguirá desligar essa estrovenga! O plugue foi parafusado à placa de aço que protege a tomada. Espanei os parafusos. Abeliano ri. Vamos nos divertir um bocado... e eu espero que o Paulino leve tudo na esportiva. Se não levar, seu Abeliano, azar o dele! De um jeito ou de outro, vai ter que engolir! E, afinal, ninguém está prejudicando o negócio dele... pelo contrário... será uma promoção gratuita. Você acaba de me dar uma ideia, Militão. A imprensa! Um evento dessa magnitude não pode morrer entre quatro paredes. É isso aí, seu Abeliano! E se der problema, como reza o ditado, fodido por um, fodido por mil!

81

Na noite de estreia de *Sangue e moscas*, a sala de espera do Hollywood Stars está lotada. Trata-se de um evento importante, pois o filme é considerado a obra-prima de Fildus Zanidrik, uma alegoria sobre a banalização do "espírito do açougueiro" que caracteriza nossa época. Abeliano chega acompanhado de Theobaldo, cujo uniforme de *chef*, impecavelmente limpo e passado a ferro, chama atenção por sua brancura luminosa. Paulino vem recebê-los e abraça Abeliano com entusiasmo. Quanto tempo! E você não envelheceu nem um milímetro! Que ideia fantástica a de instalar um robô pipoqueiro no meu cinema! Farei disso uma homenagem à nossa velha amizade, infelizmente hibernada por longos anos. A vida afasta as pessoas, observa Paulino. Especialmente quando entre elas penetra a cunha da fama ou do dinheiro, ironiza Abeliano. Agradeço-lhe por sua generosidade em permitir que a máquina fosse instalada aqui. E sei que em sua decisão não pesou o pequeno lucro que ela possa lhe proporcionar. Não subestime seu robô!, contesta Paulino. Hoje, a pipoca e as bebidas representam boa parte do faturamento. Vivemos em plena fase oral... muita conversa e muita mastigação. Theobaldo tosse para chamar a atenção. Ah, este é meu amigo Theobaldo, *chef* renomado, que veio para as fotos publicitárias. Muito prazer. O prazer é todo meu, diz Paulino, apertando efusivamente a mão do *chef*. Abeliano olha ao redor, ansioso por encontrar Laura, e retribui o cumprimento de Antenor, que chega acompanhado de Izilda e Eloísio e acena de longe, com um sorriso de aprovação. Adeverbal me disse que você pretende inaugurar a máquina antes do início da sessão... o que deverá ocorrer dentro de no máximo quinze ou vinte minutos, informa Paulino. Não posso manter as portas da sala de projeção fechadas por muito mais tempo. A sala de espera está abarrotada, e as pessoas continuam a chegar. Baixe um pouco a temperatura do ar-condicionado, pede Abeliano, impaciente. Estou aguardando a chegada de uma pessoa importante! Me disseram que você convidou o governador e o prefeito, sonda Paulino, rindo. Governador, prefeito, coisa nenhuma! Estou esperando uma garota maravilhosa. Você não toma jeito mesmo, Abeliano! Que idade tem essa frangota? Vinte e seis. Deixa de gozação. É a pura verdade, você verá quando ela chegar. Cuidado, meu velho, uma guria dessas pode fundir tuas bielas! Quem me dera... mas já acabou, foi um rastilho, quando me dei conta o fogo havia terminado. E o teu paiol explodido!, conclui Paulino, rindo. É verdade... um puta estrago. Lá vem ela! Onde?! Ali, de vermelho, com o namorado. Já vi... lindíssima! E o rapaz é um galã de novela. Material importado, ironiza Abeliano. Ela o trouxe de Londres. Se você quiser, posso contratar um matador profissional, porque, sem querer desfazer de sua aparência, Abeliano, que é razoável para sua idade, francamente... não dá pra competir. Obrigado pelo estímulo. Aparência razoável... essa é boa!

Laura e o namorado cumprimentam Abeliano. Este é o Saint-John, de quem lhe falei. Muito prazer, John, você é um homem de sorte. Meu amigo Paulino, proprietário do cinema. Laura... Saint-John. Um anjo como você só poderia ter como acompanhante um santo, diz Paulino, certo de que o jovem não conhece o idioma. Uma anjo de verdade!, exclama Saint-John, rindo. Eu fazer ela morar no terra, mas com felicidade toda da paraíso! É um babaca, murmura Abeliano. Presumo que sua mãe goste muito de poesia. Sim... bastante. E ama particularmente a poesia de Saint-John Perse. Verdade!, exclama o jovem. Mas não ser incrível, Laura?! Como que o senhor adivinhou?! Querida, você não me dizer que sua tio ser uma... como falar em português... uma paranormal! O John está brincando, Abeliano. Eu disse que você é muito irônico, e ele entrou no espírito. John nasceu no Brasil, viveu em Londres muitos anos, mas fala perfeitamente nosso idioma, além de muitos outros, porque o pai é diplomata. Você nos enganou direitinho, admite Paulino, rindo. Vamos à inauguração?!

Eles caminham até a máquina, que está oculta por um grupo de pessoas. Podem nos dar licença, por favor?, solicita Paulino. Obrigado. Os repórteres se aproximam, e Abeliano pede a Theobaldo que se coloque ao lado da máquina, para as fotos. Mas o que é aquilo?!, geme Theobaldo, olhando para a escada. Você as convidou?! Miss Daisy e suas "meninas" riem e acenam de longe. Quer que eu faça uma rápida introdução?, pergunta Paulino a Abeliano. Atenção, pessoal! Não é necessário, responde Abeliano, apertando o primeiro botão do controle remoto dentro do bolso do paletó. A cabeça do palhaço começa a girar lentamente... Há um murmúrio, e as pessoas se aproximam. Para surpresa do próprio Abeliano, a boca do palhaço se move e ele começa a falar. Respeitável público, *ladies and gentlemen*, pessoas de fino trato, quem vos fala é o palhaço Pipoca, nascido numa maloca, do cruzamento de um rato com uma máquina de costura! Aperte o segundo botão, sussurra Militão ao ouvido de Abeliano. Mas que negócio é esse?! Você não me disse que o palhaço... A surpresa, seu Abeliano... aperte logo o outro botão. Ainda perplexo, Abeliano pressiona o botão, quando sua vontade é apertar o pescoço do torneiro-mecânico. Que gostosura, prossegue o palhaço, estar hoje neste recinto em companhia tão ilustre, e juro que não minto nem pretendo que se frustre vossa expectativa por motivo de redundância, razão pela qual me calo e pelo ralo de minha boca vos mimoseio com abundância, que embora fartura pareça, não passa de insignificância. Luzes vermelhas e azuis se acendem e piscam no colarinho do palhaço. As primeiras pipocas saltam de sua boca e caem no tapete. As pessoas se agitam e riem. Graças à potência dos maçaricos, a caçamba de aço é aquecida ao máximo rapidamente, e as pipocas jorram aos borbotões pela boca do palhaço, em todas as direções. Vou buscar um balde para recolher as pipocas, seu Paulino!, exclama Adeverbal. O tapete vai ficar sujo de gordura... Deixa rolar, responde Paulino, rindo. Soa uma sirene e entra *Assim falou Zaratustra*, de Strauss, que serviu de trilha sonora para 2001 – *Uma odisseia no espaço*. O público se aglomera, todos querem ver o que está acontecendo. Os fotógrafos acionam seus *flashes*, e Theobaldo faz pose de *chef*, erguendo o nariz e sorrindo com o canto da boca. O jorro de pipoca aumenta, uma chapa de aço, no peito do palhaço, se movimenta e surge a placa na qual se lê, em letras vermelhas, desenhadas com precisão: "Logorreia da cultura ocidental!". As pessoas riem, aplaudem, e a frase vai sendo repetida para informar os que se encontram mais longe e não conseguem ler.

A música cessa, e a boca do palhaço, ao mesmo tempo em que lança borbotões de pipoca, retoma sua fala. Aproveitando o ensejo deste momento em que vejo a fina flor da chamada elite, camada superior, substrato moral desta nação arlequinal, tomo a liberdade de vos dizer em surdina, sem estardalhaço, o que angustia este palhaço, mais que dor mofina, um cansaço de ver se repetir a mesma arenga a cada passo: No que respeita à decadência social, miséria endêmica, pestilências deprimentes e outro qualquer horror, estudado pela fina flor da inteligência acadêmica, não obstante o que digam os esquerdistas e outros dementes, somos inocentes, jangada à deriva, descendo a encosta, a flutuar num agitado rio de bosta, lótus virginal, a florescer no pântano, entre o bem e o mal...

Preocupado, tenso, Theobaldo tenta afrouxar o colarinho. Não me leve a mal, Abeliano, mas eu vou sair de fininho, murmura ele junto ao ouvido do amigo. Tenho o pressentimento de que essa coisa vai acabar mal. Olhe só a cara do Paulino...

Acho que não gostou do "rio de bosta". Cale essa boca, pelo amor de Deus!, responde Abeliano. Se você sair, não precisa me procurar nunca mais... Pois eu vos acuso, como Zola, grita o palhaço, rasgando os véus dessa ilusão, de serdes o cerne da podridão! Puta merda, geme Theobaldo, estamos fodidos! Paulino arregala os olhos, agarra o braço de Abeliano e murmura: Acho que você exagerou um pouco... por favor... desligue essa coisa... Assassinos de crianças, ocultos sob escusas alianças, enquanto beijais vossas netas, sois proxenetas do trabalho escravo! Rezais o pai-nosso em família, ao redor da mesa de jantar, derretendo-vos em amores, para esquecer vossa faina de torturadores da velhice indefesa! Mas que maluquice é essa?!, pergunta Paulino a Abeliano. Você quer acabar com a estreia do filme, com minha reputação, com meu negócio?! Desliga já essa merda! Não posso. Como não pode?! O sistema é fechado, autoprotegido. A máquina só vai parar quando estiver consumado. Consumado o cacete!, grita Paulino. Não me venha com essa linguagem bíblica, apocalíptica! Adeverbal! Pois não, seu Paulino! Derruba essa porra, mete o pé no fio, desliga a tomada... faz alguma coisa!

Um murmúrio de desagrado percorre a sala. Adeverbal se lança contra a máquina, mas não consegue movê-la. Está aparafusada no chão. Puxa o fio, chuta a tomada, sem resultado. Algumas pessoas riem e aplaudem, outras protestam. Não dá, seu Paulino... foi tudo blindado! Vá buscar o martelo, a serra elétrica, uma banana de dinamite! Onde é que você estava quando esse maluco instalou a máquina?! Trocando uma lâmpada! Adeverbal corre, pisando no mar de pipoca, e Paulino começa a rir. Seu filho da puta!, diz ele, abraçando Abeliano. Estamos de volta à divina loucura da nossa juventude... Quer saber?! Que se foda o lançamento... esse *happening*, ou essa instalação, sei lá, é do caralho! Você devia apresentar essa porra na Bienal.

A sala vira um pandemônio. Alguns jovens recolhem pipocas e as atiram para o ar. Corruptos, ladrões, sacripantas!, berra o palhaço. Barões assinalados com a marca da Besta! Ineptos, antas sacrílegas, em breve estará finda vossa festa! Horror e vergonha sobre vós, necrófilos, pedófilos, vampiros sociais, estupradores de almas virginais, canalha renitente, cuja alma, indiferente, arderá para sempre na jornada triunfal da pizzaria infernal.

O último jato de pipoca atinge os sapatos de Paulino, que solta uma gargalhada em meio ao silêncio. É isso aí, gente!, grita Laura, aplaudindo. Alguns jovens a imitam, os mais velhos protestam, quatro ou cinco exigem a devolução do dinheiro. Adeverbal surge com o martelo. Já terminou, seu panaca!, diz Paulino, continuando a rir. Abra as portas antes que o público nos abandone. Depois eu venho limpar o chão, responde Adeverbal, subserviente. Deixe como está, é uma obra de arte. Amanhã mando retirar a máquina e as pipocas, diz Abeliano. Nem pense nisso! A máquina e as pipocas ficam aí, como estão, até o filme sair de cartaz. O que aconteceu hoje vai dar o que falar. Quer propaganda melhor do que essa?! Para todos os efeitos, esta é uma instalação do poeta Abeliano Tarquínio de Barros. Adeverbal! Sim... seu Paulino... Venha amanhã cedo ao escritório para anotar os dizeres que serão colocados num cartaz ao lado da máquina. Pois não, seu Paulino... Mas você não pode me expor dessa maneira!, protesta Abeliano. Eu não escrevo há muitos anos, e toda essa falação pretensamente poética proferida pelo palhaço é de autoria do Militão. Citaremos os dois. O Militão a que você se refere... Está ali, ao lado da máquina, responde Abeliano. Podemos chamá-lo e... Não é necessário. Eu me lembro muito bem dele... há alguns anos torneou uma peça que eu lhe pedi... isso foi antes do crime. E você quer me convencer de que um brutamontes semianalfabeto, que matou a mãe e a serrou ao meio, escreveu aquele protesto! Pode crer. Aproveitou os anos de prisão da melhor maneira possível, e, além de recuperado e alfabetizado, saiu abrilhantado.

A maioria das pessoas já entrou na sala de projeção, onde se ouve um zum-zum. Restam na sala de espera apenas Miss Daisy, suas meninas e alguns amigos de Abeliano. Parabéns!, cumprimenta o dr. Santos. Desta vez você se superou. Na verdade, o autor da fala é Militão, aquele brutamontes que está examinando a máquina. Eu mesmo fiquei surpreso. Minha intenção era fazer algo mais *clean*, silencioso. Mas endosso a manifestação ruidosa, pelo que ela tem de verdadeira. Amanhã, se me der o prazer de aparecer na loja, conversaremos a respeito. Agora tenho que ir, porque o dia de hoje foi pesado. Boa noite, Abeliano. Boa noite... e obrigado. Que maravilha!, grita Miss Daisy, abraçando Abeliano. Estamos fascinadas, não é mesmo garotas?! É sim! Genial! Maravilhoso! Fantástico! Eletrizante, gritam Euterpe, Iaco, Tatiana, Fábia e Petúnia, à medida que vão abraçando e beijando Abeliano. Agora, se nos der licença, vamos assistir ao filme, pois nos disseram que é... é... Supimpa!, conclui Theobaldo, com ironia. Nosso tímido está uma graça com essa roupa!, avalia Miss Daisy. Apareçam lá no salão... Espero você, murmura Tatiana junto ao ouvido de Theobaldo. Antenor cumprimenta Abeliano, enquanto Izilda agarra Theobaldo e Eloísio posa para os fotógrafos, com o chapéu de *chef* na cabeça. Paulino observa a certa distância e recorda os tempos de juventude em companhia de Abeliano. Sente-se leve, como se por instantes a vida de compromissos e tensões lhe tivesse saído dos ombros. Se você me der licença, eu... eu preciso ir ao banheiro, diz Theobaldo, desvencilhando-se de Izilda. Essa coisa toda me deixou muito nervoso. Pode ir... eu espero, responde Izilda. Theobaldo corre, suando frio, e Izilda o segue, de longe. Adorei!, exclama Antenor. Especialmente a tabuleta: "Logorreia da Cultura Ocidental". Perfeito... e coincide com meu pensamento. Há anos venho dizendo que esta é a civilização do cuspe. Lucrécia e Matilde cumprimentam Abeliano. Ambrósio e Aurora se aproximam, agarrados, mastigando pipoca. Um pouco salgada, observa ele, rindo. Já conversamos com Militão, e ele nos explicou que tomou a liberdade de aprimorar um pouco sua ideia. Pra dizer a verdade, achei a fala imprópria, desnecessariamente agressiva. Nós vamos indo. Aurora detesta filmes de violência. Obrigado por terem aparecido. Foi um prazer. Pena que seus filhos não estejam aqui... Não sei, Ambrósio. É bem provável que ficassem envergonhados com a catilinária do Militão. É possível. Boa noite, meu querido. Há uma garota maravilhosa atrás de você, à espera. Boa noite, seu Abeliano, diz Aurora, beijando-lhe timidamente o rosto.

Abeliano vira-se, e Laura o abraça. Saint-John está de costas para eles, examinando a máquina. Seu namorado a deixou a sós com seu tio, ironiza Abeliano, segurando-lhe as mãos. Ele estuda engenharia mecânica e ficou encantado com a máquina. Você não me parece nem um pouco grávida. E não estou. Disse aquilo para atormentá-lo um pouco. E posso saber qual a razão desse tormento? Você me irrita. Seja mais específica... e breve, antes que seu namorado se aproxime. Ele não é meu namorado... apenas uma aventura. Quanto ao tormento... não me lembro de ter feito nada para irritá-la. Não é você que me irrita... é a impossibilidade. Impossibilidade de quê, Deus meu?! Sua idade, o fato de você me agradar em tanta coisa, de preencher tantas expectativas e, no entanto... Poder ser seu tio, como disse o idiota do Saint-John, conclui Abeliano. Tio, não... avô. Quanto a isso não há dúvida. Durante algum tempo, eu alimentei ilusões a nosso respeito. Mas agora sei que somente um idiota acreditaria na possibilidade de que nossa relação pudesse ter algum sentido além de uma simples aventura. Você não foi uma aventura!, protesta ela. E eu vim hoje para dizer isso de todo o coração. Que ideia idiota a sua de nascer antes do tempo, Abeliano! Você está chorando... Bobagem. É uma emoção perfeitamente controlável, responde ela, passando as costas das mãos nos olhos. Não quero mais vê-lo. Compreendo. Não seria nada agradável assistir ao meu envelhecimento, certo? É... mais ou menos isso! Pessoas como você não deviam envelhecer... deviam permanecer fora do tempo. Nesse caso, você se tornaria uma velhota, e eu... Ela ri. Seu bobo. Espero que você ainda viva muitos anos. Cuide-se. Laura o abraça e lhe dá um beijo demorado, na boca. Quem sabe, numa outra vida, murmura Abeliano. Quem sabe, responde ela, acariciando-lhe o rosto. Mas da próxima vez procure não se adiantar. Adeus, meu querido... Cuide-se. Adeus, meu amor... Livre-se logo desse Saint-John. Ele não passa de um idiota. Laura se afasta, coloca o braço na cintura do rapaz e eles saem sem olhar para trás.

82

No dia seguinte, Abeliano acorda bem tarde. As emoções de ontem me nocautearam... e nada como um banho demorado para eliminar esse cansaço. No meio do banho, toca o celular. Não vou atender. Ficarei debaixo deste chuveiro até o fim dos tempos. O ideal seria tomar um banho de imersão. Preciso me lembrar de pedir ao Ambrósio que mande consertar a banheira. O celular continua a tocar, insistentemente. Abeliano pega a toalha e atende. Estou ligando há horas, Abeliano! Onde foi que você se meteu?! O celular ficou descarregado, Theo. Acabei de ligá-lo à tomada. Você interrompeu meu banho, e eu corro o risco de perder os miolos se esta porra de telefone explodir na minha orelha. Portanto, seja breve. Mas quem está esticando o assunto é você, Abeliano! Diga. Abeliano espirra. O que foi que aconteceu de tão grave para você me ligar a esta hora da manhã?! Já é quase uma hora da tarde, Abeliano! Você está brincando?! Abeliano espirra. Vou acabar pegando uma pneumonia. Theozinho... alô! Você ainda está aí?! Claro que estou. Escute... preste atenção. Faça um esforço, concentre-se, tente reunir por um instante a energia de seus dois neurônios e, num esforço sobre-humano, diga logo que porra aconteceu! É que eu estou me sentindo muito sozinho, Abeliano. O movimento na loja diminuiu bastante, e o dr. Santos vem me dando indiretas, como que me preparando para a maior tragédia da minha vida! Já pensou se ele decide fechar a loja? O que vai ser de mim, enfiado naquele apartamento, sem ter o que fazer?! Você pode entrar no Exército da Salvação, virar *office boy* da terceira idade, ajudar velhinhas a atravessar a rua em Nova York, passear com o cachorro da vizinha... reler *Guerra e paz*, *Crime e castigo*, *Em busca do tempo perdido*... Esqueça, Abeliano. Contar com você num momento de aflição, isto sim é que é tempo perdido. Desculpe-me por acordá-lo... Espere! Não desligue... Eu estava apenas tentando buscar uma solução viável para sua futura ociosidade, que aliás nem é futura, porque você passa a maior parte do dia conversando com as moscas naquela loja. Mas ao menos tenho para onde ir a cada nova manhã, Abeliano. Será que você ainda não entendeu que o enigma humano não se resolve com os verbos ir, ter, estar, fazer... e sim com o verbo ser?! Isso é muito bonito na teoria, Abeliano. E se há alguém que vive a conjugar o verbo ir é você, a correr feito uma lebre em fuga de um lado para outro. E não me diga que você está *sendo* quando viaja naqueles malditos ônibus! Quem sou eu pra lhe dizer alguma coisa, Theobaldo?! Vejo-me aqui, enrolado numa toalha, num planeta que se desloca a uma velocidade superior a cem mil quilômetros por hora, numa galáxia com mais de um bilhão de estrelas, em meio a bilhões de outras galáxias... um ser insignificante, enfim, dotado entretanto de lucidez suficiente para reconhecer sua insignificância. Minha insignificância? Não, Theobaldo... eu disse "sua insignificância", referindo-me ao indivíduo do qual eu falava, ou seja, eu próprio. Em outras palavras, você confessa que se considera um nada, um zero à esquerda!, observa Theobaldo. Exatamente. E lhe peço que antes de se lamuriar por sua futura hipotética solidão, considere esse fato. Agora, se me der licença... vou mergulhar no buraco negro de minha própria depressão. Abeliano desliga. O telefone toca logo a seguir e uma voz masculina, furiosa, lhe diz: Eu estava no cinema e quero lhe dizer que cerne da podridão, assassino de crianças, proxeneta do trabalho escravo, torturador da velhice indefesa, corrupto, ladrão, sacripanta, inepto e anta sacrílega é a puta que o pariu! O homem desliga, e Abeliano volta para a cama. Acorda à noite e decide ir à Liberdade para comer um *sushi*.

Ele pega o 393C-10 – Terminal Amaral Gurgel-Circular, na Praça da República, e desce na Praça Dr. João Mendes. Caminha até a Praça da Liberdade, olhando para todos os lados, a fim de evitar a surpresa de um assalto. Entra num restaurante japonês, senta-se no balcão, pede uma porção individual de *sushi* e *sashimi*, acompanhada de saquê ligeiramente aquecido. Cem mil quilômetros por hora!, pensa ele. E sem derrubar um copo! Bebe o saquê assistindo a um programa de tevê a cabo, em japonês. O idioma, aliás, é desnecessário. As paisagens se sucedem na tela, e Abeliano sente a nostalgia de um tempo remoto, imaginando-se a caminhar naquela neve. Cerejeiras em flor... crianças batendo palmas e cantando... um casal jovem, no convés de um navio de cabotagem, moderníssimo. O vento agita os cabelos da moça e ela ri, feliz. Ele sorve o saquê e saboreia o primeiro *sushi*. Uma jovem japonesa sorri para ele, na tela. Japoneses e ocidentais, sentados nos tatames distribuídos ao redor das mesas, conversam despreocupadamente, certos de que seu mundo continuará a existir para sempre. O celular toca. Senhor Abeliano?, pergunta uma voz feminina. Ele mesmo. Sua amiga Laura está em dificuldades e me incumbiu de lhe pedir que o senhor a encontre na Rua Machado de Assis, na Aclimação, à meia-noite em ponto. A que tipo de dificuldade a senhora se refere? Ela corre risco de vida?! Talvez. Foi sequestrada? Ainda não. Como posso saber se a senhora está se referindo à pessoa que eu conheço? Que não se trata de uma brincadeira de mau gosto?! Estou lhe falando da *sua* Laura, uma garota de vinte e seis anos, com quem o senhor teve uma inesquecível tarde de amor na represa, a bordo de um veleiro, para ser mais precisa, um MacGregor 26. Confere? Sim. Posso dizer a ela que o senhor estará lá à meia-noite? Com toda a certeza. Sabemos que o senhor tem receio de andar pela cidade, à noite. Quando terminar de comer o *sushi*, o *sashimi* e tomar seu saquê, dê um tempo, entre numa loja... Daqui a pouco tudo estará fechado por aqui, argumenta ele, olhando ao redor para ver se descobre quem o está vigiando. Aguarde na sala de estar de algum hotel... diga que está esperando um amigo. Escolha um hotel familiar, pois há algumas arapucas destinadas à prostituição. Ligue o despertador do celular, para o caso de adormecer na poltrona. Eu não sei como fazer isso!, responde Abeliano. Peça ao recepcionista do hotel. Às onze e quinze vá para a Praça João Mendes e tome o trólebus 408A-10 – Machado de Assis-Cardoso de Almeida, em direção à Aclimação, obviamente. Desça na Rua Machado de Assis e caminhe no sentido crescente da numeração. Laura estará à sua espera, à meia-noite em ponto. Não se preocupe com a segurança... o senhor estará protegido. Alguma dúvida? Nenhuma. Então, até breve... Espere! Essa proteção valerá também para minha caminhada até a Praça João Mendes?! Desligou. Meu Deus! O que estará acontecendo com Laura?! Será que se meteu com traficantes e não conseguiu o dinheiro para pagar a dívida?! Se for esse o caso, sou a pessoa menos indicada. Mais um saquê, por favor... O celular soa novamente. Suspenda o saquê!, ordena a voz. Nós o queremos sóbrio...

83

O despertador do celular toca e Abeliano acorda, assustado. O senhor estava bem cansado mesmo, diz o recepcionista do hotel. Dormiu assim que sentou na poltrona. Me desculpe, eu... Não tem problema, doutor. O movimento hoje está fraco. Meus amigos não chegaram?, pergunta Abeliano. Até agora, não. Aliás, não há nenhuma reserva. Achei até que o senhor tinha inventado essa história para descansar um pouquinho na poltrona. Imagine! Eles ligaram, dizendo que chegariam por volta das dez e meia. Da noite? Sim... disseram vinte e duas e trinta. A menos que eu tenha me enganado de hotel. Não quero que o senhor seja repreendido por minha causa. Muito obrigado e me desculpe... eu espero lá fora... Mas o que é isso, doutor! O senhor é gente fina, pode ficar sentado. Talvez eles tenham se atrasado. Não creio... eles disseram que a estrada estava livre. Espero que não tenham sofrido um acidente. Já são mais de onze horas, e eu tive um dia pesadíssimo. O senhor tem um cartão? Obrigado. Ligo amanhã cedo, para saber se eles chegaram. Boa noite, amigo... o senhor foi muito gentil. Não por isso, doutor... até amanhã.

Abeliano caminha pela Avenida da Liberdade, quase deserta a essa hora. Há apenas algumas prostitutas, diante da porta de um pequeno hotel, à espera dos poucos homens que passam apressados, como Abeliano, temerosos de sofrerem um assalto. A temperatura caiu um pouco, e Abeliano esfrega os braços e o peito, caminhando junto ao meio-fio, olhando para os lados e sondando os vãos das portas. Não há ninguém no ponto do ônibus, e ele decide atravessar a praça em direção a uma viatura policial, estacionada nos fundos da catedral. Vou expor o caso aos policiais e pedir a eles que me ajudem a solucionar o problema. O telefone toca, e ele se assusta. Alô?! Deixe a polícia fora disso, determina a voz. Abeliano olha ao seu redor, mas não consegue ver ninguém. Volte para o ponto. O ônibus está chegando. Cai a linha e ele corre para não perder o ônibus, que está vazio. Não de todo, porque lá no fundo, no último banco, há um homem que acaricia o próprio rosto, coberto por uma barba grisalha, e sorri para Abeliano. Suas roupas são elegantes, embora antigas. Meu Deus! Não é possível, murmura Abeliano, sentindo uma pontada no peito. O homem acena afirmativamente com a cabeça e bate com a mão no banco, como que intimando Abeliano a se sentar ao seu lado. Ele paga a passagem e caminha lentamente em direção ao homem, sentindo que as pernas mal sustêm o peso do corpo. O senhor por aqui?!, balbucia, dominado pelo olhar do outro. Boa noite, senhor Abeliano, diz Machado de Assis, alargando um pouco mais o sorriso. Por favor... sente-se. Obrigado... Surpreso em me ver? Para dizer a verdade, sim, responde Abeliano, com voz trêmula. O senhor se arrisca, andando sozinho pelas ruas de São Paulo a uma hora dessas. Vou em socorro de uma amiga que parece estar em perigo... mas agora já não sei se ela pode contar comigo. Acalme-se... respire fundo... procure vencer o medo. O senhor está com medo, não está? É natural. Depois daquela conversa que tivemos, o senhor deve ter feito seus cálculos, olhando-se no espelho, avaliando seu estado de saúde... e concluído: Ainda me resta muito tempo. Não pensemos mais nisso. O senhor evitou até a palavra *morte*. Não pensemos mais *nisso*. Pois agora, bem antes do momento esperado, eis-me aqui, o tal *isso* a que o senhor se referiu *en passant*. O senhor me desculpe... não tive a intenção de ofendê-lo, justifica-se Abeliano, com os olhos postos no chão, tomado repentinamente de uma grande tristeza. Diga-me, senhor Abeliano... que tem feito o senhor desde o momento em que encerramos aquele curto diálogo até hoje? Em que sentido? O senhor se refere a fazer coisas, digamos... significativas, que justifiquem a sobrevida que o senhor me concedeu naquela ocasião?! Não me recordo de lhe ter concedido sobrevida alguma. Apenas conversamos, porque seu momento ainda não havia chegado. E chegou agora, sussurra Abeliano. Calma... não nos precipitemos. O senhor não respondeu à minha pergunta. Bem... não sei que valor o senhor empresta ao verbo *fazer*, responde Abeliano. Sou uma pessoa simples, de poucas ambições, e lhe confesso que há muito perdi o hábito de fazer planos. Vou vivendo minha vida, procurando torná-la o mais leve possível, o que, na minha idade, já me parece uma tarefa apreciável. Não sei que expectativas o senhor tinha a meu respeito... Quem sabe se eu me dedicasse a uma obra social de vulto, retirando crianças abandonadas das ruas, cuidando de velhinhos indefesos, cozinhando nos fins de semana para os sem-teto... Poupe-me de sua ironia, replica Machado. Não se esqueça de que eu o conheço melhor do que o senhor mesmo. Falemos com simplicidade, sem rodeios. Sei que o senhor passou por inúmeras dificuldades, não propriamente materiais, mas... digamos... psicológicas. Este é o problema dos intelectuais. Têm a cabeça abarrotada de ideias, de teorias. Ficam remoendo aquilo a vida toda, um interminável chiclete metafísico. Ainda há pouco o senhor disse ao seu amigo Theobaldo que o verbo essencial, acima de qualquer outro, era o *ser*. Mudemos então a pergunta. Independentemente do que tenha o senhor feito desde aquele dia até hoje, chegou a vivenciar o *ser* em algum momento? Abeliano sente que as forças o abandonam. O peito lhe dói, e ele respira com dificuldade. Ninguém lhe exigiu coisa alguma, nenhum ato heroico, nenhum gesto de nobreza ou sacrifício que justificasse o acréscimo de mais um dia à sua vida... e à salvação de sua alma. O universo inteiro, desde a mais remota estrela ao mais elevado escalão da hierarquia celeste, só espera do senhor a conjugação desse verbo... ser... em sua verdadeira acepção. Quantas vezes o senhor se olhou no espelho ou se apresentou a outras pessoas dizendo: Eu sou Abeliano Tarquínio de Barros?! Mas alguma vez, mergulhando no mais fundo de si mesmo, sentiu que estava pronto a pronunciar esta frase tão simples de se dizer e quase impossível de realizar: Eu sou?! No dia em que o senhor deixar de ser Abeliano para de fato *ser*, poderá recolher o universo inteiro, como quem dobra uma folha de papel, e colocá-lo no bolso. Uma façanha tão magistral, que os anjos e demônios se curvarão à sua passagem, e eu... eu já não poderei atingi-lo. Durante milhares de anos, milhões de páginas foram escritas na tentativa de conduzir o homem a essa realização. Abeliano está assustado, respira mal e sente que vai desfalecer. O peito lhe dói mais intensamente, e ele deixa escapar um gemido. Infelizmente o tempo flui muito depressa, e a maioria dos seres humanos recebe minha visita quando menos espera. Não tenho nada a lhe oferecer, senhor Machado. Confesso-lhe que estou de mãos vazias. Mas se o senhor me concedesse um pouco mais de tempo... minha amiga Laura se encontra em grande perigo, e eu fiquei de encontrá-la à meia-noite! O senhor certamente conhece o poema "O corvo", de Edgar Allan Poe, numa tradução do verdadeiro Machado de Assis: "Num certo dia, à hora... à hora da meia-noite, que apavora", diz o escritor, rindo. Por favor, murmura Abeliano, apoiando a cabeça no ombro da Morte. Eu lhe prometi um fim sem dor, sem sofrimento, sussurra Machado de Assis, junto ao ouvido de Abeliano. Lembra-se? Abeliano acena afirmativamente com a cabeça e desfalece.

84

Na manhã seguinte, Abeliano acorda deitado no último banco do ônibus, que foi recolhido à garagem sem que o cobrador e o motorista dessem por sua presença. Mas o que é isto?! Terei eu chegado ao inferno de ônibus?!, exclama ele, tentando entender o que aconteceu. O senhor se encontra mais propriamente no recinto interno do conjunto garagístico em que são recolhidos os ônibus de linha Machado de Assis, informa uma mulher uniformizada, com forte acento português. A senhora se refere a uma garagem localizada no planeta Terra?! Pois onde haveria de ser?! Não me consta que exista alguma linha de ônibus aérea ou interplanetária. Mas então... isso significa que eu não morri?! No que me permite a mais superficial observação, posso lhe afirmar que tanto o senhor quanto eu cá estamos, no mundo dos mortais, mas, a bem dizer, muito vivos e bem-dispostos. Por outro lado, não deixa de ser verdade que o senhor morreu a pequena morte provisória, em que o corpo se entrega ao sono e o espírito dos que nele creem vaga pelas regiões desconhecidas do chamado astral, sejam elas inferiores ou superiores, conforme a natureza que a cada um corresponde. Adormeci no ombro da Morte!, exclama Abeliano. Cruzes!, grita a mulher, fazendo o sinal da cruz. Que maus sonhos o atormentaram para dizer um disparate desses?! Não se trata de nenhum disparate, minha senhora... A verdade é que eu conversava com Machado de Assis... ou melhor, ouvia o que ele me dizia... Está o senhor a se referir ao escritor?! Não propriamente, porque o verdadeiro Machado já se foi há muito. Este é o nome com que a Morte se me apresentou. O nome e a aparência... não sei se a senhora o conhece... afrodescendente, de barbas, roupas antigas, *pince-nez*... Não tive o prazer, mesmo porque não sou afeita à leitura. Contava-me o senhor que o tal Machado lhe falava e... Fui perdendo as forças e reclinei a cabeça sobre seu ombro. Ainda ouvi quando ele me disse: Eu lhe prometi um fim sem dor, sem sofrimento... Lembra-se? Está o senhor a insinuar que já havia conversado com a Morte?! Encontramo-nos há algum tempo quando ela, ou melhor, ele... tinha um antiquário. Não terá o senhor... senhor... Abeliano. Pois... não terá o senhor Abeliano entornado um pouco além da conta?! Porque não me parece que esteja a dizer coisa com coisa. O que lhe exponho é a mais pura verdade. Já estava eu julgado, condenado e empacotado, para ser enviado provavelmente ao inferno, por não ter atingido a meta... Pois não me diga que, nessa idade, ainda se dedica aos esportes... Não... ele se referia à meta humana. Parece-me, examinando o caso, assim à primeira vista, superficialmente, que o senhor foi vítima de algum conto do vigário. Veja lá se não lhe bateram a carteira! Abeliano ri. E a senhora... o que faz aqui, tão cedo? Trago o café da manhã para os mecânicos, motoristas e cobradores. Tenho tudo ali, numa cesta. Se o tal vigarista lhe roubou o dinheiro, não se preocupe. Convido-o a provar meu *breakfast*, como dizem lá os ingleses. É muita gentileza sua, responde Abeliano, metendo a mão no bolso. Ninguém me roubou... tenho mais do que o suficiente.

A mulher abre a cesta, coloca um guardanapo no banco, ao lado de Abeliano, e o transforma rapidamente numa mesa para o café da manhã. O senhor prefere bolo de laranja ou de chocolate? De laranja. Café simples ou com leite? Com leite, bem claro. Temos sanduíches de queijo, de presunto, misto, peito de peru...

De queijo, por favor. Mas isto é um verdadeiro banquete! Vejo que o senhor come com grande apetite, como quem acabou de escapar à morte! Seu café da manhã é delicioso. Obrigadinha. Diga-me uma coisa... Tenho a impressão de conhecê-la. Pois não havia de me conhecer?! Se já nos encontramos em outras diversas circunstâncias, inclusivamente naquele episódio em que a doidivanas contratada por seu amigo... Theobaldo, se não me falha a cachimônia, queria a todo custo lhe pespegar uma vela acesa no rabo. A portuguesa de Moçambique!, exclama Abeliano, rindo. Cá estou, a seu dispor! Um pouco mais de leite? Aceito... obrigado. A senhora me permite que eu dê um rápido telefonema? Sinta-se em casa. Obrigado. Alô! Theobaldo?! Sim... Você não sabe o que me aconteceu! Que horas são?! Isto agora não tem a menor importância! Eu escapei das garras da Morte, meu amigo! Outro assalto?! Por isso nenhum de nós conseguiu encontrá-lo! Nós, quem?! Seus amigos todos... até a Laura ligou, preocupada! Laura?! Mas eu fui ao encontro dela, para salvá-la de uma situação difícil... um sequestro, uma dívida cobrada por traficantes, sei lá! Ela telefonou do Guarujá... estava na praia com o namorado. No Guarujá?! Porra... mas como é possível, se eu... Deixa pra lá, Theo... deve ter sido alguma brincadeira de mau gosto. Espero que você não seja o autor da... Eu?! Fui para a cama cedo, exausto, e estou acordando agora, com seu telefonema. Onde é que eles o abandonaram?! Você foi agredido?! Não houve assalto nenhum, Theo. Eu peguei o ônibus Machado de Assis, às onze e meia da noite, na Praça João Mendes... Onde?! Você enlouqueceu?! Aquilo é um verdadeiro convite ao crime, Abeliano... cenário de filme *noir*... O que é que você estava fazendo no ônibus a essa hora?! Ia salvar a Laura! Mas esse ônibus vai para a Aclimação, e Laura estava no Guarujá! Eu não sabia disso. Recebi um telefonema... voz de mulher, com ligeiro sotaque de portuguesa... me intimando a encontrar Laura à meia-noite. Quando entrei no ônibus, vi Machado de Assis sentado lá no fundo. Ou seja, o escritor estava sentado no ônibus homônimo. Exato. Só que o Machado não era o escritor e sim a Morte. Porra, Abeliano... assim não tem jogo! Todos nós à sua procura e você me vem com essa história absurda! Mas eu já lhe falei nisso da outra vez, Theo! Que outra vez?! Quando eu conversei com ele, ou melhor, com ela, no antiquário... Mas isso agora não vem ao caso. Eu lhe telefonei porque estou vivo, percebe?! Vivo! E isso é inacreditável, Theo! Sinto-me como se tivesse vinte anos, cheio de energia, de planos... Deixei de fazer tanta coisa importante... Claro! Você só pensa em andar de ônibus! Onde é que você se encontra neste momento? Dentro do tal ônibus que foi recolhido. Na verdade, estou na garagem, tomando o café da manhã dentro do ônibus, com aquela portuguesa de Moçambique. Quer parar de me gozar?! Abeliano ri. Você não sabe como é maravilhoso ter morrido e, de repente, acordar numa garagem deserta... e perceber que não morreu, que sua sentença foi comutada! Theo... eu vou arrebentar a boca do balão! Passo na loja daqui a pouco e lhe conto cada detalhe da noite mais louca de minha vida! Alô! Você ainda está aí?! Estou. Você concluiu sua apoteose existencial?! Por enquanto, sim... Então... com licença. Vou retornar ao meu sono. Espere! Diga. Decidi retomar a poesia! Retomar?! Como, se foi ela que o abandonou?! A Morte me fez compreender que aquilo foi uma desculpa, como tanta coisa em minha vida! E o que é mais incrível, Theo, é que eu perdoei meu pai! Cheguei à conclusão de que ele foi um homem fora de série, com inúmeras qualidades, que se esforçou para que eu tivesse um futuro brilhante. O que de fato aconteceu, ironiza Theobaldo. Você se transformou no *superstar* dos transportes coletivos. Não posso culpar meu pai, Theo. Eu fiz muitas escolhas erradas. Quer dizer que você esqueceu os espancamentos com a correia de levar o cachorro a passear, as agressões verbais... Tudo, Theo. Foi a maneira que ele encontrou de me preservar da mediocridade, da perdição. Nossa, Abeliano! Só falta você comprar uma Bíblia e virar crente. Vai acabar perdendo o charme de rebelde e se transformar num cuzão. Nunca estive tão lúcido, tão vivo, Theo! Sei... E você pretende continuar andando de ônibus de um lado para outro, à procura de sei lá o quê? De mim mesmo, Theo! Por favor, Abeliano... Não me venha com lugares-comuns desses livros de autoajuda. Mas foi isso que ele me disse... Ele quem? Machado de Assis... disse que atingir a meta humana é o nosso único objetivo. E de repente, quando Gauguin olhou para mim e riu, eu me dei conta de que, sem saber, já estava no caminho. Um momento, Abeliano! Vamos organizar. Se eu compreendi bem, você disse que Gauguin também estava no ônibus, certo? Certo. Ele morreu em Atuona, nas ilhas Marquesas, em 1903... e, pelo visto, ressuscitou para andar de ônibus, certo? Eu sei que tudo isso é meio estranho... Meio?! Você está em pleno surto de megalomania, Abeliano, e tem que procurar um psiquiatra imediatamente! Tudo bem, Theo... eu vou providenciar, assim que sair daqui. Promete? Prometo. Ainda bem que lhe restou o mínimo de equilíbrio, de bom senso. Agora me diga o que o levou a pensar que já estava no caminho e o que isso significa... porque andar de ônibus feito barata tonta não coloca ninguém no caminho, seja ele qual for, porque *caminho*, do latim *caminus*, além de significar uma extensão de terreno que se destina a ser percorrida, como uma rua, uma estrada, etc., também quer dizer rumo, direção, destino. Certo? Mas é exatamente isso que eu estou tentando lhe dizer, Theo! Em meio a essa confusão toda, a esse zanzar de um lado para outro, nos ônibus, entorpecido pelo falatório, meu e alheio, eu percebi que já havia dado o primeiro passo. E esse passo, Theo, é a poesia. Eu sei que é um passo insignificante, uma titica de mosca perdida no continente antártico, ignorada pela sociedade contemporânea. Mas é só o que eu tenho a oferecer. A verdade é que sou poeta... cumpri com o que foi combinado naquela noite, quando reuni os gênios ao meu redor e acendi as velas. Alô... Theo... Você ainda está aí?! Acho que essa história de morrer não lhe fez nada bem, Abeliano. Ai, que sono... Agora é só uma questão de aprofundar, de aperfeiçoar... Quando eu morrer de verdade, talvez possa me apresentar diante do tribunal e dizer, de cabeça erguida: Eu sou! Não sei se respondi à sua pergunta. Alô! Alô! Theo?! Não é que o puto desligou?

A portuguesa liga o radinho de pilha. Um tango!, exclama Abeliano, maravilhado. Se meu amigo Horacio estivesse aqui, eu não teria que lhe explicar coisa alguma... Se a senhora o conhecesse... Pois não conheci? Horacio?! Será que estamos falando da mesma pessoa?! O senhor se refere ao poeta, seu amigo... companheiro de tantas aventuras. Mas onde foi que vocês... Eu o acompanhei em sua última viagem. Quer dizer... em seu enterro?! A morte sempre acompanha os que deixam este mundo, até o fim. A morte?! Não compreendo... Machado de Assis, portuguesa de Moçambique... A senhora?! Em pessoa. Abeliano põe a mão no peito e fica olhando para a Morte, perplexo. Relaxe... o senhor é daqueles que vivem se preocupando e acabam morrendo depois dos cem anos! Gostei de ver o borbulhar de seu entusiasmo. Não se esqueça do que lhe disse eu a propósito de ser. Às vezes o excesso de planos acaba por nos desviar da meta. Bem... Creio que estamos a chegar ao fim... não de sua vida, mas deste romance. Tem o senhor ideia de qual será o título? Nenhuma. Nem eu, nem o autor. Pode o autor desta obra em que nos encontramos pedir emprestado a si mesmo o título de um pequeno poema, escrito por ele há muitos anos, diz a Morte. E qual o título desse poema? "Tango, com violino." O senhor o conhece? Não me lembro. Bem... já que estamos a ouvir um tango, que aliás vem muito a propósito, ficaria honrada em lho dizer junto ao ouvido, enquanto dançamos, o que dará a este final um clima cinematográfico muito apropriado, caso venha a obra a ser filmada. Que lhe parece? Excelente ideia! Afinal, a Morte sempre tem a última palavra.

Ele a toma nos braços e, com a competência adquirida em anos de prática, nos salões de sua juventude, a conduz ao longo do estreito corredor. Estreito apenas na aparência... porque Abeliano sabe que, em verdade, eles dançam o tango sobre um bólido ensandecido, que se desloca na vastidão do universo, a mais de cem mil quilômetros por hora, sem apoio algum a não ser o tênue fio de sua órbita, seguro, na outra extremidade, pelos dedos de Deus. Um bibelô, um pequeno *amusement* divino, a ser lançado um dia à lixeira de algum buraco negro. E Abeliano pensa em Horacio, porque dança por ele, o amigo argentino, o poeta que lhe ensinou a encarar o absurdo da existência com humor e leveza, a mesma leveza com que ele agora se inclina sobre a Morte, e rodopia, e estanca, pernas firmes e flexíveis, cabeça bem plantada, queixo erguido com sutil arrogância portenha, olhar perdido no infinito. E o poema? A senhora não vai dizer o poema? Ah, sim... O senhor dança tão bem que eu já ia me esquecendo.